KNAUR

DANIEL H. WILSON

# DIE DYNASTIE DER MASCHINEN

ROMAN

Aus dem Amerikanischen
von Oliver Plaschka

KNAUR

Die amerikanische Originalausgabe erschien 2017 unter dem Titel
»Clockwork Dynasty« bei Doubleday, New York.

**Besuchen Sie uns im Internet:**
**www.knaur.de**

FSC
www.fsc.org
MIX
Papier aus verantwortungsvollen Quellen
FSC® C083411

Deutsche Erstausgabe Februar 2019
Knaur Taschenbuch

Redaktion: Michael Meyer
Covergestaltung: © Guter Punkt, Markus Weber
unter Verwendung von Motiven von Getty Images
Satz: Adobe InDesign im Verlag
Druck und Bindung: CPI books GmbH, Leck
ISBN 978-3-426-52100-7

2 4 5 3 1

# PROLOG

Das Alter eines Gegenstands steckt in seiner Beschaffenheit. Geheimnisse verbergen sich im Fingerabdruck gesprungenen Porzellans und in der Blüte von Rost auf Metall. Man braucht ein staubiges Artefakt bloß in die Hand zu nehmen und sich darauf zu konzentrieren. Mit ein wenig Übung breiten sich die schwindelerregenden Abgründe der Zeit wie ein Sternenhimmel vor dem geistigen Auge aus.

Ich habe diese Kunst nicht in einem Schulzimmer gelernt. Kein Wissenschaftler hat das.

Mein Großvater, mein *deduschka* … Er hat mich die Ehrfurcht vor dem vergessenen Gestern gelehrt.

Als ich sechzehn war, hat Wassili Stefanow mich in seinem Werkzeugschuppen erwischt, als ich heimlich in seinen Kriegsandenken wühlte und das Vorhängeschloss einer ramponierten grünen Munitionskiste mit einem Schraubenzieher zu öffnen versuchte. Er stieß einen leisen Pfiff aus, wie ein Kuckuck. Auf diese Weise erregte er jedes Mal meine Aufmerksamkeit, seit ich ein kleines Mädchen war. Und auch jetzt erstarrte ich vor Schreck.

Statt mich zu bestrafen, erzählte er mir eine Geschichte.

»Du bist so neugierig«, meinte er mit seinem starken russischen Akzent, den er aus einem anderen Leben in die Vereinigten Staaten mitgebracht hatte. »Wonach suchst du?«

»Es tut mir leid, *deduschka*«, stammelte ich. »Nichts. Ich wollte bloß …«

Mit seiner schwieligen Hand machte er eine abwehrende Geste. »Ist schon gut. Neugierige Menschen wollen etwas lernen.«

Damit nahm mein Großvater mir die Munitionskiste ab und stellte sie klappernd auf seine Werkbank. Er öffnete das Messingschloss und hob den verbeulten Deckel an. Ein paar vergilbte Fotografien, eine alte Taschenuhr und einige Orden kamen zum Vorschein. Dann holte er einen offenbar schweren Gegenstand heraus, der in ein öliges Tuch eingewickelt war, und warf mir das Bündel wortlos in die Hände.

Unter dem Tuch fand ich etwas Metallisches und Festes, etwas so Komplexes und Fremdartiges, dass mir der Atem stockte. In ein muschelgroßes Stück Metall von der Form eines Halbmonds war ein verschlungenes Linienmuster geätzt – wie eine Sprache aus bizarren Winkeln.

»Dieses Ding«, sagte er. »Dieses unglaubliche Ding … Ich wollte es immer mit jemandem teilen, verstehst du? Aber die Jahre fliegen nur so dahin.«

»Es ist schwer«, stellte ich fest.

»Es ist ein Relikt aus dem Krieg. Und es hat eine Geschichte, die ich nie jemandem erzählt habe.«

Noch heute sehe ich sein Gesicht deutlich vor mir, mit all diesen Falten, die einem Angst machen konnten, bis der alte Mann lächelte und man ihren Ursprung erkannte.

»Glaubst du an Engel, June?«, fragte er mich.

»Ich weiß nicht«, gab ich zur Antwort. »Nein.«

»Vielleicht solltest du aber.«

Großvater räusperte sich, lehnte sich gegen die ächzende Werkbank. »Ich war fast noch ein Kind, genau wie du jetzt, als der Zweite Weltkrieg ausbrach. Meine Familie wohnte in einem Dorf im Ural. Als die Deutschen in Russland einfielen, wurde beschlossen, dass ich alt genug war, um an die Front zu gehen. Alle Jungen im Dorf wurden losgeschickt. Wir waren aufgeregt. So aufgeregt.«

Er schüttelte gedankenschwer den Kopf.

»Stalingrad. Es war Winter«, fuhr er fort. »Noch am Anfang der Schlacht, aber wir hungerten schon. Waren halb erfroren. Die Deutschen hatten eine Million sowjetischer Soldaten fast bis an die Ufer der Wolga gedrängt. Die Frauen und Kinder und Verwundeten, die in der Stadt zurückgeblieben waren … die versuchten schließlich, über den eisigen schwarzen Fluss zu entkommen. Wir hatten alle Hoffnung aufgegeben. Es ging nur noch ums Überleben.

Die Wolga war völlig verstopft: große grüne Militärtanker, schmutzige Fischerboote, private Jachten – und Menschen, Tausende, ja, eine … eine Masse von Menschen, die sich an allem festhielt, was schwamm. Und in den tiefen grauen Wolken über dem Fluss schrien die Kampfflugzeuge der Nazis. Aus dem Himmel fielen feurige Tränen auf die Rücken dieser Frauen und Kinder. Öl und Benzin waren ins Wasser geflossen. Der ganze Fluss stand in Flammen.

Ich und die anderen Späher, wir hielten uns nahe am Ufer auf und deckten den Rückzug. Stalingrad selbst war bereits völlig zerbombt. Du kannst dir das gar nicht vorstellen … Es war die reinste Mondlandschaft. Wie eine andere Welt. Eine Welt aus zerschmetterten Steinen und Holz. Zerfallene, halb versunkene Wände auf Flächen, die einmal Wohnviertel gewesen waren, leere Fenster wie offene Münder, die Staub ausspuckten. Die Gefallenen blieben einfach liegen und wurden von Eis bedeckt. Niemand begrub sie.

Wir Jungen schlugen uns durch, kletterten wie die Ratten durch die Überbleibsel eingestürzter Keller und aufgegebener Schützengräben. Oberirdisch war nichts mehr übrig. Diesen Albtraum machten wir monatelang mit … Monate, die sich wie eine Ewigkeit hinzogen. Frostbeulen und Durst und Scharfschützen. Anfangs brachten wir unseren Hunden noch bei, mit Sprengstoff unter die deutschen Panzer zu rennen. Später aßen wir sie. Und ich weiß nicht, wie ich es dir erklären soll, *wnutschka* … aber mit der Zeit … in dieser seltsam kalten Welt zerfiel die Erinnerung an mein altes Leben zu Asche.

Törichterweise begann ich zu glauben, dass nichts mir mehr Angst einjagen konnte.«

Großvater blinzelte, starrte die Munitionskiste und das herabbaumelnde Messingschloss an. Verloren in der Erinnerung sah er mich nicht an, als er weitersprach.

»Ein Naziflugzeug muss unsere Position verraten haben. Im einen Moment lagen die anderen Jungen und ich noch nebeneinander in unseren Wintermänteln und luden unsere Gewehre nach, unser Munitionsvorrat ausgebreitet auf einem Schotterhaufen. ›Nicht ein Schritt zurück‹, das war die Devise. Wer floh, wurde erschossen. Wenn Gestalten aus dem Rauch auftauchten, zogen wir den Abzug und hielten die Stellung. Egal, wie viele deutsche Helme da kamen … wir waren bereit, das Opfer zu bringen.

Und dann brach das Chaos auf unserem Hang aus. Ein deutscher Panzer hatte sich auf uns eingeschossen. Es war, als rammte ein Riese seine Faust in den Hügel. Wir wurden fortgeschleudert, sodass es uns die Helme wegriss; wie Stoffpuppen wurden wir in den Himmel geworfen. Ein gelb und grau bemalter Panzer kroch aus dem Nebel, wie ein kranker Tiger, und suchte uns mit dem schwarzen Auge seines Geschützes. Ich lag auf dem Bauch, atmete Staub, konnte nichts klar erkennen … Die Rufe der Deutschen aber, die hörte ich. Wie Dämonen aus Rauch und Staub, die aus der Hölle riefen.

Bitte versteh mich recht, June – was als Nächstes passierte … das ist schrecklich. Doch du musst es erfahren. Eines Tages hilft es dir vielleicht, zu begreifen, was du da in deinen Händen hältst.«

Meine Augen wanderten von seinem Gesicht zu dem Stück Metall in meinen Fingern. Ich konnte die Symbole auf seiner Oberfläche nicht deuten. Sie wirkten wie verzerrte Buchstaben, mit geometrischen Formen, Linien und Punkten durchsetzt. Das Metall fühlte sich eigenartig warm an, die fein verzierten Ränder verloren sich in fraktalen Strukturen. In jeder der beiden Halbmondspitzen war ein kleines Loch, als ob das Artefakt einst Teil von etwas Größerem gewesen wäre.

»Nachdem das Geschütz uns getroffen hatte, waren all die anderen Jungen weg – einfach ausgelöscht. Meine Seite war taub, von Steinen und Splittern aufgerissen. Ich konnte mich aber noch bewegen. Mit einem Pfeifen in den Ohren drehte ich mich auf den Rücken. Und durch eine Fügung des Schicksals war ich am Leben, um das Folgende mit anzusehen.

Ein großer Mann mit Mantel und Mütze der sowjetischen Armee kam den verwüsteten Hügel hinabgestolpert. Seine Züge waren starr, seine Bewegungen wie automatisch. Doch er hatte die Deutschen schneller entdeckt als sie ihn. Er warf sich nach vorn, griff nach der gezogenen Waffe in der Hand des Soldaten und schoss ihm damit in den Leib, bis er keine Kugeln mehr hatte. Mit dem nächsten Schritt hatte er zwei weitere Soldaten gepackt. Er schlug ihre Köpfe zusammen, sodass es ihnen die Helme zerbrach. Die Männer fielen tot zu Boden. Und schließlich drehte der Russe sich zu mir um. Ich spürte seinen Blick auf mir ruhen.

Wir hatten *Ratten* gegessen, June. Wir waren schwach. Dieser Mann hingegen war stark – er kam mir wie ein Heiliger vor. Meine Augen füllten sich mit Tränen, als mir klar wurde, dass er ein Racheengel war, der mit gerechtem Zorn den Schlachtenrauch durchschritt.

Und ich erinnere mich, dass ich *gelächelt* habe, obwohl meine aufgeplatzten Lippen bluteten. Ich hatte das Gefühl, dass ich in gewisser Weise Zeuge der Wahrheit, ja der Verkörperung von Gerechtigkeit wurde.

Eine Luke des Panzers ging auf, der Nazikommandant kam zum Vorschein und schoss mit seiner Maschinenpistole. Die Kugeln schlugen nur so in den Rücken des Engels ein. Er stolperte und fiel wie ein gewöhnlicher Mann, lag verkrümmt zwischen den Leichen meiner Freunde.

Argwöhnisch kletterte der Kommandant aus dem Panzer. Bemühte sich, in jede Richtung gleichzeitig zu schauen. Dieser Mann hatte die wütende Rache Gottes gesehen und wusste, dass man über ihn gerichtet hatte. Ich blieb ganz still liegen, atmete flach, lugte unter meiner schiefen Uschanka-Mütze hervor und versuchte, nicht vor Furcht zu zittern.

Der Todgeweihte beugte sich vor, um die Leiche zu inspizieren. Ich weiß nicht, was er erblickte, aber ich werde nie vergessen, was für ein Gesicht er dabei machte. Seine Augen weiteten sich vor Schreck. Mit wehendem Mantel wirbelte er herum und schrie dem Fahrer seines Panzers einen Befehl zu. Dabei wandte er sich nur eine Sekunde lang ab … doch das reichte. Der Engel richtete sich auf und packte den Mann am Kopf. Die behandschuhten Finger schlossen sich fast komplett um den Schädel seines Feindes, als er ihn vom Boden hob. Mit einem Druck seiner Hand …«

Mein Großvater fuhr sich mit dem Daumen über die Kehle.

»Der Panzer war noch im Leerlauf und wartete. Dann wurde die Luke mit einem Knall zugeschlagen, der Motor heulte auf. *Sie ergriffen die Flucht.* Stell dir das mal vor: Ein mächtiger Panzer, praktisch unbesiegbar, floh vor einem einzigen Mann.

Der Engel erhob sich und öffnete seinen zerrissenen Mantel. Danach sprang das Ding den Panzer an, klammerte sich fest und riss mit einer Hand die Luke vom Geschütz. Er griff hinein, zerrte den schreienden Deutschen am Kragen heraus, schlug sein Gesicht aufs Metall und warf seine Leiche zu Boden. Als wäre nichts dabei – als würde er einen Fisch auf einen Stein schlagen.

Einen Moment lang stand der Engel still, den Kopf in Verzweiflung gesenkt. Etwas entglitt seinen Händen. Dann schritt er davon und verschwand in den Rauchschwaden. Der Panzer rollte noch weiter bis zum Fluss. Kurze Zeit später hörte ich ein Platschen. Meine Verletzung schmerzte immer mehr, doch meine Neugierde wollte trotz allem gestillt werden. Also schleppte ich mich durch Tod und Geröll bis hin zu der Stelle, an welcher der Engel gestanden hatte.

Ich hatte beobachtet, wie die Kugeln ihn getroffen hatten. Auf dem Boden fand ich statt Blut jedoch nur Metallsplitter. Ein paar lederne Fetzen, Projektilsplitter und noch etwas anderes – ein Objekt, sehr alt, wie ich meine, aber moderner als jede andere Maschine in dieser Schlacht.

Das ist es, was du da in Händen hältst, June … Dieses Relikt hat der Racheengel hinterlassen.«

Mein Großvater hielt schweigend inne. Schließlich hob er den Blick, sah zu, wie ich mit den Fingern die Form des Artefakts nachzeichnete.

»Es gibt seltsame Dinge auf der Welt, June. Dinge, die älter sind, als wir ahnen. Und die aussehen wie Menschen … Die Engel sind unter uns. Manchmal richten sie uns. Und manchmal vollstrecken sie ihre Strafe.

Was du da hältst, gehört zu ihrer Welt – nicht zu unserer.«

In seiner strengen Miene las ich, was er mir sagen wollte. *Erzähle niemandem davon.*

»Die meisten Menschen wollen nichts über eine verborgene Welt hören. Sie sind damit zufrieden, in Unwissenheit zu leben. Andere zeigen mehr Neugier. Zu welcher Sorte Mensch gehörst du, June?«

»Ich weiß es nicht, Großvater«, antwortete ich wahrheitsgemäß.

Daraufhin nahm er mir das Relikt vorsichtig ab, schlug es in das ölige Tuch ein und legte es zurück in die Munitionskiste. Mit einem lauten Klicken ließ er das alte Messingschloss zuschnappen.

»Darf ich es irgendwann noch einmal sehen?«, fragte ich.

Großvater betrachtete mich eine ganze Weile.

Schließlich nickte er. »Eines Tages, ja.«

Zwei Jahre später, auf seiner Beerdigung, reichte mir meine Großmutter einen versiegelten Umschlag. Darauf war in der fahrigen Handschrift meines Großvaters mein Name gekritzelt. Und darin fand ich ein kleines Etwas, das mein Leben für immer veränderte.

Einen Messingschlüssel.

# EINS

## NEPRAWDA (UNWAHRHEIT)

*Bei dem Versuch, solche Maschinen zu konstruieren, sollten*
*wir nicht respektlos Gottes Macht, Seelen zu erschaffen,*
*(…) an uns reißen (…):*
*Vielmehr sind wir (…) Werkzeuge seines Willens,*
*indem wir Wohnstätten für die Seelen,*
*die er erschafft, bereitstellen.*

– Alan Turing, 1950

# 1

## OREGON, GEGENWART

Der Automat hat die Größe eines kleinen Mädchens, liegt fest und schwer in meinen Fingern. Die schimmernden Metallknochen ragen durch verblasste Spitze. Ein engelsgleiches Porzellangesichtchen späht aus dem vergilbten Stoff, die Wangen von einer Patina feiner Sprünge überzogen; die Lippen geschürzt und von blassem Rot; die Augen glänzend, schwarz und glatt. Auf den ersten Blick sieht die Maschine wie ein Kind aus. Doch was ich da in meinen Händen halte, ist weitaus fremdartiger.

Zum einen ist dieses Kind über dreihundert Jahre alt.

Der Altgläubige, der mich in diesen stickigen Alkoven seiner Kirche eingelassen hat, steht im Eingang und starrt mich aus den Tiefen seines schwarzen Bartes heraus an. Einige verirrte Haare sind ihm auch die Wangen hochgeklettert. Die dichte Gesichtsbehaarung macht es mir schwer, sein Alter zu bestimmen; das Unbehagen in seinen hellen blauen Augen ist hingegen offensichtlich. Durch seine Größe und die gebeugte Haltung unter der schwarzen Robe wirkt der Priester wie der Sensenmann, bewacht mich auf Schritt und Tritt.

Im Gegensatz zu den Frauen in der Kirche, die Präriekleider tragen und ihr schönes Haar, das sie zu dicken Zöpfen geflochten haben, unter Seidenhüten verstecken, trage ich eine Schutzbrille um den Hals, blaue Latexhandschuhe und verstaubte schwarze Jeans. Mein dreckiges Haar habe ich zu einem achtlosen Pferdeschwanz zusammengebunden.

Es ist die dritte und letzte Woche meiner Reise, und ich mache mir längst schon keine Gedanken mehr um mein Äußeres.

Ich lege das Porzellanmädchen auf ein schwarzes Polster auf einem gotischen Eichentisch. Meine übliche Arbeitsumgebung an der Universität kennt keine handgeschnitzten Kuckucke und festem Holz entlockte Efeu-Ornamente, doch wohin ich auch komme, ich bin es gewohnt, mich an die jeweiligen Gegebenheiten anzupassen.

»Will er uns den ganzen Tag so anstarren?«, frage ich Oleg, meinen Übersetzer.

»Wahrscheinlich«, antwortet er, ohne mich anzusehen.

Oleg sitzt auf einem Hocker, die Ellbogen auf die Knie gestützt. Der stämmige Mann riecht nach Zigaretten und Aftershave. Er ist durchweg rüpelhaft und ungeduldig – und ich bin mir ziemlich sicher, dass er mich auf Ukrainisch verflucht –, aber der Sponsor meiner Reise hat nun mal entschieden, dass Oleg die richtigen Sprachen spricht.

Vor mehreren Jahren trat die Kunlun Foundation im Namen einer reichen chinesischen Gönnerin auf mich zu, einer offenbar von mechanischen Antiquitäten besessenen Frau. Primitive Automaten wie dieser stellen ein Nischengebiet in der Forschung dar, Fördermittel sind rar gesät. Vor diesem Hintergrund ist ein griesgrämiger Übersetzer vermutlich ein geringer Preis für die Reisekosten und Ausrüstung, die man mir erstattet.

Ich ziehe an der Kette einer kunstvoll verzierten Messinglampe. In dem Alkoven ist es geradezu klaustrophobisch eng. Er ist vollgestopft mit Bücherregalen und wird von trüben Lichtstrahlen durchkreuzt, die durch eine hohe Reihe gewölbter Bleiglasfenster hereinfallen. Wie ein stiller Wasserfall wirbelt der Staub im Licht umher und legt sich auf den dicken ockerfarbenen Teppich. Der Himmel draußen ist hell, aber verhangen und spuckt vereinzelte Regentropfen auf das Glas.

Ich wähle einen Tastkopf aus meiner Werkzeugrolltasche und löse damit das Spitzenkleid. Darunter kommt ein glitzerndes Netzwerk von Zahnrädern und -stangen zum Vorschein. Dieses Artefakt hat nichts mit einem echten Mädchen gemein, aber es ist weitaus komplexer als eine Porzellanpuppe.

Es ist ein klassischer Hofautomat der Renaissance – einer von vielen, doch die meisten gingen verloren. Vor langer Zeit wurden Artefakte wie dieses den reichsten, mächtigsten Menschen der Welt geschenkt. Ihre Besitzer verwahrten diese primitiven Roboter in Wunderkammern und Kunstsammlungen und diskutierten darüber, ob solche Gerätschaften von Dämonen, Engeln oder Naturmagie betrieben wurden.

Hunderte von Jahren später sind die letzten dieser Objekte so selten geworden wie eine nahezu ausgestorbene Spezies, fast immer in privaten Sammlungen versteckt und in jedem Fall beinahe unmöglich zu finden und zu erforschen. Auf dieser letzten Station unserer Reise durch die Gemeinden von Altgläubigen im pazifischen Nordwesten ist dies das erste Artefakt, zu dem Oleg und ich Zugang erhalten. Und es ist das erste seit Jahren, das nicht mutwillig beschädigt wurde.

»Bitte sagen Sie ihm, dass ich die Gelegenheit zu schätzen weiß.«

Oleg nickt, dreht sich um, und ich höre das leise Flüstern in slawischer Sprache. Der Altgläubige lacht einmal scharf auf und erwidert etwas.

»Was hat er gesagt?«, frage ich.

»Er sagt, er tut Ihnen keinen Gefallen. Die Kirche wünscht sich bloß, dass Sie die Existenz des Porzellanmädchens von Sankt Petersburg dokumentieren, ehe … die Wölfe es holen.«

Ich mustere den Altgläubigen. Seine Kleidung ist dieselbe wie die seiner Vorfahren im siebzehnten Jahrhundert, als ihre Religion im Zuge des Großen Schismas verboten wurde. Um der Verfolgung zu entgehen, verstreuten sich diese Menschen in alle Winkel der Welt. Das war vor mehr als dreihundert Jahren – und trotzdem spricht dieser Mann noch einen alten russischen Dialekt.

»Wölfe?«, frage ich Oleg und hebe eine Braue.

Der Übersetzer nickt und bestätigt das Wort.

Mein Mund wird trocken bei dem Gedanken, dass dieselben Vandalen, die ich andernorts traf, auch hier tätig sein könnten. Wenn die Zeit etwas nicht zerstört, erledigt es jemand anderes. Zumindest kommt mir das inzwischen so vor.

Ich hatte gehofft, dass die Dinge hier anders lägen.

Die Altgläubigen sind unnachgiebige Leute. Jahrhundert um Jahrhundert haben sie ihre heiligen Bücher und Artefakte mitgeführt, wo immer sie sich niederließen – von China bis Oregon. In unermüdlicher Handarbeit fertigten ihre Gelehrten früher Abschriften ihrer Büchersammlungen an, in einem Wettlauf gegen die Zeit, ehe die Seiten zu Staub zerfielen. Alles in diesem Raum ist heilig, muss gepflegt und um jeden Preis beschützt werden.

Wölfe.

Ein kleines ovales Gesicht strahlt mich von seinem Schaumpolster aus an, jahrhundertealte Lachgrübchen in den Wangen. Mit meinem Werkzeug stoße ich auf eine gravierte Plakette unter den Falten des Kleides.

Die Inschrift ist in altem Russisch verfasst, doch die Namen und Daten kann ich erkennen. Ich würde raten, dass die Puppe ein Geschenk an Papst Clemens XI. von Peter dem Großen war. Der Zar von Russland betrachtete sich als Herrscher von Gottes Gnaden: Er hatte wenig Verwendung für einen Papst. Ein Automat wie dieser wäre ein horrend teures Geschenk gewesen. Es mochte ein Friedensangebot gewesen sein – oder ein Bestechungsversuch.

Oder eine Botschaft.

Im Schein der Lampe drehe ich das Artefakt herum, bewundere die fein verarbeitete Spitze, aus der das Kleid gemacht ist, während ich den Rücken freilege.

»Sie ist wirklich unglaublich«, murmle ich.

Oleg steht auf und streckt sich. Lautlos tritt er auf dem dicken Teppich näher und wirft einen gelangweilten Blick auf den Automaten. Dann schnaubt der Übersetzer.

»Eine Puppe?«, fragt er mit seinem starken ukrainischen Akzent.

Ich nehme meine Kamera zur Hand und richte ihr schweres Glasauge auf das kleine Mädchen, dessen Körper zart und zerbrechlich im Bett seines gebauschten Kleides liegt.

Der Raum blitzt auf, als ich ein Foto mache.

*Klick.*

»Ein Automat«, korrigiere ich ihn. »Fast wie ein Roboter – aber vor den Zeiten der Elektrizität hergestellt. Bevor es Autos und Flugzeuge und Telefone gab. Vermutlich von einem Mechaniker gebaut, der direkt dem Zaren unterstellt war. Für kurze Zeit war diese ›Puppe‹ höchstwahrscheinlich die komplexeste Maschine, die die Welt je gesehen hatte.«

»Ein Spielzeug.«

»Eine kaiserliche Inspiration. Ein Bindeglied in der langen Kette technologischer Errungenschaften, die bis in die Vorzeit reicht – wie lange genau, weiß niemand.«

»Ein *altes* Spielzeug«, sagt Oleg.

Ich verenge die Augen zu Schlitzen, dränge den Mann

mit meinem finsteren Blick beiseite. Glucksend schlendert Oleg zu den Regalen hinüber und tut so, als würde er die in Leder gebundenen Buchrücken studieren. Je ausgefeilter und anspruchsvoller solch altertümliche Maschinen sind, desto leichter fällt es heutigen Menschen, sie als Spielzeug abzutun.

Doch unsere Vorfahren feierten auch ihre Triumphe.

Ich entledige den Automaten der restlichen Kleidung. Unter dem knitternden Stoff kommen die fein geschliffenen goldenen Glieder zum Vorschein, schimmern dumpf im Lampenlicht. Das Messingskelett mit seinem kindlichen Gesicht bietet sich meinen Händen dar.

Ich merke, dass Oleg unwillkürlich wieder linst.

»Sie war unglaublich«, fahre ich fort. »Und nicht die Erste ihrer Art. Sokrates hat berichtet, dass man die ›beweglichen Statuen‹ des Meisters Dädalus festketten musste, damit sie nicht fortliefen. Heron von Alexandria soll einen künstlichen Mann gebaut haben, der sich bekanntermaßen nicht mit dem Schwert enthaupten ließ. Und der Chinese Yan Shi konstruierte angeblich schon vor dreitausend Jahren einen lauffähigen Automaten.«

»Legenden«, erwidert Oleg.

Ich hebe den nackten Automaten hoch, taste den kleinen Körper ab, die schlanken Rippen, die wie die Speichen eines Rades ausstrahlen. Im Inneren der schmalen Brust ist ein komplizierter Mechanismus aus Messing verbaut. Mit dem schlaffen Gewicht in meinen Händen schließe ich kurz die Augen und versuche mir die verlorenen Jahrhunderte auszumalen, die sie auf wundersame Weise überlebt hat.

»*Sie* ist echt«, widerspreche ich Oleg.

Die Ehrfurcht vor dem Vergangenen ist das, was mich hierhergeleitet hat.

Vor vielen Jahren habe ich mit einem kleinen Messingschlüssel in den schweißnassen Fingern eine verschrammte Munitionskiste aufgeschlossen. Aus dem ölgetränkten Tuch darin wickelte ich ein unglaubliches Artefakt – eine Kriegsbeute, ein zeitloses Geheimnis zwischen meinem Großvater und mir. Dieses Relikt gehörte in eine andere Welt, und verborgen in seinen fraktalen Mustern konnte ich eine epische Geschichte erahnen.

Ich fädelte eine Kette durch die Spitzen des halbmondförmigen Relikts und hängte es mir um den Hals. So begleitete mich das Artefakt, ein vertrautes Gewicht, während ich erst Linguistik studierte, dann Geschichte, Ingenieurwesen und schließlich mittelalterliche Automaten. Ich löste hundert kleine Rätsel; doch das größte baumelte stets über meinem Herzen. Und je mehr ich lernte, desto tiefer versank ich in der geheimnisvollen Vergangenheit, hinabgezogen vom Relikt meines Großvaters.

# 2

## MOSKAU, 1709

Das Gesicht der Puppe ist das Erste, was ich sehe. Sie ist meine erste Erinnerung und das Letzte, was ich je vergessen werde.

Ich kann mich nicht daran erinnern, dass ich die Augen aufgeschlagen habe.

Der kerzenhelle Pfad ihrer Wange überstrahlt ein großes Dunkel. Als sie sich regt, werden die Umrisse ihres Gesichts zu einer wellenförmigen Klinge aus Licht. Ihre Haut ist aus festem Porzellan, darüber trägt sie ein Kleid. Sie sitzt über einen hölzernen Arbeitstisch gebeugt und kratzt Zeichen mit einem Federkiel, den sie in den gefrorenen Keramikfingern hält. Ihre schwarzen Augen zielen auf das Papier, ohne etwas wahrzunehmen.

Die Puppenhand bewegt sich vor und zurück, während sie geistlos ihre Botschaft schreibt. Ein Flattern von Zahnrädern unter dem zarten Kragen täuscht einen falschen, mechanischen Puls vor, und doch ist dies der feste Herzschlag meiner Welt; ein ruhiger, beständiger Rhythmus unter dem warmen Wachsgeruch von Kerzen, dem Baldachin der tiefen Holzdecke.

Dann kommt der alte Mann.

Eine amorphe Gestalt zwischen den Schatten, die wie Schlangenzungen an den getäfelten Wänden hochlecken. Dann beugt sich der Hagere über mich und streicht mit langen Fingern über mein Gesicht. Ich drehe leicht den Kopf, um ihn in Augenschein zu nehmen, und blinzle, bis seine

Züge schärfer hervortreten: faltige Tränensäcke unter glitzernden Augen, zusammengepresste Lippen, wie eine weiße Linie in dem ergrauten Bart. Jede halbe Sekunde zittern seine Glieder sachte unter dem Schlag seines Herzens in der schmalen Brust.

Ich werde diesen Mann als Favorini kennenlernen. Mein Vater – oder das, was dem am nächsten kommt.

Der alte Mann hält den Atem an, betrachtet mich mit großen Augen.

*»Priwjet«*, sage ich, und er bricht bewusstlos zusammen.

Ohne nachzudenken, packe ich ihn an der Schulter. Seine Lider flattern, sein Kopf sinkt auf die Brust wie ein schlaffes Segel. Zum ersten Mal sehe ich, was meine Hand sein muss: ein Arrangement von Messingstreben, in geschmeidiges Leder gehüllt. Und da beginne ich erst wirklich zu verstehen, dass auch ich ein *Ding* in dieser Welt bin. Nicht wie die Puppe, die ein paar Schritte weiter schreibt und dabei dieselbe Überlegtheit an den Tag legt wie Wasser, das sich seinen Weg von einem Berg nach unten ins Tal bahnt. Ich bin durchaus mehr. Aber ebenso wenig bin ich vergleichbar mit diesem ohnmächtigen Mann aus weichem Fleisch.

Auf irgendeine Weise *bin* ich. Und, das muss ich sagen, ich finde es eigenartig, zu *sein.*

Die Vorstellung setzt sich in meinem Bewusstsein fest: eine Welt außerhalb von mir, die ich durch Sicht, Gehör, Geruch und andere, intuitivere Sinne wahrnehme. Und irgendwo in meinem Inneren setze ich aus diesen Bildern und Geräuschen die kleinere, simplere Version der wahren, zu komplexen Welt zusammen. Aus dieser kleinen Welt in meinem Kopf heraus treffe ich meine Entscheidungen.

Ich packe meinen Vater also an der Schulter. Der alte Mann sackt zusammen, wird nur noch von meiner Hand gehalten. Sein Kinn fällt auf die Brust, und sein Gesicht verschwindet hinter Strähnen graubraunen Haars.

Ich habe ihn davor bewahrt, in ein scharfes Durcheinander am Boden verstreuter Werkzeuge zu fallen. Dieses Zimmer ist … eine Werkstatt, ohne Fenster, erhellt von einem windschiefen Sammelsurium von Kerzen, die aus jeder Oberfläche wachsen. Gesplitterte Balken unterteilen die Decke in Abschnitte, und das niedrige Zimmer verläuft sich jenseits des Lichts in warmem Dunkel. Verschiedenartige Tische und Werkbänke bilden Grüppchen. Manche sind leer, aber auf den meisten türmen sich Metallteile, Seilstücke, Holzschalen voll unbekannter Substanzen, schmutzige Löffel und allerhand gläserne Phiolen und Schläuche.

Auf irgendeine Weise ist die Kenntnis dessen bereits in mir.

Auch halb fertige Körperteile finden sich verstreut in dem Chaos. Klobige Torsi mit filigranen Zahnrädern darin, gefasst von Fischbeinrippen und durchwuchert von Kautschukvenen. Dieses Zimmer ist mehr als eine Werkstatt … es ist ein *Schoß*.

Ich richte mich auf der langen Werkbank auf, auf der ich eben zu mir gekommen bin, und lege den alten Mann neben mich auf ein leeres Pult.

In unmittelbarer Nähe nickte diese Puppe geistlos, während ihr kratzender Stift ein steifes Blatt mit Tintenkritzeleien füllt.

Sie und ich sind Familie, das weiß ich.

Meine Gestalt ist die eines Mannes, in perfekten Proportionen gefertigt. Lange goldene Beine, Hunderte von Nieten, auf denen das Licht blitzt. Meine Haut besteht aus Streifen eines gehämmerten graugoldenen Metalls, das auf ein festes Gestell montiert ist. Durch schmale Schlitze am oberen Ende meiner Schenkel kann ich geflochtene Drahtseile erkennen, straff gespannt und um runde Zahnkränze gewickelt.

Wenn ich mich bewege, höre ich das Surren des Uhrwerks aus meinem Inneren.

»Hallo?«, murmelt der alte Mann. »Mein Sohn?«

Die Konsonanten hallen in meinem Bewusstsein nach, verbinden sich zu Worten. Beinahe kann ich mich erinnern, seine Stimme schon früher gehört zu haben. Geflüsterte Lektionen in meinem Schlaf.

Knorrige Finger schließen sich um mein Handgelenk. Schwach kann ich die Hitze in seinen Händen spüren. Ich spüre, er ist voll warmen Blutes, das seinen Körper mit Energie versorgt. Seine Haut, sein Herz sind nicht wie bei mir. Er ist ein menschliches Wesen, und ich bin … etwas anderes.

»Du bist hier«, sagt er, und der Griff um mein Gelenk verstärkt sich. »Woran erinnerst du dich? Wie weit zurück?«

Ich sende meine Gedanken in die Vergangenheit und finde bloß Leere. Kopfschüttelnd entziehe ich dem alten Mann meinen Arm. Einen Augenblick lang wirkt er enttäuscht.

»Wer … wer bist du?«, frage ich.

Meine Stimme dringt tief aus meiner Brust. Dort kann ich eine Gerätschaft spüren, einen Blasebalg, der Wind durch meinen Hals und zwischen meinen Zähnen hindurchpresst. Unter meiner Stimme scheint sich eine Vielzahl anderer Stimmen zu verbergen.

»Giacomo Giuseppe Favorini«, antwortet der alte Mann. »Nenn mich doch Favo. Ich bin der letzte Mechaniker des Zaren Pjotr Alexejewitsch. Praktizierender der alten Kunst der *awtomata* und Bewahrer der Anima. Nachfolger der großen Alchemisten, die vor Anbeginn der Geschichte kamen und gingen. Und sofern du der Frau des Zaren, Katharina Alexejewna, glaubst, bin ich ein Teufel.«

»Der letzte Mechaniker?«

»Lass mich erklären. Vor zehn Jahren besuchte der Zar heimlich Europa. Die Niederlande, England, Deutschland, Österreich. Er kehrte mit Schiffsbauern, Künstlern und Mechanikern zurück. Einer Gruppe von uns gab er ein spezielles Artefakt – die Anima. Damit sollten wir etwas bauen … dich. Doch die Frau des Zaren sah nie die Verheißung darin. So lange geht das nun schon. Katharina gelang es, die anderen Mechaniker nach Osten ins Exil zu schicken. Ich bin der letzte.«

Der alte Mann gerät ins Stocken, Trauer in seiner Stimme.

»Aber jetzt bist du hier!«, ruft er aus und greift sich einen kleinen Hammer vom Tisch. »Sieh dich nur an! Du sprichst! Kannst du mich sehen? Sag mir, was du siehst!«

»Einen Raum. Einen Mann. Maschinen.«

Etwas Wissen über diese Welt ist bereits in mir abgelegt, in Worten, die sich mir enthüllen, sobald ich nach ihnen suche. Doch spüre ich auch schon, dass es noch viel, viel mehr zu lernen gibt.

»Ganz präzise«, gibt Favorini zurück, klopft leise meine Brust ab und lauscht. »Die alten Schriften hatten recht. Die Anima funktioniert …«

Diese Worte verwirren mich. Ich balle meine Fäuste, die Hände wie Panzerhandschuhe, und reibe das harte Metall meiner Finger aneinander. Ich drücke so fest, wie ich kann, bis es die Getriebe in meinen Händen zu sehr strapaziert und ich es nicht länger aushalte. Ich schwinge meine Beine über den Rand der Werkbank, und meine hölzernen Absätze kratzen über den Boden.

Als ich aufstehe, streift mein Scheitel fast die Decke.

Favo huscht davon ins Dunkel. Kurz darauf kehrt er zurück, die Arme um eine hohe goldfarbene Platte geschlungen. Die polierte Bronze protestiert, als er sie über den Holzboden schleift, ihre Oberfläche glänzt im Kerzenschein. Dann hält er sie hoch, dreht die Platte mir entgegen, stützt sich darauf und sieht mich an.

»Schau dich an«, flüstert er.

Ich sehe jede meiner Bewegungen lebensecht in der glänzenden Platte gespiegelt. Ich bin schlank und groß – sehr groß. Mein Gesicht ist glatt, mit einem Grübchen im Kinn und scharfen, raubtierhaften Augen über einer geraden Nase. Umrahmt von braunen Locken gleicht mein Gesicht nur vage dem eines Menschen. Meine Unterlippe ist schief, wirkt leicht entstellt. Ich trage keine Kleidung. Stattdessen sind meine Brust und meine Arme von mehreren Lagen gehämmerter Metallbänder überzogen. Darunter, sauber eingepasst, entdecke ich vereinzelt feste Lederstücke. Ein Blitzen sucht die Tiefen meiner braunen Augen heim, und ich verstehe nun die Ehrfurcht in Favos Stimme.

»Mein Sohn?«, fragt er.

»Ja«, antworte ich.

»Was ist das Erste?«, will er wissen.

»Das Erste?«

Abermals balle ich die Fäuste, fühle die unbeugsame Kraft in meinen Metallknochen. Ich bin so viel größer als dieser kleine alte Mann.

»Ja«, flüstert er. »In deinem Bewusstsein – greife hinein und sag mir das Erste. Das erste Wort, das du je kanntest. Was ist dein Wort, mein Sohn?«

Ich spüre die harte Ehrlichkeit, die den Grenzen meines Körpers, dem festen Druck meines Fleisches und der geballten Stärke meines Griffs innewohnt. Dann durchdringe ich auf der Suche nach einer Antwort auf Favos Frage meinen Verstand und stoße auf ein weiteres Prinzip, noch unumstößlicher und stärker als das meines Körpers. Dies ist der Grund meiner Existenz – die überragende Bestimmung, die in den Fels meines Geistes gemeißelt ist.

Es gibt ein Wort für die Gestalt meines Lebens.

Ich richte meine Augen auf den alten Mann, und mit einem Kratzen meiner ledrigen Lippen spreche ich das Wort zum ersten Mal laut aus.

»*Prawda*«, sage ich. »Ich bin die Einheit von Wahrheit und Gerechtigkeit.«

# 3

## OREGON, GEGENWART

Während ich weiterarbeite, wird mir klar, wie sehr es mich ärgert, dass Oleg den Hofautomaten rundweg als einfaches Spielzeug abtut. Ich weiß, dass es nichts nutzt, ihm Vorträge zu halten – der Mann hat so viel Fantasie wie ein Felsbrocken –, doch ein Teil von mir will ihn überzeugen, um wirklich jedem zu beweisen, dass dieses kleine Mädchen etwas Besonderes ist.

»Also gut, Oleg, wir haben keine verlässlichen Dokumente über die frühesten Automaten.« Ich lege die schwere Kamera auf den Tisch und inspiziere das Innenleben der Maschine mit meiner Stiftlampe. »Das bedeutet aber nicht, dass die Legenden nicht stimmen.«

Oleg gibt ein unbestimmtes Grunzen von sich.

»Albertus Magnus – ein Dominikaner, der im dreizehnten Jahrhundert lebte. Es gibt Augenzeugenberichte, dass er einen sprechenden Messingmann baute. Thomas von Aquin soll diese Schöpfung persönlich mit einem Hammer zerstört haben, weil sie für ihn einer Schmähung Gottes gleichkam.«

»Wo er recht hat …«, meint Oleg. »Wir sind Gottes Schöpfung. Man kann uns nicht nachbauen.«

Draußen wird der Regen immer stärker. Ferne, grollende Donnerschläge lassen die Bleiglasfenster erbeben.

»Ein weitverbreiteter Standpunkt«, erwidere ich. »Deshalb suchen die Altgläubigen nach diesen Automaten. Sie glauben, dass unsere Körper die Häuser unserer Seelen sind und dass Artefakte wie diese eine bedeutsame Frage aufwerfen.«

Die Puppe liegt nun auf ihrem Gesicht. Da entdecke ich eine Abschürfung auf ihrer winzigen Porzellanhand. Ich drehe ihr schmales Gelenk zwischen Daumen und Zeigefinger.

»Welche Frage?«, will Oleg wissen.

»Wenn wir ebenfalls Häuser bauten, würde Gott ihnen eine Seele geben?«

Ein Blitz fährt draußen nieder und macht für einen Moment eine Furche entlang des Puppengelenks sichtbar.

Und ich begreife: Dieses Gerät war dazu gedacht, etwas zu schreiben. Die abgewetzte Stelle muss die Auflage eines Schreibwerkzeugs gewesen sein. Durch meine dünnen Handschuhe spüre ich die Erhöhung, an der einst vielleicht ein Federkiel befestigt war. Die vielen makellosen Messingräder hatten einen Zweck. Im Grunde wurde dieser Automat entwickelt, um auf täuschend simple Weise eine Botschaft zu teilen – indem er sie buchstäblich niederschrieb.

»Gott gibt uns allen eine Bestimmung, Oleg.« Ich schenke ihm ein Lächeln. »Finden wir heraus, welche die ihre war.«

Konzentriert arbeite ich mich durch die Anatomie der Puppe. Die Logik, die ihr zugrunde liegt, ist zeitlos, fühlt sich für mich wie die Verbindung zu einem anderen Bewusstsein aus einer anderen Zeit an. Erst als ich jeden ihrer Teile nachfahre, bemerke ich eine Unvollkommenheit. Wie ein schwarzes Loch – sichtbar nur durch die umliegenden Sterne, die es beeinflusst – mündet die Konstruktion der Puppe in einer Leerstelle. Etwas Zentrales fehlt.

Ein Loch füllt die Stelle ihres Herzens aus.

Mit dem plötzlichen Adrenalinschub schießt mir Hitze in die Wangen, und ich stoße die Stiftlampe tiefer in das

Loch. Das Räderwerk ist unberührt, kein Teil der Maschinerie beschädigt. Und doch kündet diese Lücke davon, dass hier etwas Wichtiges aus dem Puppenkörper gerissen wurde. Ich werfe die Lampe auf den Tisch und lasse die Schultern hängen.

So viele Jahre schaue ich nun schon in die Vergangenheit, suche nach dem Gefühl von Ehrfurcht, das ich als Kind empfand. Doch jedes Mal, wenn ich kurz davorstehe, diesen Funken einzufangen, entwischt er mir wieder. Ein Artefakt auf ein Regal zu stellen reicht mir nicht. Ich muss es zum *Funktionieren* kriegen – etwas Verlorenes zu etwas Gefundenem machen. Ich möchte sehen, was Menschen vor fünfhundert Jahren sahen, und dasselbe Gefühl des Staunens erleben.

Vielleicht bin ich einfach etwas zu spät geboren.

Erneut fällt mein Blick auf die Puppe, ihr im Lampenschein erstrahlendes Gesicht. Ich richte mich auf und rutsche näher heran. Meine Finger schließen sich um den Tastkopf, ich dringe abermals in ihren Körper ein und untersuche den Hohlraum.

*»Verdammt«*, flüstere ich.

Ein paar helle Scharten überziehen das Metall. Die Beschädigungen sind nicht oxidiert, von daher muss man sie erst kürzlich verursacht haben. Ich drehe die Puppe herum. Unbeirrt lächelt sie zu mir auf. Ihre Wangen und geschürzten Lippen haben einen blassroten Glanz. Doch was immer sie einst antrieb, ist verschwunden. Jemand ist gekommen und hat ihr das Herz herausgeschnitten. Meine Gedanken wandern zu jenem eigenartigen Wort, das der Altgläubige gebraucht hat: *Wölfe*.

Ich lege Tastkopf und Stiftlampe auf den Tisch.

»Sie ist nicht mehr im ursprünglichen Zustand«, erkläre ich dem Raum. »Jemand hat sie beschädigt.«

Der Altgläubige in der Tür stimmt ein leises Gebet an.

Seine Glaubensbrüder würden niemals ihr eigenes Artefakt verstümmeln. Diese Gemeinde zog vor über hundert Jahren aus Brasilien hierher, zusammen mit ihren seltenen Büchern und Schätzen. In letzter Zeit haben die Altgläubigen begonnen, ihre Sammlung zu digitalisieren, statt sie immer wieder aufs Neue abzuschreiben. Doch die Gegenstände in diesem Alkoven sind der Kirche noch genauso teuer wie vor dreihundert Jahren.

Der Altgläubige steht im Eingang, die Augen in den Schatten über seinem Bart verloren. Er scheint mich gar nicht mehr wahrzunehmen; sein Bart zuckt, die Lippen beben, doch sein Gemurmel wird von dem dicken Teppich und den Vorhängen, von den vom Boden bis zur Decke gestapelten Büchern verschluckt.

»Wer ist hier gewesen?«, frage ich ihn. »Wer kann das getan haben?«

Ein ferner Blitz erhellt den Himmel draußen. Die Fenster erzittern in ihren Rahmen, als der Donner durch die Wälder grollt.

Ich schließe meine Hände und atme tief durch.

»Miss June?«, erkundigt Oleg sich. »Ist alles in Ordnung?«

Der kleine Mann betrachtet mich nervös. Seine blassen Lippen entblößen nikotingelbe Zähne, als sie versuchen, mich aufzumuntern. Ich streiche mir eine verirrte Strähne hinters Ohr und hebe die Puppe hoch, um Oleg das klaffende Loch in ihrem Rücken zu zeigen.

»Fragen Sie ihn, ob dieser Schaden hier neu ist.« Ich schaue über seine Schulter zu dem Altgläubigen, der hin und her wiegend im Gebet versunken ist.

»Hey? Ist das neu?«, rufe ich ihm zu.

Der Altgläubige kommt einen Schritt näher.

»Wer hat das getan?«, frage ich. »War außer uns noch jemand hier?«

Die Augen des Mannes weiten sich über dem buschigen Bart.

*»Njet«*, sagt er kopfschüttelnd. *»Njet, njet, njet.«*

Er bedeckt mit einer Hand das Gesicht und bekreuzigt sich mit der anderen. Dann hastet er zu der Reihe hoher Fenster und rüttelt an den Messingstangen, die sie öffnen, vergewissert sich, dass die Fenster verschlossen sind. Regentropfen schlagen wie dicke Motten gegen die Scheiben. Es ist das einzige Geräusch in dem vor scharfem Ozongeruch stickigen Raum.

»Das ist nicht gut«, sagt Oleg. »Er weiß es nicht.«

»Holen Sie mir bitte meine große Tasche aus der Kirche.«

Mit einem zweifelnden Blick wendet er sich ab und geht.

Ich entnehme meiner Werkzeugrolle eine zierliche medizinische Kopfleuchte und ziehe sie mir gerade auf die Stirn, als Oleg wieder hereingetrampelt kommt. Er wirft mir die schwere schwarze Tasche vor die Füße, auf der das Logo der Kunlun Foundation prangt.

»Was immer Sie tun, Sie beeilen sich besser«, erklärt er. »Die da draußen sind … aufgebracht.«

Der Altgläubige hat die Kontrolle der Fenster beendet und greift nun nach Oleg, beschwert sich eindringlich auf Slawisch bei ihm. Beide gestikulieren, streiten in lautem Getuschel.

Das Loch im Brustraum der Puppe hat gezackte Ränder. Wer immer das getan hat, war eindeutig nur an diesem einen Teil interessiert. Ich zwänge einen Spreizer zwischen die Rippen und betätige den Griff, bis das Innere besser bloßgelegt ist. Die Maschinerie wirkt intakt, hat die Jahrhunderte gut überstanden. Das fehlende Teil muss den Rest des Automaten mit Energie versorgt haben.

Doch es gibt Wege, einen Motor zu ersetzen.

Ohne mich um die streitenden Männer zu kümmern, ziehe ich drei Plastikbehältnisse aus der Tasche, öffne sie und platziere drei kompakte, batteriebetriebene Werkzeuge auf dem breiten Tisch: einen Stab, einen 3-D-Drucker und einen Akkubohrer.

Die Kunlun Foundation hat diese teuren Gerätschaften zwar finanziert – aber sie hätte sicher nie erwartet, dass ich sie auf diese Weise einsetze.

Ich greife mir das stabförmige Gerät und entferne mit einem Fingerschnippen die Schutzkappe von seiner roten Spitze. Dann klappe ich mir zwei Linsen über die Augen und betätige die Stirnleuchte. Die Landschaft innerhalb der Automatenbrust springt mich an, jedes Detail vergrößert und hell.

Die Sonde dringt in das Loch im Rücken der Puppe vor. Durch meine Linsen betrachtet, wirkt sie so groß wie ein Kran. Sie gibt ein aufgeregtes Klicken von sich, fast wie ein ausschlagender Geigerzähler, bis ein gleichmäßiges Prasseln mir anzeigt, dass sie eine geeignete Stelle zum Scannen gefunden hat.

Ich schließe kurz die Augen und betätige mit dem Daumen den Schalter. Der Laser des Abstandsmessers an der Sondenspitze erwacht zum Leben und flutet den Innenraum der Puppenbrust mit unsichtbarem Licht. Es dauert bloß eine Millisekunde, dann setze ich die Stirnlampe ab und entnehme dem Stab den USB-Stick an seinem Ende.

Oleg tippt mir auf die Schulter. »Okay. Zeit, zu gehen.«

Mit einem finsteren Blick schüttle ich seine Hand ab und schiebe den Stick in den tragbaren 3-D-Drucker. Ich berühre das kastenförmige Gehäuse. Die sich erwärmende Oberfläche verrät mir, dass der Apparat bereits arbeitet.

»Eine Minute noch«, sage ich zu Oleg. Über seine Schulter hinweg füge ich hinzu: »Ich packe zusammen, in Ordnung? Ich gehe! Ich beende meine Arbeit mithilfe der Aufnahmen.«

Mit dem passenden Verbindungsstück kann ich das Zahnradsystem im Inneren des Automaten ansprechen. Trotz der entfernten Energiequelle lässt sich dieses kleine Mädchen aktivieren. Es wurde vor der Entdeckung der Elektrizität erschaffen. Also sind seine Gliedmaßen auf mechanische Energie angewiesen – so wie ein gutes altes Uhrwerk auf seine gespannte Feder reagiert.

Oder ein Bohrer auf seinen Motor.

Der Drucker spuckt einen zahnradförmigen Bohrkopf aus. Ich reibe das Plastikteil zwischen den Fingern, um es von Rückständen zu befreien. Als ich daraufpuste, wirbelt der Abrieb wie Pappelsamen davon.

Der Altgläubige rauscht aus dem Raum.

»Jetzt«, beharrt Oleg. »Wir müssen jetzt gehen!«

»Moment noch.«

Oleg flucht in einer Sprache, die ich nicht verstehe.

Ich nehme den Akkubohrer, ein schwarzes, futuristisches Stück Technologie, das glatt und ölig und schwer in meiner Hand liegt. Mit einer leichten Drehung meines Handgelenks lässt sich der frisch gedruckte Bohrkopf darauf montieren. Ich schalte ihn an. Der Bohrer gibt ein Knirschen und Summen von sich und dreht das filigrane Artefakt ruhig um seine Achse. Vor dreihundert Jahren muss es Monate gedauert haben, dieses Stück von Hand zu feilen. Und ich habe es binnen dreißig Sekunden mit einem Gerät reproduziert, das erst seit einem Vierteljahr auf dem Markt ist.

Es ist an der Zeit, diesem kleinen Mädchen von Angesicht zu Angesicht zu begegnen, Wölfe hin oder her.

Ein Zittern fährt durch die Luft des Alkovens, als die Tür aufgerissen wird.

Der Altgläubige ist mit einem anderen, noch älteren Mann an seiner Seite zurückgekehrt. Beide reden wie Maschinengewehre auf mich ein, erheben immer mehr die Stimmen. Oleg springt auf, um sie zu besänftigen. Doch ich widme ihnen keine Aufmerksamkeit. Ich bin allein mit *ihr* beschäftigt, arbeite mich durch jedes Rad und jede Stange. Spüre die uralten Fingerabdrücke auf ihr.

Vertieft in die Komplexität der Puppe, frage ich mich nicht zum ersten Mal, weshalb Menschen davon ausgehen, dass uns die fortschrittlichsten Technologien erst noch bevorstehen. Zweihunderttausend Jahre menschlicher Geschichte lauern in den Schatten hinter uns; ungeahntes Wissen, gewonnen und wieder verloren. Um eines Tages, nur vielleicht, wiedergewonnen zu werden.

Mit einem Klicken rastet der Bohrkopf ein.

Ich halte den Bohrer fest und richte die Puppe in eine sitzende Position auf. Ihr skelettartiger Arm ragt vor wie ein toter Zweig, die Porzellanfinger, einer Kneifzange gleich, sind geschlossen. Mit meiner freien Hand ziehe ich mein Haargummi heraus und wickle es um ihre schmalen Finger, stecke einen Stift dazwischen. Dann klatsche ich ein Blatt Papier vor ihr auf den Tisch.

»Los geht's«, flüstere ich.

Ich schalte den Bohrer ein, auf schwächster Stufe. Er blockiert, klickt auf einem festsitzenden Zahnrad. Ich stelle das Drehmoment eine Stufe höher und drücke noch einmal den Schalter. Langsam beginnt sich der Motor zu bewegen. Klickgeräusche dringen aus der Brust des Automaten. Der Metallarm zittert, bebt und setzt sich in Bewegung. Die Hand senkt sich dreimal, taucht einen nicht vorhandenen Federkiel ins Tintenfass. Dann bewegt sie sich nach links und senkt sich wie die Nadel eines Plattenspielers, kritzelt in der Luft.

Ich drücke den Puppenkörper nach vorn, damit der Stift das Papier trifft.

In kurzen, harten Zügen entstehen Buchstaben vor unseren Augen. Russisches kyrillisches Alphabet, achtzehntes Jahrhundert. Oleg steht nun ebenfalls am Tisch, schaut ungläubig zu. Weitere Altgläubige drängen sich in der Tür, murmeln in gesenkten Stimmen.

»Können Sie das lesen?«, frage ich Oleg.

Das Gesicht des Mannes ist ganz grau.

»Ich fasse es nicht, dass Sie sie zum Laufen gebracht haben«, meint Oleg.

»Lesen Sie«, dränge ich ihn.

Mit zittriger Stimme liest er vor: »›Pjotr Alexejewitsch, Zar von Russland, Kaiser des Russischen Reichs, würdigt die Einberufung einer Heiligen Synode, auf dass dem russischen Volke Gottes Segen zuteilwerde. Zur Feier dieses Anlasses überlässt er Euch diese Maschine, geschaffen im Ebenbild eines Menschen, doch mit einem Herzen aus Stein. Möge ihre Existenz den heiligen Männern des Westens eine ewige Mahnung sein: Nicht alle, die atmen, leben auch; nicht alle, die Hände haben, fühlen auch; und nicht alle, die sehen, sind des Urteils fähig. So schaut und sehet den …‹«

»Den was?«, zische ich.

»›Den *awtomat*‹«, stößt er hervor, fast ohne die Lippen zu bewegen.

*Awtomat.*

Das ist ein russisches Wort, das etwas Automatisches, aber auch eine Maschine bezeichnen kann. Ein etwa gleichwertiger Ausdruck in unserer Sprache wäre vermutlich *Roboter.*

*Klack!*

Der Arm erreicht das Ende seines Zyklus und gibt ein

schnappendes Geräusch von sich. Dunkelheit verschlingt die Grenzen meines Sichtfelds, als ein Altgläubiger mich grob packt und wegziehen will. Mit einem gemurmelten Gebet greift er sich das Papier vom Tisch und steckt es in die Tasche seiner Robe. Ein anderer Priester hebt die Puppe an und entreißt sie mir, wobei mein Bohrer aus ihrem Rücken gebrochen wird. Eine Flut von Messingzahnrädern regnet auf den dicken Teppich herab.

»Geht«, weist der Altgläubige uns mit schwerem Akzent an. Feuer lodert in seinen Augen über dem Bart. »Geht jetzt. Bitte!«

Ich schnappe mir meine Kamera vom Tisch, werfe den Bohrer und die übrige Ausrüstung in die Tasche zu meinen Füßen und schultere sie.

Während ich fortgezogen werde, erhasche ich noch einen Blick auf das Gesicht der Puppe im Lampenschein. Ihre Augen sind stumpfsinnig zur Decke gerichtet. Eine geduldige Überlebende vergangener Zeiten. Ihre Nachricht hat sie überbracht – doch ich weiß, dass es noch andere gibt wie sie. Andere Botschaften, die darauf warten, gefunden zu werden. Andere Türen in die Vergangenheit.

Der Altgläubige drängt sich zwischen mich und den Automaten, weist mich aus dem Raum. Oleg greift mich mit fester Hand an der Schulter. Der Priester bedrängt uns weiter mit heiserer Stimme, seine Kirche zu verlassen, und wir kommen seinem Wunsch klaglos nach. Erst als wir hinausgehen, fällt es mir auf: Der alte Mann klingt eigentlich nicht wütend.

Er klingt verängstigt.

# 4

## MOSKAU, 1710

Die Puppe ist hell, hübsch und hart.

Ich habe mich an ihren Anblick am Schreibtisch in Favorinis Werkstatt gewöhnt: ihr Gesicht ein blasses Oval, die Lippen geschürzt, ihr Ausdruck in den Falten ihres Spitzenkleids und den Strähnen schwarzen Haars verloren. Sie ist ein *Ding*, so wie ich, und der zarte Zahnradtakt ihrer Bewegungen übt eine beruhigende Wirkung auf mich aus.

In den Wochen nach meiner Geburt sperrt Favorini mich in seinem dämmrigen Labor ein, das sich, so sagt er, in den Tiefen des Zarenpalasts in Moskau befindet. Nachts, wenn er arbeitet, liege ich still auf der Werkbank, auf der er mich aus geheimnisvollen Einzelteilen zusammengesetzt hat. Ich schließe die Augen und versuche zu ruhen, spüre die harte Holzfläche in meinem Rücken, die warme Luft, während die Beschwörungen von Favos Lippen rollen.

Diese Welt ist manchmal überwältigend, doch ich übe mich in Geduld.

Jeden Morgen weist Favo mich an, mich hinter die geschlossene Tür zu stellen. Ich lausche darauf, wie sich mein Lehrer auf der anderen Seite einen Schemel heranzieht. Ich höre seine Gelenke knacken – vermutlich ist er ein sehr alter Mann. Favorini muss ihn ausgesucht haben, weil er schlecht hört und kaum noch etwas sieht. Der verborgene Lehrer trägt meine Lektionen wie eine Beichte vor und verschwindet danach so schnell, wie er kann.

Ein Mann, der so lange schon lebt, muss gelernt haben, keine Fragen zu stellen.

»Enthülle niemals einem anderen Menschen deine Natur«, mahnt Favorini mich. »Du gehörst nicht in diese Zeit. Die Leute können deine Existenz nicht begreifen.«

Also stehe ich einfach da und lausche meinen Lektionen. Ich spreche nur, um Fragen zu stellen, und das möglichst rasch, meine volltönende Stimme von der Tür gedämpft.

»Wir werden dich verbessern.« Favo tätschelt meine mit Messing gepanzerte Brust. »Ein paar deiner Teile können wir austauschen. Mit der Zeit wirst du mehr wie wir aussehen und auch so klingen. Doch das wird dauern – Jahrhunderte vielleicht.«

*Jahrhunderte.*

»Sei geduldig«, sagt er und verkennt, dass ich die Geduld eines Berges besitze. Oder vielleicht spricht Favo auch mit sich selbst, wenn er so redet. »Es lebt niemand mehr, der sich noch der Kunst der Schöpfung entsinnt. Ich fand deinen Körper und konnte ihn wiederherstellen – doch die Anima in dir wurde vor langer Zeit schon durch das Wort geprägt. Das ist es, was dich an den Zaren bindet und dir zu denken, wahrzunehmen, zu fühlen erlaubt.«

Eines Morgens kehre ich von meinen Lektionen zurück und stelle fest, dass die Puppe von ihrem Sitz am hohen Schreibtisch verschwunden ist. Ein paar Einzelteile ihres Körpers, aus dem Inneren wie dem Äußeren, sind auf groteske Weise über den Holztisch verteilt. Es bereitet mir … Kummer.

Die Puppe ist wie mein Prüfstein. Ihre Gegenwart erweicht die Grenzen meiner Einsamkeit. Sie war mein erster Anblick und der beruhigendste. Sie ist mir ähnlicher als alles sonst, was ich kenne.

Da höre ich ein Flüstern im Dunkel.

»Was ist das Erste?«, fragt Favorini. »Was ist dein Wort?«

Ich habe diese Frage schon einmal gehört ... Diesmal aber stellt er sie nicht mir. Diesmal richtet er sie an das flackernde Zwielicht, an die Wände, über die der Kerzenschein zuckt. Ich höre keine Antwort – noch nicht.

Langsam trete ich näher. Ich sehe die Puppe auf einem hochlehnigen Stuhl auf einem Samtkissen sitzen. Ihr Rücken ist gerade, die Knie sind unter den Rüschen ihres Kleides verborgen, die winzigen Schuhe baumeln zwischen den Stuhlbeinen, die in Form von Greifenklauen geschnitzt sind.

Vor ihr kniet Favorini. Beinahe scheint er zu ihr zu beten.

Ich bin kurz davor, mich in die Dunkelheit zurückzuziehen ... Da bemerke ich ein Flattern in ihrem Ausschnitt – der goldene Puls eines arbeitenden Räderwerks. Ein Zahnrad in ihrem Hals klickt vernehmlich, und ich bleibe stehen und beobachte weiter.

Begleitet von einem Quietschen wendet die Puppe Favo das Gesicht zu. Über ihren schwarzen Augen schließen und öffnen sich die Porzellanlider. Dann spricht sie. Ihre Stimme ist hoch und trällernd, wie das Klimpern eines Cembalos.

Sie kommt mir wie die Stimme eines Kindes vor.

»Das Wort?«, erwidert sie, und ich höre in ihrer Antwort das halb erinnerte Läuten silberner Glocken, den Gesang von Vögeln und das Plätschern klarer Bäche.

*Klick.* Erneut blinzeln die Augen.

*»Logika«,* sagt sie. »Ich bin die Reinheit des Verstands.«

Favorini gluckst verzückt.

»Ja, ja!«, ruft er und klatscht in die Hände. »Der Verstand – Beweise, Rückschlüsse und die kalte Wahrheit. Diesen Prinzipien bist du verbunden. Du suchst nach Ordnung im Chaos ...«

Eine Diele knarrt unter meinem Gewicht. Die Hände noch immer umklammert, reckt Favorini den Hals und schaut mich an. Ich trete vor, verdränge das schwache Licht mit meinem massigen Schatten. Furcht huscht über das Gesicht des Alten.

»Die Puppe, die schreibt?«, frage ich, und meine Stimme klingt wie das Brechen von Wellen auf Fels. Beide Gesichter vor mir sind aschfahl, das eine aus Keramik, das andere aus Fleisch. »Ist das … sie?«

»J…ja und nein«, gibt Favorini zurück. »Ich habe sie auseinandergenommen und wieder zusammengesetzt. Sie ist nun etwas anderes. *Jemand* anderes.«

Meine Porzellanpuppe – mein Prüfstein – ist nicht mehr. Unaufgefordert ballen sich meine Hände zu Fäusten. Mir ist nicht klar, woher ich weiß, was ich weiß, oder weshalb ich fühle, was ich fühle. Doch diese Puppe ist wertvoll für mich, und ich werde es nicht zulassen, dass man ihr Schaden zufügt.

»Wer gab dir das Recht, ihre … Teile zu nehmen?«

Favorini richtet sich auf, bleibt in gebeugter Haltung stehen und wedelt mit den Händen wie ein flatternder Vogel. »Keine Angst, mein Freund. Alles ist gut. Einige ihrer Teile wurden gebraucht, um eine simple Schreibpuppe zu bauen. Ein Geschenk des Zaren für den Papst. Dein Porzellanmädchen aber ist immer noch hier bei uns. Sieh nur!«

Ich mustere die kindliche Maschine, erkenne den Schwung ihrer Wange wieder. Sie wirkt größer ohne ihren Tisch, etwa wie ein zwölfjähriges Menschenmädchen.

»Dies ist ein besonderer Tag«, fügt Favo hinzu. Sein Bart zuckt, als er lächelt. »Ich habe lange und hart dafür gearbeitet.«

Das Puppenmädchen sitzt auf seinem Samtkissen, regungslos, das starre Gesicht ins Dunkel gerichtet. Ihre

Stimme hätte fast das Echo aus einem Traum sein können – ein Geisterchor, in den unerforschten Tiefen meines Bewusstseins heraufbeschworen. Bewegungslos und still ruht sie auf dem Stuhl wie ein von einem launischen Kind zurückgelassenes Spielzeug.

»Ich habe es nicht böse gemeint«, sage ich.

Ich mache einen schweren Schritt zurück.

Da bewegt sich die Puppe. Sie hebt die Arme und richtet die Rüschen ihres Kleides. Dann reckt sie den Hals, um mich anzusehen. Ihre Perücke aus falschem Haar zittert über einer Maske aus Porzellan. Doch während ihr Blick auf dem rauen Leder meiner Wangen ruht, erahne ich die Gedanken hinter dem starren Gesicht, die in die säuberlich geordneten Fächer ihres Verstands gleiten. Obgleich ihre Augen ein schwarzes Nichts sind, spüre ich Verstehen darin. Anerkennung.

Das Mädchen weiß, was unter meiner Haut steckt – was wir gemein haben.

»Wer bist du?«, frage ich sie.

Favorini antwortet für sie.

»S…sie ist dein Gegenstück. Man fand euch zusammen in den Ruinen eines verwüsteten Scheichtums in den weiten Steppen. Ich vermute, dass die Barbaren euch auf einem Raubzug stahlen, vielleicht in den alten Ländern jenseits der Großen Mauer.

Zar Peter entdeckte eure Trümmer in der Waffenkammer des Palasts, wo sie schon seit Ewigkeiten verwahrt worden waren. Katharina bestand darauf, euch zu zerstören, aber er schlug ihr diese Bitte ab und befahl, euch zu neuem Leben zu erwecken. Obschon ich es war, der euch wieder zusammenbaute, ist der Zar euer Patron und Vater.«

Ich trete vor und kauere mich vor die Puppe. Sie lässt mich nicht aus den Augen. Ihr ausdrucksloses Gesicht verrät keine Gefühle, doch ihr Zahnradpuls beschleunigt sich.

»Weshalb gestaltete man sie wie ein Kind?«

Favo deutet auf zwei kleine Stilette auf seiner Werkbank. Beide sind aus mattem Stahl gefertigt, verfügen über Knochengriffe, scheinen für ein Kind gemacht zu sein.

»Diese Dolche fand man bei ihr. Vielleicht war sie eine Assassinin? So viel Wissen ging uns verloren, doch allein ihre Konstruktion ist erhellend … Ihr habt viel gemein. Indem ich ihren kleineren Körper studierte, war es mir möglich, dich in diese Welt zu befehlen. Und nun … nun schließt auch sie sich uns an.«

»Ist sie simpel, so wie ein Kind?«

»Ich bin nicht simpel«, schaltet sie sich mit klickendem Kiefer ein. Sie rutscht zur Kante des Stuhls, lässt die Füße baumeln. Dann springt sie behende zu Boden. »Und ich bin auch kein Kind«, fügt sie hinzu und senkt die Stirn. Trotz der bedrohlichen Haltung strahlt sie eine grimmige Freude aus. Frei von Scham und Furcht funkelt sie mich an.

Ich starre in die schwarzen Abgründe, aus denen heraus sie mich betrachtet, und überlege.

»Sag mir deinen Namen«, fordere ich sie auf.

Die Porzellanpuppe macht einen Schritt rückwärts.

Langsam, mit Bedacht, greift sie beiderseits ihrer Hüfte nach ihrem Kleid. Ihre Fingerspitzen schließen sich leise, ihre Augen bleiben auf mich gerichtet. Ein Fuß bewegt sich gewandt hinter den anderen, als sie das Knie beugt und schließlich einen Knicks vollführt.

»Von des Zaren Gnaden nennt man mich Elena Petrowna«, sagt sie.

Der alte Mann strahlt.

»Mein Freund«, erklärt er. »Sie ist deine *Schwester.*«

# 5

## OREGON, GEGENWART

Auf dem gesprungenen Gehweg vor meinem Motelzimmer raucht Oleg eine handgedrehte Zigarette. Ich sehe seine Silhouette, während er in seiner Kunstlederjacke auf und ab schreitet und mal hier, mal dort zwischen den billigen PVC-Lamellen meines Vorhangs erscheint, die wie alte Fliegenfänger herabbaumeln. Er spricht auf Ukrainisch in sein Handy, schnell wie eine Maschinenpistole, gestikuliert und stößt üblen Rauch aus.

Hinter ihm recken sich die hohen Kiefern des Willamette-Tals vor einem grauen Himmel empor. Für jemanden aus den Backsteinvororten von Tulsa wirkt die Welt hier draußen übersättigt von Grün und dem Geruch von Wald und Regen. Am Horizont zeichnet sich unheilvoll die weiße Krone von Mount Hood zwischen den Wolken ab, ein bedrohlicher Anblick für ein Kind, das am Rande der weiten Prärie unter dem endlosen Himmel aufwuchs.

Draußen benutzt Oleg wieder das Wort: *awtomat.*

Beim Gedanken an seine Überraschung, als ich dem verwüsteten Automaten eine jahrhundertealte Botschaft entlockte, kann ich mir ein Lächeln nicht verkneifen. Aus genau diesem Grund zahlt die Kunlun Foundation für diese Reise, denke ich. *Deshalb schickt man mich kreuz und quer durch Nordamerika, mit gelegentlichen Abstechern nach Europa – um lange verstummten Artefakten wieder eine Stimme zu geben.*

In dem fleckigen Spiegel, der fest an der beige gestrichenen Betonblockwand montiert ist, erhasche ich einen Blick auf mich selbst. Man sieht mir überdeutlich an, dass ich seit Wochen unterwegs bin. Doch die Botschaft, die ich in der Puppe fand, entschädigt mich für alles – nicht bloß für die Reise, sondern auch für die leere Wohnung daheim, die miese Forscherstelle und die enttäuschten Gesichter meine Eltern bei meinen jährlichen Besuchen.

Heute wurde ich Zeuge eines Moments, der drei Jahrhunderte zurückreichte.

Etwas im Spiegel bewegt sich. Oleg lümmelt sich im Eingang, die Schultern hochgezogen, eine halb gerauchte Zigarette glimmt hinter ihm auf dem Gehweg.

»Die Foundation hat sich gemeldet«, sagt er.

»Gut. Haben Sie denen erzählt, was wir entdeckt …?«

»Ja, ja.« Ungeduldig winkt er ab und weicht mir aus, schaut die Wand hinter mir an. »Sie haben beschlossen, ihre Unterstützung einzustellen.«

»Was …?«

»Jemand kommt vorbei, um die Ausrüstung abzuholen. Wir sollen hier warten.«

Für einen langen Moment verharre ich wie in Schockstarre. Ohne Fördermittel ist meine Feldforschung praktisch unmöglich. Geräte wie diese kann ich mir beim besten Willen nicht leisten. Ich werde bis ans Ende meiner Tage Einführungsveranstaltungen an der Universität geben müssen, wenn man mich nicht irgendwann ganz feuert.

Ich setze mich an den kleinen Tisch und ringe nach Luft.

»Tut mir wirklich leid, Miss June«, erklärt Oleg mit gesenktem Kopf.

»Scheiße«, murmle ich zu mir selbst, lehne mich gegen den schmutzigen Spiegel. Unwillkürlich greifen meine Finger nach den vertrauten Umrissen des Relikts, das ich von meinem Großvater bekommen habe und das ich unter der

Bluse um meinen Hals trage. »Wieso machen sie das? Warum gerade *jetzt?*«

Ich rieche Regen und Zigarettenrauch aus der offenen Tür.

»Da müssen Sie warten und denjenigen fragen, den sie uns schicken«, erwidert er. »Schlechte Nachrichten, ich weiß.« Er zieht eine eiskalte Wodkaflasche aus einer braunen Papiertüte.

»Das tragen Sie einfach so mit sich herum?«, frage ich verwundert.

Ein Zucken seiner Schultern. »Okay?«

»Ja doch, Oleg. Kommen Sie rein.«

Der Ukrainer tritt ein und nimmt auf der niedrigen Klimaanlage Platz, die unterhalb des Fensters aus der Wand ragt. Lässig stellt er die Wodkaflasche auf dem rostigen Metall ab, löst mit einer Drehung seiner Handfläche den Schraubverschluss. Dann schenkt er uns zwei Shots in die billigen weißen Plastikbecher des Motels ein, hebt sie mit seinen dicken Fingern hoch und reicht mir einen.

Mit zittrigen Händen nehme ich ihn entgegen.

»Haben sie eine Begründung genannt?«, will ich wissen.

Mit einem erneuten Schulterzucken steht Oleg auf und erhebt seinen Becher.

*»Budmo«,* meint er und trinkt ex.

Ich leere meinen Wodka ebenfalls und reiche ihm den Plastikbecher zurück.

»Danke«, sage ich.

»Was ich mal fragen wollte …« Er setzt sich wieder hin, schaut mich nicht an. »Das mit dem Motor der Puppe. Woher wussten Sie, was da vielleicht reingehört?«

Er gießt bereits zwei neue Becher ein, hält den Flaschenhals wie einen Fahrradlenker, verschüttet keinen einzigen Tropfen. Das weiße Plastik zittert, als die klare Flüssigkeit hineinströmt. Dann reicht er mir meinen gefüllten Becher zurück.

*»Budmo«*, wiederholt Oleg halb im Stehen und kippt im Handumdrehen seinen Wodka runter.

»Ich studiere diese Apparate schon sehr lange.« Mein Lächeln fühlt sich an wie eine Grimasse. »Ich hatte da so ein Gefühl.«

Oleg hebt eine Augenbraue. »Aber wozu das überhaupt studieren? Es ist doch ziemlich alt, oder? Nur Müll. Was kümmert's Sie?«

Ich betrachte meine schlanken Beine in den schmutzigen Jeans, meine Stiefel auf dem dünnen Motelteppich. Alles, woran ich mein Leben lang gearbeitet habe, ist vorbei. Die Hofautomaten, die ich erforsche, sind entweder zerstört oder über den ganzen Erdball verteilt, weggeschlossen in privaten Sammlungen. Ohne finanziellen Rückhalt bin ich keine echte Wissenschaftlerin mehr – bloß eine Dame mit einem sehr eigenartigen Hobby.

Ich wappne mich gegen den stechenden Geschmack des Alkohols und leere den zweiten Becher. »Mein Großvater. Er brachte mich darauf, als ich noch klein war.«

»Erzählen Sie mir davon.«

»Na ja, er kämpfte im Zweiten Weltkrieg für die Russen. Und er brachte eine Menge interessante Geschichten mit nach Hause. Historisch und in anderer Hinsicht.«

Oleg nickt, mustert mich ernst. Eine finstere Note hat sich in seinen Ausdruck gemischt. »Und was wäre *das* für eine Geschichte?« Er betont die Worte sorgsam.

Die Hitze des Wodkas kriecht zwischen meinen Schlüsselbeinen durch, breitet sich durch mein Brustbein bis in den Magen aus. Ich merke, wie die Hitze in meine Wangen strömt. Die eindringliche Warnung meines Großvaters steht mir vor Augen: *Erzähle niemandem davon.*

»Eine Geistergeschichte«, antworte ich. »Etwas, das er einmal auf dem Schlachtfeld sah.«

Ich spüre die vertrauten Konturen des Relikts auf der Haut. Jahrelang habe ich seine rätselhaften Runen studiert, es vermessen und gewogen, habe sogar versucht, seine unverwüstliche Form zu verbiegen. Es um meinen Hals zu tragen gab mir stets ein Gefühl der Bedeutsamkeit, so als hütete ich ein unfassliches Geheimnis, das ich vor dem Rest der Welt verbergen musste. Jetzt dagegen komme ich mir einfach nur dumm vor. Ein kleines Mädchen, das ein wertloses Schmuckstück trägt.

»Eine Geistergeschichte«, wiederholt Oleg tonlos.

»Nun, er nannte es einen Engel. Einen Racheengel.« Bei der Erinnerung daran muss ich lächeln.

»Ah, ich verstehe.« Olegs dunkle Augen sind weiterhin auf mich gerichtet. Mit dem Finger tippt er gegen seinen leeren Plastikbecher. »Ein wenig hiervon über eine Kriegsgeschichte gegossen, und sie wird größer und größer. Seltsamer. Ihr alter *deduschka* meinte wahrscheinlich selbst, dass es die Wahrheit wäre …«

Plötzlich kocht Wut in mir hoch. »Mein *deduschka* fand ein Relikt in Stalingrad«, platze ich gedankenlos heraus. »Sein Engel blutete Metall!«

Für einen langen Moment hängen die Worte in der Luft. Mein Zorn vergeht so rasch, wie er gekommen ist, hinterlässt eine Spur von Bedauern.

Ich habe mich gerade über die Warnung meines Großvaters hinweggesetzt.

Langsam steht Oleg auf. Das Lächeln weicht aus seinem Gesicht. Seine Lippen glänzen von dem Wodka, alte, harte Falten erscheinen auf seinen stoppeligen Wangen.

»Die Schlacht von Stalingrad?«, fragt er. »Was genau hat er dort gefunden?«

»Keine Ahnung«, antworte ich argwöhnisch. »Wenn ich es rausfinde, gebe ich Bescheid.«

»Und wenn Sie raten müssten?«

»Ganz egal, das spielt keine Rolle. Wieso wollen Sie …?«

»Wo haben Sie es? Haben Sie das Relikt dabei?«

Seine Stimme klingt merkwürdig angespannt. Eine Sekunde lang schwinden mir die Sinne, dann stütze ich mich auf den kleinen Tisch und reiße mich zusammen.

»Nein«, erwidere ich. »Nein, Oleg. Es ist an einem sicheren Ort.«

Das Metall des Relikts ruht warm auf meiner Brust.

»Wo?«, wiederholt er. »Kann ich es sehen?«

Er verlässt seinen Platz und stößt dabei achtlos die Wodkaflasche um. Sie fällt vernehmlich zu Boden und rollt davon, während er sich mir nähert. Ich kann den Alkohol in seinem Atem riechen.

»Zeigen Sie mir das Relikt, June«, zischt er. »Zeigen Sie es mir *jetzt!*«

# 6

## MOSKAU, 1712

Der goldene Thronsaal droht meine Sinne zu überwältigen. Lüster schweben über einem weiten Gang, der von vergoldeten Holzpfosten gesäumt wird. Mit Gold bemalte Skulpturen ragen an den Wänden bis in die dämmrigen, von Staub geküssten Höhen empor. Meine Stiefelabsätze hallen auf dem abgenutzten Marmor. Ich trage zu diesem Anlass einen förmlichen Kaftan in Schwarz und Rot, der mir bis zu den Knien reicht. Er ist mit glänzenden Rüstungsteilen versehen, die sich an Unterarme und Brust schmiegen, dazu mit einer schwarzen Kapuze, die ich tief in die Stirn gezogen habe.

Obgleich ich nie zuvor hier gewesen bin, weiß ich aus Favorinis Beschreibungen, dass der Thronsaal eines Zaren voller Leben sein sollte – Höflinge, Bittsteller, vielleicht sogar die gefürchtete Zarin. Doch an diesem Tag ist er menschenleer.

Die einzigen Anwesenden außer uns sind Hofautomaten.

Favo humpelt voraus, weist mir den Weg durch den länglichen Raum. In einer seitlichen Galerie watscheln drei Entenküken mit silbernen Federn ungeschickt hinter einer goldenen Mutterente her. Eins der geschmiedeten Entlein macht sogar Dreck, ehe es seinen Geschwistern hinterhereilt.

Dann verschluckt ein dicker Teppich meine Schritte, in dem strahlende Rot- und Blautöne miteinander verwebt sind. Vor mir erhebt sich der Thron, golden funkelnd in den

Sonnenstrahlen, die durch die hohen Schlitzfenster fallen. Favorini bleibt stehen.

Der Zar ist nicht da.

Da öffnet sich eine Geheimtür in der Wand der Galerie. Mit eingezogenem Kopf tritt ein hünenhafter Mann heraus. In einer Hand hält er mit unerschütterlichem Selbstbewusstsein einen enormen gelblich grünen Apfel. Der Mann trägt keine grelle Robe oder eine blitzende Rüstung. Stattdessen hat er die einfachen Hosen eines Handwerkers an.

Favorini will schon einen Kratzfuß machen, doch der Zar winkt ab.

»Das ist es also, was wir die ganze Zeit in unserem Keller unter Verschluss gehalten haben?« Der Zar wirkt nicht beeindruckt, als er mich betrachtet.

Der Alte nickt.

»Unsere Feinde haben viele Versuche unternommen, dieses … Ding zu stehlen. Unermüdlich! Bei der Anzahl an Wachen, die wir zu seinem Schutz abgestellt haben, könnte man meinen, er bestünde aus Diamant. Wird er seiner Aufgabe denn auch gewachsen sein?«

»Ich glaube fest daran«, erwidert Favorini. »Doch könnt Ihr ihm diese Frage auch selbst stellen, mein Gebieter.«

Peter umkreist mich und beißt von seinem Apfel ab. Während er lautstark kaut, mustert er mich mit großen, klugen Augen. Mir fällt auf, dass seine Lippe missgestaltet ist, etwas schief … genau wie meine.

»Es heißt, du seist mein Sohn«, meint er.

»Vater«, entgegne ich und neige mein Haupt.

»Sag mir, *Sohn.*« In seiner Stimme schwingt Belustigung mit. »Was ist *prawda?*«

»Wahrheit und Gerechtigkeit.«

»Schwörst du mir die Treue?«

»Das tue ich.«

»Schau mich an und ziehe deine Waffe.« Der Zar kommt auf mich zu.

Aus nächster Nähe taxiert er mein Gesicht mit dem geübten Auge eines Mechanikers und beißt erneut von seinem Apfel ab.

Auge in Auge stehe ich dem Zaren von Russland gegenüber. In aufrechter Haltung bin ich exakt so groß wie er. Mit hellem Klang fährt mein Säbel aus der schmucklosen Scheide. Der Schaschka ist eine gängige Waffe. Er hat eine einschneidige Klinge – lang, leicht gebogen und unglaublich scharf. Ich halte ihn seitwärts, Spitze zum Boden, den Arm so ruhig, als wäre er aus Stein geschlagen.

»Er bewegt sich wie ein Mensch.«

Der Zar beugt sich vor und zieht mir die Kapuze vom Kopf, enthüllt das hellbraune Leder, das die Oberfläche meines Gesichts überzieht. Er drückt mir die Finger in die Wange, dann reibt er sie gedankenvoll aneinander. Anschließend fährt er mir durchs Haar, spürt mit den Fingerspitzen den Messingknöpfen nach, die in meinem Nacken verlaufen.

»Fühlt sich allerdings nicht an wie ein Mensch«, stellt er fest.

»Er folgt der Wahrheit«, sagt Favo. »Er wird seinem Wort gehorchen. Und Euch – ganz gleich, was passiert.«

Der Zar wirkt nicht überzeugt.

»Dein Name, Awtomat?«, fragt er.

In meinem Geist herrscht Leere.

»Wie immer Ihr mich zu nennen beliebt«, antworte ich.

»Eigenartig, neben jemandem zu stehen, der so groß ist wie ich.« Er kaut nachdenklich. »Das hatte ich seit meiner Kindheit nicht mehr.«

Der Zar tippt mit dem Finger auf die polierte Rüstung, die in meinen Kaftan eingelassen ist.

»Ich glaube, er ist hübscher als ich.«

»Ihr seid zu freundlich, mein Zar«, erklärt Favo. »Bitte verzeiht mir eventuelle Unstimmigkeiten. Die Erscheinung der Maschine kann mit etwas Zeit geändert werden.«

»Maschine? So nennst du sie nach wie vor?«

»Alles andere wäre eine Beleidigung unseres Herrn Jesus Christus. Es ist kein lebendiges Wesen, sondern vielmehr eine Spielerei. Unbedeutend im Vergleich zu Gottes Schöpfung.«

Peter lacht, ein knappes, hallendes Bellen. »Du fürchtest Katharina, alter Mann, selbst wenn wir unter uns sind. Das ist schlau. Die Zarin traut diesem Projekt nicht. Sie würde deine Apparate am liebsten als Sakrilege zerstören.«

Favorini senkt den Kopf. »O nein, mein Zar. Ich zweifle keineswegs an der Zarin … Das würde ich nie … Doch die Animas sind wertvoll. Ich habe unser verbleibendes Artefakt bereits dem anderen Gefäß eingepflanzt. Es ist alt, doch von der Gestalt eines Kindes. Und wir dürfen nicht vergessen: Unsere Feinde mögen über eigene Animas verfügen. Andere Awtomat könnten gegen uns eingesetzt werden, in dieser Minute …«

»Genug«, unterbricht Peter ihn. »Deine Studien sind sicher.«

Der Zar dreht sich um und gibt mir mit beiden Händen einen Schubs. Ich ahne, dass es ein Test sein soll, und beschließe, mich nicht zu bewegen. Meine Füßen sind wie festgewachsen, meine Hand hält den Säbel gepackt; und obgleich der Zar groß ist und viel Kraft in den Stoß legt, reicht seine Stärke nicht aus.

»Er könnte sogar stärker sein als ich«, bemerkt der Zar, sein Gesicht dunkel vor Anstrengung, gemischt mit einem Hauch von Verärgerung. »Wollen wir einmal sehen, wie klug er ist.«

Peter tritt ein paar Schritte zurück und verschränkt die großen Hände hinter dem Rücken.

»Awtomat!«, sagt er. »Ein Bojar ersucht mich um fünfzig Mann meines Preobraschensker Leibgarderegiments, um seine Grenzen zu verteidigen. Akzeptiere ich sein Ersuchen?«

»Nein, mein Zar.«

»Weshalb nicht?«

»Mitglieder dieses Regiments haben geschworen, ihren Vater, den Zaren, zu schützen. Sie für irgendjemand Geringeren in den Kampf zu schicken würde sie entehren.«

»Die Maschine kann also auch denken.«

Der Zar beißt ein letztes Mal in den Apfel und wirft das Gehäuse achtlos fort.

»Greif mich an«, fordert er mich auf.

Ich reagiere nicht.

»Ich bin dein Zar, Awtomat. Ich gebe dir einen Befehl! Deine Ehre gebietet dir, ihm zu folgen. Hebe deinen Säbel und greif mich an.«

»Mein Zar«, stottert Favorini. »Er ist sehr stark. Bitte unterschätzt nicht …«

»Jetzt!«, beharrt Peter.

Der Drang, meinem Herrn zu gehorchen, zerrt so unleugbar an meinen Gliedern wie die Schwerkraft. Ich hole aus, hebe die Säbelspitze. Doch den Zaren zu verletzen würde mich entehren. Das Wort lodert in meinem Verstand auf: *prawda.*

Wahrheit. Gerechtigkeit. Ehre.

»Tu es!«, schreit der Zar.

Vor meinen Augen verschwimmt alles. Der Säbel zittert. Ich bin gezwungen, zu gehorchen und mich dem Befehl zu verweigern, beides zur gleichen Zeit. Die Dissonanz hämmert in meinen Ohren. Ich kann mich nicht widersetzen, und ich kann nicht angreifen. Ich ertrinke, mein Bewusstsein verschlingt sich selbst.

Es ist der einzige Schmerz, den ich je spürte – die Qual meines gebrochenen Wortes.

Doch gibt es eine Lösung. Sie stellt sich als der einzige gangbare Weg dar: Wenn ich nicht handeln kann und auch nicht *nicht* handeln kann … dann werde ich aufhören, zu sein.

Ich hebe den Säbel höher, richte die Spitze auf den Zaren. Dann drehe ich die blitzende Klinge herum, bis die Spitze den Stoff meines Kaftans eindrückt. Ich spanne meine Schultern, lege alle Kraft in meine Hände, um die Klinge in meine Brust zu pressen …

»Stopp!«, befiehlt der Zar und berührt meinen Unterarm.

Wortlos führe ich die Waffe zurück in ihre Ausgangsposition.

»Willkommen daheim … Peter«, sagt der Zar und legt den Arm um meine Schultern. »Ein Jammer, dass du zur Feier des Tages nicht anstoßen kannst.«

»Mein Zar«, vergewissert Favo sich zaghaft. »Ihr wünscht, den Apparat Peter zu nennen?«

»Ich nenne ihn bei seinem Namen: Pjotr Alexejewitsch.«

»Aber wieso …?«

»Peter ist mein Name – solange ich auf dieser Erde weile. Doch mit Verstand und Geduld hast du einen Herrscher gebaut, der ewig leben kann. Als Anführer des Russischen Kaiserreichs wird unser Peter meinen Namen wie ein Banner durch die Zeitalter tragen, immun gegen die verderblichen Kräfte der Zeit … *prawda* immer treu ergeben. Ein Herrscher, der meines Reiches würdig ist.«

Peter der Große schenkt mir ein breites Lächeln.

»Unser Peter hat eine große Bestimmung – die eines *ewigen* Zaren.«

# 7

## OREGON, GEGENWART

Oleg?«, frage ich und weiche vor ihm Richtung Bett zurück. »Was verdammt noch mal soll das werden?«

Der Ukrainer kommt mir deutlich zu nahe, sein Blick ist wie versteinert. Es gefällt mir nicht, wie seine Hände an den Seiten herabhängen, die nikotinfleckigen Finger zu Klauen gekrümmt. Kaum dass ich das Relikt meines Großvaters erwähnte, wirkte er wie verwandelt.

»Es ist nicht Ihre Schuld, June«, erwidert er. »Aber ich muss das Relikt sehen. Sagen Sie mir, wo es ist.«

»Verschwinden Sie.« Ich greife hinter mich. »Bitte. Sie müssen jetzt gehen.«

Oleg scheint mich gar nicht wahrzunehmen. Er schluckt, sein Adamsapfel hüpft. Wir sind beide angetrunken; doch bin ich noch klar genug, um nach dem harten Kunststoff des Moteltelefons auf dem Nachttisch zu tasten.

Die Hände hinter dem Rücken, hebe ich den Hörer ab.

»Wir werden es Ihnen abkaufen, in Ordnung?« Er klingt bang, fast verzweifelt. »Wie viel wollen Sie?«

»Oleg. Ich mache keinen Spaß.«

»Man hat mir gesagt ... Mir bleibt keine ...« Er redet mehr mit sich selbst als mit mir, wendet sich ab.

Dann fegt er von einem Moment auf den nächsten mit beiden Händen meinen halb offenen Koffer vom Bett. Kleider und Papiere fliegen durchs Zimmer, ein Buch prallt gegen die Wand. Er schnappt sich meine große schwarze Kunlun-Tasche und leert sie aus, lässt einen Wasserfall schwerer Gerätschaften aufs Bett plumpsen. Rasch durchsucht er das Chaos, stöbert nach dem Relikt.

Schließlich sieht er auf und versperrt mir den Weg zur Tür.

»Sie hören alles«, erklärt er mit brüchiger Stimme. »Sie werden es rauskriegen!«

Ich umklammere den Hörer, gebe mein Bestes, blind die Tasten 9-1-1 zu treffen. Danach lege ich den Hörer auf den Nachttisch und mache zwei schnelle Schritte zur offenen Tür.

»Hilfe …!«, rufe ich, doch Oleg schlingt einen Arm um mich und stößt mich aufs Bett. Im Fallen schlage ich noch nach seinem Gesicht, kämpfe mich aber sofort wieder auf die Beine und versuche von Neuem, den Ausgang zu erreichen. Diesmal trifft er mich in den Rippen, und mir bleibt die Luft weg. Bäuchlings stürze ich aufs Bett, die Haare im Gesicht, und schlage wild um mich.

»Bitte«, sagt er. »Sie können nicht weg.«

Ein Knie drückt sich in meine Seite. Oleg rollt mich auf den Rücken und hält mich dann mit den Knien auf meinen Armen gefangen. Mit schweißnassem Gesicht presst er mich mit seinem ganzen Gewicht aufs Bett. Ich keuche, schnappe laut nach Luft.

»Tut mir leid.« Olegs Atem verströmt eine Wolke von Alkohol. Nach wie vor weicht er meinem Blick aus, wirkt verwirrt. Ich versuche zu schreien, aber meinem Mund entfährt nur ein Husten und Würgen.

Hinter meinen Augen flammen Lichter auf, während ich mit den Fingern verzweifelt das Bettzeug absuche.

»Vergeben Sie mir«, meint er mit bebender Stimme.

Meine Finger streifen etwas Hartes und Glattes – der Akkubohrer. Meine Nägel kratzen über Plastik, in der nächsten Sekunde gelingt es mir, das schwere Werkzeug zu packen.

Mit aller Kraft schwinge ich es in weitem Bogen herum.

Oleg zuckt zusammen, als der Bohrer gegen seine Schulter prallt. Ich ziehe ihm das Werkzeug über die Schulterblätter, will ihn am Hinterkopf treffen. Er legt mir den Unterarm auf die Brust und drückt fester zu, während ich den Bohrer wirkungslos an seinen Kopf presse.

»Ich kann Sie nicht gehen lassen«, sagt er. »Sie werden bald hier sein. Sie werden sich holen, was in Stalingrad verloren ging.«

Ich schalte den Bohrer an.

Das Werkzeug zuckt in meiner Hand, fährt sich augenblicklich fest, als der Bohrkopf sich in Olegs Haar verheddert und die fettigen Locken zu einem Klumpen wickelt. Oleg wirft den Kopf zurück und sperrt vor Überraschung den Mund auf. Der heulende Bohrkopf dreht sich weiter, während Oleg noch nach Luft schnappt. Tief in seiner Brust baut sich ein Schrei auf. Mit beiden Händen greift er sich an den Schädel.

Der Bohrer kreischt – warme Luft schießt aus den Schlitzen über meine Finger.

»Stopp! Stopp!«, schreit Oleg. Er reißt den Kopf zur Seite, hat die Augen zugekniffen und die gelben Zähne zu einer starren Grimasse gebleckt. Noch immer zerrt der Bohrer Büschel aus seiner Kopfhaut; als blutige Ringe ziehen sich die Haare an der Basis fest. Ich schließe die Augen und wende das Gesicht ab, drücke jedoch weiterhin den Knopf, während Oleg verzweifelt versucht, mir den Bohrer zu entreißen.

Der aber verfängt sich klirrend in seiner Kette mit dem heiligen Christophorus, die er um den Hals trägt. Olegs Schreie werden auf mechanischem Wege erstickt, als die Kette sich um seine Kehle zusammenzieht. Dann höre ich nur noch das Klicken des Bohrers, als dieser sein maximales Drehmoment ausreizt.

Ein paar Sekunden später lasse ich den Knopf los. Oleg fällt mit dem Gesicht auf die Matratze, ist kaum noch bei Bewusstsein.

Ich stoße ihn von mir und presse ihm das Knie in den Rücken. Als ich den Bohrer zur Seite wegwerfe, entspannt sich die Kette um seinen Hals. Das Bettzeug ist von seiner zerfetzten Kopfhaut mit rostroten Blutstreifen verschmiert. Ich warte, bis Oleg röchelnd nach Luft schnappt.

Er winselt, spuckt und würgt. Helle Blutstropfen quellen aus seiner Schädeldecke. Weißer Schaum verklebt seine Lippen.

Der Ukrainer ist am Leben, aber nicht ganz bei Sinnen.

Eilig taumle ich zur Tür und mache sie auf. Im Eingang verschnaufe ich kurz und lehne meine Stirn gegen den kühlen Rahmen. Ich höre jeden angestrengten Atemzug von Oleg, wie er da zusammengekrümmt auf dem Bett liegt.

»Was tun Sie da nur, Oleg?«, frage ich. Meine Stimme hallt tonlos von den Betonblockwänden wider. »Was wollen Sie mit dem Relikt?«

Der Mann weint, drückt das Gesicht in die Steppdecke.

»Sie sterben«, sagt er mit erstickter Stimme. »Die Langlebigen sind zu allem bereit, um zu überleben. Sie kontrollieren alles. Sie wissen alles.«

Draußen ertönen Sirenen. Der Telefonhörer liegt noch auf der Tischplatte. Ich höre das Quietschen von Reifen auf Asphalt.

»Sie haben versucht, mich umzubringen«, entgegne ich.

Oleg rollt sich vom Bett und auf die Knie. Mit wildem Haar und blutverschmiertem Gesicht schaut er zu mir auf. Die blauen und roten Lichtblitze der Einsatzwagen perlen von seiner grauen Haut ab. Seine Hände hat er wie zum Gebet zusammengelegt.

»Ich habe versucht, Sie zu beschützen«, hält er dagegen. »Sie haben deren *Namen* erfahren.«

»Wessen Namen?«, will ich wissen.

»Sie sollten fliehen. Bald werden sie kommen.«

»Wer denn? Wer wird kommen, Oleg?«

»Miss June.« Er hat Tränen in den Augen. »Es sind die Awtomat.«

# 8

## MOSKAU, 1713

In der Dunkelheit von Favos Labor leisten meine Schwester und ich uns in unseren Studien Gesellschaft. Lehrer aus den fernen Winkeln der Welt treten hinter unsere verriegelte Tür. Bei Kerzenschein lernen wir die Sprachen und Glaubenssysteme Europas und Asiens. Und je mehr Elena und ich lernen, desto mehr reden wir auch. Jeden Abend wird unser Verstand mit neuem Wissen über die Welt dort draußen gefüllt.

Und jeden Morgen trainieren wir unsere Körper.

Elena hat gelernt, sich in Kosmetik und Kleidung zu hüllen und ihre Erscheinung mittels Ruß und Farbstoffen fast nach Belieben zu verändern. Mich unterrichtet man in der Kunst des Krieges: Säbel, Lanze und Muskete. Die Lektionen sind hart und kalt. Einmal die Woche lege ich meinen schweren Kürass an und krieche geduckt durch einen Geheimgang aus schroffem Fels in den Kerker des Palasts.

Dort gibt es einen tiefen, runden Raum mit steilen Wänden, die sich dem hellgrauen Himmel der frühen Morgenstunden entgegenrecken. Es ist ein Verlies, eine konturlose Grube mit zwei Holztüren. Auf dem blutgetränkten Stein messe ich mein wachsendes Geschick mit stummen Gegnern, die aus den schwarzen Zellen der untersten Ebenen ausgesucht werden. Zitternd pirschen sich die verurteilten Verbrecher mit glänzenden Klingen im Kreis heran, während ihr Atem Wolken in der Kälte bildet. Gelockt vom Versprechen der Freiheit, kämpfen meine Kontrahenten wie Tiere.

Die Kämpfe sind fair, entsprechen *prawda.* Ich bin die Auslöschung.

Monate nach meinem Erwachen hat Favorini ein geschmeidiges, bemalbares Wachs gefertigt, das wie Haut wirkt. Mit dem Anschein eines menschlichen Äußeren, meine Züge von einem Vollbart verborgen, fällt es mir leichter, mich unter die Leute zu begeben. Das Mädchen ist gezwungen, eine Kapuze zu tragen, Sittsamkeit vorzuschützen und sein engelsgleiches Antlitz vor den durchdringenden Blicken des Menschengeschlechts zu verbergen. Beide müssen wir lernen, mittels unserer Gesichtszüge und Stimmen Gefühlen Ausdruck zu verleihen, unsere Lungen natürlichen Atem vortäuschen zu lassen und uns in der sinnentleerten Übung des Essens und Trinkens zu ergehen.

Doch selbst unter der Maske unserer Gesichter lässt man uns nie bei Tag an die Oberfläche.

Stattdessen unternehmen Elena und ich lange mitternächtliche Spaziergänge in den von Eis geküssten Höfen des Kremls, wo unsere Schritte von den vielen spitzen Kuppeln und Türmen widerhallen. Nur die Händler, die ihre frühmorgendlichen Stände auf dem Roten Platz aufschlagen, und die vielen Wachen, die uns in gemessenem Abstand folgen, wissen von unserer Gegenwart. Wir sprechen mit niemandem, und man kennt uns bloß als den großen Mann und seine Tochter – zwei Schatten im Mondlicht, immer in Bewegung, immer im Gespräch.

Während dieser Jahre wird eine große neue Stadt errichtet – eine Metropole, die sich mit jeder anderen in Europa messen kann. Der Zar hat Zehntausende von Leibeigenen für den Bau verpflichtet. Steine und Bauholz werden aus allen Winkeln des Reichs in ein eisiges, verseuchtes Sumpfgebiet an der Mündung der Newa geschafft. Wir hören Gerüchte von Gewässern, die verstopft mit den Leichen zu

Tode gekommener Arbeiter sind, und vom Erstehen einer neuen Hauptstadt – Sankt Petersburg, der Stadt, die auf Knochen gebaut ist.

Favorini hat uns unterrichtet, dass dies unsere neue Heimat sein wird.

»Es hat mehrere Überfälle auf die Arbeiter in Petersburg gegeben«, erzählt Elena. »Der Zar mobilisiert Truppen, um sie zurückzuschlagen. Meinst du, er wird dich in die kaiserliche Armee einziehen?«

Es ist unser letzter gemeinsamer Morgen in Moskau. In wenigen Stunden werden wir unseren Marsch in die neue Stadt beginnen.

»Ja«, sage ich.

»Hast du Angst?«

»Nein«, sage ich.

Elena lugt unter ihrer Kapuze hervor, schaut mich an. Schwarze Ringellocken umrahmen die Keramikkonturen ihres Gesichts. Favo hat ihre Erscheinung verfeinert, seit ich das erste Mal ihre Wange wie eine feurige Sichel im Dunkel erblickte. Aus der Ferne wirkt sie wie ein Engel – ein kleines Mädchen mit glatter Haut und strahlenden Zähnen. Von Nahem sehe ich, wie hart ihre Hände immer noch sind, winzige Panzerhandschuhe aus kostbarem Porzellan.

»Was, wenn du verletzt wirst?«, fragt sie. »Was, wenn du stirbst?«

Ich zucke die Achseln. Diese Gedanken lösen keine Regung in mir aus.

»Du denkst bloß an dich selbst«, meint sie. »Wenn du nicht mehr bist, werde ich allein sein. Mit wem soll ich mich dann unterhalten?«

»Vielleicht mit einem Menschen«, gebe ich zur Antwort.

»Favo? Der wird alt. Jede Woche werden seine Falten tiefer. Davon abgesehen ist er nur ein Mann. Wir sind Awtomat.«

Ich schweige. Mit herausforderndem Blick starrt sie mir ins Gesicht.

»Ich habe niemanden sonst«, stellt sie fest. »Du hast niemanden sonst.«

Elena wirkt klein neben mir. Sie ist keineswegs ein Kind, doch sie ist verletzlich.

»Ich verspreche, für dich da zu sein, Schwester. Immer.«

»Gut.« Sie verschränkt die Arme, als könnte sie die Kälte spüren.

Wir haben uns an diesen Ort gewöhnt, wenn auch ausschließlich bei Mondlicht. Es ist eigenartig, ihn zu verlassen, wo er doch alles ist, was ich je kannte.

»Es muss schön sein, über so viel Kraft zu verfügen«, meint Elena. »Hast du überhaupt vor etwas Angst?«

Ich erwäge die Frage, gestatte der Vorstellung von Furcht, sich durch die Rädchen meines Verstands zu arbeiten. Um uns herum erschallen die ersten Vogelrufe aus den Bäumen, deren Geäst schwarzen Venen gleich über den morgendlichen Himmel wuchert.

»Vor der Schmach«, antworte ich. »Ich fürchte den Schmerz, mein Wort zu brechen.«

»Immerzu *prawda*«, spottet sie.

Ich ergreife ihren Arm. »Das ist meine Seele, von der du da sprichst.«

Sie befreit sich aus meinem Griff. »In Ordnung. Dennoch bin ich froh, *logika* zu folgen.« Als sie sich auf den Rückweg zum Palast macht, dreht sie sich noch einmal zu mir um. »Der Gedanke, dass ich so irrational wie du hätte werden können …«

Ich schaue ihr nach, wie sie in ihren kleinen Schnallenschuhen das Kopfsteinpflaster überquert. Ihr Körper versinkt in einem mit Fell besetzten Mantel, die dünnen Beine sind unter mehreren Lagen silberner Seide verborgen. Schneeflocken glitzern in ihren schwarzen Locken, doch sie schmelzen nicht.

Irrational oder nicht, ich liebe sie wie eine kleine Schwester. In einer Welt voll menschlicher Wesen ist Elena meine einzige Angehörige. Ich schicke mich an, ihr zu folgen, als ich merke, dass uns eine alte Bäuerin beäugt.

Mit den Monaten haben sich solche Blicke und das Gemurmel über den großen Mann und seine Tochter gehäuft. Das Gemurmel gebar schließlich Gerüchte. Altweibergeschichten und Aberglaube verbreiten sich unter den Bauern wie Läuse. Elena und ich wurden zu jenen, die keinen Atem in der Kälte haben. Deren Gesichter blass und stets abgewandt sind. Deren Schritte unermüdlich, deren Kleider teuer sind.

Sie nennen uns *wampir.*

Lächerlich – doch je weiter sich die Geschichten auswuchsen, desto gefährlicher und schließlich untragbarer wurde unsere Gegenwart in Moskau. Als der Zar seinen Umzug in die neue Hauptstadt vorbereitete, stand außer Frage, dass sein ewiger Nachfolger ihn begleiten würde.

Kurz nach der Dämmerung bricht unsere Reisegesellschaft nach Sankt Petersburg auf. Der Hof wirkt eisig frisch unter den kraftlos tanzenden Sonnenstrahlen. Dampfschwaden steigen vielgestaltig von den sich erwärmenden Dächern auf, unter denen die morgendlichen Herdfeuer geschürt werden. Eine Eisschicht verleiht dem Kopfsteinpflaster des Palasts einen märchenhaften Glanz, sodass es scheint, als glitten wir über einen Fluss aus Quecksilber dahin.

Elena und ich reiten am Ende der Gesellschaft. Anders als die Menschen, welche die Spitze bilden, zittern wir nicht, noch reiben wir die Hände aneinander. Kein Dunstwölkchen steigt von unseren Nasen auf. Das Mädchen und ich gähnen nicht, wir strecken uns nicht, stampfen nicht mit den Füßen auf, um unsere Durchblutung anzuregen.

Favorini dreht sich kurz im Sattel um und zwinkert uns zu.

Ungeachtet der Schauergeschichten über Schlamm und Hunger und Feuer in Petersburg ist der Mann guter Dinge. Oft zerfällt sein faltiges Gesicht zu einem Lächeln unter hellblauen Augen. Er trabt auf einer braunen Stute durch den Mist und die Furchen, hinterlassen von den Hundertschaften, die uns vorausritten. Die Gefolgschaft des Zaren ähnelt längst mehr einem wilden, feuchtfröhlichen Gelage. Peter ist irgendwo an der Spitze, geschützt von seiner kaiserlichen Garde, die nicht von seiner Seite weicht.

Mehr als einmal an diesem Morgen haben wir Diplomaten und Edelmänner am Wegesrand gesehen, die sich ihres Frühstücks und der Massen von Wodka entledigten, die der Zar seinem Umfeld aufzwingt. Für Peter ist es eine typische, ausgelassene Reise. Für diejenigen in seinem Umfeld, die nicht über seine Konstitution verfügen, gilt das nicht so sehr.

Gelegentlich fädelt sich ein Soldat der Länge nach durch die Prozession und hält Ausschau nach Nachzüglern und außer Gefecht Gesetzten.

Ein paar Stunden nördlich von Moskau verlassen wir die offenen Felder und reiten auf einem gewundenen Pfad durch den Wald von Chimki. Kiefern ragen in engen Reihen um uns auf. Nadeln und Blätter schwingen träge im Wind, hin und wieder bricht ein Zapfen durchs Geäst. Wenn die frische Brise durch die grünen Wände des Waldes fährt, scheint die ganze Welt zu schwanken.

Elena und ich bemerken den Reiter nicht sofort.

Ein graues Pferd kommt auf uns zu. Der Reiter wirkt eigenartig steif, so als stimmte etwas nicht mit den Gelenken seiner Schultern und Beine. Er ist groß und trägt den feinen, bestickten Kaftan eines Edelmanns, dazu einen silbernen Umhang über den schlanken Schultern. Sein Gesicht ist unverhüllt, die hohen Wangenknochen stellen sich der kalten Luft entgegen. Wenn er den Blick auf andere Reiter richtet, wenden diese rasch die Köpfe ab.

Er ist eine imposante Erscheinung, wie er da reitet, die Hand hochmütig von sich gestreckt, Rüstungsteile blitzend in der Sonne. Niemand wagt es, seine Anwesenheit infrage zu stellen. Willentlich oder nicht, die anderen Reiter weichen ihm aus. Und obschon er mich nie direkt anblickt – sein Pferd kommt näher und näher.

Schließlich langt der Edelmann bei Elena und mir an. Sein silberblondes Haar bedeckt seine Schultern und die Brustplatte. Favorini ist drei Wagen vor uns und plaudert angeregt gestikulierend mit einem europäischen Diplomaten. Ohne einen von uns beiden anzusehen, beginnt der Mann zu sprechen. Sein Ton ist gefasst, doch ich ahne einen schwedischen Einschlag in der Melodie.

»Grüße, *Dworjanin*«, sagt er mit hoher, klarer Stimme und schaut starr geradeaus. »Ich bin Herr Talus Silfverström, gesandt von unserer Herrin, euch abzuholen.«

Elena und ich tauschen Blicke.

»Unsere Herrin?«, frage ich.

Der Silberhaarige wendet sein Gesicht ein wenig, und ich sehe das Blitzen perfekter weißer Zähne, wie poliertes Elfenbein.

»Die Seidenmutter«, erwidert er. »Herrin aller Awtomat. Sie ruft euch nach Hause.«

»Eine solche Herrin habe ich nicht«, entgegne ich leise, doch eindringlich.

»Es war nicht einfach, euch zu finden«, betont Talus.

»Diese Aufgabe hat mir viel Geduld abverlangt. *Jahre* der Geduld.« Sein Lächeln schwindet. »Kehrt mit mir zurück, wo ihr hingehört. Zu gegebener Zeit werden all eure Fragen geklärt werden.«

Elena und ich sehen uns verwundert an.

»Wohin sollen wir denn mit dir zurückkehren?«, erkundigt sie sich.

»Zu euresgleichen. Diese Menschen haben eure Köpfe mit törichten Ideen gefüllt. Meine Herrin wird euch ins Gedächtnis rufen, was ihr seid. Das ist alles, was ihr wissen müsst. Selbstverständlich müssen alle, die eure wahre Natur erkannt haben, ausgelöscht werden.«

Schweigend reite ich ein Stück weiter, ignoriere Elenas panische Miene. Ihr Herz hängt an Favorini und seinem Wissen; mir gebietet die Ehre, meinem Wort und damit dem Zaren zu folgen.

»Wir können dir nicht folgen«, sage ich. »Ich bin dem Reich verpflichtet.«

»Ist es ein Zar, dem du folgst? Oder ist es ein Wort?«

Ich gebe keine Antwort.

»Ich weiß mehr, als du ahnst, *Pjotr.* Zum Beispiel über deine mitternächtlichen Spaziergänge.« Der Silberhaarige lächelt. »Die ganze Zeit in Moskau wurdet ihr von den Männern des Kaisers bewacht. Es brauchte Monate, um die Geschichten über einen *wampir* zu verbreiten. Ich musste die Gerüchte vom Land aus säen und langsam wachsen lassen.«

»Du warst das …«

»Und nun seid ihr hier – bewacht, aber nicht unter Beobachtung. Endlich ist die Gelegenheit gekommen, euren schwächlichen Mechaniker zu beseitigen und zu entkommen.«

»Eine solche Tat wäre unehrenhaft.«

»Alle Taten sind ehrenhaft, wenn sie im Dienst eurer

Herrin geschehen«, gibt er mit dünnem Lächeln zurück. »Gerade du solltest das wissen.«

Der Silberhaarige umschließt mit einer Hand den Knauf seines Kurzschwerts. Dann reitet er näher heran und legt mir die andere Hand in den Nacken.

»Kommt mit mir, jetzt gleich«, zischt er, und ich spüre keine Wärme in seinem Atem. »Du solltest dich mir nicht widersetzen. Es würde nicht gut für dich enden, erst recht nicht für die kleine *Strategin* …«

Mit meinem starken Arm umschlinge ich seinen Oberkörper und bekomme sein silbriges Haar zu fassen. Die Finger meiner anderen Hand schließen sich um seine, die auf dem Knauf ruhen; ich habe keine Probleme, seine Hand komplett zu umfassen. Ich bin größer als dieser Mann, meine Gliedmaßen sind länger, dem Metall meiner Knochen wohnt größere Kraft inne.

Und die Drohung gegen Elena lässt meinen Griff zu kaltem Eisen werden.

»Bleib hier, und ich werde dich erledigen«, warne ich ihn.

»Das ist optimistisch«, antwortet Talus lächelnd.

Ich stoße ihn fort von mir, und sein Pferd strauchelt wiehernd. Talus zuckt, bringt sein Ross wieder unter Kontrolle, sein silberblondes Haar weht im Wind. Zorn verzerrt die dünnen Lippen. Und doch sind seine Züge so ebenmäßig, so überzeugend, dass nur ein wahrer Meister sie geschaffen haben kann.

Talus ist ein zum Leben erwecktes Kunstwerk.

»Wenn ihr die Stadt der Knochen erreicht, seid ihr verloren!«, ruft er. »Die Seidenmutter zu verleugnen macht euch beide zu Ausgestoßenen. Feinde der Menschen – und der Awtomat.«

Ich schenke ihm einen stummen Blick, lasse mein Pferd weitermarschieren.

»Also schön.« Er reißt die Zügel herum und wendet sein Pferd. »Beschreitet nur weiter euren sturen Pfad. Doch die Entscheidung, die ihr heute trefft, wirkt lange fort. Sehr lange sogar.« Dann gibt er seinem Pferd die Sporen und galoppiert davon.

Rasch verschluckt der dunkle Wald die strahlende Erscheinung. Unsere Unterhaltung währte nur wenige Sekunden – und dennoch lassen mich seine Andeutungen sprachlos zurück.

Elena lenkt ihr Pferd neben meines und blickt voll Staunen zu mir auf. Die rauschenden Bäume schließen sich wie die Decke einer Kathedrale über dem Weg.

»Es gibt noch andere wie uns«, sagt sie.

Ein Lächeln breitet sich auf ihrem Gesicht aus. Meine Züge beherrschen diese Übung nicht so gut wie ihre; ich versuche, den Ausdruck zu imitieren. Etwas in meinem Kiefer bewegt sich, und die Haut um meinen Mund zieht sich ein wenig zurück.

»Das freut dich?«, frage ich.

Inmitten des ahnungslosen Gefolges reiten wir achtsam voran.

»Ich bin mir nicht sicher. Ich denke, ja.«

»Woher sie wohl von uns wissen?«

»Unsere Animas«, antwortet sie nach kurzer Überlegung. »Wir wissen nicht genau, woher sie stammen oder wer sie gefunden hat. Vielleicht kennen die anderen uns aus … einer Zeit vor dieser.«

»Es spielt keine Rolle.«

»Bist du denn gar nicht neugierig, Peter?«

Ich denke einen Moment lang nach. »Meine Bestimmung ist es, meinem Herrscher zu dienen, kleine Schwester. Etwas anderes gibt es nicht.«

# 9

## OREGON, GEGENWART

*Awtomat.* Oleg sagt, die Awtomat würden kommen – was auch immer das heißt.

*Sie sollten fliehen.*

Die Worte hallen noch in meinen Ohren nach, während ich aus dem Motelzimmer auf den schmalen Gehweg stolpere. Auf dem halb leeren Parkplatz stehen zwei Einsatzwagen, Blaulicht blitzt in der Abenddämmerung. Ich ringe immer noch um Atem, als zwei Polizisten auf mich zueilen. Im Zwielicht erkenne ich nur schwarze Schemen.

Ich winke, halte mir die Rippen.

Ein ernst dreinblickender älterer Cop tritt näher, die Hand an der Waffe. Er wirft einen Blick über meine Schulter in den offenen Eingang, dann fasst er mich grob am Arm und zieht mich beiseite. Der andere, jüngere Beamte drängt sich an uns vorbei.

»Kommen Sie mit, Miss.«

Hinter mir höre ich seinen Kollegen gegen die Zimmertür treten und Oleg Befehle zurufen.

»Alles in Ordnung?«, fragt der ältere Cop mich und öffnet die hintere Tür seines Wagens.

Ich nicke betäubt. »Es geht.«

Er schaut mich väterlich an. Wahrscheinlich denkt er, dass mein Freund mich verprügelt hat. Er begreift nicht – keiner von ihnen ahnt die Seltsamkeit der Situation. All die Jahre, und niemals habe ich irgendwem von dem Artefakt erzählt. Heute habe ich mein Versprechen gebrochen.

»Awtomat!«, schreit Oleg.

Die gedämpften Rufe des Ukrainers klingen angsterfüllt. Er versucht, die Polizei vor etwas zu warnen. Der Beamte, der mich immer noch am Arm hält, drückt mich auf den Rücksitz.

Ich nehme Platz, schaue ihn an.

Die blauen und roten Lichter spiegeln sich auf dem schwarzen Leder seines Halfters und Gürtels. Seine Dienstmarke glänzt. Er achtet nur mit einem Auge auf mich, sieht immer wieder zum Motelzimmer, während er mit mir spricht.

»Mein Name ist Officer Honeycutt. Haben Sie den Notruf abgesetzt, durch den wir verständigt wurden?«

»J…ja«, stottere ich.

»Alles klar. Der Rettungsdienst ist auf dem Weg. Ich müsste Sie jetzt bitten, eine Weile ruhig hier zu sitzen, während wir das alles klären.«

Wieder ein heiserer Schrei. Es klingt, als würde Oleg kämpfen. Eine dritte Polizistin eilt mit klimperndem Werkzeuggürtel über den Parkplatz, ihr Funkgerät in der Hand.

Honeycutt wirft einen Blick über die Schulter, dann sieht er wieder mich an. »Rufen Sie, wenn Sie was brauchen. Ich bin gleich zurück.«

Ich ziehe die Beine an, als er die Autotür zuschlägt. Durch das nur einen schmalen Spalt breit heruntergelassene Fenster kann ich gedämpft Olegs Schreie hören. Honeycutt eilt davon und lässt mich auf der Rückbank des nach Waffenöl riechenden Einsatzwagens allein.

Eine Trennscheibe aus Plexiglas unterteilt den Innenraum des Fahrzeugs. Das rechteckige Fenster darin ist geöffnet. Im vorderen Bereich plappert das Radio leise vor sich hin. Zwischen den Sitzen ist ein mit Emily-Erdbeer-Aufklebern übersäter Laptop montiert. Vom Armaturenbrett aus grinst mich das Foto eines kleinen Mädchens an.

Die Schlüssel sind nicht im Wagen, der Motor ist aus.

Draußen auf dem Gehweg sind ein paar Schaulustige stehen geblieben. Ein dünner Kerl mit Brille und grauer Strickmütze filmt den Parkplatz mit seinem Handy. Undeutliche Schatten huschen durch das Licht, das durch die offene Zimmertür nach draußen dringt und dessen Form auf dem Weg vor dem Motel an einen Grabstein erinnert.

Officer Honeycutt tritt ein und schließt die Tür hinter sich.

Mein Atem hat sich endlich wieder normalisiert. Ich fasse unter meine Bluse und ziehe das Relikt an seiner Kette hervor. Dann berge ich das kleine Artefakt in meiner Hand, lehne die Knöchel gegen das kalte Fenster und kaue auf meinem Daumen, wie ich es als kleines Kind schon tat. Die rissigen Kunstledersitze ächzen bei jeder meiner Bewegungen.

Das Geplapper des Radios verweht zu einem weichen, statischen Rauschen.

Mit den Fingerspitzen zeichne ich die Muster auf der Oberfläche des Relikts nach. Die geometrischen Linien haben mich immer beruhigt. Fraktalmuster werden von handfester Mathematik bestimmt; dennoch ähneln sie organischen, natürlichen Formen wie den Adern eines Blatts oder den Wirbeln eines Schneckenhauses. Es erinnert mich daran, dass allem, was wir sehen, eine einfache Arithmetik zugrunde liegt – vorhersagbare Regeln, die sich nicht brechen lassen, von niemandem.

*Alles wird gut – vielleicht.*

In der Ferne höre ich den Klang eines aufheulenden Motors. Er kommt rasch näher. Ich lasse Kette und Relikt wieder unter meiner Bluse verschwinden.

Ein silbernes Motorrad mit niedrigem Sitz rast über den Bordstein und braust auf den Parkplatz. Der Fahrer trägt schwarze, lederne Schutzkleidung und steht aufrecht auf den Fußrasten, das Gesicht hinter einem verspiegelten Helmvisier verborgen. Als das Motorrad auf die Moteltür zuschlingert, stößt der Mann sich ab wie ein Akrobat, springt kerzengerade in die Luft.

Irgendwie schafft er es, auf den Beinen zu landen und loszurennen, während die Maschine vorwärtsschießt.

»Oh, mein Gott«, flüstere ich.

Das außer Kontrolle geratene Motorrad pflügt geradewegs durch die Moteltür, reißt sie aus den Angeln. Ein Lenker verfängt sich im Holz, der Türrahmen explodiert in einem Splitterregen, und das große Vorderfenster zerplatzt in tausend Scherben, spitz wie Zähne, als das winzige Zimmer das wuchtige Metall- und Gummigeschoss verschluckt.

Der Fremde stapft bereits über die Scherben und mitten durch das klaffende, rauchende Loch, wo einst die Tür gewesen ist. Die Lichter im Inneren erlöschen.

*Oh, mein Gott.*

Ich zerre am Türgriff. Nichts geschieht.

»Scheiße«, murmle ich. »Oh, Scheiße.«

Oleg schreit nicht mehr. Kein Laut dringt mehr aus dem Motelzimmer. Nur eine Wolke weißen Rauchs, Abgase wahrscheinlich, quillt durch die gezackten Überreste der Eingangstür.

Ich sehe ein Blitzen. Ein Schuss fällt.

Selbst im Schutz des Wagens zucke ich zusammen, als die schiefen Jalousien unter der Wucht weiterer Schüsse zu tanzen beginnen und wie Zungen über das geborstene Gebiss des Fensters lecken. Die Gaffer draußen sind alle geflüchtet, nur der Strickmützentyp filmt immer noch zusammengekauert mit seinem Handy. Das fahle blaue Licht beleuchtet seine unbewegte Miene, als würde er einem Videospiel folgen.

Neuerliche Schreie.

Plötzlich wirbeln die Jalousien auseinander, und Oleg kommt mit rudernden Armen durch das zerbrochene Fenster geflogen. Scherben schneiden durch seine Kleider und Haut. In einem feuchten Haufen landet der Ukrainer auf dem gesprungenen Gehweg und bleibt reglos liegen, das Gesicht dunkel von Blut.

Als Nächstes erscheint Officer Honeycutt. Er hat seine Mütze verloren, hält sich die Seite und stützt sich an den Resten des Türrahmens ab. Dann stürzt er vor dem Eingang zu Boden, dreht sich im Fallen um die eigene Achse, als eine schwarze Faust aufblitzt und ein großes Stück Holz aus dem Rahmen schlägt. Verzweifelt kriecht der Polizist davon.

Aus dem Rauch und dem Dunkel taucht der Fremde wieder auf.

Honeycutt krabbelt auf allen vieren, die Hände sind blutverschmiert. Er kämpft sich auf die Beine, doch seine Augen scheinen gar nichts wahrzunehmen. Er beißt die Zähne zusammen, atmet schwer, sodass seine Lippen flattern. In geduckter Haltung torkelt er auf mich zu.

»Weiter!«, rufe ich, presse den Mund an den Fensterspalt. »Weiter, na los! Machen Sie schnell!«

Der Angreifer tritt auf den Gehweg hinaus, richtet den unter dem Helm gesichtslosen Blick auf Oleg. Geschmeidig geht er neben dem übel zugerichteten Mann in die Knie. Im nächsten Moment zieht er Olegs Kopf an den Haaren hoch und spricht zu ihm.

Langsam öffnen sich Olegs Augen. Er blinzelt ein paarmal verwirrt, dann zeigt sich schlagartig ein Ausdruck von

Angst in seiner Miene. Was sie reden, kann ich nicht verstehen.

Ich stecke meine Finger in den offenen Fensterspalt.

»Officer!«, rufe ich. »Hier drüben!«

Betäubt sieht Honeycutt in meine Richtung. Das Funkgerät an seinem schwarzen Kabel hängt ihm wild tanzend von der Schulter. Blut läuft an den Seiten seines Kopfes hinab. Er stolpert vorwärts und fällt beinahe hin, drückt die Brust gegen die Tür. Ich sehe die Schwellungen in seinem Gesicht. Etwas muss ihn hart an der Wange getroffen haben.

Hinter ihm richtet sich der Fremde auf. Oleg rührt sich nicht mehr.

»Bitte«, flüstere ich durch den Spalt im Fenster. »Bitte beeilen Sie sich! Machen Sie die Tür auf. Steigen Sie ein.«

Grunzend tatscht Honeycutt nach dem Türgriff. Seine Augen sind geschlossen, zwischen zusammengebissenen Zähnen ringt er zischend nach Luft. Mit jedem Ausatmen schlägt ein Nebel aus Speichel und Blut gegen die Scheibe. Schließlich rutscht er aus und verschmiert ihn mit seiner Wange.

Honeycutt will an dem Griff ziehen, doch irgendetwas stimmt nicht mit seiner Hand.

Hinter ihm überquert eine hoch aufgeschossene Silhouette den Parkplatz.

»Beeilen Sie sich, bitte«, flehe ich.

Stöhnend angelt der Cop seinen Autoschlüssel aus der Tasche und drückt ihn gegen das blutverschmierte Fenster.

»Hier«, sagt er. »Fliehen Sie!«

Ich schiebe meine Finger so weit wie möglich durch den schmalen Spalt. Die Schlüssel schlagen klappernd gegen das Glas. Ich spreize die Finger, greife nach ihnen.

Noch immer zu weit.

Der Mann in Schwarz verfällt in einen Trab.

Nach drei weiten Schritten Anlauf springt er. Ein Schlag erschüttert den Wagen und lässt die Stoßdämpfer schaukeln, als der Fremde mit voller Wucht auf den Polizisten trifft.

Honeycutts Gesicht prallt von der Scheibe ab. Ich recke die Finger, unter Schmerzen zwänge ich die Handgelenke durch den Fensterspalt. Einen Augenblick lang nehme ich das harte Metall der Schlüssel wahr, als Honeycutt an der Seite des Autos zu Boden gleitet. Er bricht auf dem Gehweg zusammen, atmet schwach, hat die Augen geschlossen.

Nun steht der Fremde direkt vor mir, sein Gesichtsausdruck verborgen unter dem verspiegelten Helm. Aus unmittelbarer Nähe kann ich die dunklen Blutspritzer und die glitzernden Glassplitter auf seiner Lederkleidung erkennen. Dazu mein eigenes verzweifeltes Gesicht, gespiegelt in seinem Visier.

Und ich sehe die schimmernden Schlüssel, die von meinen Fingerspitzen baumeln.

Als der Fremde seine behandschuhte Faust in das Fenster rammt, schrecke ich zurück und falle auf die Rückbank. Körnchen von Sicherheitsglas explodieren ins Innere, regnen über mein Gesicht und in mein Haar, prickeln schmerzhaft auf meinen Wangen. Es riecht nach Ozon und Plastik. Ich rutsche zur anderen Seite, halte mich am Fenster in der Plexiglaswand zwischen Rückbank und Vorderbereich fest.

Noch immer habe ich die Schlüssel in der rechten Hand.

»Nein!«, schreie ich. »Verpiss dich!«

Der schwarze Arm zieht sich durch das faustgroße Loch in der Scheibe zurück. Der Lederhandschuh ist zerfetzt. Ich erhasche einen Blick auf die Seeschlangenhöcker heller Knöchel, die mir wie poliertes Messing entgegenblitzen. Der Anblick weckt die Erinnerung an etwas Vertrautes.

Diese glänzenden Knöchel erinnern mich an mittelalterliche Panzerhandschuhe – eine zweite Haut aus brüniertem Messing, wie sie Ritter des sechzehnten Jahrhunderts im Kampf trugen, um Angst und Schrecken unter ihren Gegnern zu verbreiten. *Aber wer verdammt noch mal trägt so was heute noch?*

Die Lederjacke knarrt, als der Mann sich wortlos vorbeugt, um ins Innere zu sehen. Panisch atmend starre ich durch die zerbrochene Scheibe in seinen silbergesichtigen Helm. Er ist so still, als würde er nicht einmal atmen.

In der Ferne höre ich Sirenen. Der Helm hebt sich; misstrauisch nimmt der Fremde den Parkplatz in Augenschein. Es ist der Moment, auf den ich gewartet habe.

Ich drücke die Schlüssel über dem Relikt um meinen Hals an meine Brust. Mit der linken Hand ziehe ich mich hoch, dann zwänge ich mich durch das Fenster in der Trennwand aus Plexiglas. Ich schiebe mich vorwärts, zerkratze mir Brüste und Rippen, stoße mir die Hüften am harten Plastik. Der Wagen erzittert, als der Arm erneut durch die geborstene Scheibe fährt und nach mir greift. Knöchel treffen auf mein Schienbein. Finger schließen sich um meinen Fuß.

Ich schreie unverständliche Worte, trete um mich, schiebe mich weiter.

Meine Ferse entwindet sich dem unbarmherzigen Griff des Fremden, und ich rutsche nach vorne, stoße mir augenblicklich die Stirn an dem mit Aufklebern übersäten Laptop zwischen den Sitzen. Schließlich gleite ich in den Fußraum des Fahrersitzes, meine Beine fallen auf den Beifahrersitz. Über mir ragt das Lenkrad auf.

Ich recke den Arm und stoße ungeschickt den Schlüssel ins Zündschloss.

Ich drehe ihn fest herum, höre den Motor anspringen.

Ein Schlag in die Seite des Wagens; etwas Großes bringt ihn zum Schaukeln.

Hektisch drehe ich mich herum, bis ich richtig auf dem Fahrersitz sitze. Der Wagen federt wie verrückt auf und ab.

Ein weiterer Schlag.

Kurz erwäge ich, die Tür aufzureißen und einfach loszurennen. Doch angesichts des Monsters dort draußen entscheide ich mich dagegen.

Also stelle ich die Automatik auf Fahren.

Der Fremde landet einen weiteren Treffer, so fest, dass sich das Auto auf zwei Räder stellt – und diesmal drückt er weiter. Ich rutsche gegen die Fahrertür, halte mich am Lenkrad fest. Das Auto kippt beinahe um, mein Horizont ist aberwitzig geneigt, als ich das Gaspedal durchtrete.

Schaukelnd und schleudernd macht der Wagen einen Satz und schießt quietschend über den Parkplatz. Mein Horizont richtet sich neu aus, als der Wagen zurück auf alle vier Reifen fällt. Vom Aufprall stoßen meine Zähne zusammen, vor meinen Augen verschwimmt alles. Da höre ich die Heckscheibe splittern.

Ich packe das Lenkrad mit beiden Händen, presse das Gaspedal zu Boden. Der Rückspiegel fällt von der Windschutzscheibe, hinterlässt einen daumengroßen Fleck auf dem Glas. Ein Wasserfall blauweißer Glaswürfelchen rieselt mir aus dem Haar in den Schoß, und nackte Panik rast durch meine Glieder.

*Los, los, los!*

Ich bemerke kaum den Kerl mit der Strickmütze, der zur Seite springt, als das Auto auf schlingernden Reifen vom Parkplatz fegt. Kurz setze ich den Wagen auf den Bordstein auf, wobei die Stoßdämpfer versagen, dann schieße ich auf einen leeren zweispurigen Highway hinaus. Ich sehe noch, dass Strickmütze weiterhin mit dem Handy filmt, ein

Rechteck blauen Lichts, das hinter mir immer undeutlicher wird, während er wild in meine Richtung gestikuliert.

Aber auf der Straße bin ich endlich in Sicherheit, rase durch die Abenddämmerung.

Ich zwinge mich dazu, das Gas etwas zurückzunehmen. Lautlos schickt der Einsatzwagen seine Lichter einer Wand von Bäumen entgegen, die den gewundenen Highway säumen. Ich frage mich gerade, wie wohl die Funkanlage funktioniert, als mir ein anderer Gedanke kommt.

Etwas an dem Typen mit der Strickmütze war seltsam. Er hat mir nicht aus Zorn nachgewunken. Vielmehr ist da Furcht in seinem Gesicht gewesen – eine Warnung.

Langsam, immer noch in voller Fahrt, drehe ich den Kopf.

Eine Silhouette aus schwarzem Leder füllt die Rückbank aus. Der Fremde sitzt ganz still da, wirkt deplatziert in seiner Motorradmontur. Ein Stöhnen bricht sich in meiner Brust Bahn, als er sich mit den Handschuhen an den Helm fasst und den Kinnriemen löst.

Ich nehme den Fuß vom Pedal. Der Wagen verlangsamt.

Ich kann die Augen nicht von ihm abwenden.

Lange Finger heben den zerkratzten Helm an. Sofort ergießt sich silberblondes Haar über die Schultern des Mannes. Fein geschnittene Züge kommen zum Vorschein. Eine Haut, die so blass ist, dass sie beinahe durchsichtig erscheint. Hohe, herrische Wangenknochen unter saphirblauen Augen. Zähne, die so weiß sind wie Badfliesen. Alles an diesem Gesicht ist zu perfekt, ohne Falten oder Fehler – eine makellose Schönheit, die ihn wie eine zum Leben erweckte Puppe wirken lässt.

Angesichts meiner Reaktion verzieht das Ding seinen beinahe grotesk perfekten Mund zum Anschein eines amüsierten Lächelns. »Hallo, June.«

# 10

## SANKT PETERSBURG, 1725

Meine Welt endet im ersten Licht der Dämmerung des achten Februars 1725. In einem Moment der Unumkehrbarkeit pusten Peters starke Lungen den letzten Atem über seine Lippen. Sein großer Kopf ruht schräg auf den Kissen, die Augen geschlossen und das erste Mal, wie mir scheint, ein Ausdruck der Erleichterung auf den Zügen.

Er hat die Krankheit verborgen. Unser Kaiser hat seine Krankheit verborgen, bis es zu spät war.

Elena und ich kamen nicht rechtzeitig. Die Kaiserin, in ihrem Nachthemd, war schon an seiner Seite. Als ich sie an seinem Bett sehe, spüre ich, dass sie längst ihre neue Position eingenommen hat. Begleitet wird sie von mehreren ihrer Wachen, bewaffnet und in voller Rüstung. Vor dem Schlafzimmerfenster höre ich die Rufe des kaiserlichen Regiments auf dem gepflasterten Hof widerhallen. Man hat es schon in die Hauptstadt berufen und nahe dem Palast versammelt.

Auf seiner Brust hält Peter ein Pergament, auf das er *Ich hinterlasse alles …* gekritzelt hat.

Er hat den Satz nie vollendet. Ich bin mir nicht sicher, ob der Kaiser wirklich glaubte, dass er sterben würde, nachdem er nie zuvor in seinem Leben gescheitert war.

Ich lege schützend die Hand auf Elenas Schulter. Gemeinsam haben wir dem großen Mann gedient. Doch nie haben wir erwartet, dieser Frau unsere Treue zu schwören.

Katharina wendet den Blick vom Leichnam ab. Eine Hand ruht noch auf Peters regloser Brust. Ihr Haar ist feucht von

Tränen, die braunen Locken hängen schlaff in sein Gesicht. Ihre Züge unter den scharfen schwarzen Brauen beben vor Kummer und Wut.

»Ihr … Missgeburten«, sagt sie. »Wusstet ihr, dass er krank ist? Wusstet ihr es und habt nichts gesagt?«

»Nein, Kaiserin.« Meine tiefe Stimme schallt aus der Höhle meiner Brust. »Ich bin das Wort.«

*»Prawda?* Du bist nicht *prawda,* du armes Ding – du bist eine Blasphemie. Peter ließ sich dazu hinreißen, dich einen ewigen Zaren zu nennen. Dieser windige Mechaniker hat ihn dazu verleitet.«

Ich tippe Elena auf die Schulter, und sie versteht augenblicklich: *Suche Favo.* Das Mädchen eilt zur Tür.

»Haltet sie auf!«, ruft Katharina, über Peters Leichnam gebeugt. »Lasst keinen von beiden entkommen!«

Eine der Wachen an der Tür packt Elena am Haar. Ihre Perücke verrutscht, und sie kämpft gegen ihn an, doch er hält sie mit beiden Händen fest. Ich kann nicht gegen meine Ehre handeln – diese Wachen dienen königlichem Blut. Meine Treue gilt dem Kaiser und in seiner Abwesenheit der Kaiserin. So kann ich nur tatenlos zusehen, wie der Mann die kleine Maschine in seine bärenstarken Arme schließt und gegen seinen schweren Kürass presst.

Die Rufe des Regiments auf dem Hof werden lauter.

»Hörst du das?« Katharina lächelt mich an. Ihre kleinen Eckzähne blitzen auf. »Meine Garde steht hinter mir. Peter wünschte sich, dass *ich* ihm nachfolge – seine Frau. Nicht du. Keine seelenlose Version seiner selbst.«

Ich vernehme ein Knacken, als etwas in Elena zerbricht. Ihr Widerstand erlahmt; ihr Umhang verdeckt ihr Gesicht, und ihre dünnen Messingbeine treten und strampeln vergebens in der Luft, nur die Holzabsätze klappern über den Boden. Zorn und Trauer steigen in mir auf.

*Meine Schwester.*

Nichts, was ich tun könnte, wäre wahrhaft *prawda.* Denn ich bin das Wort – und eher werde ich vergehen, als dass ich das Wort breche.

»Bitte«, sage ich zur Kaiserin.

*»Unser Vater ist tot«,* rufen die Soldaten, die sich draußen zusammenscharen. Ihre fernen Stimmen schallen von den Palastmauern zurück. *»Aber unsere Mutter lebt!«*

Katharinas Lächeln wird breiter.

Elenas Fischbeinknochen brechen. Zahnräder fahren sich in Holz und Knochen fest. Das Mädchen wimmert, und ich ahne, dass ihr nur noch wenige Momente bleiben, ehe der Schaden irreparabel ist.

*Prawda.*

»Wie werdet Ihr uns achten?«, frage ich Katharina. »Werdet Ihr Peters Wünschen Folge leisten?«

Mit einem Daumen richtet Katharina einen verrutschten Träger ihres Nachthemds, dann erhebt sie sich vom Bett ihres Gatten und tritt auf mich zu. Erst als ihr vor Wut verkniffenes Gesicht nur noch wenige Zoll von meinem entfernt ist, bleibt sie stehen. Ungestüme dunkle Strähnen hängen ihr in die Stirn; ihre Nasenflügel beben mit jedem Atemzug.

»Euch achten?«, fragt Katharina. »Ich empfinde nicht einmal Mitleid mit euch. Ihr müsst zerstört werden …«

Die erklärte Absicht, *prawda* zu brechen, ist genug.

Ich mache einen Schritt zurück und ramme der Wache, die Elena festhält, meine gepanzerten Knöchel ins Gesicht. Die zierliche Nase bricht unter meiner Faust, der Kopf des Mannes schlägt gegen die Wand. Elena purzelt zu Boden, während die Wache bewusstlos zusammenbricht. Schon zupft meine Schwester mich ungeduldig am Ärmel.

»Was?«, schreit Katharina. »Was hast du getan?«

*Unser Vater ist tot.*

Katharina ist mir zu nahe. Mit einem einzigen Schlag könnte ich sie töten – und das weiß sie. Die anderen Wachen im Raum behalten uns genau im Blick, die Hände an den Waffen. Sie sind zu viert, verteilt entlang der Wände. Ich höre das langsame Schaben einer Klinge, die ihre Scheide verlässt, und schüttle den Kopf. Der Klang erstirbt. Sie warten darauf, was ich tue.

*Aber unsere Mutter lebt noch!*

Katharina wird Kaiserin von ganz Russland sein. Ich werde ihr nichts antun – *kann* ihr nichts antun –, doch um meine Pflicht gegenüber Peter zu erfüllen, darf ich auch nicht zulassen, dass man Elena oder mich tötet.

Ich weiche weiter zurück. Zu voller Größe aufgerichtet, passe ich perfekt in den vergrößerten Zugang zu Peters Schlafzimmer. In meinem leichten Kettenhemd und dem Kaftan ähnele ich auf unheimliche Weise dem Toten mir gegenüber – ganz wie es die Absicht meines Schöpfers war.

Elena hat ihre Perücke wieder gerichtet. Geduckt und beschädigt hält sie sich an meiner Seite. Ihre kleine kühle Hand fasst nach meiner.

»Peters Befehlen gemäß werden wir leben, Kaiserin«, erkläre ich. »Wir können unseren Tod nicht hinnehmen, aber ich bitte Euch, um seiner Ehre willen … gewährt uns das Exil.«

Und mit diesen Worten fliehen wir.

# 11

## OREGON, GEGENWART

Der Mann mit dem Engelsgesicht schenkt mir ein geduldiges Lächeln vom Rücksitz. Der Streifenwagen schießt weiter über den Highway, meine Hände umklammern das Lenkrad wie festgeschweißt. Ich kann die Augen von der faszinierenden Unmöglichkeit auf dem Rücksitz nicht abwenden.

Krampfhaft versucht mein Verstand zu ergründen, was genau an ihm so verkehrt ist. Etwas Grässliches an der Art, wie seine Haut sich in Falten legt. Eine unnatürliche Reglosigkeit seines Körpers. Das tote Licht hinter seinen dunkelblauen Augen.

»Es ist nicht höflich, so zu starren«, sagt er im Plauderton.

Seine Stimme hat einen leicht nordischen Einschlag, klingt europäisch und kultiviert. Darunter immer wieder ein leises Surren – das Gespenst eines Flüsterns. Als er nach der Trennscheibe aus Plexiglas greift, schreit alles in mir instinktiv danach, zu fliehen vor diesem … diesem *Ding*.

Der Moment der Stille zerbricht.

Ich reiße das Lenkrad abrupt herum, trete mit beiden Füßen auf die Bremse und schlage mit dem Gesicht gegen das Fenster auf der Fahrerseite. Die schwarze Gestalt auf dem Rücksitz aber bewegt sich kaum, hält nur mit einer Hand das Plexiglas zwischen uns gepackt, so fest, dass sich im zentimeterdicken Kunststoff feine Haarrisse in Zickzacklinien bilden.

Der Wagen schlingert über den Standstreifen, und die Vorderräder blockieren, sodass es uns herumschleudert und mir das Lenkrad aus den Händen gleitet. Mit quietschenden Reifen wirbeln wir wild rüttelnd über Kies und Asphalt. Als wir endlich zum Stillstand kommen, steht das Auto schief. Die Vorderreifen sind geplatzt, das Heck ruht halb auf der schmalen, leeren Straße.

Ich fingere schon nach dem Türgriff.

Hinter mir höre ich das Plexiglas brechen, dann greift der Mann in Schwarz nach mir. Als die Tür ächzend aufschwingt, streifen seine Finger meinen Rücken. Gerade will ich nach draußen stürzen, da bekommt er mein Haar zu fassen, und mein Kopf zuckt zurück.

»Verpiss! Dich!«, schreie ich.

Seine Kraft ist wahrhaft unmenschlich. Und sein Schweigen ist nervenaufreibend. Der Silberhaarige atmet nicht, ächzt nicht, gibt keinerlei Geräusche von sich. Ich höre nur das Rutschen meiner Knie auf dem Asphalt, mein eigenes ersticktes Keuchen. Im Wagen platzt der Rest der Plexiglasscheibe wie ein Pistolenschuss.

»Hilfe!«, rufe ich, stolpere in die Mitte der Straße hinaus.

Der leere zweispurige Highway windet sich zwischen himmelhohen Kiefern hindurch. Ein paar Hundert Meter weiter wirft ein einsamer Mast einen Kreis von Licht in der Farbe von Orangensorbet auf das verwilderte Grundstück einer aufgegebenen Tankstelle.

Der Motor des Streifenwagens ist aus, die Sirene verstummt, die Scheinwerfer schneiden durch das Dunkel.

»Hilfe! Ich brauche Hilfe!«, schreie ich, stolpere den gelben Mittelstreifen entlang. Meine Stimme wird von den teilnahmslosen Bäumen verschluckt. Als ich das Scharren von Motorradstiefeln auf zerbrochenem Sicherheitsglas vernehme, mache ich mir nicht die Mühe, mich umzusehen.

Ich renne los.

Der erste Schlag trifft mich von hinten in die Niere. Ich stürze auf die Knie, lande auf allen vieren, mein Gesicht in wirren Haarsträhnen verloren. Der schmutzige Asphalt verschwimmt vor meinen Augen, und ich muss würgen.

»Wo ist die Anima?«, fragt der Silberhaarige.

»Ich … ich weiß nicht …«, keuche ich, ringe um Atem.

Der Mann kauert sich neben mich. Seine Finger schließen sich um meinen Nacken, und der Asphalt wird zur Mondlandschaft, als er meine Wange auf den Boden presst.

»Das Relikt. Von dem du Oleg erzählt hast. Es war nicht im Hotel. Wo hast du es?« Seine Stimme klingt beinahe freundlich.

Das Artefakt hängt unter meiner Bluse um meinen Hals, drückt mir schmerzhaft gegen das Schlüsselbein.

»Es ist im Wagen. In meiner Tasche«, lüge ich.

Spucke und Schweiß und Tränen verkleben die Haarsträhnen, die mir ins Gesicht hängen. Ich rieche einen Hauch von Ozon, als die ersten Regentröpfchen auf den Asphalt fallen.

*Im Streifenwagen ist keine Tasche. Wie lange wohl, bis er die Lüge durchschaut?*

»Bleib hier«, sagt er und erhebt sich.

Mit knirschenden Schritten stapft er zum Wagen zurück. Ich drücke mich hoch, meine Arme zittern. Ich bin allein auf einem leeren Highway mitten im Nirgendwo. Tränen laufen mir übers Gesicht. Die Kiefern rauschen, als eine Brise frischen Regen von der Küste bringt.

Dann leuchten in der Ferne, hinter Bäumen und Regen, weitere Scheinwerfer auf. Gott sei Dank, da kommt ein Auto. Die Scheinwerfer beben, als es eine Senke in der Straße passiert. Es nähert sich *schnell,* bremst nicht ab.

Ich stehe auf dem gelben Mittelstreifen, wedle wild mit

den Armen. Schließlich erkenne ich ein Muscle-Car, glänzend schwarz und mit Chrom verziert. Der Fahrer starrt mich an, das Gesicht mitsamt dem dicken schwarzen Schnurrbart von grünlichem Armaturenlicht erhellt, die behandschuhten Knöchel wie ein Gebirgszug, der sich über dem Lenkrad erhebt. Für den Bruchteil einer Sekunde stehe ich erstarrt im Scheinwerferlicht.

Die Reifen quietschen, und weißer Rauch quillt hervor, als der Fahrer auf die Bremse tritt.

Ich falle auf die Knie und schaue dem Auto nach, als es mich nur um Zentimeter verpasst und so an mir vorbeirauscht. Mein Haar weht in den heißen Abgasen. Als ich die Augen wieder aufschlage, sehe ich den schlingernden Wagen direkt auf den Mann in Schwarz zuschleudern. Verfolgt von den doppelten Gummistreifen, die die kreischenden Reifen hinterlassen, rauscht das bullige Fahrzeug dem Silberhaarigen entgegen.

Der Mann springt behende in die Luft und setzt über den Wagen hinweg.

Das Auto rutscht noch ein Stück weiter und kommt ruckelnd in der Straßenmitte zum Stillstand. Dort verharrt es mit klickendem Motor. Ich höre das Zischen von Regentropfen, die auf die Kühlerhaube treffen. Lautlos steigt der weiße Rauch von den Reifen auf, und einen Moment lang riecht alles nach verbranntem Gummi, vermischt mit dem Regen.

Ich verharre reglos in geduckter Stellung.

»Du hättest nicht herkommen sollen«, ruft der Silberhaarige.

Eine schwarze Autotür öffnet sich.

Der Mann mit dem Schnurrbart steigt aus und richtet sich zu seiner vollen, beachtlichen Größe auf. Sein Gesicht ist unter zerzausten braunen Locken verborgen. Lässig stützt er sich mit einem beigefarbenen Lederhandschuh auf das Wagendach. »Wie lange ist das her?«, fragt er.

»Jahrhunderte«, antwortet der Silberhaarige und tritt näher.

»Nicht lange genug.« Der große Mann behält seinen Gegenspieler wachsam im Blick. »Überlass sie mir und verschwinde.«

Der Silberhaarige hebt entschuldigend die Hände. »Du weißt, dass das nicht möglich ist. Die Welt sieht vielleicht ihrem Ende entgegen – aber ein paar Geheimnisse müssen gewahrt bleiben.«

# 12

## OSTEUROPÄISCHE EBENE, 1725

In der Dämmerung dieses Morgens verschied Peter der Große, Vater seines Landes, Begründer und Kaiser des Russischen Reichs, rechtmäßiger Herrscher der nördlichen Lande und König der Bergfürsten, ohne einen Erben. Diejenigen unter uns, die ihm zu eng verbunden waren, verloren alles. Auf Befehl von Kaiserin Katharina, der neu ernannten Herrscherin Russlands, wurden wir zum Tode verurteilt.

So flohen Elena und ich, verkleidet als Vater und Tochter, und kehrten der einzigen Welt, die wir je kannten, den Rücken. Es dauerte nicht lange, bis wir Aufmerksamkeit erregten.

Die Gruppe der Banditen reitet gemächlich auf uns zu. Ihre Hüften schwingen in den regennassen Sätteln. Ich ziehe meinen Schaschka und richte den Säbel aufs Herz des vordersten Mannes. Als Antwort schenkt der Berittene mir ein Lächeln. Seine Zähne faulen unter einem buschigen schwarzen Bart. Dann reitet er näher, während vier weitere zurückbleiben.

Selbst aus der Ferne bemerke ich, wie begierig er ist. Ich senke meine Klinge; die Geste war nutzlos. In wenigen Momenten werden uns diese Männer hier in der verlassenen Ebene nördlich von Sankt Petersburg niederreiten.

Ich werde kämpfen müssen. Und meine kleine Schwester mit mir.

Die Banditen, die dieses verlassene Hochland auf ihren

großen Pferden patrouillieren, sind selbstsicher. Hunderte von Meilen weit erstreckt sich kurzes, feuchtes Gras. Die Halme, grün und purpurn, glänzen unter den leckenden Blitzen und der Liebkosung des Regens.

»Bleib nah bei mir«, weise ich Elena an.

Das Mädchen drückt die harte Schulter gegen meine Hüfte, und der Wind weht ihr den Saum meines Umhangs bis zur Brust hinauf. Der Nieselregen hat ihr die schwarze Perücke platt auf die Stirn gedrückt, dunkle Löckchen zieren die weiße Porzellanhaut. Der Rest ihres Gesichts verliert sich fast unter ihrer Kapuze. Ihre Bewegungen sind jene eines kleinen, wilden Tieres, lautlos unter dem vom Wind gebauschten Stoff.

»Wir können nicht gewinnen«, sagt sie, und ihre Stimme klingt wie eine Melodie, wie das Trällern von Uhrwerkvögeln. Tatsächlich basiert der Mechanismus, der sie sprechen lässt, auf einer singenden Holzuhr aus dem deutschen Schwarzwald.

Liebliche Klänge, die eine unliebsame Wahrheit verkünden.

Diese Banditen sind ausgebildete Soldaten, die aus Peters kaiserlicher Armee desertiert sind und sich heute ihren Lebensunterhalt durch Überfälle auf Reisende verdienen. Die schnurrbärtigen Männer tragen schwarze Kaftane mit roten, vor der Brust überkreuzten Schärpen und sichtlich abgenutzte Säbel an den Hüften – und sie zeigen keine Furcht. Am Sattel führt jeder zwei Steinschlosspistolen mit sich, und der Anführer, der mit einem stählernen Kürass ausgestattet ist, hat zusätzlich einen langen Karabiner. Die übrigen halten einfache Husarenlanzen.

»Gegen sie zu kämpfen ist nicht logisch«, flüstert Elena.

»Im Tod liegt keine Logik«, gebe ich zu. »Aber Ehre vielleicht.«

Auf unserer Flucht vor Katharinas kaiserlicher Wache gingen wir das Risiko ein, durch das weite Hügelland zu fliehen. Wir hofften, in der Leere untertauchen zu können, wussten aber, dass so etwas wie dies hier passieren könnte. Immer wieder hat Favorini uns davor gewarnt. Es genügt nicht, bloß zu überleben: Wir müssen zugleich stets das Geheimnis unserer wahren Natur hüten.

Der Bandit reitet den Rest der Strecke auf uns zu, eine Hand auf dem Knauf seines Säbels.

»Halte dich geduckt, Elena. Du musst den Angriff überleben. Wenn ich geschlagen bin, überrasche sie wenn möglich. Falls sie dich gefangen nehmen, verberge dein Gesicht.«

»Ja, Peter.«

Ich werfe meinen Umhang zurück, ziehe meinen Kindschal. Der Dolch ist zweischneidig, elf Zoll mit Silber verzierter Stahl mit einem blassen Elfenbeingriff. Lang und kurz – meinen beiden Händen sind Fänge gewachsen.

Ich bin bereit.

Der Reiter zieht an den Zügeln, und sein Pferd bleibt tänzelnd stehen, ist noch fünfzig Schritte entfernt. Dampf steigt von den schwarzen Flanken auf. Die anderen Banditen verfolgen das Geschehen aus der Ferne, die Augen eingesunken unter ihren roten Mützen.

Sie erwarten, dass wir Deckung suchen. Der Wind trägt mir ihre Stimmen zu, und ich sehe Dunstwolken aus den bärtigen Gesichtern erblühen, höre kurzes, heiseres Gelächter.

Beim Anblick meiner Waffen zögert der Anführer. Er greift nach seinen Steinschlosspistolen. Augenblicklich knie ich mit meinen fast sieben Fuß nieder und lege meine lange und meine kurze Klinge flach ins nasse Gras. Dunkle Regenflecken sprenkeln meine ledernen Handrücken. Darunter erkenne ich, wie die Drahtseile arbeiten, wie sich Kämme wie die eines Gebirgszugs erheben. Doch mein Gegner ist zu weit entfernt, um zu erraten, was ich bin.

Der Bandit lässt seine Pistolen im Holster.

Während er sich weiter nähert, presse ich die Hände ins feuchte Gras. Elena steht an meiner Seite. In der offenen Ebene hat sie mit ihren kurzen Waffen und ohne jede Rüstung keine Chance in einem Kampf. Ihre Finger ruhen leicht auf meiner Schulter; es fühlt sich an, als hätte sich ein Vogel dort niedergelassen.

»Geh jetzt«, fordere ich sie auf, und der Spatz fliegt davon.

Der Anführer treibt sein Pferd wieder an. Kauernd in der fruchtbaren Leere warte ich auf ihn. Ich schaue auch dann nicht von meinen Waffen auf, als die muskulösen Vorderbeine des schwarzen Rosses in mein Gesichtsfeld treten. Das Tier hält neben mir, wirbelt Erde auf. Sein Reiter macht sich nicht die Mühe, etwas zu sagen. Ich höre das langsame Schleifen seiner Klinge, die ihre Scheide verlässt, höre das Quietschen seiner Rüstung, als er den Arm reckt und den Säbel hoch in die graugrüne Luft hebt.

Dann fährt der Arm des Banditen herab; die Bewegung lässt ihn mechanisch den Atem ausstoßen. Im selben Moment rolle ich mich zu seinem Pferd, während meine langen Arme rasch nach den Waffen im Gras greifen. Sein Schlag verfehlt mich, doch ich spüre meine Haare im Luftzug beben.

Auf den Knien ziehe ich mit der kurzen Klinge eine rote Linie über den Bauch des Pferdes. Aus derselben Bewegung werfe ich mich auf den Rücken und beiseite, sehe von unten das überraschte Gesicht des Reiters.

Schreiend stellt sich das Pferd mit aufgeschlitztem Bauch auf die Hinterbeine. Eine Dampfwolke steigt auf, eine Flut heißer Eingeweide ergießt sich ins Gras. Der Bandit lässt sich rücklings von seinem stürzenden Reittier fallen. Leblos bricht das Pferd in seinen eigenen Innereien zusammen.

Der gepanzerte Reiter aber ist schon wieder auf den Beinen, als ich den Knauf meines Dolches auf seine Schädeldecke niederfahren lasse. Sein pelzgesäumter Helm zertrümmert ihm den Nasenrücken, und er beißt sich die Zungenspitze ab. Mein Dolch gleitet über seine Kehle, während ich die Entfernung zu den anstürmenden Reitern einschätze.

Als ein wahrer Hagel von Hufen den Schlamm um mich aufspritzen lässt, setze ich über den Leichnam hinweg. Ein Pferd rast an mir vorbei, und ich höre ärgerliches Gebrüll. Diese Männer werden nicht lockerlassen, bis wir tot sind. Elena steht ein wenig abseits und schreit ebenfalls. Ihre hohe Stimme wiederholt ein einziges Wort – fast eine Melodie.

*»Poschada! Poschada!«*, ruft sie. Erbarmen.

Klingen pfeifen über mich hinweg, und ich werfe mich auf den nassen Boden. Auf Händen und Knien haste ich weiter, während scharfe Hufe über mich hinwegblitzen. Bevor ich wieder aufstehen kann, stampft ein Pferd meine Schwerthand in den Schmutz.

Zwei meiner Finger bleiben zurück, abgetrennt und glänzend in einem schlammigen Krater.

Ich drücke meine zerschundene Faust fest an die Brust, richte mich stolpernd auf und hebe mit der anderen Hand meinen Schaschka. Der nächste Bandit wendet sein tänzelndes Pferd und umrundet mich. Mit zusammengepressten Schenkeln beugt er sich vor; seine rote Schärpe flattert im Wind, als er an Tempo gewinnt.

Silber blitzt vor den schwarzen Wolken auf, als sein Säbel die Scheide verlässt.

Ich halte meine Position, während der Donner der Hufe

auf mich zurollt. Der massige Körper des Streitrosses ist nur ein Schemen; aus geblähten Nüstern schnaubend müht es sich, den gepanzerten Reiter mit Höchstgeschwindigkeit zu tragen.

Ich will ausweichen, unter dem Säbel des Banditen durchtauchen.

Zu spät. Ich spüre ein Reißen zwischen den Schulterblättern. Der Säbel hat mich getroffen und meine Kleidung und Rüstung gespalten. Stückchen meines Brustpanzers fliegen wie eine Handvoll glänzender Münzen an meinem Gesicht vorbei.

Mein Schaschka aber bleibt hoch erhoben. Die einschneidige Klinge streift über den ungeschützten Schenkel des Reiters. Als er davongaloppiert, sehe ich das Bein seltsam hüpfen; es hängt nur noch an Nerven und Sehnen. Der Mann greift nach der Wunde, stöhnt beim Anblick der Verletzung. Als sein Pferd sich dreht und neugierig den Hals reckt, stürzt er aus dem Sattel. Er fällt zu Boden, und sein Bein löst sich schließlich vom Körper, tränkt das elektrisch grüne Gras mit arteriellem Blut.

Verwirrt weicht das Ross vor dem gestürzten Reiter zurück.

In mir ist kein Schmerz – nur Bewusstheit. Drei weitere Reiter gehen zum Angriff über. Mein linker Arm hängt nutzlos herab, beschädigt durch den klaffenden Schnitt zwischen meinen Schultern. Ich stolpere, versuche meinen Sturz aufzufangen, doch meine Hand ist zerstört.

So falle ich bäuchlings mit dem Gesicht in den Schlamm. Gras kitzelt das raue Leder meiner Wange. Aus nächster Nähe kann ich die Halme unter der Erschütterung der heranpreschenden Hufe tanzen und vibrieren sehen.

Ich habe mein Bestes gegeben und bin gescheitert.

»Peter!«, ruft Elena. In ihrem schwarzen Umhang wirkt

sie wie ein kleines Häuflein in einer wogenden grünen See, dabei ist sie nur wenige Schritte entfernt.

Ich hebe meine verstümmelte Hand. »Geh!«, keuche ich, bäume mich auf und rolle mich auf den Rücken.

*»Erbarmen!«*, schreit Elena.

Eine Lanze schmettert gegen meinen Torso, schlägt ein verformtes Tal ins Metall meines Körpers. Ich spüre den dumpfen, unbarmherzigen Druck, das Zittern der Banditenhand am anderen Ende, fühle, wie ein Riss durch mein Inneres fährt, als das Pferd weitergaloppiert. Die Lanze wird mir aus der Brust gerissen, ich werde in die Luft geschleudert, sodass ich der Länge nach auf die Seite falle. Der Stoß hat die Wiege in meinem Inneren und die Anima, die darin ruht, verfehlt.

Irgendwo ganz in der Nähe stößt Elena einen leisen Schmerzenslaut aus. Sie fleht nicht länger um Erbarmen; sie weiß, dass man keines mit uns haben wird.

Und obgleich ich nicht von einer Frau geboren wurde, kauere ich nun in der Haltung eines Embryos, ganz so wie ein sterblicher Mann.

Überall um mich herum trampeln blutverschmierte Hufe durch den Schlamm. Ein fester, stechender Tritt lässt eine Strebe in meinem rechten Oberschenkel brechen. Beinahe löst sich das Bein aus dem Hüftgelenk; erneut wird mein Körper durchs Gras geworfen. Diesmal lande ich auf dem Bauch. Eine Messingwange drückt sich durch die Lederhaut in die feuchte Erde.

Ich liege wieder still da.

Ein sanfter Regen trommelt auf das leere Ödland. Ruhe kehrt ein. Die verbliebenen Banditen haben sich ein Stück abseits im Kreis versammelt und beraten sich, verwirrte Stimmen, fern und hohl.

*Blut*, sagen sie. *Wo ist das Blut?*

Sie staunen, dass ich nicht blute, untersuchen die stumpf gestoßene Lanzenspitze und stellen fest, wie sauber sie ist. Was für eine Rüstung trägt dieser Mann? Das fragen sie sich – er ist tödlich verwundet, und doch schreit er nicht.

Da schießt Elena aus ihrer Deckung. Den Kopf hält sie unten, ihre Beine arbeiten unter dem fliegenden Umhang schnell wie eine Schere. Dies ist ihre beste Chance auf Flucht – und sie ist nicht allzu groß. Die drei Banditen zucken vor Überraschung wie Raubtiere zusammen. Dann preschen sie los, um Elena einzukreisen. Ich liege im blutigen Matsch und kann mich nur tot stellen.

Das ist gar nicht mal so weit hergeholt. In vielerlei Hinsicht war ich nie am Leben.

Drei Todesstöße hat es gebraucht – genug, um drei Männer zu Fall zu bringen –, um mich zu bezwingen.

*Te Deum.* Gott sei gedankt, ich funktioniere noch.

Mit einem offenen Auge verfolge ich hilflos, wie Elena an ihrem Umhang gepackt und über den breiten, verschwitzten Rücken eines Streitrosses geworfen wird, während Grashalme mein Gesicht wie feuchte Tentakel liebkosen.

Elena ruft nicht um Hilfe. Es gibt keinen Grund dafür – Kraft ihres Wortes handelt sie nie ohne Grund. Möge Gott sie behüten. Ihr Körper hüpft auf dem Pferderücken; er ist nicht viel schwerer als der eines kleinen Mädchens und unter zu vielen Kleidern verborgen, als dass die Reiter Verdacht schöpfen würden. Zumindest für den Moment.

*Geduld, Elena. Stärke.*

Ich verwehre mir ein Blinzeln, damit mein Auge blind und leblos wirkt, gestatte nicht einmal der Pupille, sich zu erweitern, während ich das Geschehen in meinem Blickfeld verfolge. Die Reiter bilden wieder einen Kreis und beraten sich.

»*Koldun*«, flüstert einer.

Hexenmeister, Monster. Mann ohne Blut.

Der neue Anführer in dem silbernen Kürass ist ein abergläubischer Geselle. »Es ist besser, die Leiche nicht anzurühren«, meint er. »Lasst uns schnell mit der Gefangenen verschwinden.«

Ein weiser Rat.

»Sammelt ein, was wir brauchen, und lasst uns diesen Ort verlassen!«, weist er die anderen an. »Die Toten lasst liegen.«

Ein Bandit mit schmutzigem Gesicht springt eilig vom Pferd und plündert die Leichen seiner gefallenen Kameraden. Fluchend zerrt er an dem blutverschmierten Sattel, der unter dem ausgeweideten Ross begraben liegt. Er rutscht im Schlamm aus und fällt hin, besudelt seine Jacke.

*»Lass es!«*, befiehlt der Anführer. Seine dunklen Augen über dem dichten braunen Bart sind voller Angst. Ich sehe seinen Atem in der feuchten Luft.

Mit einem letzten misstrauischen Blick zu mir führen die drei Überlebenden das Pferd ihres toten Kameraden davon und galoppieren Richtung Horizont davon. Ich warte, bis die Erschütterungen im Erdreich verebbt sind, ehe ich auch nur zu blinzeln wage. Verharre, bis von ihnen bloß noch winzige, verschwommene Flecken geblieben sind, ehe ich es riskiere, mich zu regen.

Dann bin ich allein im Gras mit den schweigsamen Leichnamen. Die Sonne ist mittlerweile hinter dem Rand des schnurgeraden Horizonts versunken. Stattdessen ist das große, blaugraue Rund des Mondes aufgegangen; in seinem vertrauten blassen Licht werfe ich meinen unförmigen Schatten weit über das Gras. Erst in der plötzlichen Kühle der Nacht spüre ich, wie schwer ich beschädigt bin. Ohne Hilfe besteht keine Hoffnung auf Reparatur.

*Doch Elena mag noch am Leben sein. Ich muss sie beschützen – das habe ich gelobt.*

Mit dem Daumen und zwei verbliebenen Fingern packe ich ein Grasbüschel und ziehe mich mit aller Kraft eine Armeslänge vorwärts. Ein Stück meiner Hüfte und meines rechten Beins bleiben hinter mir im Gras zurück. Mein anderes Bein ist noch weitgehend intakt, aber keine große Hilfe. Erneut ziehe ich mich mit meinem heilen Arm voran, hinterlasse eine Schneckenspur zerbrochener Maschinenteile, die dunkel im Mondlicht glänzt.

Doch das Gras ist üppig, und mein Griff ist stark.

Während der purpurrote Himmel sich auflöst und die ersten Sterne erscheinen, lasse ich das Wrack meines Körpers hinter mir zurück, eine Armeslänge nach der nächsten. Die Nacht verschluckt die wogende Ebene. Und verborgen inmitten dieses Grasmeeres bin ich, reduziert auf einen entstellten Kopf und Teile eines Torsos, gekleidet in schwarze Wolle und geborstene Rüstungsteile. Unermüdlich bewege ich mich vorwärts. Ohne Rast, ja ohne Gedanken, schleppe ich mich Elena, meiner Schwester, entgegen – in den schlammigen Spuren dreier Reiter, die nichts von diesem tot geglaubten Schrecken ahnen.

# 13

## OREGON, GEGENWART

Die beiden Fremden starren einander an, mitten auf dem leeren zweispurigen Highway, während der leichte Regen ihre Jacken glitzern lässt.

»Überlass sie mir«, hat der Hochgewachsene gesagt.

*Klar, aber sicher doch.*

Die Gewalt der letzten Stunde hat mich wie eine Schockwelle getroffen. Blinzelnd versuche ich die Blitzlichter der Brutalität zu verdrängen und mich einzig aufs Überleben zu konzentrieren.

Ich kämpfe mich auf die Beine und mache mich in Richtung des Streifenwagens auf. Er ruht halb auf der Straße, trunken auf seinen geplatzten Reifen, die Fahrertür schlapp geöffnet. Drinnen sehe ich die Umrisse einer Schrotflinte in Habachtstellung in ihrem senkrechten Holster. Das Funkgerät muss defekt sein, denn es führt nur unverständliche Selbstgespräche in grauem Rauschen.

Meine Seiten stechen, und ich habe mir die Ellbogen aufgeschlagen. Blut und Tränen kleben mir im Haar. Mein Handy liegt noch im Motelzimmer, doch ein gestohlenes Polizeiauto wird Aufmerksamkeit erregen. Und wenn die Polizei nächstes Mal kommt, wird sie es geschickter angehen. Eigentlich muss ich nur abwarten – also lange genug am Leben bleiben, bis die Kavallerie eintrifft.

Die beiden Männer, vom gleißenden Scheinwerferlicht des Muscle-Cars geblendet, ignorieren mein Davonhumpeln. Ich höre ihre Stimmen über dem rauschenden Wind in den Bäumen, aber die Worte ergeben nicht viel Sinn für mich.

»Alter Freund«, sagt der Silberhaarige. »Die Seidenmutter wird erfreut sein, dass du überlebt hast. Fehlentscheidungen lassen sich revidieren.«

»Wir haben wichtigere Probleme«, entgegnet der Hochgewachsene. »Das Uhrwerk läuft ab. Zu viele sind bereits gestorben. Wir brauchen diese Frau …«

»Sie ist eine Kurzlebige. Das erste Axiom verbietet es, dass sie Zugang zu verbotenem Wissen erhält.«

»Alle Geheimnisse sind bedeutungslos, wenn man diese Welt verlassen hat.«

Für einen langen, gespannten Moment starren die beiden Männer einander an.

»Dann wirst du den anderen Gesellschaft leisten«, stellt der Silberhaarige ruhig fest. Er macht einen Schritt nach vorn, die Hände an den Hüften wie ein Revolverheld. Als er daraufhin einen Haken ausführt, duckt sich der Große jedoch weg. Stiefel scharren über den nassen Asphalt. »Du wirst Nahrung für die Stärkeren sein.«

Ich erreiche den Streifenwagen, lege die Hände auf die warme Motorhaube.

Weiter die Straße hinab kreuzen die beiden Männer die Arme und attackieren sich mit komplizierten Hieben, schlagen Paraden. Sie bewegen sich wie Schatten, leise, unnatürlich schnell. Ihr Kampf entspinnt sich in brutalen Gewaltausbrüchen; ich höre bloß das dumpfe Klatschen, wenn ein Schlag sein Ziel findet.

Stöhnend ducke ich mich in das demolierte Fahrzeug und ziehe die Schlüssel aus dem Zündschloss. Im schwachen Schein der Innenbeleuchtung gehe ich sie durch, bis ich einen finde, der zur Waffenhalterung passt. Ich schließe sie auf und entnehme ihr die Flinte.

Die Kampfschrotflinte ist überraschend leicht. Der geriffelte Griff fühlt sich wie feiner Kies in meinen Händen an. Mein Dad hat mir das Schießen beigebracht, als ich klein war; doch das Gewehr, mit dem ich damals übte, war aus glattem Holz, eine Jagdwaffe. Diese Flinte ist bereits geladen, mit ein paar roten Reservepatronen in einem Plastikgurt am Schaft.

Als ich den Wagen wieder verlasse, beobachte ich, wie die beiden Männer einander umkreisen.

»Ich habe ihre Faszination für dich nie verstanden«, meint der Silberhaarige. Er hält einen verzierten, geschwungenen Dolch wie jemand, der sich damit auskennt. Losgelöst von der Situation erkenne ich die Antiquität als eine Waffe, wie sie bei Hofe im Osmanischen Reich getragen wurde. Der Knochengriff ist mit Silber verziert.

»Ich war stets die bessere Wahl«, fügt er hinzu.

Der Hochgewachsene hebt die Fäuste. Wachsam dreht er sich auf den Absätzen mit, um den anderen im Blick zu behalten, während sein Kopf mal hierhin, mal dorthin zuckt.

Ich lege die Schrotflinte in Hüfthöhe auf sie an und warte.

Der Silberhaarige führt einen Angriff mit dem Dolch aus, und der Hochgewachsene schlägt ihm das Handgelenk weg, greift mit der anderen Hand nach seinem Gegner. Doch der Angriff war eine Finte; der kleinere Mann wendet ihm den Rücken zu und sticht mit der Waffe über seine Schulter hinweg zu.

Die Klinge schlitzt das Gesicht des Hochgewachsenen vom Kinn bis zur Stirn auf.

Dieser fällt auf ein Knie, presst die Hand flach auf die Wunde. Er schreit nicht vor Schmerz, ja blinzelt nicht einmal – er dreht sich bloß zu mir um, als ich mich ihnen einen Schritt nähere.

In seiner zerrissenen Motorradfahrerkleidung überragt der Silberhaarige seinen Gegner, hat noch den Dolch in der Hand. »Sie stirbt jetzt«, sagt er und zeigt mit der Waffe auf mich.

Ich hebe die Schrotflinte an die Schulter und nehme ihn ins Visier.

»Nein, tut sie nicht«, erwidere ich und drücke den Abzug.

Die Flinte brüllt auf und schlägt mir gegen die Schulter, stößt eine Wolke Schrot aus. Die Metallkügelchen streuen weit genug, dass beide Männer von dem Treffer herumgeworfen werden. Leder- und Stofffetzen stieben wie Federn aus einem geplatzten Kissen auf. Der Dolch fliegt beiseite. Der Hochgewachsene nutzt die Gelegenheit, um wieder aufzustehen. Der Silberhaarige schützt das Gesicht und funkelt mich über den Ellbogen hinweg an.

Er wirkt verärgert.

Ich schieße noch einmal und trete näher. Schrot tanzt auf dem Straßenpflaster, und beide Männer suchen Deckung, ohne ihren Zweikampf zu unterbrechen, so als ob ich und die durch die Luft fliegenden Kugeln nicht weiter der Beachtung wert wären.

Durch das Mündungsfeuer vor mir kann ich kaum noch etwas erkennen. Ich betätige einfach den Abzug, bis es nur noch klick macht und meine Schulter pocht. Ungläubig, dass beide Gestalten weiterhin miteinander ringen, blinzle ich ins blendende Scheinwerferlicht. Vorsichtig ziehe ich mich zurück, die Finger fest um die leere Flinte geschlossen.

*Etwas läuft hier wirklich, wirklich falsch.*

In der plötzlichen Atempause greift der Hochgewachsene nach den silbernen Haaren seines Gegners und reißt daran.

Mit erschreckend wenig Widerstand löst sich ein Teil seiner Kopfhaut und mit ihr Teile der Stirn und der Wange. Ich kann nicht glauben, was ich da sehe. Unter der Haut kommt ein Schädel aus durchsichtigem blauem Kunststoff zum Vorschein. Als er blinzelt, bewegt sich nur das verbliebene Lid. Das andere Auge starrt weit und rund und wird von keiner Haut umhüllt.

Ich lasse die Flinte klappernd zu Boden fallen.

Das Blut pocht in meinen Schläfen bei diesem grauenhaften Anblick. Ich schlage die Hand vor den Mund, ringe panisch um Atem. Der übelkeiterregende Geruch von Schießpulver und Schweiß und verbranntem Gummi sticht mir in der Nase.

Da stürzt sich der Silberhaarige blitzartig auf den größeren Mann. Mit Fäusten wie Betonblöcke prügelt er auf seinen Torso ein, landet ein Stakkato schneller Treffer. Selbst aus der Entfernung spüre ich die Wucht der Schläge. Dann packt der Silberhaarige den Hochgewachsenen an den Schultern, geht kurz auf Abstand und tritt zu. Der Absatz seines Stiefels trifft die Kniescheibe.

Das Bein biegt sich nach hinten durch und bricht vernehmlich. Der Hochgewachsene knickt ein.

In aller Eile bringe ich die Schrotflinte wieder in Anschlag. Der Silberhaarige hat seinen Dolch aufgehoben und wendet sich mir zu. Als er meine Panik bemerkt, grinst er, greift sich schließlich ins Gesicht und zieht sich langsam die restliche lose Haut vom Schädel, sodass nur noch ein halbes Gesicht bleibt.

Einen Moment lang hält sein Handschuh den Streifen von Haut und Haar noch umklammert, bevor er ihn auf die Straße fallen lässt.

»Nicht ein einziger Mensch unter einer Milliarde hat je gesehen, was du gerade siehst«, sagt er.

Sein lidloses Auge behält mich im Blick, während ich mit tauben Händen die Schrotflinte festhalte. Ich taumle rückwärts, die Füße wacklig auf dem Asphalt, versuche immer noch, das alles zu verstehen.

Das ist kein Mann, denkt ein Teil von mir. *Das ist überhaupt kein Mensch.*

Das Puppending lächelt mit seinem halben Mund, macht einen weiteren Schritt auf mich zu. Ich sehe seine Silhouette vor den Scheinwerfern, sehe, wie er mit dem Arm ausholt, um den Dolch zu werfen.

»Nicht, dass es darauf noch ankäme«, fügt er hinzu.

Mit einem Mal verharrt er wie festgefroren auf der Stelle. Sein entblößter Schädel blitzt elektrisch blau, und er muss einmal husten. Steif geht er in die Knie, seine Finger zucken. Er kippt vorwärts aufs Gesicht, bleibt zitternd auf der Straße liegen, zieht die bebenden Arme eng an die Brust. Es wirkt, als versuchte er zu kriechen. Das Auge rollt in seiner Höhle.

Hinter ihm sitzt der Hochgewachsene auf dem Asphalt, das gebrochene Bein von sich gestreckt. In der einen Hand hält er einen Elektroschocker, die andere drückt er auf die Wunde in seinem Gesicht. Sein Atem geht flach. Nun schaut er mich an und lässt die Waffe fallen, hebt die Hand in einer Geste der Kapitulation.

»June«, sagt er. »Bitte. Ich will Ihnen nichts tun.«

»Was wollen Sie dann?«, rufe ich und richte die leere Schrotflinte auf ihn.

»Mein Schicksal in Ihre Hände legen«, antwortet er. »Ich bin hier, um Sie um Hilfe zu bitten.«

# 14

## OSTEUROPÄISCHE EBENE, 1725

*Greif eine Handvoll Gras. Ziehe. Lass los. Greife noch einmal zu.*

Die Götter, die die verborgenen Winkel der Sternbilder heimsuchen, zeigen mir ihre Unterstützung in Form von klaren Fleckchen am Himmel. Das helle Auge des Mars sieht mit an, wie ich von Tau und Regen getränkt werde, und lächelt beim Anblick des Blutes, das aus meinem Umhang gewaschen wird. Ich bleibe mit dem Gesicht an einer tückischen Wurzel hängen. Das Leder meiner Wange reißt und hinterlässt ein obszönes Loch.

Und so geht es weiter.

Unter dem Starren der Sternennacht windet sich mein Körper, leichter durch seine Verluste, durch das wogende Gras. Der große, gütige Mond verblasst schon an einem rosa Horizont, als ich endlich die Silhouette von vier Pferden erkenne, die an einen verkrüppelten Baum gebunden sind.

Die Banditen schlafen. Neben einem glimmenden Lagerfeuer erblicke ich meine Elena, ein dunkler Haufen Kleider. Sie ist an Händen und Füßen gefesselt. Kraft meines intakten Armes robbe ich näher, den Kopf auf die Seite gelegt, die Augen weit geöffnet im Licht der frühen Dämmerung. Mein geborstener Torso zieht Gedärme aus Metall, Leder und Wachs hinter sich her.

Etwas regt sich. Ich halte inne, den Arm ausgestreckt.

Jemand wirft ein Rentierfell beiseite. Ein Bandit steht

auf und wendet misstrauisch den Kopf, seine Bewegungen noch ungelenk vor Schläfrigkeit. Er nähert sich der Stelle, wo sich mein hingestreckter, deformierter Körper im Gras verbirgt. Dann bleibt er stehen, lässt die Hosen herab und pisst einen dampfenden Strahl ins taunasse Gras.

Still verfolge ich, wie er sich umdreht und zurück zu seinen Fellen wankt. Als sein Blick auf Elena fällt, bleibt er stehen, geht neben ihr in die Hocke und flüstert etwas. Ich schleppe mich weiter ins Lager. Mein verschmutzter Kürass walzt das Gras platt, doch der Bandit lauscht nicht auf Zeichen von Gefahr. Er dreht Elena auf den Rücken, einen Unterarm auf ihren Hals gepresst. Dann löst er die Fesseln um ihre Knöchel und spreizt grob ihre Beine.

Der Mann grinst, seine Zähne glänzen rot in der Dämmerung.

Ich passiere den Schlafplatz des Mannes und greife mir seinen pelzgefütterten Helm. Ein drängendes, krummes Aufbäumen, dann noch eines: So rutsche ich durchs nasse Gras, presse immer wieder den spitzen, stählernen Kopfschutz in den Boden und ziehe mich an ihm voran.

»Was?«, ruft der Bandit aus und schreckt kniend zurück, als er unter Elenas Umhang nichts als die kalte Anatomie eines Uhrwerks entdeckt. »Was … was *bist du?*«

Im allerletzten Moment dreht er sich um, seine dunklen Locken leuchten rostfarben im Morgenlicht. Beim Anblick meiner Überreste weiten sich seine Augen, die Mundwinkel zucken vor Furcht. Ich bäume mich auf meinem Ellbogen auf und recke mit meiner guten Hand den Helm hoch in die Luft. Dann lasse ich ihn niederfahren, und der Bandit erstickt an seinem Schrei.

Die Stahlschale blitzt auf, als sie auf seinen Nasenrücken trifft. Sein Kiefer schlägt zu, und er kippt zurück, sein Ausdruck eine wilde Mischung aus Blut und Entsetzen. In dem Moment tritt Elena mit beiden Beinen zu, und der Bandit fällt mit den Armen rudernd auf den Rücken. Mit einem Grunzen weicht die Luft aus seiner Lunge.

Ich schlage erneut mit dem Helm zu.

Diesmal trifft er den Mann mit nassem Knirschen mitten ins Gesicht. Noch einmal. Noch ein halbes Dutzend Mal, bis ich den Schädel knacken höre und Zähne und Blut und Speichel das Gras besudeln.

Da höre ich einen gurgelnden Schrei vom anderen Ende des Lagers. Elena ist auf den Beinen; mit dem Instinkt einer Assassinin hat sie ihre Hände befreit, ihre Stilette aus den Taschen des Gefallenen geborgen und die Herzen seiner Gefährten durchbohrt. Wenige Momente später ist keiner von ihnen mehr am Leben.

Das glühende Feuer wärmt nun nur noch Metall, Holz und Leder.

»Oh, Peter«, sagt Elena. »Oh, mein armer Peter.«

Sie legt den Arm um meinen Kopf, bettet meine Überbleibsel in ihren Schoß. Mit ihrer anderen Hand tastet sie meinen Körper ab, um sich ein Bild vom Ausmaß der Schäden zu machen. Ich höre das leise Tropfen von Blut im Gras und das Wiehern eines nervösen Pferdes.

»Du bist schwer beschädigt«, stellt sie mit tonloser Stimme fest.

»Solange meine Anima intakt ist, kann mein Gefäß repariert werden.«

»Die Kaiserin wird uns jagen.«

»Das wird sie«, antworte ich meiner ewigen Schwester. »Wir werden dennoch überleben. Wir werden davonlaufen, so lange, wie es nötig ist. Bedenke, meine Kleine: Ganz gleich, wie groß ihre Macht ist – die Kaiserin ist nur ein sterblicher Mensch. Du und ich, wir sind mehr als das.«

Meine Augen ruhen auf dem Schwung ihrer Porzellanwange, ein heller Bogen in der Dämmerung. Einst war Elena eine verstandlose Puppe und ich eine leblose Hülse. Nun aber … Sie und ich sind mehr als nur *Dinge.*

»Wir sind Awtomat«, sage ich.

# 15

## OREGON, GEGENWART

Bitte«, sagt der große Mann, der kraftlos in der Straßenmitte sitzt. Sein von sich gestrecktes Bein ist schrecklich verdreht, und er presst sich den Handballen fest ins Gesicht, um seine Schnittwunde geschlossen zu halten. »Ich verspreche, ich werde Ihnen nichts tun«, fügt er hinzu.

»Ach ja?« Ich richte nach wie vor die Schrotflinte auf ihn. »Das ist gut zu wissen. Bleiben Sie, wo Sie sind! Die Polizei wird jeden Augenblick eintreffen.«

Mit zitternden Fingern löse ich die Reservepatronen vom Schaft, eine nach der anderen, und schiebe sie mit dem Daumen in die Waffe.

*Klick.*

»Das wird sie nicht.« Der Mann beugt sich vor, sein Gesicht im Schatten, und hält mit beiden Händen sein verletztes Knie. »Unser Freund hier stört den Funkverkehr. Wäre die Polizei auf dem Weg, dann wäre sie längst eingetroffen. Uns bleiben nur Minuten, bis er wieder einsatzfähig ist. Sie haben nicht genug Munition, und ich bin zu beschädigt, um Sie zu beschützen.«

*Klick.*

Ich halte inne und betrachte den Mann mit dem silbernen Haar – wenn er denn ein Mann ist. Ein Teil seines Gesichts ist abgerissen, ein Stück Kopfhaut liegt auf dem glänzenden Asphalt. Das Büschel Haare daran bebt im Wind. Seine Finger klammern sich blind an die Straße, sein Körper zuckt und windet sich.

Fast wirkt er wie ein überfahrenes Tier.

»Was ist das für ein Ding?«, frage ich.

»Sein Name ist Talus.« Der Mann müht sich, sein Bein zu richten. »Er ist … Awtomat.«

Ich blinzle, erinnere mich. *»Awtomat?* Das schrieb die Puppe der Altgläubigen.«

»Sie haben das Mädchen aus Sankt Petersburg aktiviert?«

Ich zucke die Schultern, halte die geladene Flinte vor meiner Brust.

»Nur wenige Menschen kennen dieses Wort«, erklärt er und schafft es endlich, sein gebrochenes Bein in eine gerade Linie zu zwingen. »Die Awtomat hüten das Geheimnis ihrer Existenz – immer, bis zu ihrem Tod.«

Mir fällt auf, dass kein Blut aus dem tiefen Schnitt in seinem Gesicht fließt.

»Sie wollen also sagen …?«, setze ich an.

Ich stocke. *Das ist doch verrückt. Das kann nicht wahr sein.*

»Sie sagen, dieser Kerl ist eine *Maschine?*«, stoße ich mit ausdrucksloser Stimmer hervor.

Wieder schaue ich zu dem zuckenden Körper und packe die Schrotflinte fester. Dann überläuft mich ein Schaudern – denn das überfahrene Ding erwidert meinen Blick, sein Auge ist weit geöffnet. Sein blauer Schädel schabt über den Asphalt, einer seiner Arme hüpft. Das Ding stößt ein grunzendes Geräusch aus, versucht aufzustehen.

»Andere werden kommen«, meint der Hochgewachsene, wieder die Hand im Gesicht. »Wir müssen fliehen.«

»Okay«, erwidere ich und weiche zurück. »Das ist echt ein Riesenmist.«

»Talus wird Sie töten, um an das Relikt zu kommen.« Der Hochgewachsene hält mir mit ausgestreckten Fingern seine Autoschlüssel hin. »Ich kann Ihnen helfen. Nehmen Sie die Schlüssel.«

Argwöhnisch nähere ich mich ihm. Strecke die Hand aus und schnappe mir die Schlüssel. »Wieso? Wieso helfen Sie mir?«

»Die Awtomat befinden sich im Krieg. Sie wissen nicht, wie sie … ihre Batterien aufladen können. Seine Herrin …« Er nickt in Richtung des Gefallenen. »Seine Herrin sammelt Artefakte, um sie zu studieren – selbst schlichte Automaten wie das Mädchen aus Sankt Petersburg.«

»Reden Sie etwa von *meiner* Forschung?«

»Die Kunlun Foundation ist den Awtomat unterstellt. Sie bedienen sich Ihrer Expertise, um verschollene Automaten aufzuspüren. Dann schicken sie ihre Agenten zu diesen Artefakten, bevor Sie dort eintreffen. Sie sind verzweifelt darum bemüht, die Funktionsweise der Awtomat zu verstehen, um ihre eigenen Energiereserven zu erneuern.«

*Wölfe.*

Ich beiße die Zähne zusammen, spüre einen Anflug von Zorn. Auf einmal ergibt alles einen Sinn: Die Wölfe waren mir immer einen Schritt voraus. Sie kannten stets mein nächstes Ziel, kamen mir zuvor und nahmen sich, was sie begehrten.

»Und Sie haben ihnen nachspioniert?«, frage ich. »Mir nachspioniert …«

Der Hochgewachsene behält den zappelnden Leichnam im Blick, der nun über das Straßenpflaster kriecht. Er zeigt auf sein schwarzes Auto, als ein fernes Dröhnen an meine Ohren dringt. »Keine Zeit mehr.«

In einer schmerzhaft anzusehenden Bewegung stemmt er sich vom Asphalt hoch. Eine Hand an der Seite und die andere ins Gesicht gepresst, zieht er sein verletztes Bein nach, wagt es nicht, es richtig zu belasten, und humpelt zur Beifahrertür des Muscle-Cars.

Ich hebe den Lauf der Flinte, um ihm Deckung zu geben. Er wirkt nicht beeindruckt.

»Wenn wir bleiben, werden wir sterben«, sagt er.

Hinter der nächsten Kurve tauchen die Scheinwerfer von Motorrädern zwischen den Baumstämmen auf. Das silberhaarige Ding hat sich auf die Knie aufgerichtet. Den Kopf auf die Seite gelegt, sodass ich seinen Schädel durch die geplatzte Haut schimmern sehe, starrt es auf meine Brust. Instinktiv fasse ich mit der Hand nach dem dunklen Halbmond des Relikts und merke, dass es über meiner Bluse baumelt.

Mit der Schrotflinte marschiere ich zur Fahrerseite des Muscle-Cars und öffne die Tür. Ich kann es nicht fassen, dass ich wirklich in Betracht ziehe, einzusteigen.

»Verraten Sie mir, woher Sie von alledem wissen«, rufe ich dem Hochgewachsenen über die schwarze Motorhaube hinweg zu.

Im Licht der Scheinwerfer, die von den Bäumen und dem nassen Asphalt reflektiert werden, verharrt er in der Beifahrertür. Langsam nimmt er die Hand vom Gesicht. Der Hautlappen klappt auf, doch kein Blut fließt aus der Wunde. Streng genommen ist es gar keine Wunde: Ich sehe weder Blut noch Sehnen oder Muskeln in dem Lächeln aufgeschlitzten Fleisches.

Stattdessen sehe ich einen goldenen Schädel aus einem kunststoffartigen Material.

»Was … was sind …?«, stottere ich, unfähig, ein weiteres Wort über die Lippen zu bekommen.

Erst jetzt erwäge ich den verrückten Gedanken, der mein Unterbewusstsein kitzelt: Dieser große, perfekt symmetrische Mann besteht aus einem Räderwerk – überzogen mit

Metall und Kunststoff und zu menschlicher Gestalt geformt.

»Wer sind Sie?«, flüstere ich.

Der Mann gestattet seinem Mund unterhalb des Schnurrbarts, sich zu einem Lächeln zu verziehen.

»Ich bin Peter Alexejewitsch«, antwortet er. »Vor über siebzig Jahren kämpfte ich mich über die schneebedeckten Schlachtfelder von Stalingrad. An den Ufern der Wolga habe ich etwas von unschätzbarem Wert verloren – nun habe ich es wiedergefunden.«

»Der Racheengel«, murmle ich.

»Das Relikt, das Sie um den Hals tragen, June … Es war immer meine Aufgabe, es zu bewahren.«

# ZWEI

## *ISKAT*
## (SUCHEN)

*Und ich erhob meine Augen und sah, und siehe …*
*Sein Leib war wie Türkis, sein Antlitz wie ein Blitz,*
*seine Augen wie feurige Fackeln, seine Arme und*
*Füße wie von leuchtendem Erz; und seine Stimme*
*war wie die Stimme einer Menge.*

– Daniel 10:5-6

# 16

## HELSINKI, 1725

Fast wäre das kleine Mädchen, welches das Erste war, was ich sah, auch das Letzte geworden.

Ich liege im feuchten Gras, ein ausgeweideter Kadaver. Elena entledigt die gefallenen Banditen ihrer blutigen Rüstungen, sammelt ihre Waffen und Pferde ein und folgt unseren Spuren zurück, um die verstreuten Teile meines Körpers einzusammeln, die in der gestrigen Schlacht zurückblieben.

Mit ihren kleinen Händen und den noch kleineren Fingern gibt sie ihr Bestes, um mich zu reparieren. Zusammengekauert im schneidenden Wind, verborgen im wogenden Gras, setzt mich das Mädchen wie ein Puzzle zusammen. Sie ist überraschend geschickt, kneift mit ihren harten Fingerspitzen Metallringe zusammen und schnürt meine Wunden mit Lederstreifen zu. Als sie fertig ist, bin ich wieder fähig, aufzustehen und zum stärksten der Pferde zu humpeln. Dann lassen wir die hingemetzelten Banditen zurück, auf dass ihre Körper den Graswurzeln als Nahrung dienen.

»Du hast viel von Favorini gelernt«, stelle ich fest. »Dinge, die er uns nicht gelehrt hat.«

»Meine Augen sind immer weit geöffnet«, erwidert sie.

Obgleich meine Gliedmaßen zum Teil repariert sind, kann Elena ziemlich wenig gegen mein Aussehen tun. Die Haut meiner Wange hängt mir ins Sichtfeld, und die Messingflächen meines Gesichts sind verbeult. Zwei Tage reiten wir nach Westen, nach Finnland, halten uns an den eisigen

Norden und vermeiden jedweden Kontakt mit menschlichen Wesen.

Schließlich erreichen wir ein von der Pest heimgesuchtes Küstendorf.

Elena und ich geben ein monströses Paar ab, wie wir da bei Sonnenuntergang aus dem kalten Ödland in den Lampenschein der Ortschaft namens Helsinki geritten kommen. Wir schlingen unsere Reitumhänge eng um die Körper, die Gesichter unter den dunklen Kapuzen verborgen. Genäht, verbolzt und mit Lederschnur umwickelt, bilden meine Züge eine starre Grimasse. Durch klaffende Risse in meiner Haut sieht man das Messingwerk darunter. Elena ist nicht viel besser dran: Nur Stoff und die Locken ihres falschen Haars verbergen den schaurigen Anblick ihres Porzellanpuppengesichts; geschürzte rote Lippen, auf eine Totenmaske gemalt.

»Sie werden uns töten, Peter. Wieso verstecken wir uns nicht in den Wäldern?«

»Weil wir keine Tiere sind«, antworte ich leise. »Davon abgesehen werden die Elemente uns ebenfalls töten. Hüte unser Geheimnis, und wir bleiben unerkannt unter den Menschen. Es gibt keinen anderen Weg, der Kaiserin zu entkommen.«

Helsinki ist ein schlichtes Fischerdorf am Ufer derselben Meeresbucht wie Peters wachsendes Sankt Petersburg. Die Krankheit aus dem Orient hat die Bevölkerung dezimiert und nur wenige verschont. Die Überlebenden wurden vom Großen Nordischen Krieg noch weiter zugrunde gerichtet. Heute ist von der Stadt kaum mehr als eine verkohlte Hülle geblieben. Sogar die Pflastersteine hat man als Ballast für Schiffe ausgegraben. Die Ruinen gleichen faulen Zähnen.

Am Stadtrand scharen sich kränkliche Kinder mit strähnigem Haar um uns, betteln um Essen. Niemand stört sich am Blut auf unseren Kleidern, der Anblick ist zu alltäglich. Die Aussicht auf Gold oder Brot in unseren Taschen reicht aus, um uns willkommen zu heißen.

Alles andere spielt keine Rolle.

Bald fällt mir auf, dass das Wüten der Pest viele Bewohner gezeichnet hat. Die grotesken Narben und verzerrten Züge werden häufig Teufeln angelastet, von daher tragen viele Menschen Masken, um ihre Entstellungen zu verbergen. Ihre beschatteten Gesichter schleichen durch das schwache, unstete Licht flackernder Tranlampen; jämmerliche Kreaturen, zitternde Körper, umweht von öligen Rauchfahnen, die zum sternenhellen Firmament aufsteigen.

Ich finde einen Reisenden, der Masken aus der Inselstadt Venedig verkauft, wo das Verbergen des Gesichts Tradition hat. Von meinem Ross schnippe ich dem Mann eine Münze zu und nehme dafür aus seinen bebenden Händen eine dünne Bronzemaske entgegen. Das helle, gewölbte Metall ist mit kunstvollen Gravuren geflügelter Pferde verziert. Ich lege die Maske an und luge durch die Augenlöcher.

»Wie sehe ich aus?«, frage ich Elena, die neben mir reitet.

Sie zögert einen Moment mit der Antwort. »Schrecklich, Bruder«, sagt sie dann.

Ich mühe mich vergebens um ein Lächeln und treibe mein Pferd an. Gemeinsam reiten wir durch die Stadt bis direkt an den Hafen. Dort, in einer Taverne, die nur einen Steinwurf vom eiskalten Wasser der Meeresbucht entfernt ist, finden wir ein paar trinkende Seeleute.

Dank unserer verborgenen Gesichter retten uns an diesem Abend unsere Stimmen.

Aus Elenas Kapuze dringt das klare, trällernde Flöten der Jugend, und vom hohen Rücken meines Pferdes herab grollt meine eigene Stimme, Ehrfurcht gebietend und schroff. Aus dem Schutz meiner Maske gelingt es mir, ein

Zimmer über der Taverne anzumieten. Und bei einem Kapitän, der lange genug dem Rum zugesprochen hat, kann ich die Pferde, die Sättel und unser restliches Geld zu erbärmlichen Konditionen gegen zwei große Kisten und deren Transport nach London eintauschen.

Während der Kapitän und ich die Hände schütteln, fällt mir sein Bootsmann ins Auge. Er ist ein korpulenter Mann mit hohen, runden Bäckchen über rotblonden Koteletten, der mit großer Mühe vorgibt, uns nicht zu belauschen. Auf dem Weg nach draußen funkle ich ihn an, mein verheertes Gesicht finster hinter den starren Zügen der Bronzemaske.

Der Mann ergreift die Flucht. Das wird reichen müssen.

Die Kisten warten schon auf uns, als wir auf unser Zimmer kommen; schlicht, aber robust.

»Glaubst du, es wird funktionieren?«, fragt Elena und fährt mit den Fingern sanft über die Eisenbeschläge.

»Die Schergen der Kaiserin suchen nach einem Mann und einem Mädchen auf der Flucht vom Festland«, antworte ich und ergreife ihre Hand. »Nicht nach zwei versiegelten Kisten, wie schwer sie auch sein mögen.«

Nachdem wir unsere wenigen verbliebenen Habseligkeiten gerichtet haben, warten Elena und ich geduldig die stillen Stunden vor der Dämmerung ab. Unser leerer Raum ist so kalt und karg wie eine Krypta. Es brennt kein Feuer im Kamin. Es ist auch nicht nötig, da es ja kein Fleisch gibt, das es wärmen könnte.

Als das graue Licht sich langsam aufhellt, helfe ich Elena, in ihre sargähnliche Kiste zu steigen. Sie trägt ein frisches Kleid, hat sich das Haar gekämmt und es mit einer Schleife zusammengebunden. Wie sie da auf ihrem Rentierfell liegt, wirkt sie wie der Leichnam eines kleinen Mädchens, der auf seine Beerdigung wartet.

»Danke, Peter«, sagt sie. Ihre Stimme hallt dumpf von

den groben Holzwänden wider, aus denen noch das Harz quillt. »Du hast mich gerettet – du hast deinem Wort alle Ehre gemacht.«

»Wieso redest du so?«, frage ich, eine Hand am Deckel ihrer Kiste, bereit, ihn zu schließen.

»Wenn uns während der Überfahrt jemand entdeckt, werden unsere Gegner in der Überzahl sein. Und wenn unser Schiff sinkt ... Wie lange würden wir unter Wasser überleben? Würden wir für immer dort unten gefangen sein, in einer Kiste auf dem Meeresgrund ...?«

»Sch«, unterbreche ich sie. »Denk nicht an so was. Du bedeutest mir alles, Elena. Bei meiner Ehre, ich werde es niemals zulassen, dass dir etwas zustößt.«

Sie nimmt meine Finger in ihre kleinen, kalten Hände und presst meine Knöchel gegen den harten Grat ihrer Lippen. »Ich bin froh, dass du mein Bruder bist, Peter«, meint sie, und die Worte fühlen sich wie ein warmer Mantel um meine Schultern an. Umgeben von unseren wenigen Wertsachen und Waffen, legt sie sich auf das dicke Fell, das zuvor den Banditen zum Schlafen diente.

»Ich sehe dich auf der anderen Seite«, erwidere ich, als ich den Deckel schließe. »Das verspreche ich.«

Falls wir untergehen, wird das Wasser früher oder später unsere Holzwände aufweichen. Es wird mir schon gelingen, mich rechtzeitig zu befreien und mir den Weg nach draußen zu bahnen. Selbst wenn wir wirklich auf den Meeresgrund sinken, bleibt eine Aussicht auf Rettung. Ich werde sie in der kalten Schwärze finden und ans Licht zerren – koste es, was es wolle.

Ich lege mich in meine Kiste und ziehe den Deckel über mir zu, höre ihn einrasten und sage mir das wieder und wieder, bis ich selbst daran glaube.

Als die Sonne über einer ruhigen See aufgeht, werden

zwei schwere Kisten aus unserem Zimmer über der Taverne abgeholt. Zwei fluchende, grunzende Männer braucht es, um die, in der ich ruhe, die Treppe hinabzutragen. Von dort bringt man uns in die tiefen hölzernen Eingeweide des Schiffes, wo wir gemeinsam mit der übrigen Ladung entlang der Wände eines Frachtraums vertäut werden.

Das Dunkel der Kiste fühlt sich nicht klaustrophobisch für mich an. Tatsächlich empfinde ich es als tröstlich, weil es mich an Favorinis Werkstatt erinnert. Ein wenig wird die Finsternis durch ein Schlüsselloch gemildert, durch welches das spärliche Licht hereinfällt, das seinen Weg bis unter Deck findet. Und sobald das Schiff abgelegt hat, eröffnet sich mir die äußere Welt mit ihren Geräuschen und den Bewegungen der Reise. Die Momente vergehen im beständigen Schaukeln des Schiffes, dem Knarren und Ächzen der Ladung, dem Schlag der Wellen gegen den Rumpf.

Meine Kiste ist wie ein Schoß, und die einzige Beschwernis ist, von Elena getrennt zu sein. Obgleich unsere Behältnisse nur wenige Handbreit voneinander entfernt sind, ist es zu gefährlich, um sich zu unterhalten. In dieser kritischen Phase dürfen wir nicht unsere Leben riskieren.

Doch ungeachtet unserer Vorsicht holt die Gefahr uns ein.

Nach ein paar Tagen der Reise wird das hypnotische Auf und Ab von schweren Fußstapfen gestört. Durch das Schlüsselloch glaube ich den fetten Bootsmann zu erkennen, wie er in der Fracht stöbert, die Augen über den stachligen Koteletten blitzend vor Gier. Im flackernden Lampenschein quetscht er sich zwischen den Behältern hindurch. Da erspäht er Elenas Kiste und stellt sorgsam seine Lampe ab.

»Dann wollen wir mal sehen«, murmelt er und streicht mit seinen fleischigen Händen über den Deckel. Er zückt ein Brecheisen und macht sich grunzend und angestrengt schnaubend am Schloss zu schaffen. Von dem Mädchen in der Kiste vernehme ich keinen Laut.

Mühsam bricht der Bootsmann das Schloss auf und sackt danach keuchend über der Kiste zusammen. Sein erschöpfter Atem klingt wie der eines Mannes direkt nach dem Geschlechtsakt. Nun krümmt er genießerisch die Finger um den Deckel und zieht daran. Die Scharniere, die wegen der Feuchtigkeit schon Rost angesetzt haben, gehorchen ihm mit einem Quietschen. Ich sehe sein Profil, auf dem die Lampenschatten zucken.

»Was zur Hölle …?«, flüstert er. »Eine verfluchte Puppe!«

Der Bootsmann greift in die Kiste und streicht Elena das Haar aus dem Gesicht. Meine Schwester liegt ganz still da, spielt das bewegungslose Objekt. Ihr Körper wird von unseren letzten Schätzen gesäumt: den Waffen der Banditen, ein paar verbliebenen Münzen aus dem Russischen Reich, Elenas Stiletten. Der Bootsmann unterdrückt ein Lachen und greift neugierig nach Elenas Kopf.

Als er feststellt, dass sich die Maske nicht lösen lässt, stößt der Mann ein unglückliches Grunzen aus. Er dreht sie auf die Seite, und ihr geisterhaftes Gesicht verliert sich in den langen Locken. Jetzt tastet er ihren Körper nach Juwelen und Wertsachen ab. Schließlich hebt er sie an den Achseln hoch und schüttelt sie so heftig, dass ihr Kopf vor- und zurückwippt.

Meine Glieder beben vor Wut. Ich balle die Fäuste, bis meine Gelenke knacken, und versuche dem Impuls zu widerstehen, einzugreifen.

»Komm schon, du Flittchen«, murmelt der Fette, hält Elenas kleinen Körper an einer Handvoll Haar und betatscht mit der anderen ihr Kleid. »Gib's her!«

*Rumms.* Ich schlage von innen gegen meinen Deckel.

Vor Schreck lässt der Bootsmann Elena achtlos fallen. Die Angst steht hell in seinen Augen, als er einen Schritt auf meine Kiste zumacht und sich bemüht, etwas zu erkennen.

»Hallo?«, wispert er. »Was war das? Wer ist da drin?«

Er legt eine pummelige Hand auf meine Kiste, bemerkt das Schlüsselloch. Mit angehaltenem Atem kommt er näher. Sein ängstliches Auge füllt das Schlüsselloch aus, sein Atem stinkt nach Alkohol.

Unsere Blicke begegnen einander.

Der Bootsmann quietscht und taumelt zurück.

»Jemand ...«, stottert er und führt einen spasmischen, panischen Tanz auf. »Da ist jemand ... Hilfe! Hilfe! Blinder Passagier!«

Da erhebt sich Elena hinter ihm in den Schatten. Lautlos wie ein Geist steht sie in ihrer sarggleichen Kiste, greift mit ihren kleinen Händen nach dem Bootsmann. Er fährt gerade noch rechtzeitig herum, um sie zu erblicken, als sie ihre Puppenfinger um die Speckrollen an seinem Hals schließt und seine Schreie erstickt. Die Augen weit vor Furcht, stolpert der Bootsmann gegen meine Kiste. Seine verzerrten Züge zeigen Unglauben und danach nacktes Entsetzen im Angesicht des Unbelebten, das auf unmögliche Weise zum Leben erwacht ist.

Der Bootsmann will schreien, die Zunge geschwollen und rot, die Stirn nass vor Schweiß. Mit furchtbarer Kraft krallt Elena sich an ihm fest. Er schlägt nach ihr, presst ihren kleinen Körper gegen eine Wand, zwingt seine Finger unter die Porzellanmaske.

Elenas Gesicht bricht, splittert unter seinem Griff.

Erneut hämmere ich lautstark gegen die Innenseite meines Deckels, versuche ihn aufzubrechen. Meine Aufgabe wäre es gewesen, meine Schwester zu beschützen – stattdessen habe ich stumm und starr vor Überraschung mit angesehen, wie sich diese ganze Katastrophe entspann.

Mein Versprechen, denke ich. *Was ist mein Versprechen wert?*

Das Geräusch erregt die Aufmerksamkeit des Bootsmanns. Die Augen weit aufgerissen, die Hände um Elenas zuckenden Körper gelegt, reckt er den Hals und schaut sich um.

*Rumms.* Ich schlage noch einmal zu, Holz zersplittert an meinen Knöcheln. Die Welt um mich pulsiert mit jedem Schlag gegen die Eichenbohlen.

Während der Bootsmann abgelenkt ist, entwindet sich Elena seinem Griff und klettert auf seine Brust, um ihren grausamen Griff um seinen Hals noch zu verstärken. Der Mann grunzt, ringt um Atem, schlägt und kratzt nach Elenas weitem Kleid, bis ihm die Luft ausgeht. Grauen zeichnet sein pflaumenblaues Gesicht; Grauen über die Puppe in seinen Händen, die nicht am Leben und doch lebendig ist.

*Rumms.*

»Peter!«, ruft Elena von den schlaffen Schultern des Bootsmanns. Schwarze Blitze spalten ihr Keramikgesicht. »Hör auf!«

Der fette Mann bricht auf meiner Kiste zusammen. Sein Gesicht ist dunkel angelaufen, die Finger hat er immer noch um Elena gelegt, so als würden die beiden tanzen. Endlich gleitet sein schwerer Körper zu Boden, fällt bäuchlings hin, das dünne rote Haar platt auf den Planken.

Erst da gebe ich meine Befreiungsversuche auf.

Durch das runde Auge meines Schlüssellochs verfolge ich, wie ein schwarz gewandetes Phantom mit schief wirkendem Gesicht den Frachtraum durchquert. Elena hält inne, fährt mit dem bleichen Finger über ihre Wange, rückt das gesprungene Porzellan sachte wieder gerade. Schließlich glättet sie ihr Haar und die Falten in ihrem Kleid.

Unglaubliche, ja dämonische Stärke beweisend, schleppt sie den scharlachroten Klumpen Fleisch davon. Beide verschwinden im Dunkel hinter einer Ecke im Labyrinth der ächzenden Fracht. Kurz darauf taucht ihr Gesicht wieder auf, nur wenige Zoll vor meinem Schlüsselloch.

Ihre schwarzen Augen brennen vor Wut.

»Wieso nur?«, flüstert sie.

Sie presst die Lippen an die runde Öffnung, verdeckt das Licht und füllt das Dunkel mit ihrem zornigen Flüstern. »Wieso hast du mich dazu gezwungen? Es war alles gut. Mir ging es gut. Jetzt hast du uns beide in Gefahr gebracht. Nächstes Mal, Peter, bleib still und … und halt deinen Mund!«

Mit diesen Worten wendet sie sich ab und klettert geschickt zurück in ihre offene Kiste. Dort sitzt sie in ihrem zerzausten Kleid und schüttelt den Kopf, bis ihre Locken herabfallen und ihr Gesicht wieder wie schwarze Ranken einrahmen. Mit einem letzten verärgerten Blick in meine Richtung greift sie nach dem Deckel und zieht ihn über sich zu.

»Du musst lernen, mir zu vertrauen.« Elenas Stimme erstirbt unter dem geschlossenen Deckel. »Sonst sind wir beide verloren.«

# 17

## OREGON, GEGENWART

Ich schaue zum wiederholten Mal in den Rückspiegel, halte nach Scheinwerfern auf der dunklen Straße Ausschau. Neben mir streckt sich der beschädigte Peter – *kein Mann, sondern eine Art Maschine* – auf dem Beifahrersitz aus, den Kopf zurückgelegt, und versucht mit einer Hand in seine Hosentasche zu greifen. Er ist unglaublich groß und schlank und passt kaum in den schwarzen Wagen, obwohl er den Sitz ganz nach hinten geschoben hat.

Meine Finger verkrampfen sich um das Lenkrad, sodass meine Knöchel weiß hervortreten, als ich überlege, ob er gleich eine Waffe zieht.

Stattdessen fördern seine Finger eine Taschenuhr zutage.

Ich atme aus.

»Eine *Taschenuhr?*«, frage ich.

Peter zieht die Stirn kraus und ignoriert mich. Fast zärtlich drückt er das goldene Artefakt, bis es aufspringt wie eine Muschel. Er liest ein verborgenes, vom Metallgehäuse geschütztes Ziffernblatt ab und schaut mit kritischer Miene aus dem Fenster.

»Perfekt«, sage ich zu mir selbst und widme mich wieder der dunklen Straße, auf der wir wie auf einem Fließband zwischen turmhohen Kiefern hindurchrauschen, über uns die Sterne. »Einfach perfekt.«

*Der Uhrwerkmann trägt ein Uhrwerk mit sich herum.*

Irgendwas an den aufgeklappten Metallflügeln kommt mir im Schein des Armaturenbretts vertraut vor.

»Das ist eine Uhr, wie man sie im Schützengraben trug«, stelle ich fest. »Erster Weltkrieg. Wo haben Sie die her?«

Peter sieht mich an, hebt eine Braue, dann schaut er erneut auf die Uhr, zieht sie sachte an der Krone auf.

»Vergessen Sie's«, murmle ich.

Nur das Brausen der Reifen übertönt sein Schweigen. Für gewöhnlich können die alten Artefakte, die ich untersuche, nicht reden und gehen. Bislang haben auch keine von ihnen versucht, einander mit antiken Waffen umzubringen. Noch will mir das Geschehene nicht recht in den Kopf. Ständig wirbeln meine Gedanken herum, in dem Bemühen, Realität in diesen Irrsinn zu bringen.

»Wieso hat Talus Sie nicht einfach erschossen?«, will ich wissen. »Wieso *Klingenwaffen?*«

»Ich glaube nicht, dass er mich töten will«, erwidert Peter mit leichtem russischem Akzent. »Er will mich nur schlagen – das wollte er immer schon.«

»Und die Waffen?«

»Wir müssen weiter«, erklärt er ausweichend. »Nachdem das Artefakt jetzt wieder aufgetaucht ist, mag alles sehr schnell gehen. Ich habe einen Kontakt in Seattle, der mich reparieren kann.«

»Noch einer … von Ihnen?«

»Awtomat, genau. Heutzutage operieren die meisten von uns allein oder in kleinen Gruppen. Manche aber haben sich ihr eigenes Gebiet abgesteckt. Er ist einer der Letzteren.«

»Und diese Person ist ein Freund von Ihnen?«

»Das war er einmal. Heute bin ich mir da nicht mehr sicher. Die alten Regeln gelten nicht mehr. Nur wenige von uns sind noch übrig, und die verbliebenen Awtomat jagen einander – schlachten ihresgleichen aus, um ihre eigene Lebensspanne zu verlängern. Das Artefakt in Ihrem Besitz ist der Schlüssel, um dieses Gemetzel zu verhindern. Ich hoffe, dass mein Freund das erkennen wird.«

»Das heißt? Haben Sie vor, mir das Relikt einfach abzunehmen und zu verschwinden?«

»Nein, das Relikt gehört Ihnen. Ich verspüre nicht den Wunsch, es wieder zu besitzen. Wir werden gemeinsam reisen, und Sie stehen unter meinem Schutz.«

»Ihrem Schutz?« Deutlich schwingt Unglauben in meiner Stimme mit.

»Ich werde es nicht zulassen, dass Ihnen etwas geschieht.«

»Ach, Sie meinen, wie bei einer Geisel? Das ist nett.«

Während er weiter die Uhr aufzieht, beginnen Peters Finger zu zittern. Das Stück Metall entgleitet ihm und plumpst auf den Boden. Seine langsamen, bedachten Bewegungen verraten mir, dass er sehr viel schwerer verletzt ist, als er zugeben will.

»Was lässt Sie glauben, dass ich Ihren Schutz brauche?«, frage ich. »Ich könnte Sie hier und jetzt rauswerfen und verschwinden.«

Peters Kopf kippt kurz zur Seite, bevor er mich anschaut. »Und sterben. Die Awtomat wissen nun von Ihnen. Sie werden Sie jagen – schon des Relikts wegen und weil Sie von ihnen erfahren haben. Diese Kreaturen überleben seit Jahrhunderten. Sie sind verzweifelt. Zu viele haben bereits ihre Energiereserven erschöpft und sind erloschen. Für die kleinste Aussicht darauf, ihr eigenes Leben zu verlängern, werden sie töten.«

»Und Sie sind da anders?« Ich beuge mich vor und taste im Fußraum nach der Uhr.

»Jeder von uns folgt seinem eigenen … Schicksal. Meines beinhaltet nicht, Unschuldige zu töten. Ich glaube, Sie können uns helfen, June.«

Die Taschenuhr fühlt sich fest und warm in meiner Hand

an. Fast scheint sie zu vibrieren, ein Summen, das meinen Arm hinaufläuft und in meinen Ohren immer lauter wird. Das komplexe Muster aus Summ- und Klicklauten schwillt an, bis es selbst den Motorenlärm überlagert.

Ich blinzle verblüfft, werfe Peter die Uhr in den Schoß. »Was … was *ist* das für ein Ding?«

»Awtomat-Technologie.« Er nimmt das Gerät wieder auf. »Es kann die Entfernung und die Richtung von anderen bestimmen. Manchmal.«

»Wieso sieht es wie eine Taschenuhr aus?«

Peter zuckt die Schultern. »Eine Tarnung für die Zeit, aus der es stammt.«

»Das ist eine hundert Jahre alte Taschenuhr …« Ich verstumme.

Peter wendet sich mir zu. Die Konturen seines verletzten Gesichts zeichnen sich im Schein der Armaturen ab. Ich erahne die Grübchen unter seinem Schnurrbart, als er lächelt. »Allmählich beginnen Sie zu begreifen, June.«

# 18

## LONDON, 1725

In den Tiefen des Laderaums hören Elena und ich die Kakofonie des Hafens, bevor wir sie sehen. Wir hören die unruhigen Schritte der Passagiere an Deck, die Rufe der Seeleute, als wir anlegen, und die Glocken anderer Schiffe. Eine nervöse Energie treibt die unsichtbaren Reisenden und Seeleute von Bord – schließlich ist das Schiff, mit dem wir gereist sind, verflucht.

Die Crew hat die Leiche des Bootsmanns schon vor Tagen gefunden. Ihre besorgten Stimmen wanderten dumpf durch den Frachtraum. Mit Fackeln wurden alle Ecken ausgeleuchtet, misstrauische Blicke auf unsere Kisten geworfen. Doch letztendlich schleppten die Männer des Kapitäns die erwürgte Leiche davon, schlossen die Tür und kehrten nicht zurück.

»Elena!«, rufe ich im Dunkel.

»Es ist an der Zeit«, erwidert sie, ihre melodische Stimme voller Erwartung. Das Schloss zu ihrer Kiste ist bereits aufgebrochen; ich vernehme, wie sich knarrend ihr Deckel hebt.

Ich stemme die Ellbogen gegen die Wände meiner Kiste und drücke. Die Scharniere ächzen, die Eisenbeschläge verbiegen sich. Geschwächt von meinen vorigen Versuchen, gibt der Deckel nach und platzt in einem Splitterregen auf. Ich trete das verbliebene Holz beiseite und klettere auf wackeligen, noch immer beschädigten Beine hinaus.

Das Schaukeln des Schiffes scheint schlimmer als sonst, und ich schwanke und stürze fast.

Doch Elena ist schon bei mir. Ihr helles, gesprungenes Gesicht mit den ewig geschürzten Lippen lächelt zu mir auf. Verloren zwischen den hohen Wänden aus Kisten und Truhen presst sie ihre kleinen Hände gegen meinen Torso und bewahrt mich vorm Umfallen.

Ich halte mich an einer Kiste fest, bis ich wieder einen sicheren Stand habe.

»Es tut mir leid«, sage ich. »Ich hatte nicht gedacht … Meine Beine …«

»Ist in Ordnung, Peter. Wie alles auf Gottes Erde zerfallen auch wir.«

Sie wendet mir das Gesicht zu, zeigt mir die Frakturen, die im Zickzack darüber verlaufen.

Ich balle die Fäuste und stampfe mit den Füßen, bis ich mein Gleichgewicht wiederfinde. Im Dämmerlicht des Frachtraums sehe ich die zerrissene Haut meiner Hand; das Uhrwerk meiner Gelenke ist nur notdürftig repariert. Als ich versuchsweise ein paar Schritte gehe, klickt etwas in meinem Torso. Die Reiterbande hat ernste Schäden hinterlassen. Nach der beengten Überfahrt halten Elenas Ausbesserungsarbeiten mich kaum noch zusammen.

Kniend fahre ich mit dem Finger die gezackten Sprünge nach, die sich wie ein Fächer über ihr Gesicht ziehen. Das Mädchen hat recht. Wir alle zerfallen. Selbst die Schönsten von uns.

»Anders als alles andere, was auf Gottes Erde lebt, kann man uns reparieren«, gebe ich schließlich zurück.

»Umhänge«, sagt sie. »Wir müssen uns verkleiden. Uns bleibt nicht viel Zeit.«

Glücklicherweise dämmert es schon fast, als wir in den Hafen einlaufen. Über uns verständigen sich die Seeleute lauthals mit den anderen Schiffen, handeln einen Lotsen aus, der uns zu unserem Anlegeplatz bringt. Durch den Verkehr zu steuern beansprucht im Moment ihre ganze Aufmerksamkeit. Bald werden jedoch Träger kommen, um die Fracht auszuladen.

Elena und ich leeren unsere Kisten von unseren letzten Wertsachen, hüllen uns erneut in unsere Reitumhänge, die noch von Schlamm, Gras und dunkleren Flecken gezeichnet sind. Wenig später sind wir beide unter Schichten von Kleidung verschwunden, unsere Gesichter unter den spitzen Kapuzen im Schatten.

»Bereit?«, frage ich Elena, eine Hand an der Tür.

Sie berührt meinen Arm, schaut mir in die Augen. Über uns vernehmen wir eiliges Fußgetrappel, lautes Rumpeln, Rufe und Gelächter, die unheimlichen Vorboten einer nie gesehenen Welt.

»Spielt das denn eine Rolle?«, antwortet sie.

Gemeinsam tauchen wir aus den unteren Decks auf – Vater und Tochter, Arm in Arm. Rasch mischen wir uns unter die merkwürdig riechenden menschlichen Passagiere, die ihr Gepäck zusammentragen und sich bereit machen, an Land zu gehen. Ein paar Hundert Schritte entfernt erblicken wir den hölzernen, überfüllten Pier, auf dem sich lautstark Träger und Arbeiter drängen.

Unser Schiff drückt sich hart gegen die verrottenden Holzpfähle des Piers, ächzt und knarrt auf einem Bett von Wogen, die nach Kanal riechen. Dann sehe ich London, das sich hinter dem Hafen erhebt: eine Vielzahl dunkler Gebäude, deren Lampen und Schornsteine ihre Rauchfahnen ausspeien, während die neblige Dämmerung schon die klammen Straßen verschlingt.

Ein Träger schwingt aus dem Ellbogen eine Glocke. »Hier lang geht's an Land!«

Eine Hand auf Elenas Schulter, führe ich sie durchs Gedränge. Wir schieben uns an dem verwirrten Träger vorbei und klappern die Planke hinab, ehe jemand uns aufhalten kann. Das überraschte Gemurmel bei unserem Anblick verstummt bald, nachdem meine Stiefel den hölzernen Pier betreten haben und Elena und ich in die Menge eingetaucht sind. Ohne hinderliches Gepäck sind wir frei und können das von Schmutz und Abfällen gesäumte Flussufer hinter uns lassen.

»Rasch jetzt«, sage ich zu Elena.

»Ja, *Vater*«, antwortet sie sarkastisch, doch mit einem Lächeln im Gesicht.

Binnen weniger Momente sind wir zwischen den Menschen verschwunden.

Die Nacht bricht herein, und in London brennen die Laternen. Nach der langen Dunkelheit während der Überfahrt sind das lebhafte Durcheinander und die Flut der Eindrücke schwindelerregend. Lichter, Klänge und unfassliche Menschenmassen: Es gibt hier mehr menschliche Wesen, als ich je auf einmal gesehen habe oder auch nur für möglich gehalten hätte. Sankt Petersburg beherbergte über zehntausend Menschen, diese Stadt jedoch … Diese Ansammlung von Menschen bewegt sich in einer anderen Größenordnung, geht womöglich in die Hunderttausende oder mehr.

Eine regelrechte Parade von Menschenwesen zieht auf dem unebenen Kopfsteinpflaster am Hafen vorüber; manche gehen, andere rennen, wieder andere tanzen. Sie sind einander so ähnlich in ihrer Erscheinung und unterscheiden sich zugleich doch so drastisch in ihren unterschiedlichen Sprechweisen, ihrer Haltung, ihrer Kleidung.

Die Straßen starren vor Stroh und Schlamm und Pferdeäpfeln. Arbeiter, Mägde und Gassenkinder eilen vorüber, viele vom Gin betäubt und auf wackligen Beinen. Reiche

Männer mit gepuderten Perücken lassen sich im Schutz verzierter Kutschen von schnaubenden Pferden ziehen.

Als ich zum Himmel aufsehe, stelle ich fest, dass diese Menschenhorde, wie heruntergekommen oder edel sie auch sein mag, ein solches Wirrwarr an Lärm und Licht und Sprache ausstößt, dass es selbst den Anblick der Sterne verdrängt. Die Einwohner Londons leben unter einer Glocke ihres eigenen Menschseins – auf nie geahnte Weise immun gegen das Heulen des Wolfs oder den Biss der Kälte. Ohne Angst vor Gott oder der Natur wählen diese Seelen in ihrem schlammigen Garten Eden, sicher hinter starken Mauern, zwischen Gut und Böse.

Dies ist der seltsame Zustand der Dinge, den der Mensch *Zivilisation* nennt. Und am seltsamsten ist vielleicht, dass es allem Anschein nach sein natürlicher Zustand ist.

Elena sieht zu mir auf und reißt mich aus meinen Gedanken. Der Laternenschein glänzt auf ihrem Porzellangesicht, ihre Augen strahlen.

»Peter«, sagt sie. »Es ist wunderschön.«

Mit dem Gestank der Themse in unserem Rücken verlassen wir den Hafen, bahnen uns den Weg durch Scharen von Seeleuten und gehen an lauernden Taschendieben vorbei, durch den Gürtel ruchloser Spielhäuser und Bordelle, die ihre Netze ausgeworfen haben, genau wie ihre Kundschaft draußen auf den blauen Weiten.

Dann verklingen die Rufe der Betrunkenen und Huren in der Ferne. Mit so viel Zuversicht wie möglich durchkämmen Elena und ich die Seitengassen nach einer Unterkunft. Die Straßen haben einen Buckel in der Mitte, in den Rinnsteinen fließt schwarzer Schmutz. Zu eng und steil ist es hier für Wagen oder Pferde, sodass wir vorübergehend in Sicherheit vor den blitzenden Rädern und Stöcken der Kutscher sind.

Ich spüre ein Zupfen an meinem Umhang. Elena ist stehen geblieben, hat das bleiche Gesicht zurückgelegt und macht große Augen. Ich fahre herum, um ihrem Blick zu folgen.

Wir sind aus dem Labyrinth schmutziger Gassen auf einen Platz an der Flanke einer herrlichen Kirche aus makellosem braunem Stein getreten. Ihre Türme befinden sich noch im Bau, sind von Gerüsten und Baumaterial umgeben. Und unter den Bleiglasfenstern und den scharfen Graten prangen fünfzig Fuß hoch an der Wand die riesenhaften Linien eines Zeichens, glühend und lodernd wie Flammen.

»Was ist das?«, fragt Elena mit ehrfürchtiger Stimme.

Von der Kirchenwand glotzen uns die gewaltigen Umrisse eines starren roten Auges an. Das finstere Licht flackert, schlägt gegen den nassen Stein. Menschen ziehen an uns und der Wand vorüber, direkt unterhalb des Zeichens, nehmen die pulsierenden Wellen aus Licht offenbar gar nicht wahr.

»Ich glaube, sie können es nicht sehen«, flüstert Elena.

Das starrende Auge scheint sich durch den dichter werdenden Nebel zu brennen und immer weiter anzuwachsen, bis sein Strahlen mein gesamtes Sichtfeld ausfüllt. Mit großer Mühe wende ich den Blick ab. Der rötliche Schein taucht Elenas Umhang in blutige Schatten.

Ich hebe sie auf die Arme und drücke sie an mich.

»Das hat doch etwas zu bedeuten«, meint sie. »Ich kenne dieses Symbol aus Favorinis Büchern. Es stammt aus einer alten Sprache.«

»Es glüht mit den Feuern der Hölle«, murmle ich und wende mich ab.

»Jemand hat es dort angebracht. Es ist eine Botschaft.«

Ich umklammere sie fester und marschiere davon, zwänge mich durch den Strom der Menschen, die Richtung Kirche drängen.

»Begreifst du nicht, Peter?« Elenas Lippen streifen mein Ohr.

Als ich keine Antwort gebe, geht sie etwas auf Abstand, hält sich aber weiterhin an meinen Schultern fest. Ich spüre die zierlichen Fischbeinspeichen ihrer Rippen zwischen meinen Armen.

Ihr Gesicht ist hell, ihre Lippen sind ehrfürchtig geteilt, als sie die Worte haucht: »Wir sind nicht alleine hier.«

# 19

## OREGON, GEGENWART

Mein Blick ruht auf den Mittelstreifen des Highways, die für einen kurzen Moment im Scheinwerferkegel auftauchen, um dann unter unserem dröhnenden Wagen zu verschwinden. Ich halte mir die schmerzenden Rippen, nicke ein, schrecke aber immer wieder auf. Der Uhrwerkmann steuert das Auto mit der geduldigen Präzision einer Maschine, hat die Augen starr auf die verschwommene Straße gerichtet, fährt immer an der Küste entlang nach Norden.

Mein Großvater hat dieses Ding – diesen unmöglichen Menschen – einen Engel genannt.

Ich habe den Kopf ans Fenster gelehnt. Während ich so das Vibrieren der Reifen unter mir wahrnehme, wandern meine Gedanken zurück in die Vergangenheit – zu meinem letzten Tag in der Sonntagsschule. Ich war zehn oder vielleicht zwölf, und es war ein heller Morgen. Kurz vor Weihnachten roch es in den Gängen der Kirche stets nach Zuckerwerk, und an den Wänden hingen Tonpapierausschnitte, die Jesus und geschmückte Weihnachtsbäume und lächelnde Engel mit gesenkten Blicken darstellten.

Die Engel waren es, die mich besonders beschäftigten.

Damals war ich ein langbeiniges Mädchen mit ständig verschrammten Knien. Ich weiß noch, wie ich im Schneidersitz auf dem dünnen Teppich im Klassenzimmer saß und zaghaft die Hand hob. Die nette alte Frau mit der preiselbeerfarbenen Dauerwelle war entzückt, uns allen davon zu erzählen, wie die Engel im Himmel lebten und Dienste für den Allmächtigen erledigten.

Das war es aber nicht, was ich wissen wollte. Und so stahl sich meine schweißnasse Hand erneut in die Höhe.

Ich erinnere mich an die versteinerte Miene der Lehrerin, als ich anfing, meine Gedanken zu den Flugeigenschaften menschengroßer, geflügelter Wesen zu sortieren.

Hohle Knochen und vergrößerte Muskelmasse – davon konnte man wohl ausgehen.

Wie viel aber müsste so ein Engel essen, um seinen Körper mit der zum Abheben nötigen Energie zu versorgen? Wären sie unter der Last dieser wunderschön drapierten Schwingen überhaupt fähig, zu laufen? Aus welchem Material bestand wohl so ein Heiligenschein?

Die anderen Kinder rollten die Augen, genervt von meinen atemlosen Fragen und kindlichen Theorien. Ich jedoch war von der Kirche gerade faszinierter denn je. Es schien mir, als wäre ich im Begriff, etwas Magisches zu begreifen. Ausgestattet mit dem Glauben eines Kindes wollte ich alles über diese erstaunlichen Geschöpfe erfahren.

Mit verkniffenen Lippen gebot die Lehrerin mir mit einer scharfen Geste Einhalt. Dann schlug sie die Bibel auf ihrem Schoß auf und verriet mir die Antwort.

*Weil es so in der Bibel steht, June.*

Weil – das stellte mich nie zufrieden. Doch wie viel einfacher wäre mein Leben verlaufen, wenn »weil« mir gereicht hätte?

Mein Großvater pflegte zu sagen, dass die Welt voller versteckter Wahrheiten ist, wenn man nur die Augen öffnet und danach Ausschau hält. Neue Grenzen warten darauf, erforscht zu werden, ganz gleich, was die Lehrer sagen oder wie viele Bücher es schon dazu gibt. Karten sind bloß eine Lüge, die wir uns erzählen, damit wir uns sicher fühlen.

Ich weiß allerdings nicht, ob ich stark genug für diese Wahrheit bin.

Ich schmiege meinen Kopf an die Scheibe, so als ob ich schliefe, und betrachte nachdenklich Peters Züge, während er fährt. Er sieht aus wie ein Mensch, doch ich weiß, dass die Stränge auf seinen Handrücken von Kabeln, nicht Sehnen herrühren. Und ich kann mich des Eindrucks nicht erwehren, dass ich soeben um eine verborgene Ecke schaue und die Eigenschaften eines Engels studiere.

Kein lebender Mensch kann Peter gebaut haben. Ich vertiefe mich in den Anblick seines aufgerissenen Gesichts, als ob es ein anatomisches Schnittbild wäre, und komme aus dem Staunen nicht heraus. Es wirkt, als wären kleine Messingnieten in seine Wangenknochen geschlagen, auch einen Streifen Holz glaube ich zu erkennen; Materialien, auf denen die Last von Jahrhunderten ruht. Die Schichten seines Fleisches sind jünger – Kunststoffe und Fasern und das Spiel muskelähnlicher Polymer-Aktoren. Die Technik scheint gleichzeitig alt und neu zu sein und geht weit über den Horizont des modernen Menschen hinaus.

Ich betaste vorsichtig die Schwellungen auf meinem Brustkorb, lasse die Gewaltausbrüche, deren Zeuge ich vor dem Motel wurde, vor meinem geistigen Auge Revue passieren. Meine Gedanken schweifen ab, die Augen fallen mir zu. Doch als ich daran denke, wie das Motorrad auf den Parkplatz raste, steigt plötzlich Übelkeit in meiner Kehle auf. Ich hätte rufen, hätte Oleg und diesen armen Polizisten irgendwie warnen sollen. Fast stoße ich einen Schrei aus, da fliegen meine Lider auf, und Peters Blick ruht auf mir.

»Die Sonne geht allmählich auf«, sagt er. »Bald erreichen wir das Awtomat-Gebiet. Sofern man uns einlässt, müssen Sie sich in meiner Nähe halten. Reden Sie nicht.«

Ich blinzle die Spinnweben des Halbschlafs beiseite.

Dann setze ich mich aufrecht hin, strecke meine Arme aus und zucke zusammen, als der Schmerz wie eine Lanze durch mich fährt. Durch die zitternden Belüftungsschlitze rieche ich den Ozean in der frischen Morgenluft.

»Wo genau ist es?« Ich verkneife mir ein Gähnen.

Hinter der Schicht aus Käferleichen auf der Scheibe sehe ich das Morgenrot am Horizont. Der frühe Berufsverkehr auf dem Highway ist dichter geworden, je tiefer wir in die nördlichen Ausläufer Seattles eingedrungen sind. Vor uns liegt nun die schlafende graue Stadt im Nebel, die fernen Gebäude um das schiefergraue Wasser der Elliott Bay geschart.

»Wo sonst lebt ein König?«, entgegnet Peter und hebt einen Finger vom Lenkrad, um auf die Stadt zu zeigen. Ein einzelner Wolkenkratzer erhebt sich wie ein schlankes, schwarzes Schwert aus dem Nebelbett. Er ist prähistorisch groß, und seine Haut funkelt vor Feuchtigkeit, als wäre sie mit Juwelen besetzt. Seine Krone verschwindet in den tiefen Wolken. »Wo anders als in einem Schloss?«

# 20

## LONDON, 1726

Elena und ich finden unsere erste Bleibe in einer finsteren Herberge nahe dem Fluss, die man einfach nur *Zu den Gassen* nennt – ein Zimmer in einer derart engen Straße, dass man nur noch einen Streifen grauen Himmel darüber sieht. Nicht, dass man überhaupt nach oben sehen sollte, da die Anwohner gewohnheitsmäßig ihre Fäkalien und Abfälle aus dem Fenster auf das stinkende, fleckige Kopfsteinpflaster kippen.

London erstreckt sich über Meilen; gut eine halbe Million Menschen lebt hier. Täglich werden es mehr, und die neuen Gesichter verschmelzen fast unbemerkt mit dem Rest der Stadt. Die Vororte sind ein Niemandsland von halb verlassenen Hütten, geziegelten Öfen und Stapeln von Brennholz, zwischen denen der Wind die Abfälle vor sich hertreibt und Händler schwächliche Tiere anpreisen. Die Peripherie ist wie die Flanke eines kranken Pferdes, von Striemen und Ungeziefer gezeichnet.

Unser Zimmer liegt fast immer im Schatten. Es ist ein einziger nackter Raum, versteckt in einem langen Holzgebäude von so armseliger Konstruktion, dass es ächzt wie der Frachtraum des Schiffes, in dem wir hier angereist sind, und beständig unter dem Gezeter und trunkenem Gejohle der jämmerlichen Gestalten erzittert, die unter seinem Dach ihr Dasein fristen: der streitsüchtigen Männer, der Gin trinkenden Frauen und ihrer schreienden Kinder.

Wir investieren unser letztes Geld in die Miete und schätzen uns glücklich, dass unsere Gesundheit nicht wie die unserer Mitbewohner unter dem täglich nagenden Hunger und dem kalten Nebel leidet. Flöhe und Parasiten fallen über unsere Körper her und verlassen uns wieder auf der Suche nach Nahrung. In der ersten Nacht höre ich, wie ein Betrunkener in der Gasse unter uns erst ausgeraubt, dann lautstark und langsam zu Tode getreten wird.

Ohne das Mandat meines Gebieters und auf der Flucht vor seiner Nachfolgerin regt sich eine sorgenvolle Frage in meinem Herzen: Wie soll ich meinem Wort dienen? Ein stechender Schmerz fährt mir tief in die Knochen. Wie soll ich als Ausgestoßener aus der Welt der Menschen noch Gerechtigkeit von Ungerechtigkeit unterscheiden? Bin ich dem König dieses neuen Landes verpflichtet?

Lautlos schlüpfe ich nach draußen in die Gasse. Später kehre ich zurück, mein Kindschal blutverschmiert.

Am Ende der engen Treppe erwartet Elena mich im Eingang unseres dunklen, kahlen Zimmers, die dünnen Arme hat sie vor der Brust überkreuzt. Die Last der Verzweiflung ruht schwer auf ihren zierlichen Schultern.

Ich denke, ich weiß, weshalb.

Unter dem Feenleuchten der nächtlichen Stadt haben wir nichts als Chaos gefunden. In Peters Reich lebten wir im Überfluss, die Ereignisse jeden Tages reihten sich säuberlich aneinander wie die Latten an einem Zaun. Geborgen im kaiserlichen Palast waren wir gegen alles Leid gefeit – und frei, um uns Bücher, Lehrmeister und Trainer zu suchen. Selbst die halb bebauten Sümpfe Sankt Petersburgs wären mir lieber als diese große, blutende Wunde von einer Stadt.

»Wir können hier nicht bleiben«, sagt Elena und zieht sich aus dem Treppenhaus in unser Zimmer zurück. »Wir müssen andere wie uns finden. Diejenigen, die das Zeichen an die Kirche geschrieben haben.«

Ich folge ihr nach drinnen. Mit dem Rücken zum Fenster leere ich die Börse, die ich dem Dieb abgenommen habe, in meine offene Hand. Der stinkende Leichnam liegt noch dort unten auf der Schwelle, das Gesicht starr vor Unglauben über das Letzte, was er sah. Ich achte darauf, dass die Münzen nicht klimpern, während ich sie zähle. Die Wände hier sind dünn und die Menschen arm und verzweifelt; bereit, alles für nichts zu riskieren.

»Du weißt, dass das zu gefährlich ist«, erwidere ich und entzünde unsere einzige Lampe. »Davon abgesehen – was soll ich denn machen? Wir sind mittellos. Keine Chance, uns unter den Menschen zu verbergen.«

Elena steht am Fenster, tippt sich nachdenklich mit einem Finger ans Kinn. »Wir brauchen Geldmittel«, meint sie schließlich. »Du wirst sie verdienen müssen, denn einem Kind schenkt niemand Aufmerksamkeit. Wir haben gewisse Vorteile: Du bist stark, einschüchternd … gegen die meisten Gefahren immun. Und du bist ein Kämpfer.«

»Aber ich kann mein Gesicht nicht zeigen.« Ich wende mich ihr zu und nehme die verzierte Maske ab, die meine Stirn und meine Wangen bedeckt. Schon aus der Ferne sieht die genähte Lederhaut meines Gesichts seltsam aus, bedrohlich im Schein einer Tranlampe. Und bei hellem Tageslicht würde ich jeden, der auch nur flüchtig in meine Richtung blickt, in Angst und Schrecken versetzen. »Und ich werde nicht gegen *prawda* handeln.«

»Simple Beschränkungen.« Sie überlegt. »Für den Moment musst du weiter die Maske tragen und so wenig reden wie möglich. Die Arbeit, die ich dir besorge, wird kein Tageslicht erfordern … und sie wird ehrenwert genug sein.«

Elena arbeitet nun ihren Plan aus, und noch ehe die Sonne aufgeht, hat meine neue Karriere begonnen.

Ein Schuldeneintreiber kann jeder werden, der mutig

oder töricht genug dazu ist. Myriaden privater Banken haben sich in London gegründet, und an ihren Anschlagtafeln häufen sich die Steckbriefe. Die Schuldgefängnisse gieren nach Männern und Frauen, die ihren finanziellen Pflichten nicht nachkommen – in ihren Augen Kriminelle, die sich der Justiz entziehen. Also richte ich meine ganze Energie auf die Jagd. Es reicht mir, die Aushänge kurz zu überfliegen, um die Gesichter in der Menge zu erkennen und die Namen, die ich las, aus dem Geplapper der Straße herauszuhören.

Mit den Monaten werde ich ein regelmäßiger Gast öffentlicher Strafen und Hinrichtungen. Ich suche mir meinen Platz schon in der Nacht und warte dann versteckt hinter einem Fenster; doch mein Blick gilt nicht den unglücklichen Seelen, die zum Galgen geschickt oder an den Pranger gestellt werden. Stattdessen durchforste ich aufmerksam die tobende Menge, bis mir eines nach dem anderen die Gesichter meiner Beute ins Auge fallen und ich die Wut oder Belustigung oder Neugierde sehe, die angesichts des Spektakels auf ihren Zügen spielen.

Bald lernen die Schuldner, den Mann mit der Bronzemaske zu fürchten – den Finsteren, der des Nachts zu ihnen kommt, der niemals redet und dessen Griff fest wie Stein ist. Da ich nicht die armen Sünder unserer Nachbarschaft jage, sondern nur die wohlhabenden aus anderen Vierteln, wird mein Name in unserer Herberge regelrecht gefeiert. Doch obgleich ich viele Trinksprüche auf mich höre, wird keiner je in meiner Gegenwart getätigt. Das Rauschen meines Umhangs und der Schimmer meiner Maske rufen nur furchtsames Schweigen hervor.

Sozialen Verpflichtungen aus dem Weg zu gehen stellt kein Problem dar.

Elena ihrerseits verbringt die ersten Jahre als eine Puppe,

weggesperrt in den eigenen vier Wänden, wo sie keine Aufmerksamkeit erregt. Das Geschäft läuft gut, und ich bin bestens qualifiziert. Bald schon miete ich auch das angrenzende Zimmer als Zelle für meine Gefangenen. Meine reicheren Schuldner zahlen allzu gerne jeden Preis, wenn sie bloß nicht ins richtige Gefängnis müssen. Womit sie in weiser Voraussicht entwürdigende Lebensumstände vermeiden, die oftmals zu Krankheit und Tod führen.

Und die ganze Zeit sitzt Elena mit nichts als ein paar Büchern als Gesellschaft fest. Sie hat sich angewöhnt, die Grenzen unseres Zimmers wie ein eingesperrtes Tier abzuschreiten, läuft Tag und Nacht mit stetem, pochendem Schritt, bis mich Schuldgefühle bei dem Klang heimsuchen. Sie wird mürrisch und in sich gekehrt und spricht immer seltener, sitzt manchmal stundenlang ohne jede Regung da.

Ich für meinen Teil stelle fest, dass jeder Schuldige, den ich fasse und den Gesetzen dieses neuen Landes nach bestrafe, nur einen kleinen, flüchtigen Aspekt von *prawda* befriedigt. Täglich werde ich überall Zeuge größerer und kleinerer Ungerechtigkeiten. Doch ohne den Befehl meines Zaren kenne ich keine Richtung, bin darauf reduziert, das Geld auf meiner Route einzutreiben und meine wahre Bestimmung zu verleugnen.

Mein Wort wandelt sich zu einem nagenden Hunger in meinem Inneren.

Eines Morgens komme ich nach Hause und finde Elena neben dem zugigen Fenster vor. Ihr gesprungenes Gesicht zeichnet sich im harschen Licht der Dämmerung ab, erhellt von den scharfen Sonnenstrahlen, die hereinfallen, nachdem sie den Kohlerauch und den Giftatem des Flusses passiert haben. Sie hält einen verzierten Handspiegel, schaut ihr Spiegelbild an, fährt gedankenverloren den Schwung ihrer starren Lippen nach.

»Ich muss nach da draußen«, sagt sie. »Ich muss es sehen.«

»Aber dein Gesicht …«

Sie unterbricht mich und deutet aus dem Fenster zu einer Fabrik am Fluss – einer Gerberei. »Es ist an der Zeit, das zu beheben«, erklärt sie. »Bei uns beiden.«

Nach Monaten der Recherche und Korrespondenz mit Dutzenden von Lederarbeitern hat Elena einen Künstler aufgetan. Der junge Mann ist ansehnlich und talentiert – ein Puppenmacher in seiner Freizeit. In der Verkleidung eines, der die Pest überlebt hat, trete ich geschützt von meiner Maske an ihn heran und mache ihm ein vages Angebot. Er ist misstrauisch, doch dank meiner Reputation weiß er, dass ich zahlen kann. Und seine Furcht lässt nach, sobald ich eine große Banknote in seine rußverschmierte Hand drücke.

Am nächsten Tag stattet der Lederarbeiter uns einen Besuch ab, bewaffnet mit einem Bündel weichen Kalbsleders und einer Tasche voll Werkzeug. Er schluckt, steht steif da, bereit zur Flucht, als er Elenas puppengleichen Körper erblickt. Das kleine Mädchen liegt in seinem besten Kleid völlig reglos auf einem Bett aus Stroh in dem kleinen Rechteck aus Licht vor dem einzigen Fenster.

Mit gesenkter Stimme, die entstellten Zügen hinter der Bronzemaske verborgen, verkaufe ich ihm die Gesichte, die Elena mir aufgetragen hat.

Ich beschreibe ihm meine geliebte Tochter, die mein einziger Grund zu leben war – und wie ich sie an den Schwarzen Tod verlor, der auch mich entstellte. Heiser vor Kummer spreche ich von einer wundervollen Puppe, meiner ewigen Erinnerung an jenes engelsgleiche Kind, das ich niemals wiedersehen werde. Sie ist mein letztes Bindeglied zu einer Welt, die mir genommen wurde. So spiele ich den Vater mit dem gebrochenen Herzen und bettle den Lederarbeiter schließlich an, seine Kunst auszuüben und dieser Puppe das Gesicht eines lebendigen Mädchens zu geben.

Es ist ein eigenartiges Anliegen, doch Tragödien und ihre abseitigen Folgen sind hier nichts Ungewöhnliches. Der Arbeiter zögert kurz, dann kniet er sich neben die kleine, schlaffe Mädchengestalt und packt geübten Griffes seine Tasche aus. Als er Elena das erste Mal hochhebt, behandelt er sie noch grob, und meine Finger schließen sich wie eiserne Torflügel um seine Schulter.

»*Sanft*«, befehle ich ihm. Sie ist mir sehr teuer.

Danach berührt der Mann Elenas Gesicht so behutsam, als ob sie ein richtiges Kind wäre.

Mit geschickten und sicheren Fingern entfernt er die Porzellanmaske von ihrem Gesicht. Nostalgie erfüllt mein Herz, als ich ihr schönes Antlitz abgelegt auf dem Boden betrachte. Die Unschuld ihrer simplen Fassade wird verloren gehen, die spiegelblanke Puppenmimik sich in etwas sehr viel Komplexeres verwandeln. Wie so oft in letzter Zeit frage ich mich, ob ich sie verlieren werde.

Meine geliebte Elena, das muss man ihr anrechnen, zittert noch nicht einmal, hält die Illusion einer Puppe unter der Nadel und dem Garn dieses Mannes perfekt aufrecht.

Beim Anblick des Uhrwerks hinter ihrer Maske wendet sich der Mann mir zu. »Mein Herr«, sagt er. »Diese Puppe, die Ihr da habt, ist von einmaliger Kunstfertigkeit. Sie ist ein Schatz, den man in den erlesensten Wunderkammern ausstellen könnte. Habt Ihr jemals erwogen …?«

Als er in mein maskiertes Gesicht schaut, verflüchtigt sich der Rest des Satzes von seinen Lippen.

»Verzeiht, mein Herr.«

Er setzt Elena auf einen Holzstuhl. Ihre funkelnden Augen starren leer aus dem hautlosen Schädel. Ich ertrage es nicht, sie so zu sehen, mache deshalb lange Spaziergänge oder warte draußen an der Treppe, lausche auf das Klicken der Nadel am Fingerhut.

Mit einer kleinen Büste der Aphrodite und einer Sammlung ihm bereitgestellter Skizzen als Vorlage erschafft er das beste Gesicht, dessen er fähig ist. Er scheint sich ganz und gar in seiner Arbeit zu verlieren, seine Hände fliegen wie im Traum, und er nimmt weder mich noch sonst etwas mehr wahr – bloß das kleine Mädchen, das unter seinen Fingern zum Leben erwacht. Das dünne Leder, gefärbt und gepudert, wird zum Simulakrum der reinen, makellosen Haut der Jugend; hellrote Lippen und große Augen nehmen dank seiner meisterlichen Begabung Gestalt an.

Tagelang arbeitet der junge Mann von frühmorgens bis spät in die Nacht. Er hält nur inne, um zu essen oder kurz zu ruhen, während draußen das Sonnenlicht weicht; dann fährt er im spärlichen Strahlenkranz der Kerzen fort. Endlich, eines Morgens, verstummen die Geräusche und setzen nicht wieder ein. Ich erhebe mich von den Stufen, wappne mich und betrete unser Zimmer.

Der Lederarbeiter wendet mir den Rücken zu. Er hält einen Pinsel in der Hand, hat gerade die letzte Schicht Pigmente aufgetragen. Seine Schultern heben und senken sich, er atmet, als ginge es um sein Leben, starrt das Mädchen auf dem Stuhl an. Als er meine knarrenden Schritte hört, dreht er sich mit glänzenden Augen zu mir um.

Über seine Schulter hinweg sehe ich, dass Elena ein echtes Mädchen mit einem echten Gesicht geworden ist.

»Mein Gott«, haucht er. »Sie ist … *lebendig.*«

Rasch umfasse ich seinen Oberarm und führe ihn zum Ausgang. Dort drücke ich ihm einen prallen Beutel Münzen in die Hände und bedanke mich brüsk. Verwirrt und auf einen Schlag ein reicher Mann, flüstert er seinen Dank und stolpert durch den dunklen Flur davon.

Ich schließe fest die Tür hinter ihm und schiebe den Riegel vor.

Im vertrauten Flackern von Kerzenschein mache ich zum zweiten Mal die Bekanntschaft meiner Schwester.

»Liebes«, sage ich und knie vor ihrem Stuhl nieder. »Er ist fort.«

Elena blinzelt langsam. Ich höre kein Klicken von Puppenlidern mehr.

Stattdessen sehe ich Elenas wahres Gesicht: Mithilfe der Aphrodite-Büste und ihrer handgefertigten Skizzen hat sie sich die Frau geschaffen, die sie werden wollte. Und jetzt, da die Verwandlung vollzogen ist, wird mir klar, dass sie immer schon diese Frau gewesen ist.

»Peter.« Mit einem Lächeln, ihre geröteten Wangen hell unter den funkelnden Augen, gleitet sie von ihrem Stuhl, schlüpft in ihre Pantoffeln und richtet die Rüschen ihres Kleides. Dann steht sie mir Auge in Auge gegenüber. Die vertrauten schwarzen Locken umrahmen nun das betörende Gesicht einer jungen Dame.

Elena hebt beide Hände, greift zärtlich nach meinem zerschundenen Gesicht. »Lass mich jetzt auch deines reparieren«, sagt sie. »London wartet auf uns.«

# 21

## SEATTLE, GEGENWART

Peter stößt mit dem Wagen ins Herz von Seattle vor. Lässig sitzt er hinter dem Steuer und lenkt fast ohne jede Regung mit seinen Daumen. Ein Lappen seiner Haut hat sich von seinem beschädigten Gesicht gelöst und das goldene Skelett darunter entblößt. Ungeschickt greift er danach und versucht die Wunde wieder zu schließen.

»Wir müssen etwas mit Ihrem Gesicht tun«, sage ich mit gerümpfter Nase.

»Nicht jetzt.«

»Sie sehen aus wie Frankensteins Monster. Wenn die Leute das sehen, rufen sie die Polizei – oder gleich den Leichenwagen.«

»Nein«, widerspricht er. »Je schneller wir ankommen, desto weniger Gelegenheit haben unsere Feinde …«

»Hören Sie zu«, unterbreche ich ihn. »Ich kann Sie zusammenflicken. Das dauert fünf Minuten, danach können wir Ihren Freund treffen. Aber wenn irgendwer in Seattle Scheiß*metall* unter Ihrem Gesicht sieht, landen wir in den Nachrichten.«

Peter schenkt mir einen langen Blick. Seinem Gesichtsausdruck nach zu urteilen, kommt es nicht sehr häufig – oder eher überhaupt nicht – vor, dass ihm ein Gesprächspartner ins Wort fällt.

»Vertrauen Sie mir«, sage ich leise.

Etwas tut sich in seinen Zügen, ein schwer deutbares Gefühl bricht sich Bahn. Dann greift er mit einer Hand in seine Jackentasche, zieht ein kleines Lederbündel hervor und wirft es mir in den Schoß.

»Kennen Sie sich damit aus?«, fragt er.

Ich nicke. Das Bündel sieht meiner eigenen Werkzeugrolle verblüffend ähnlich.

»Also gut.«

Kurz hinter dem schwarzen Wolkenkratzer biegt Peter vom Highway ab und fährt durch ein Industriegebiet am Ufer des Lake Union bis zu einem unbebauten Grundstück. Es ist mit Unkraut überwuchert und verlassen und führt zu einem Gewirr von Gebäuden auf einem langen Pier, der in den See hinausragt. Hinter einem Maschendrahtzahn ruhen die rostigen Rümpfe aufgebahrter Frachter auf dem groben Beton ihrer Docks. Loser Kies knirscht und springt unter unseren Reifen, als das laute, nach Benzin stinkende Auto rumpelnd zum Stillstand kommt.

In diesen frühen Morgenstunden ist hier niemand.

»Hier ist es gut.« Ich stemme die ächzende Tür auf.

Im nächsten Moment werfe ich das Bündel auf die warme Motorhaube und finde eine Sammlung feiner Uhrmacherwerkzeuge darin vor. Manche davon müssen jahrhundertealt sein, sind von Hand gefertigt und aus Bronze. Andere erkenne ich nicht sofort – moderne Schöpfungen aus sterilem Titan. Stocher und Lupen und dünne Bohrer quellen aus den einzelnen Fächern.

»Wow.« Ich nehme ein Skalpell heraus.

»Sie wissen wirklich, was Sie tun?« Peter steigt aus dem Wagen aus, ohne sein zertrümmertes Knie zu belasten. Die Art, wie er sich die Brust hält, bereitet mir Sorgen. »Ich kann das notfalls auch selbst.«

»Alles bestens.« Ich lasse den Finger über das Werkzeug gleiten. »Die meisten meiner Projekte sind deutlich abwegiger als das hier.«

»Gut. Sie brauchen nichts zu sterilisieren. Machen Sie einfach.«

Während Peter sich gegen die Seite des Autos lehnt, picke ich mir mit einer Pinzette eine gebogene Nadel aus der Tasche. Auch eine Rolle Seidenfaden gibt es; der Faden ist mit einer gummiartigen Substanz überzogen, die an Peters Haut erinnert. Mit geübten Fingern fädle ich ihn ein.

»Gehen wir mal davon aus, dass Ihr Freund Ihr Bein repariert«, sage ich nun. »Was passiert dann?«

»Wir benutzen das Relikt.« Geduldig hält Peter sein Gesicht zusammen. »Damit können wir den Kampf beenden.«

Ein Beben durchläuft seine Brust, und er legt eine Hand auf sein Herz, bis es vorübergeht. Ohne auf meine Verwirrung einzugehen, stemmt er sich auf die Motorhaube. In sitzender Position stützt er die Ellbogen auf die Schenkel und beugt sich nach vorn, damit ich besser an sein zerstörtes Gesicht komme.

»Wie genau?«, frage ich.

»Eins nach dem anderen«, erwidert er und spricht eher zu dem leeren Grundstück als zu mir.

Hoch über uns weht der Wind durch die Kiefernwipfel, lässt Schatten über den Kies tanzen. Der Motor tickt noch leise, während er allmählich auskühlt. Möwen rufen einander über den See hinweg zu.

Ich hebe die glitzernde Nadel. Vorsichtig nimmt Peter die Finger von der Wange, verfolgt jede meiner Bewegungen. Die Wunde klafft auf, doch seine goldgesprenkelten braunen Augen weichen nicht von mir, als ich sein Gesicht berühre.

Da blinzelt er heftig.

Ich weiche ein Stückchen zurück. »Alles in Ordnung?«

»Es ist lange her, seit mich jemand … auf diese Weise repariert hat.«

Ich studiere seine Miene, aber sie ist schon wieder wie aus Stein. Ich frage mich, was genau er mit »lange« meint.

»Und noch nie ein menschliches Wesen«, fügt er hinzu.

»Ich bin ganz vorsichtig«, verspreche ich.

Während ich die Wundränder zusammendrücke, stoße und tauche ich mit der Nadel säuberlich durch seine feste Haut. Sobald der Faden den Schnitt geschlossen hat, kehrt Peters entschlossener Ausdruck zurück. Die Haut fühlt sich für mich ganz natürlich an, warm und mit dem leichten Sandpapierkratzen von Bartstoppeln.

Ich kann es mir nicht verkneifen und reibe eine Strähne seines widerspenstigen kastanienbraunen Haars zwischen den Fingern. Auch das Haar fühlt sich glatt und natürlich an; die Haut wirkt geschmeidig und weich und weist eine leichte Bräunung und ein paar Sommersprossen auf. Die Technik, die hinter alledem steckt, ist mir fremd.

»Wieso haben Sie überhaupt Haut?«, frage ich. »Ich meine – woher? Es ist doch wohl keine …?«

»Sie ist synthetisch«, beruhigt er mich und hält für mich den Kopf still.

»Ich hatte keine Ahnung, dass man so überzeugende Kunsthaut herstellen kann.«

»Sie können das auch nicht«, meint er. »Wir schon.«

Ich schlucke.

»Wenn die Awtomat unter den Menschen überleben wollen, dann darf es uns gar nicht geben«, erklärt er. »Über die Jahrhunderte haben wir immer bessere Werkstoffe entwickelt, um uns unter ihnen zu verstecken. Nach meiner Geburt bestand mein Gesicht aus Metall mit festgezurrtem Lammleder darüber. An Handflächen und Fingerspitzen hatte ich festeres Leder, damit ich Waffen halten konnte, ohne abzurutschen.«

Er sieht seine Hände an. »Mein Schöpfer hat lange gebraucht, um das richtige Mittelmaß zu finden. Zu fest, und mir entgleitet meine Axt – zu weich, und bei einem festen Schlag reißt die Haut.«

Ich nicke, denke an ähnliche Fälle aus meinen Studien. »Im achtzehnten Jahrhundert baute Vaucanson einen Flötenspieler. Die Maschine besaß Lungen und eine Kehle, einen Mund, Zunge und Zähne. Sie spielte genau wie ein Mensch: indem sie in das Instrument blies. Doch die ersten Monate spielte sie einfach nicht so *gut* wie ein Mensch. Schließlich begriff er: Sie brauchte auch Lippen. Vaucanson benutzte Leder.«

Peter richtet seinen Blick wieder auf mich, überlegt. »Vielleicht ist meine Existenz für Sie nicht ganz so überraschend wie für andere.«

Ich ziehe den Faden fest.

Peter verzieht die Lippen zu einem schwachen Lächeln. Von der Schnittwunde ist bloß eine leichte Furche geblieben; die Naht beginnt schon zu verschwinden. Woraus auch immer der Faden besteht, er verbindet sich mit der übrigen Haut, und alles verheilt.

»Sie haben sich also jahrhundertelang unter aller Augen versteckt?«, erkundige ich mich und beende meine Arbeit mit einem letzten flinken Stich. Peter scheint es nicht einmal zu bemerken.

»Im Lauf der Geschichte wurden immer wieder einzelne Awtomat entdeckt. Das war unvermeidlich. Wenn der Unglückliche nicht gleich als Teufelswerk verbrannt wurde, sorgten die anderen dafür, dass er vollständig verschwand. Dokumente, Fotos, Augenzeugen – wir räumen immer hinter uns auf. Die wenigen Dutzend Awtomat, die blieben, wurden alt und einzelgängerisch. Wir alle haben gelernt, das Geheimnis unserer Existenz vor der Menschheit zu schützen … Es ist eine Frage von Leben und Tod.«

Ganz aus der Nähe verfolge ich, wie die letzten Stiche in seiner Haut verschwinden.

»Das macht einem ja wirklich Hoffnung«, entgegne ich. »Wie wird es Ihrem Freund da gefallen, mich zu treffen?«

Als er versuchsweise den Kiefer bewegt, um die Reparaturen zu belasten, staune ich erneut darüber, wie überzeugend sein Gesicht wirkt. Starke Wangen und dicke Brauen; sein Kinn hat etwas Starrsinniges, doch von seinen Mundwinkeln gehen feine Lachfältchen aus. Seine großen, feuchten Augen sind besonders lebensecht; braun mit gelblichen Streifen wie ein Kranz von Sonnenstrahlen.

»Dies ist das Ende«, antwortet er. »Ich habe keine Wahl – und mein Freund oder Sie ebenfalls nicht.«

Er rutscht von der Motorhaube und streckt seinen Hals. Dann sieht er an mir vorbei, und seine Augen weiten sich.

»Wir sind nicht allein«, stellt Peter fest.

Mit Nadel und Faden in der Hand drehe ich mich um. Aber ich sehe lediglich das leere Grundstück, höre nichts als den Wind und den fernen Verkehrslärm auf dem Highway. Auf einer Telefonleitung sitzen ein paar Vögel.

»Wovon reden Sie?«, frage ich Peter.

»Die Vögel.«

Alte Telefonmasten säumen das verwilderte Grundstück. Auf dem Draht hocken die Krähen und schauen zu uns herüber – nichts Ungewöhnliches. Peter registriert meinen verstörten Ausdruck, als ich das Werkzeug wieder zusammenpacke.

»Ihre Anordnung«, erklärt er ruhig. »Wie sie dort sitzen: erst eine, dann drei, dann wieder eine, dann wieder drei – dreizehn. Das ist ein Zeichen.«

»Okay«, erwidere ich mit gerunzelter Stirn und betrachte erneut die Vögel. Auf mich wirken sie völlig normal, ob sie nun einzeln oder in Grüppchen sitzen. Ich zähle kurz nach – Peter hat recht. »Schön. Aber wieso soll das ein Code sein? Was hat das zu bedeuten?«

»Dies ist der Einflussbereich eines alten Awtomat namens Batuo.«

»Ihr Freund, richtig?«

Ich verstumme, als eine fette schwarze Krähe mit den Flügeln schlägt, von der Leitung hopst und auf uns zufliegt. In einem Wirbel von Federn und rutschenden Krallen landet sie auf dem Wagendach. Ihr Kopf ruckt herum, ihr gelbes Auge blickt mich an.

Peter betrachtet den Vogel mit ernster Miene. Dann spricht er zu ihm. »Batuo.«

Der Vogel hüpft näher, bis er nur noch einen halben Meter von ihm entfernt ist. Wachsam glotzt er ihn an und wird still. Sobald er sich nicht mehr regt, fällt mir der metallische Glanz seiner Federn auf. Seine schwarzen Beine und der Schnabel wirken wie zerkratztes Plastik. Der Glanz der gelben Augen erinnert mich an LEDs.

»Ist nicht wahr«, murmle ich. Und doch habe ich die Berichte über den griechischen Mathematiker Archytas von Tarent gelesen, der im vierten Jahrhundert vor Christus eine flugfähige Holztaube gebaut haben soll. In zweitausend Jahren mag es eine Menge Fortschritte gegeben haben.

In merkwürdig gestelzter Sprache richtet Peter sich nun an den Vogel. »Ich erbitte friedlichen Einlass in deine Domäne. Du kennst mein Wort und meine Natur. Ich werde dir kein Leid zufügen. Meine Begleiterin untersteht meiner Obhut. Gestatte uns Einlass, Batuo! Gemeinsam können wir meine erste – und letzte – Pflicht erfüllen.«

Nach einer weiteren kurzen Pause kommt wieder Leben in den Vogel. Er hüpft beiseite, legt den Kopf schief. Schließlich kräht er laut und wippt mit dem Kopf.

Peter nickt ebenfalls.

»Moment mal«, sage ich und umrunde den Wagen. »Hat er gerade mit Ihnen geredet? Ist das überhaupt ein echter Vogel?«

Der Vogel weicht zurück und schlägt mit den Flügeln. Irgendetwas an der Art, wie diese mit dem Körper verbunden sind, wirkt beinahe abstoßend – wie bei einem ausgestopften Tier.

»Mechanische Vögel?«, frage ich. »Da gäbe es doch sicher eine einfachere Lösung.«

»Unsere Methoden reichen Jahrhunderte zurück, June«, gibt Peter zurück. »Die Welt hat sich verändert, doch solche Boten und ihre Vorfahren haben nie ihre Nützlichkeit verloren.«

Ganz langsam strecke ich die Hand nach dem Vogel aus.

Er scharrt mit den Krallen auf dem Wagendach, dann flattert er davon. Hundert Meter weiter steigen die restlichen Krähen im selben Moment krächzend von der Telefonleitung auf.

Der kleine Schwarm lässt das Gelände hinter sich, dreht ab und nimmt Kurs auf die Innenstadt Seattles. Sobald die Vögel verschwunden sind, bemerke ich eine einzelne Feder auf der Motorhaube. Ich tausche einen Blick mit Peter und hebe sie auf, halte sie mir unter die Nase und atme tief ein.

Die Feder riecht nach Plastik.

# 22

## LONDON, 1731

Sei vorsichtig«, sage ich zu Elena. »Unsere Gesichter sehen zwar besser aus, doch sie sind alles andere als perfekt.«

In seinem schwarzen, mit Silberfäden bestickten Seidenkleid schaut das Mädchen unschuldig zu mir auf, versucht ein Lächeln zu unterdrücken und scheitert. Mit raschen Gesten wischt Elena ein paar Fussel von meinem langen Übermantel. Ich habe eine ganze Wagenladung feiner Kleider von einem Schneider am Charing Cross gekauft, modisch genug, dass uns damit die ganze Stadt offensteht.

Unsicher streiche ich mir eine Locke gepuderten grauen Haars zurück.

»Mach dir keine Sorgen.« Elena kichert. »Du wirkst wirklich sehr überzeugend, Peter.«

Obgleich wir uns nur bei Nacht unter die Menschen von London mischen, haben uns unsere neuen Gesichter ein nie gekanntes Maß an sozialem Umgang ermöglicht – zum Beispiel die Gelegenheit, etwas von dem Reichtum auszugeben, den ich durch das Aufspüren von Schuldnern erwarb.

Wie es ihre Gewohnheit ist, steht Elena am Fenster unserer neuen Wohnung und schirmt ihre Augen vor dem stumpfen Morgenlicht ab. Ihr schelmisches Grinsen verliert sich in ihren schimmernden schwarzen Locken. Diese neue Bleibe ist eigentlich ein komplettes Stockwerk über einem Kurzwarengeschäft, in einer sehr viel respektableren

Straße als unserer letzten. Die Wohnung ist möbliert und mit einem blauen Blumenmuster tapeziert; auch einen stattlichen, kalten Kamin gibt es.

Im Schutz der Abenddämmerung haben wir schon eine Reihe kleinerer Streifzüge in die Stadt unternommen. Wir wenden die Lektionen an, die Favorini uns lehrte: uns an die Menschen anpassen, uns gebärden wie sie, so tun, als würden wir atmen, essen und trinken. Doch trotz unserer Übung sind Elena und ich bis jetzt nie bei Tag vor die Tür getreten.

»Ooh«, haucht Elena, das Gesicht ans Glas gepresst. »Ich kann nicht länger warten.«

Die Schuhe lautlos auf den dicken Teppichen, stürmt sie zur Tür. Sie lugt hinaus, linst um die Ecke wie ein Kind.

»Sie sind da«, drängt sie mich und poltert die Treppe hinab. »Komm schon. Lass uns endlich die ganze Stadt sehen!«

Draußen stehen zwei Männer mit Waden wie Kanonenkugeln und prunkvoll verstärktem Schuhwerk neben einer Sänfte, aus der vorne und hinten die Griffe wachsen. Solche tragbaren Kabinen sind etwas teurer als die Kutschen, die man auch als Klapperkästen bezeichnet, stellen aber die einzige sichere Transportmöglichkeit auf dem holprigen Pflaster der Londoner Straßen dar. Unsere Sänfte ist lediglich gemietet; sie besteht aus Holz, mit durchscheinendem Stoff vor den Fenstern.

Ich lasse den Männern ein paar Münzen in die Hände fallen und hebe Elena hinein.

»Nach Stone's End«, sage ich, ziehe den Kopf ein und steige in das parfümierte, weich gepolsterte Innere. Zwar verbietet das Gesetz solche Fortbewegungsmittel auf Fußwegen, doch nur wenige Sänftenträger kümmert das. Sie marschieren einfach über die im Pflaster eingegrabenen

Holzstümpfe hinweg, die Kutschen an der Weiterfahrt hindern, und verschaffen sich mit Rufen Platz.

Elena, die noch nicht richtig auf dem schlichten Ledersitz Platz genommen hat, stößt einen leisen Schrei aus, als die Sänfte einen Satz macht und sie unfreiwillig herumgeschleudert wird. Einen Moment lang hängt sie mit großen, ungläubigen Augen vor mir in der Luft, dann landet sie wieder. Ihre kleinen Hände finden meine Weste und klammern sich daran fest. Das nächste Hüpfen der Sänfte entlockt ihr bloß noch ein überraschtes Kichern.

Draußen ruft unser vorderer Träger mit monotoner Regelmäßigkeit: »Mit Verlaub!« Immer wieder bleibt er stehen und reckt den Hals, sucht nach der Kuppel der St.-Pauls-Kathedrale – das einzige Bauwerk, das hoch genug ist, um ihm in diesem Irrgarten aus engen, gewundenen Gassen als Orientierungspunkt zu dienen.

Das rote Morgenlicht spielt auf Elenas lächelnden Zügen, während sie aus dem Schutz der dünnen, flatternden Vorhänge mit tiefer Befriedigung das Treiben vor dem Fenster verfolgt und jedes Detail in sich aufsaugt.

»Ist das nicht unglaublich, Peter?«, fragt sie. »Schau dir nur all die *Leute* an!«

Ich gebe keine Antwort, behalte die belebte Straße auf der anderen Seite im Blick, mein Gesicht hinter dem mit Schlamm bespritzten Vorhang verborgen. Ich denke an ihre Worte: *Wir sind nicht alleine hier.*

Da fällt mir eine schöne Frau in einem Hauseingang auf, die uns mit ihren schwarzen Augen folgt. Plötzlich bin ich sicher, sie schon einmal gesehen zu haben. Doch als ich mich nach ihr umdrehe, ist sie bereits verschwunden.

Eine tiefe Unruhe ergreift von mir Besitz.

Im Lauf des letzten Jahres habe ich weitere feurige Zeichen wie das an der Kirche gesehen – alle in der Nähe des

Hafens, der sich an der Themse entlangzieht. Die scharfen Linien sind in gewisser Weise schrecklich vertraut, aber ich kann ihre Bedeutung nicht enträtseln. Und das liegt nicht daran, dass ich es nicht versucht hätte. Elena hat unsere Wohnung mit Abschriften der Symbole gefüllt und dicke Bände erworben, die sich der Kunst der Übersetzung widmen. Ich überwache die Straße ohne ein Blinzeln, damit wir diesen markierten Gassen nicht versehentlich zu nahe kommen.

»Das ist die Welt«, meint Elena. »Endlich sind wir ein Teil davon.«

»Das ist *ihre* Welt«, korrigiere ich.

Da stolpern unsere Träger über eine Rinne, und die Sänfte neigt sich, kippt beinahe zur Seite. Ich packe Elena und bewahre sie davor, hinauszupurzeln. Im selben Moment pflügt draußen eine Mietkutsche haarscharf an uns vorüber. Unter lautstarkem Stöhnen richten unsere Träger uns wieder auf, schicken der Staubwolke noch heisere Flüche hinterher. Meine Reflexe sind alles, was Elena davor bewahrt hat, auf die Straße zu fallen und niedergetrampelt zu werden.

»Ihre Welt«, betone ich und halte sie fest. »Wir müssen wachsam sein. Verliebe dich nicht zu sehr in diese Leute und ihren falschen Garten Eden, den sie sich da geschaffen haben.«

»Wenn wir nicht in ihre Welt gehören, wo ist dann unsere eigene?«, bedrängt sie mich und stößt meine Arme fort. Sie stützt sich auf einen Handgriff an der Tür und funkelt mich an. Ihre Unterlippe bebt vor dem Aufruhr an Gefühlen, die in ihr toben. »Wir müssen nach unseresgleichen suchen.«

*Die altbekannte Debatte.*

»Wir haben einen anderen wie uns getroffen«, erinnere

ich sie. »Er hat uns gedroht und hat versucht, uns in einen Krieg hineinzuziehen, der uns nichts angeht. Ich werde nicht zulassen …«

»Zulassen?«, unterbricht sie mich ärgerlich. »Willst du es mir *verbieten?* Ich bin nicht dein *Kind.*«

Elena richtet ihren finsteren Blick wieder nach draußen, entzieht sich mir.

Eine lange Zeit reisen wir schweigend, während der Tag sich weiter aufhellt, lauschen auf das Schnaufen und Keuchen der Träger. Die Vorhänge flattern in der Morgensonne, und die verzerrten Schatten der Männer und Frauen, die auf der anderen Seite ihrem Leben nachgehen, ohne etwas von den Uhrwerkwesen in ihrer Mitte zu ahnen, spielen auf dem dünnen Schleier.

Dann hält die Sänfte abrupt an. Mit einem Stoß werden wir abgesetzt.

Auf dem Platz vor uns hat sich eine Menschenmenge geschart. Unsere Träger rufen und drängen vergebens, kommen nicht mehr voran.

»Was ist da los?«, frage ich und stecke den Kopf aus dem Fenster.

»Hinrichtungen in Tyburn«, antwortet der vordere Bedienstete. »Wir kommen nicht weiter, bis die vorbei sind.«

Ich ziehe den Kopf gerade rechtzeitig wieder ein, um zu sehen, wie Elena zur Tür hinausschlüpft. Ihre kleinen, harten Füße klappern über das Kopfsteinpflaster, und schon ist sie in der Zuschauermenge verschwunden.

»Elena!«, rufe ich.

Ich steige ebenfalls aus, schiebe die Menschen von der Sänfte fort. Nachdem ich den Trägern noch ein paar Münzen in die schweißnassen Hände gedrückt habe, dringe ich tiefer in die Menge vor, suche nach Elena. Da ich einige Köpfe größer als alle anderen bin, erhasche ich einen Blick auf schwarzen Samt, der sich zwischen den Westen und Kleidern der Gemeinen und Adligen hindurchschlängelt.

Das Gefühl der Unruhe erblüht zu einer ausgewachsenen Panik.

Auf einem hölzernen Podest auf der anderen Seite des Platzes steht ein Verurteilter in seinen besten Kleidern. Ein Strick zwingt seine Ellbogen an die Hüften, lässt ihm nur die Hände zum Beten frei. Sein Hals steckt in einer struppigen Schlinge. Der Henker wartet geduldig neben ihm darauf, dass der Gefangene seine letzten Worten spricht. Er hält eine Art weiße Nachtmütze bereit, um sie ihm über den Kopf zu ziehen, ehe er sein Leben beendet.

Blinzelnd halte ich inne.

Auf dem Ziegelsteinbau hinter dem Galgen glüht ein feuriges Zeichen. Und entlang des Daches sitzen mehrere Vögel eigenartig reglos in einer Reihe. Irgendetwas an ihrem präzisen Arrangement flößt mir Furcht ein. Plötzlich erinnere ich mich daran, dass ich ein ähnliches Muster schon während unserer nächtlichen Spaziergänge in Moskau gesehen habe.

Ich spüre, dass dies das Gebiet eines anderen Awtomat ist.

Mit steifen, ruckartigen Flügelschlägen heben sich die Vögel in die Luft. Etwas stimmt nicht mit ihnen, etwas wirkt künstlich. Ich verfalle in einen Trab, ignoriere die Beschwerden der Gaffer, die ich beiseitestoße.

Über dem Jubel der Massen kann ich nicht verstehen, was der Gefangene sagt. Er zuckt kaum zusammen, obgleich die Leute ihn anspucken, verfluchen oder verfaultes Obst Richtung Galgen werfen. Quälend lange Minuten durchstreife ich die Menge und drehe meinen Kopf hierhin und dorthin. Endlich entdecke ich Elena, nur wenige Schritte entfernt. Sie sieht mich ebenfalls und will davonlaufen, doch ich bin zu schnell für sie. Ich springe vor und schließe sie in meine Arme.

»Meine Tochter!«, sage ich und drücke sie fest an mich, während sie versucht, sich zu befreien. »Hier steckst du also.«

Ich spiele weiter den Vater und entferne mich rasch, berge Elenas Kopf an meiner Schulter. »Ich hatte unrecht«, flüstere ich ihr ins Ohr. »Du gehörst mir nicht, aber du bist mir sehr teuer. Lauf niemals wieder weg von mir!«

Als ich kurz innehalte, um sie anzuschauen, stelle ich fest, dass ihre Augen vor Angst geweitet sind. Ihre Lippen formen Worte, wollen etwas mitteilen. Ihre Arme verkrampfen sich um meinen Hals.

Ich fahre herum und sehe die Frau auf uns zukommen, die ich vor ein paar Minuten in dem Hauseingang bemerkt habe. Instinktiv erkenne ich sie als Awtomat.

Das Ding ist weiblich. Eine Strähne glatten schwarzen Haars fällt ihr ins Gesicht, den Rest hat sie hochgesteckt. Ihre Haut ist glatt, die schmalen schwarzen Augen über den ausgeprägten Wangenknochen stehen weit auseinander. Vage erweckt sie den Eindruck einer Asiatin. Sie ist tadellos gekleidet, trägt einen Sonnenschirm und weiße Handschuhe. Mit ausgestreckter Hand bahnt sie sich den Weg durch die Menge, schiebt selbst ausgewachsene Männer beiseite, als wären sie Stoffpuppen.

Vor meinem geistigen Auge blitzt eine Vision dieser Frau auf, wie sie auf einem fantastischen Pferd mit Tigerstreifen über eine Lichtung im tiefen Dschungel reitet. Lachend und mit wehendem Haar dreht sie sich zu mir um, bleckt die scharfen weißen Zähne. Dann verschlingt sie der urzeitliche Wald, feucht und kalt. Ein Getöse hallt aus seinen Tiefen …

Ich schüttle den Kopf, um wieder zu Sinnen zu kommen.

»Schnell, Peter«, keucht Elena. »Bring mich weg von ihr!«

Kurz vor Vollstreckung des Urteils hat die jubelnde Menge nur noch Augen für den Galgen. Niemandem scheint die Frau aufzufallen, die sich zwischen den Zuschauern durchschiebt und sie zu Boden stößt. Sie klappt ihren Sonnenschirm zu und klemmt ihn sich unter den Arm.

»Peter«, fleht Elena.

Schützend umklammere ich Elena fester, drücke sie an mich und stürme los. Ich dränge mich blindlings durch die Massen und erreiche bald den Rand des Platzes, wo die Kutschen geparkt sind.

Als ich mich umdrehe, fehlt von der Frau jede Spur.

»Wer ist sie?«, fragt Elena, das Gesicht an meiner Brust.

»Awtomat«, antworte ich.

Da tritt die schmaläugige Frau aus einer Lücke zwischen den Gaffern hervor.

»Ich bin Leizu, Kleine«, erklärt sie. »Die Mutter der Seidenraupen – vor dem Anbeginn der Zeit brachte ich das Geheimnis der Seide nach China. Erkennst du mich denn nicht mehr?«

Mit Elena weiche ich vor ihr zurück.

»Wir kennen dich nicht«, erwidere ich.

Die Frau tritt näher, ihren Schirm fest unter dem Arm. Dann dreht sie mit ihrer rechten Hand den Griff ab.

Der erste Zoll einer versteckten Klinge blitzt auf. Glänzendes Kupfer.

*Das ist die göttliche Klinge …*

»Deine Schwester bedeutet mir nichts«, sagt sie. »Nur du, *Pjotr.*«

Den Rücken gegen den Kotflügel einer Kutsche gepresst, bleibe ich stehen. »Was willst du?«

Lächelnd tritt sie näher. »Ich will den Schmerz beenden«,

erklärt sie, und ich spüre eine Art Wahn von ihr ausstrahlen. Sie wirkt angespannt wie ein Tier, das man bis zur Erschöpfung trieb und das nun ungeahnte Kraftreserven anzapft. »Du bist der Einzige, der stark genug ist, meine Begierde zu stillen. Wie Wellen werden wir gegeneinander anbranden …«

Der Kutscher auf dem Kutschbock will mich verscheuchen und drückt mir seinen Stiefel in die Schulter. Ich stemme mich noch fester gegen die Kutsche, höre das Rad ächzen. Der Stich einer Pferdepeitsche fährt mir in die Wange, doch ich zucke nicht einmal.

Elena befreit sich aus meinem Griff und springt zu Boden.

»Die Pferde«, meint sie, taucht zwischen meinen Beine hindurch und unter die Kutsche.

Leizu macht einen Schritt zurück und zieht ihr verstecktes Schwert aus der Scheide. Die helle Kupferklinge versprüht blendendes Licht. Mit beachtlicher Schnelligkeit schließt sie die Finger um meinen Unterarm. Ihre Stärke ist schier unmöglich; als wohnte ihrem Griff die Kraft eines Berges inne.

Nie zuvor habe ich so etwas gespürt – niemals habe ich solche Macht auch nur erahnt.

»Komm mit mir«, fordert sie mich auf.

Ich stemme die Absätze in das schlammige Pflaster und presse mich gegen die schwere, klobige Kutsche, bis diese schaukelt und sich auf zwei Räder stellt. Der Kutscher stößt einen schrillen Schreckensschrei aus, dann höre ich das Splittern von Holz und das panische Wiehern der Pferde.

Ohne meinen Blick von Leizus erhobener Klinge abzuwenden, greife ich blind mit der Hand nach der Wade des Kutschers, reiße ihn zu mir herab und schleudere ihn der Dunkelhaarigen entgegen. Knöpfe springen von seiner

Uniform, als der übergewichtige Mann zu Boden fällt und ihr schreiend vor die Füße rollt. Leizu weicht ihm seitwärts aus, lässt meinen Arm los und wird erneut von der johlenden Menge verschluckt.

»Peter!«, ruft Elena.

Sie hat die Stränge der Pferde gelöst und sitzt nun auf einer weißen Stute, ohne Sattel, die Finger in die Mähne gekrallt.

Mit einem letzten Stoß kippe ich die Kutsche auf die Seite. Sie kracht zu Boden, das Holz splittert, und das verbleibende Pferd bäumt sich auf und springt davon. Menschen stolpern mit panischem Geschrei in alle Richtungen, nur weg von dem Wagen.

Ich ergreife Elenas Hand und schwinge mich auf den schmalen Rücken der Stute. Eilig treiben wir das Tier durch die Menge, fort von dem Spektakel. Leizu ist hinter uns in der Horde verloren.

Am Rande des Platzes wage ich einen Blick zurück.

Aufrecht wie eine Messerklinge steht Leizu auf der umgekippten Kutsche und hält nach uns Ausschau. Gegen die Sonne gesehen, umweht ihr langes Haar ihre Schultern wie eine schwarze Flagge. In der Rechten schwingt sie das blitzende kupferfarbene Schwert.

In dem Moment, in dem unsere Augen einander finden, ertönt ein schwerer Schlag vom Galgen, und die Menge brüllt in der gutturalen Sprache des Blutes. Der Verurteilte schwingt um sich tretend an der kurzen Schlinge um seinen Hals. Dann verliere ich Leizu wieder aus dem Blick. Die Gaffer scharen sich enger, hoffen johlend und jubelnd auf einen langsamen Tod des Gefangenen, während dessen Angehörige seine Füße umschwärmen und an ihm ziehen, um seinen Übergang in die nächste Welt zu beschleunigen.

# 23

## SEATTLE, GEGENWART

Das ausdruckslose Gesicht des Wolkenkratzers ragt vor uns empor. Tröpfchen kondensierten Wassers benetzen seine gläserne schwarze Haut und lassen sie im Licht der aufgehenden Sonne wie etwas funkeln, das viele Hundert Jahre unter Eis verborgen lag. Peter parkt gegenüber im Halteverbot.

Dann beugt er sich über den Beifahrersitz und öffnet das Handschuhfach, entnimmt ihm einen laminierten Ausweis und hängt ihn an den Rückspiegel. Er scheint von einer Polizeibehörde ausgestellt zu sein. Ich gebe mir nicht die Mühe, zu ergründen, ob der Ausweis auch wirklich echt ist.

»Mein Freund ist da drin«, sagt Peter und lässt den Blick durch die Scheibe am Wolkenkratzer hinaufwandern. Er wirkt müde, wie er da sitzt, mit hängenden Schultern, einen Arm schützend an die Brust gelegt.

»Was genau ist das hier?« Ich schaue ebenfalls nach draußen.

Er stößt ein bemerkenswert menschliches Seufzen aus. »Eine Art … Krankenhaus. Awtomat kommen hierher, um sich reparieren zu lassen. Und manchmal, wenn das nicht mehr möglich ist, um ewig zu schlafen. Aus diesem Grund ist da auch ein zwanzig Meter großes Zeichen auf die Seite des Gebäudes gemalt.«

»Ich kann da aber nichts …« Ich wende mich Peter zu.

Er reicht mir einen kleinen Messingring, wie ein Monokel, nur ohne das Glas. »Das ist ein Kedalion, June. Behalten Sie es. Vielleicht werden Sie es brauchen.«

»Kedalion? Der auf Orions Schultern stand und ihm seine Augen lieh?«

Peter nickt und wirkt fast ein wenig überrascht, dass ich mich in der griechischen Mythologie so gut auskenne.

Ich drehe den schweren Messingring zwischen Daumen und Zeigefinger. Die Oberfläche ist mit feinen Kratzern und einer verschliffenen, kaum lesbaren Schrift überzogen. Ich wende mich zum Fenster und komme mir wie eine Närrin vor, als ich den Ring ans Auge hebe.

Die Seite des Gebäudes explodiert in flammenden Linien.

Ich setze das Kedalion ab, und der spiegelnde Wolkenkratzer wechselt wieder zu seinem normalen Aussehen. Behutsam schaue ich noch einmal durch den Ring und verfolge, wie die rotgoldenen Flammen erscheinen. Sie bilden ein großes Symbol, einem Auge gleich, das sich zuckend über die Oberfläche des Gebäudes windet und doch irgendwie an Ort und Stelle bleibt.

»Oh, mein Gott …«, hauche ich. »Was zur Hölle ist das?«

»Dieses Zeichen zeigt an, dass hier ein Awtomat residiert«, erklärt Peter. »Wer in friedfertiger Absicht kommt, wird idealerweise eingelassen. Alle anderen werden getötet.«

»Diese Zeichen … Sind die überall?«

»Sie werden nur sparsam verwendet. Einst war es euch Menschen unmöglich, unsere Botschaften abzufangen, aber mittlerweile haben Sie Technologien entwickelt, die das können, also sind wir vorsichtiger geworden. Dennoch haben unsere Symbole im Lauf der Geschichte immer wieder die Fassaden Ihrer Tempel und Monumente heimgesucht.«

Ich ziehe das Relikt an meinem Hals aus der Bluse und betrachte es ebenfalls durch das Kedalion. Auch auf ihm sind nun flammende Linien ausgebrochen. Ein Symbol, das ich noch nie gesehen habe, wie eine Träne, zieht sich über das gebogene Metall.

Ich greife nach dem Notizbuch in meiner Tasche, studiere das flammende Zeichen durch das Kedalion und versuche es mit einem Bleistiftstummel abzuzeichnen. Da ich schon dabei bin, mache ich dasselbe auch mit dem Symbol an dem Hochhaus.

Da höre ich vom Fahrersitz ein leises Glucksen.

»Was?«, frage ich Peter, ohne mich in meiner Arbeit unterbrechen zu lassen.

»Sie erinnern mich bloß an jemanden«, erwidert er leise.

Ich kann die Symbole nicht zuordnen, aber die Linienführung erinnert mich an alte chinesische Schriftzeichen. Sie wirken elegant und schlicht, aber ehrwürdig.

»Was ist das für ein Zeichen auf meinem Relikt?« Ich senke das Kedalion. »Was bedeutet es?«

Peters Gesicht ist starr, sein Blick ins Leere gerichtet. »Dieses Relikt wurde vor meiner Zeit gefertigt«, antwortet er knapp. »Die Schrift entstammt einer uralten Sprache. Das Wort dahinter kennt keine direkte Entsprechung in den Zungen der Menschen.«

»Das Wort? Was genau meinen Sie?«

Peter öffnet seine Tür. »Bleiben Sie in meiner Nähe.«

»Vertrauen Sie nun Ihrem alten Freund oder nicht?«

»Voll und ganz. Die Frage ist nur, ob er auch mir vertraut.«

Alledem liegt eine gewisse Logik zugrunde, rede ich mir im Stillen ein. Ganz egal, wie verrückt es mir vorkommt: Die Welt spielt immer nach denselben Regeln. Und diese Regeln kann man verstehen, selbst wenn es erst nicht danach aussieht.

Ich verlasse den Wagen und trete in den kalten Morgen

hinaus. Während Peter sich noch müht, aus dem Sitz aufzustehen, drehe ich das Monokel in meiner Hand und überlege laut. »Das muss ein spezielles Metamaterial sein – eine Art Vollspektrumlinse, die unsichtbares Licht in sichtbares umwandelt. Mehr als das: Es spürt bestimmte Muster auf und verarbeitet sie. Und es muss mindestens so alt sein wie Sie. Wie haben Sie das hergestellt?«

»Ich? Gar nicht.« Peter schwingt sein gebrochenes Bein aus dem Auto.

Ich unterdrücke ein Frösteln und eile auf seine Seite, biete ihm meinen Arm als Stütze an. Peter presst die Lippen zusammen, seine Lider flattern. Als er seinen schweren Arm um meine Schulter legt, spüre ich ein unregelmäßiges Vibrieren und Schütteln in seiner Brust. Mit finsterer Miene geht er ein paar vorsichtige Schritte, zieht das gebrochene Bein nach.

»Das Kedalion zieht Informationen aus der Welt wie Wasser durch Gestein«, sagt er. Ich halte ihn fest, registriere sorgenvoll, wie er sich ans Herz fasst. Während wir den Wagen umrunden, führe ich das Gerät erneut ans Auge. Die Wand auf der gegenüberliegenden Straßenseite erstrahlt in den Pinselstrichen einer vergessenen Sprache, Symbole aus kaltem Licht auf dem Kondenswasser.

»Sehen Sie so die Welt?«, erkundige ich mich.

»Ich sehe ganz genau wie Sie«, entgegnet Peter. »Bloß mehr.«

Das flammende Auge ragt wie ein imposantes Kunstwerk vor uns auf. Dann bemerke ich, dass sich etwas in der glitzernden Glasfassade spiegelt, und drehe mich um.

»Wow«, sage ich. »Das ist ja …«

Ich sehe Peter – zum ersten Mal durch das Kedalion.

Seine Haut scheint zu glühen; komplexe Bänder orangeroten Lichts überziehen seine Brust, sein Gesicht. Deutlich erkenne ich die Vielzahl der Nahtstellen, an denen sein Körper zusammengefügt ist. Ich nehme den schnellen, unregelmäßigen Puls eines Uhrwerkherzens unter den Metallrippen wahr. Direkt darüber prangt eine Art Wunde, ein besorgniserregendes blaues Schimmern, das sich ausbreitet wie ein wachsender Fleck.

Peter ist wundervoll, und irgendetwas in seinem Innern läuft ernstlich schief.

»Was ist?«, will er wissen.

»Nichts. Es ist egal. Lassen Sie uns reingehen.«

Ich stecke das Kedalion ein, und Peter kehrt zu seiner normalen, ernsten Erscheinung zurück: groß und herrschaftlich, mit scharfen Zügen und dunklen Augen. Er stützt sich auf mich, hinkt. Gemeinsam treten wir in den Schatten des monumentalen Gebäudes.

Anstatt die Straße zum Haupteingang der Lobby zu überqueren, führt Peter mich jedoch den Gehweg entlang zum breiten Schlund einer Unterführung. Wir umrunden einen Betonpfeiler und erreichen eine rostige Stahltür. In dem nackten Beton daneben ist ein silbernes Keypad eingelassen. Peter gibt eine lange Zahlenfolge ein, ohne sich um den Verkehr zu kümmern, der direkt hinter uns vorbeirauscht. Ein Schloss öffnet sich mit dumpfem Klang, dann betätigt er den Griff. Als die Tür aufschwingt, blinzelt ihr metallenes Gesicht im Morgenlicht wie eine Rasierklinge.

# 24

## LONDON, 1750

Niemals wieder«, sagte ich zu meiner Schwester, als wir nach unserem katastrophalen Ausflug nach Tyburn in unsere leere Wohnung zurückkehrten. »Von nun an müssen wir vorsichtiger sein.«

Ich weiß noch, wie finster Elena mich da ansah, die Widerrede schon auf den Lippen. Doch als sie die Sorge in meinem Gesicht bemerkte, schwieg sie.

Sie entschloss sich zu warten – zumindest eine Nacht.

Wir widerstehen dem Impuls, zu fliehen, und setzen in aller Stille unser Leben im Verborgenen fort, in verschiedenen Wohnungen über mehrere Viertel verteilt. Ich reduziere meine Pflichten als Geldeintreiber und beschränke mich auf Ausflüge an den Stadtrand, wobei ich immerzu Ausschau nach den Zeichen der Awtomat halte. Als man uns Anteile an einer jungen Bank anbietet, riskieren wir den Großteil unserer Rücklagen und investieren.

Londons großes Paradox ist die verblüffende Leichtigkeit, mit der wir zwischen Hunderttausenden von Menschen verschwinden können. Wir erfahren eine gesichtslose Einsamkeit unter Fremden, wie sie nur in einer solch riesigen Metropole denkbar ist. Unsterblich und vor menschlichen Leidenschaften und Lastern gefeit, tauchen Elena und ich in die graue Anonymität der Routine ein.

Jahre vergehen, und unsere Investitionen werfen eine bescheidene, aber durchaus gedeihliche Rendite ab.

Mit der Zeit rede ich mir ein, dass der Angriff seitens Leizu ein Einzelfall war, einfach nur Pech. Die bloße Häufung von Gewohnheiten, Ressourcen und vertrauten Straßen lässt uns in London Wurzeln schlagen. Manchmal lockt uns Paris, selbst Sankt Petersburg – doch ich wage es nicht, über unsere gewohnten Grenzen zu treten.

Und die ganze Zeit nagt ein dumpfer Schmerz in meiner Brust: die Pein, nicht zu meinem Wort zu stehen. Im selben Zuge, in dem ich wie ein Gefängniswärter über das Mädchen wache und meinen Aktionsradius, meinen Kontakt zur Außenwelt limitiere, vernachlässige ich meinen Dienst an *prawda.* Mein Zar ist nicht mehr da. Das Gefühl des Verlusts wächst stetig an, eine Qual, die wie eine Seuche meinen Körper und meinen Geist durchwuchert.

Auch dieses Land hat einen König, und ich folge den gelegentlichen Verlautbarungen von George II. mit wachsendem Interesse. In den Zeitungen nennt man ihn den »abwesenden König« und beschuldigt ihn der Kriegstreiberei.

Elena führt ihre Studien hinter geschlossenen Türen fort, wie schon damals in den Tiefen des Kremls. Durch ihre manische Korrespondenz verbreitet sie ihren Intellekt in der Welt und mehrt zur selben Zeit auch unseren Reichtum. Die Zahl der Briefe, die unsere Wohnungen erreicht und verlässt, ist beachtlich. Nicht weniger als drei Diener sind einzig damit beschäftigt, bündelweise Schreiben in verschiedenen Kaffeehäusern abzuholen oder aufzugeben, je nachdem, unter wessen Pseudonym sie verfasst sind.

Doch trotz allem ist das Mädchen gefangen, verwelkt in unseren vier Wänden.

Aus der Notwendigkeit, Elena irgendwie bei geistiger Gesundheit zu halten, riskieren wir gelegentlich spätabends einen Orchester- oder Opernbesuch. Zu diesen Gelegenheiten wählt sie ihre Garderobe aus einem wahren Kaleidoskop von Kleidern, Strümpfen und Schnallenschuhen aus, immer der neuesten Mode entsprechend. Ihr Haar glänzt und ist stets perfekt frisiert; ihr frohes, lebendiges Gesicht ist das eines unsterblichen Kindes. Die unmenschliche Stärke, mit der sie ihre kleinen Arme um meinen Nacken schlingt, spottet ihrer zerbrechlichen Erscheinung. Wachsam, duftend sitzt sie im Krähennest meiner Arme.

So gleiten wir im verzeihenden Flackern trüber Lampen als Sinnbild familiärer Perfektion durch die Menge, unnahbar und ungekannt.

Eine eigens dafür engagierte Haushälterin kümmert sich um die endlose Abfolge der von Elena aufgestöberten Gelehrten, die auf ihre Einladung hin mit Schiffen aus ganz Europa und dem Fernen Osten anreisen. Wenn ich einen Gast in unserem Salon antreffe, kann es sich ebenso gut um einen Komponisten wie um einen Erfinder oder Maler handeln – alle begierig auf einen reichen Mäzen.

Das Mädchen beginnt Instrumente zu lernen: die Harfe, das Cembalo, die Laute. Sie ist ein kleines Wunder – ein Wunderkind – und lässt sich von den besten Musikern anweisen, die die Menschheit hervorgebracht hat. Schlag auf Schlag betreten diese Männer und Frauen unseren dämmrig ausgeleuchteten Salon, um vorzuspielen und dieses merkwürdige kleine Mädchen mit den unglaublichen Instinkten und der wilden Entschlossenheit zu unterweisen.

Ich gebe den Gästen meist an der Tür die Hand und entschuldige mich dann, um durch die dunklen Straßen zu wandern, während die Laternenanzünder sich an die Arbeit machen.

Wenn ich die Ufer der Themse abwandere und den Dieben und Kriminellen bei der Ausübung ihres Handwerks zusehe, schreit mein Herz nach Gerechtigkeit. Doch mein Geschäft besteht nicht länger darin, mir bei der Jagd nach flüchtigen Schuldnern blutige Knöchel zu holen. Unsere Investitionen haben sich die letzten drei Jahrzehnte vertausendfacht, und meine Einsätze werden heute von ernsten, bärtigen Männern geleitet, die die erwachsenen Kinder meiner ersten Geschäftspartner sind.

Fünf Jahre sind die Zeitspanne, ehe Elenas fortwährende Jugend Misstrauen zu erregen beginnt. Jedes halbe Jahrzehnt muss das frühreife Kind sein Leben ablegen wie eine Schlange ihre Haut. Wir ziehen um, lassen Haushälterinnen, Lehrer und Freunde zurück. Wir lernen, unsere Gesichter und unseren Dialekt zu verändern. Wir kaufen und verkaufen Wohnungen, kreisen auf unberechenbaren Bahnen, stoßen immer weiter in die Außenbezirke der stetig wachsenden Stadt vor – fort von den Awtomat-Zeichen, fort von der entsetzlich machtvollen Kreatur namens Leizu.

Die Jahre scheinen immer schneller zu vergehen.

Mit dem Verstreichen der Zeit schleichen sich bestimmte Rhythmen ein. Die Gesichter um mich herum pflügen durch ihre Jugendjahre, ehe sie in Falten zerfallen und letztendlich verschwinden. Jeder dieser Menschen glaubt, dass er oder sie von Tag zu Tag dieselbe Person ist; doch ich kann verfolgen, wie ihre Leben zyklisch steigen und fallen und dieselben Muster wie die ihrer Vorfahren durchlaufen, Steine in einer Stadt, die beständig aufs Neue gebaut wird.

Mein einziger Trost ist der Anblick Elenas an ihrem Schreibtisch, die Finger um ihren Füllfederhalter geschlossen. Mit schnellem Schwung und Punkt verfasst sie ihre Briefe an die großen Geister dieser Welt. Es erinnert mich stets an die sanfte Kontur ihrer Porzellanwange, die das Erste war, was ich sah.

Wenn ich ihre Aufzeichnungen überfliege, fallen mir immer häufiger Skizzen der Awtomat-Zeichen auf. Je tiefer sie sich in ihre Besessenheit steigert, desto rarer werden unsere nächtlichen Ausflüge. Manchmal vergehen Wochen, in denen ich ihr kaum begegne und unser Salon vom Pfeifenrauch ältlicher Gelehrter verhangen ist. Elena ist ein gespenstischer Schatten in der Bibliothek, verloren hinter Stapeln unergründlicher Bücher in den alten Sprachen.

Sie gibt sich solche Mühe, zu verstehen; ich gebe mir Mühe, meinen Wunsch nach *prawda* zu ignorieren. Beide mühen wir uns – und beide scheitern wir.

Unter der dumpfen, zermürbenden Last meiner täglichen Routine beginne ich Pläne zu schmieden. In heimlichen Schreiben werbe ich um ein neues Zuhause – ein abgelegenes Anwesen, in dem Elena in Sicherheit und Überfluss leben kann. In den Rekrutierungszentren der Armee lote ich Möglichkeiten aus, mich den königlichen Streitkräften anzuschließen. Ich lege Vorräte an und treffe meine Vorbereitungen. Das Einzige, was mir nicht gelingen will, ist ein klärendes Gespräch mit meiner Schwester.

An unserem letzten Tag finde ich Elena in ihrer Bibliothek auf samtenen Polstern vor. Ihre bloßen Füße baumeln über persischen Teppichen, die scharfen Ellbogen hat sie auf einen kleinen französischen Tisch gestützt. Ihre Augen fliegen über die Seiten, ihre Finger kratzen Lettern aufs Papier. In meinen Augen ist sie eine wunderschöne, engelsgleiche Maschine. Mehrere Wochen lang haben wir nicht mehr miteinander gesprochen.

Ich räuspere mich, ein menschlicher Manierismus.

»Dein Freund Rousseau sagt doch, Kinder lernten schneller ohne Schuhe. Beherzigst du seinen Rat?«

Das Mädchen ignoriert mich vollständig.

»Für wen ist der Brief?«

»Für dich«, erwidert sie knapp, ohne die Augen von der Seite zu nehmen.

»Wieso schreibst du mir, statt mit mir zu reden?«

»Ich schreibe *in deinem Namen*«, präzisiert sie. »Um den Kauf eines *herrschaftlichen* Anwesens abzuschließen.«

Sie klopft auf die Seite, ihre harte Fingerspitze laut auf dem Holzfurnier. Während meine Stimme eher eingerostet ist, die weichen Vokale Osteuropas deutlich hörbar, hat die Kleine sich einen präzisen, trällernden englischen Akzent angeeignet, mit dem sie ihre Besucher in Sicherheit wiegt.

»Du brauchst eindeutig meine Hilfe bei den Verhandlungen.«

Elena hat mein Angebot für das Anwesen im Norden also entdeckt. Das abgeschiedene Grundstück würde uns dauerhaft von den Gefahren Londons abschirmen. Ich registriere, dass sie gleichfalls meinen Armeetornister gefunden und an die Wand gelehnt hat. Davor liegen meine Rekrutierungspapiere auf dem Boden.

Natürlich hat sie all meine geheimen Pläne durchschaut.

»Das Objekt liegt augenscheinlich isoliert«, fährt sie fort, ohne aufzuschauen. »Keine Nachbarn, sehr wenig Personal. Ich nehme an, dass dies mein Leben enorm vereinfachen und unseren großen Rückzug aus der Welt endlich vollenden wird.«

Ich trete hinter sie und überfliege den Brief. Sie hat einen schon boshaft niedrigen Preis ausgehandelt. Offenbar ist die Straße zum Grundstück in schlechter Verfassung, irgendein Streit über Zuständigkeiten, sodass es schwerfällt, Vorräte zum Haus zu transportieren.

Selbstverständlich stellt das kein nennenswertes Problem für uns dar.

»Ich hätte es dir sagen sollen«, räume ich ein.

Elena versteift sich, sieht mich ausdruckslos an. Nur ihre Augen sind zwei schwarze Brunnen des Zorns; dahinter stellt sie unbarmherzige Kalkulationen an. Ihr Wort ist *logika.* Für den Geist dieser kleinen Puppe ist die Welt eine Abfolge kalter mathematischer Gleichungen, *Actio* und *Reactio.* Die Vorstellung beunruhigt mich, aber ich darf nicht vergessen, wie ihr Verstand funktioniert.

»Weshalb, Peter?«

»Wir müssen beide unserem Wort folgen.« Ich wähle meine Worte mit Bedacht. »Ich weiß, dass es eine Bürde sein kann …«

»Ach, das *weißt* du also?« Sie spuckt mir das Wort entgegen. »Es steht dir frei, überallhin zu gehen, als Gleichgestellter mit den Menschen zu konversieren … während ich hier in diesen Unterkünften festsitze, im Körper eines kleine Mädchens, und Briefe unter *Männer*namen schreibe.«

Ich knie neben ihr nieder, sodass wir auf Augenhöhe sind, und denke an Favorinis Werkstatt zurück. So lange ist das nun her … Ich erinnere mich noch, wie meine Schwester eine frisch geschaffene Puppe war, deren Augen mit jedem Blinzeln klickten. Wie giftig sie doch heute ist … Solch ein lebendiges, wütendes Geschöpf.

»Ich bin nicht frei«, widerspreche ich. »Meine Seele verlangt nach Gerechtigkeit, doch ich kann es nicht riskieren, diesem Ruf Folge zu leisten. Diese Stadt ist ein Chaos an *neprawda* – und es gibt nichts, was ich dagegen tun kann. Die Waisen laufen scharenweise dort draußen rum, Elena. Kinder, gerade mal drei Jahre alt.«

»Eine Konsequenz der Regeln dieser Gesellschaft.«

»Dir mag das folgerichtig erscheinen, aber in mir entzündet es ein Feuer. Mein Wort brennt in meiner Brust. Es … es tut mir weh, Elena. Es schmerzt in meiner Seele.«

»Dann weißt du ja, wie es mir geht, Peter«, flüstert sie, steht auf und fixiert mich. »Es ist bloß logisch, andere wie uns zu suchen. Vielleicht können sie uns erklären, wie unsere Worte funktionieren. Vielleicht sind sie älter als wir und verstehen unter Umständen …«

Ich weiche vor ihrer verzweifelten Stimme zurück. »Ich verbiete es – das weißt du doch. Die anderen werden nur den Tod bringen.«

*Oder bin ich einfach bloß eifersüchtig und fürchte, dass die anderen sie mir wegstehlen?*

»Hör auf!«, ruft sie, greift sich das Tintenfass und wirft es gegen die Wand. Die schwarze Flüssigkeit spritzt sternförmig über die vergoldete Täfelung. »Ich habe versucht, dich glücklich zu machen. Aber jetzt ist es mir gleich. Merkst du denn nicht, dass mir inzwischen alles gleich ist? Es ist mir egal, ob sie uns töten. Ich will einfach nicht länger gefangen sein.«

Mit geballten Fäusten und funkelnden Augen starrt sie zornig zu mir auf. Wir wissen beide, dass das nicht stimmt – es verletzt *logika.* Die grundlegende Logik eines lebenden Wesens ist sein Überleben.

Das kann sie nicht ignorieren.

»Das Anwesen ist bereit, wie du weißt«, sage ich und werfe mir den Tornister über die Schulter. »Dort wirst du sicher sein. Das Personal ist angewiesen, dir zu gehorchen. Mit meinem Siegel und meinem Briefpapier kannst du die nötigen Dokumente in meiner Abwesenheit ja problemlos fertigstellen.«

Sie starrt mich kalt an.

»Wohin?«, fragt sie mit heiserem Klang in der Stimme.

»Indien. Ein Krieg ist ausgebrochen. König George beruft seine Truppen ein.«

»Und du planst, deinem neuen Herrscher zu dienen, so wie einst dem Zaren?«

Ich nicke. »Ich habe mich als Söldner verpflichtet. Ich stehe im Dienst des Königs.«

Elena lässt sich wieder auf ihre Kissen sinken. Sie wendet sich von mir ab, greift nach ihrem Stift und fährt mit dem Schreiben fort. Ich beobachte sie noch lange Zeit, doch sie schaut nicht mehr auf. Schließlich lasse ich sie zurück, wie sie da geduckt vor ihrem Tisch hockt, wie wild vor sich hinkritzelt und die Spitze ihres Füllfederhalters schwarze Striemen ins Papier kratzt.

# 25

## SEATTLE, GEGENWART

Das ferne Murmeln des Verkehrs dringt durch die kühlen Betonwände, die mich umgeben. Die unscheinbare Metalltür hat uns zu einem noch weniger bemerkenswerten Lift geführt, dessen rostige Tür sich im schwachen orangefarbenen Glühen eines einzelnen Knopfes abzeichnet. Peter drückt diesen Knopf, wobei er den Finger lange darauf ruhen lässt. Schließlich öffnen sich die starken Metalltüren, und wir betreten eine wandschrankgroße Kabine, tote schwarze Wände, von flackerndem Neonlicht erhellt.

Vor uns glänzt eine Reihe identischer Stahlknöpfe, so glatt wie Patronen.

Peter lässt sich erschöpft gegen die Fahrstuhlwand sinken und studiert das Bedienfeld. Seine Jacke und Hose sind von Bleigeschossen und Messerstichen zerfetzt, und eine kaum wahrnehmbare Spur von Stichen schlängelt sich über sein Gesicht. Unter dem harten Licht, ohne jede Blutung oder Schwellung, sieht er wie eine dürftig reparierte Schaufensterpuppe aus.

Die metallene Aufzugtür schließt sich, und ich beiße die Zähne zusammen, als mich ein Anflug von Klaustrophobie überkommt.

Peters Finger eilen in einem komplizierten Muster über das Bedienfeld, wobei sie verschiedene Knöpfe verschieden lange gedrückt halten. Es folgt keine unmittelbare Reaktion. Nachdem er aufgehört hat, passiert erst einmal gar nichts. Dann vernehme ich den mechanischen Schlag eines Motors, der irgendwo im Schacht anspringt.

Der Boden sackt unter uns weg.

Während wir Fahrt nach unten aufnehmen, sackt Peter wieder gegen die Wand und schließt die Augen.

»Was stimmt nicht in Ihrer Brust?«, frage ich ihn. »Sie verheimlichen mir etwas.«

Er antwortet, ohne die Augen zu öffnen. »Falls meine Wunde sich als tödlich erweist, beschützen Sie das Relikt und führen Sie es seiner Bestimmung zu. Falls Batuo seine Hilfe anbietet, nehmen Sie sie an; falls nicht … fliehen Sie von hier.«

»Tödlich? Wovon reden Sie?«

Peter schweigt.

»Hey!«

Der Lift macht einen Satz, und Peters Knie geben nach. Der hünenhafte Mann rutscht an der Wand hinab, bewegt die Lippen ohne einen Laut. Ich versuche ihn unter den Achseln zu stützen, aber sein Körper ist zu schwer. Ich kann ihn nur zu Boden gleiten lassen.

Dann gehe ich neben ihm in die Knie und lege mein Ohr auf seine Brust. Aus seinem Innern höre ich Geräusche. Er lebt noch.

»Peter, verraten Sie mir, wo wir hinfahren.«

»Nach unten«, murmelt er.

»Was erwartet uns da? Was soll ich tun?«

Er liegt reglos da, zusammengerollt wie ein Kind. Seine Finger zucken, und seine Brust hebt sich, aber davon abgesehen bewegt er sich nicht.

»Na großartig«, sage ich zu mir selbst.

Ich bemerke das Portemonnaie, das aus seiner Innentasche ragt, greife in seine Jacke und ziehe es heraus. Als ich die Geldbörse öffne, stelle ich ohne große Überraschung fest, dass er über einen CIA-Ausweis verfügt. Sein Name ist als Peter Alexejewitsch angegeben, Augenfarbe braun, Haarfarbe braun. Ansonsten ist die Börse leer, abgesehen von einem Bündel Hundertdollarscheine und einer schwarzen Kreditkarte aus Metall.

»Wer *sind* Sie?«, frage ich den Mann, der nicht auf meine Frage reagiert.

Meine Knie geben nach, als der Lift schließlich abbremst. Ich schiebe das Portemonnaie zurück in die Tasche und taste Peters Körper nach Waffen ab.

Am Schenkel trägt er einen langen Dolch in einer Scheide.

Ich löse die Waffe. Mit der antiken Klinge in der Hand presse ich mich an die Wand, als die Aufzugtüren sich öffnen und auf einen unheilvoll dunklen Betonflur führen.

Schwer atmend drücke ich mit der freien Hand die silbernen Fahrstuhlknöpfe. Nichts passiert. Zögernd trete ich auf den nackten Flur hinaus, den Dolch hoch erhoben. Hinter mir liegt Peter immer noch im grellen Neonlicht der Kabine.

»Hallo?«, rufe ich. »Ist da wer?«

Ich trete einen weiteren Schritt vor und zucke zusammen, als plötzlich die automatische Beleuchtung erwacht. Mit einem Summen springt eine Birne nach der nächsten an, die ganze Länge der Betondecke hinab.

»Peter«, flüstere ich. »Wir sind da. Wo ist Ihr Freund?«

Er gibt keine Antwort.

Vor uns knallt eine Metalltür auf. Der Schatten einer Person fällt auf die Wand.

»Hey!«, rufe ich und wedle mit dem schweren Dolch.

Keine Reaktion, abgesehen von einem seltsamen Klicken.

Ein Kopf lugt aus der Tür – ein Kopf ohne Gesicht. Ich beiße die Zähne zusammen, als der Rest einer menschenförmigen Maschine den Gang betritt. Sie ist schlaksig, hat dünne Gliedmaßen und besteht aus glattem weißem Plastik. Das Ding bleibt in der Mitte des Flurs stehen und verharrt dort absolut still, leise und ausdruckslos.

»Hallo?«, rufe ich. »Batuo?«

Mit langsamen, bedächtigen Schritten setzt sich die Maschine in Bewegung. Sie scheint mehr Gerätschaft als Mensch zu sein, hat weder Haare noch Haut. Die einzigen hervorstechenden Details sind die Fugen, an denen die einzelnen Gehäuseteile zusammentreffen; feine Linien, die sich über die sterilen weißen Flächen der Arme, der Brust und der Schenkel winden. Das, und ein leeres Gesicht wie eine Hockeymaske.

»Scheiße«, murmle ich und trete zurück. Das leise Seufzen der Schritte wird lauter, je näher der Roboter kommt, und unter jedem einzelnen spüre ich den Beton vibrieren. »Scheiße, Scheiße, Scheiße.«

Ich weiche bis zum Lifteingang zurück. Die Maschine nähert sich immer weiter, öffnet ihre Zangenhände. Ein langsamer Schritt nach dem nächsten.

In die Ecke gedrängt, blecke ich die Zähne und hebe die Waffe.

»Verpiss dich, Roboter.« Meine Stimme ist so zittrig wie meine Hände.

Als er noch näher kommt, steche ich zu. Die geschwungene Klinge gleitet vom harten Plastikgehäuse ab, hinterlässt nicht einmal eine Spur. Rücklings gehe ich komplett in den Fahrstuhl zurück, steche wieder und wieder zu – jedes Mal rutscht die Spitze ab. Schließlich schiebt mich die Maschine in die Kabine und steht über Peters zusammengekrümmtem Körper.

Dann kniet sie neben ihm nieder.

Die Art, wie sie den Rücken beugt und mühelos das

Gleichgewicht hält, verrät mir, dass sie nicht von Menschenhand geschaffen wurde. Das Ding wirkt, als käme es direkt aus der Zukunft. Das glatte Plastikgehäuse verleiht ihm fast etwas Außerirdisches.

Sanft fährt es mit beiden Händen unter Peters Körper. Die Zangen, die vor einem Augenblick noch so bedrohlich wirkten, erinnern nun eher an Eisportionierer. Und ich stelle fest, dass die Unterarme gepolstert sind – ideal, um etwas vorsichtig zu halten.

Der Roboter richtet sich wieder auf und hebt Peters schlaffen Körper mühelos hoch.

»Hey!«, schreie ich ihn an. »Was hast du mit ihm vor?«

Der Roboter läuft an mir vorbei zurück in den Gang. Trotz des Dolches in meiner Hand bin ich hilflos: Mir bleibt nichts übrig, als ihm zu folgen. In sicherem Abstand warte ich, während er die Metalltür öffnet und hindurchtritt. Als die Tür wieder zuschwingt, hole ich tief Luft, hechte vor und blockiere sie mit dem Fuß.

Ich schaue ins Innere. Der Anblick trifft mich völlig unvorbereitet.

Der enge Betonflur führt in eine himmelhohe mittelalterliche Kathedrale. Steinerne Decken verschwinden in staubiger Höhe; Grate, Kringel und fraktale Konturen überziehen jeden Zentimeter wie ein Aderngeflecht. Die komplizierten Muster wölben sich zu Bögen, die einander in Reihen schlanker Säulen begegnen, welche aus einem Meer schwarzen, glänzenden Marmors erwachsen. Die Grundfläche des Raumes passt zu der des Wolkenkratzers, bildet eine Art Negativ zur Welt über uns.

Der Roboter wirkt plötzlich klein, wie er mit Peter auf den Armen über den weiten, schimmernden Steinboden stakst. Ein Dutzend blasser Schatten spielt zu Füßen der Maschine, flackert im Kerzenschein Tausender mehrarmiger Kandelaber, Wandleuchter und Kronleuchter. Undeutlich mache ich die Umrisse handgroßer Drohnen aus, die über uns hin und her flitzen, wie Kolibris auf der Stelle schweben und weiterschießen, um sich um den Docht jeder einzelnen Kerze zu kümmern.

Die gegenüberliegende Seite des Raumes wird von einer Mauer eingenommen, die mich an ein Mausoleum oder eine Gruft erinnert. Die flache, glatte Oberfläche ist in ein Netzwerk von Nischen unterteilt. Etwa ein Stockwerk über uns führt ein aufwendig verziertes Holzgeländer einmal entlang der sanft geneigten Wand um den gesamten Raum herum.

Dann fallen mir die Gliedmaßen ins Auge: Reihenweise hängen sie von stählernen Haken herab, die unterhalb des Geländers befestigt sind; manche sind mit Haut überzogen, andere bloß metallische Knochen. Von dem zentralen Saal zweigen mehrere Alkoven ab. In einem davon entdecke ich einen niedrigen, schweren Tisch, der mich an die steinernen Särge denken lässt, die man manchmal in europäischen Kirchen findet.

Ich schrecke zusammen, als eine hallende Stimme aus der Höhe ertönt.

»Sie sind eine Frau«, sagt die Stimme. Sie ist männlich und hat einen leichten indischen Akzent mit einem amüsierten Einschlag. Die Worte verklingen in der gähnenden Leere. Ich kann weder bestimmen, woher die Stimme kommt, noch, ob sie von einer Person oder aus einem Lautsprecher stammt.

»Das ist richtig«, rufe ich mit angespannten Schultern zurück und suche den Raum nach Zeichen von Bewegung ab. »Was hat mich verraten?«

»Ich meine, eine *menschliche* Frau«, präzisiert die Stimme. »Ganz gewiss die erste, die dieses Heiligtum aufsucht. Wie interessant.«

»Wo stecken Sie?«

»Nun, ich weiß nicht, ob ich diese Frage beantworten sollte. Sie haben da ein reichlich großes Messer.«

Ich zucke die Achseln. Die Klinge blitzt im Kerzenschein auf. »Es ist nicht meins.« Ich mustere die dämmrigen Wände, kann die Stimme aber einfach nicht finden. Sie kommt von überall und nirgends.

»Ja, das weiß ich. Peter ist sehr stolz auf seinen Kindschal – so lange schon. Nichtsdestoweniger scheint es mir klüger, Sie von meinem Helfer beseitigen zu lassen. Schließlich sind Sie hier unerlaubt eingedrungen, und – so leid es mir tut – Ihre Gegenwart stellt technisch gesehen ein Sakrileg dar.«

Der Roboter legt Peters Körper auf dem sargähnlichen Tisch ab. Als ich mich nähere, erkenne ich, dass er aus gegossenem weißem Kunststoff besteht; ein Operationstisch, der an beiden Enden von einem großen Metallring eingefasst wird. Gemeinsam bilden beide Ringe einen gedachten Zylinder, der Peter mitsamt dem Tisch umschließt. Dahinter erhebt sich eine Art Sockel.

Der Roboter richtet sich auf, dreht sich zu mir um und verharrt.

»Peter meinte, Sie beide wären Freunde«, sage ich.

»Das waren wir auch.«

Der Roboter macht einen Schritt auf mich zu.

Ich weiche zurück, nehme das Kedalion aus der Tische und führe es ans Auge. Erneut suche ich den Raum ab, höre das Klacken der robotischen Füße auf dem polierten Marmor.

»Ich bin ebenfalls ein Freund!«, rufe ich. »Ich bin hier, um Peter zu helfen.«

»Merkwürdig«, erwidert die Stimme. »Angesichts der Tatsache, dass unser gemeinsamer *Freund* sich in derart schlechter Verfassung befindet. Was haben Sie mit ihm gemacht?«

Bislang sieht der Raum durch den Messingring exakt genauso aus wie ohne.

»Ich habe auf ihn geschossen.«

Ein Glucksen weht aus dem Nichts zu mir herab. »Wenigstens sind Sie ehrlich.«

Da entdecke ich den Mann.

Er sitzt über mir, hinter dem Geländer des hölzernen Stegs, der den gesamten Raum umrundet. Unter ihm hängen die Reihen der körperlosen Arme, Beine und Füße wie makabre Würste herab. Der Mann ist dicklich, älter, sein Kopf kahl geschoren. Gekleidet ist er in eine hellbraune Mönchsrobe, seine bloßen Beine lässt er wie ein Kind über den Rand baumeln. Seine Füße stecken in zwei weißen knöchelhohen Basketballschuhen, die nicht zu dem restlichen Aufzug passen.

»Aha.« Er lächelt mir zu. »Sie haben Peters Spielzeug.«

*Klick. Klick.* Ich höre, wie die kratzenden Roboterfüße sich nähern.

Die Metalltür hinter mir ist ins Schloss gefallen. Ich habe keine Fluchtmöglichkeit.

»Sie müssen sehr stark sein, dass Sie es so weit geschafft haben«, meint der Mann. »Nun wollen wir einmal herausfinden, *wie* stark.«

Und damit schwingt er sich über das Geländer.

# 26

## INDIEN, 1751

Mit dem Ruf von *prawda* in den Ohren trachte ich danach, im Namen meines angenommenen Königs George II. in die Schlacht zu ziehen – und mein Wunsch wird rasch erfüllt. Die Fregatten der John Company, auch als die Ehrwürdige Ostindien-Kompanie bekannt, schaffen systematisch Welle auf Welle junger Soldaten an die indische Küste.

Den neuen Rekruten stellt man nur wenige Fragen.

Ein Jahr später stehe ich hoch auf der verwinkelten Brustwehr einer hastig befestigten Garnison und sehe zu, wie die Sonne über den niedrigen, windschiefen Dächern einer Stadt im östlichen Indien untergeht. Die Brise, die vom nahen Fluss zu uns herüberweht, bringt Gerüche nach Flieder und Schlamm mit. Das Wasser selbst nimmt man von hier nicht wahr, nur das sanfte Rascheln schwerer, üppiger Palmwedel. Darunter versteckt haben Frösche ihre lauten nächtlichen Balzgesänge angestimmt.

Diese sich mäandernde Mauer ist das Einzige, was die bunt zusammengewürfelten Gebäude und die etwa hundert verbliebenen britischen Soldaten beschützt, die sich im Herzen einer besetzten Stadt namens Arcot zusammenscharen.

Soldaten mit Turbanen in schmutzig weißen Baumwollgewändern sind in die äußere Stadt eingefallen. Ihre Spieße und antiken Musketen ragen wie Schilfrohr aus den Stellungen hervor. Zwischen den Gebäuden mit den gesprungenen

Fassaden lauern Scharfschützen in den tiefen Schatten. Ich spüre ihre unsichtbaren Augen wachsam auf der Stadt ruhen. Die feindlichen Truppen dienen dem Nawab der Karnatik, Chanda Sahib. Den braunhäutigen Truppen, die sich über ihre Waffen beugen, scheint die schwere, mir fremde Hitze, die dieses Land versengt, nichts auszumachen.

Ich ritze mit dem Dolch eine weitere Kerbe in die mit Stuck geschmückte Mauer. Anfangs stand hier eine unserer wenigen Kanonen, doch sie wurde umgehend von der feindlichen Artillerie zerstört, und zurück blieb nur dieser windschiefe Beobachtungsposten.

Das Licht färbt sich erst rötlich, dann purpurn, bevor es mit der Abenddämmerung ganz verblasst. Meine Augen nehmen noch das Glühen der Mauer wahr, welche die gespeicherte Tageshitze ins warme Dunkel abstrahlt. Jede Kerbe im Stuck glänzt wie eine blasse Narbe; einundfünfzig Kerben für die Tage, an denen die Kompanie nun schon belagert wird.

Chanda Sahib ist ein stolzer Mann. Nachdem er sich in seiner Ehre verletzt sah, verbündete er sich mit den Franzosen und hält uns seitdem hier eingekesselt.

Mein Kindschal war schon alt, als ich ihn vor vierzig Jahren aus der Waffenkammer Peters des Großen nahm. Inzwischen hat der Dolch mir einen Spitznamen eingehandelt: Meine englischen Kameraden nennen mich einfach nur den Russen. Da ich keinen Bedarf an Whisky oder Tabak habe, konnte ich meine Rationen darauf verwenden, Verbündete unter den Truppen zu gewinnen und Verdachtsmomente auszuräumen. Obgleich mich niemand wirklich in sein Herz geschlossen hat, habe ich mir immerhin Respekt verdient.

Zumindest galt das, solange meine Kameraden noch lebten.

Seit dem letzten Kampf vor ein paar Wochen ist unsere Zahl stark geschrumpft. Die Überlebenden werden immer hagerer und ausgezehrter. Zwar tragen sie noch ihre einst stolzen Uniformen, doch wirken die Jungen nun wie Vogelscheuchen, die man in die Kleider von Fremden gesteckt hat. Wir haben Wasser im Überfluss, aber kaum noch Proviant.

Die ermüdende Zeitspanne zwischen den Kämpfen lässt mir zu viel Gelegenheit zum Grübeln. Während die ersten Strahlen des Sternenlichts über die Brüstung huschen, kehren meine Gedanken zur Gestalt meines Wortes zurück.

Hier in den Diensten meines neuen Monarchen zu stehen hätte das brennende Verlangen nach *prawda* in meinem Herzen stillen sollen. Stattdessen kühlte die Flamme ab, bis nur noch bittere Asche zurückblieb. Die Welt hat sich nie wieder so einfach gezeigt wie in Favorinis Werkstatt. Ich kämpfe und lebe mit einem Stachel tief in meiner Seite, stolpere immerzu der Illusion einer wahren Bestimmung entgegen.

Die Sonne ist verschwunden, und es wird Zeit für meinen nächtlichen Streifzug. Ich stecke den Dolch in seine Scheide und lasse meine Steinschlossmuskete mitsamt meinem roten Waffenrock an die Mauer gelehnt zurück. Dann werfe ich mir einen schwarzen Umhang über das weite Baumwollhemd und setze mich auf den Rand der Brüstung. Die Abendbrise frischt auf, weht mir den Umhang mit einem Liebeshauch des duftenden Flusses um die Schultern.

Unter meinem Blick erwacht die Stadt zum Leben: die restliche Tageshitze, die glimmenden Lagerfeuer und die verstohlenen Manöver unserer Gegner.

Ich lasse mich von der Mauer gleiten und falle auf die darunter verlaufende Straße. Meine Stiefel schlagen in den Schutt. Dann renne ich mit fliegenden Armen über den sternenhellen Schotter des Niemandslands vor unserer Garnison, während meine Handflächen die Luft durchschneiden.

Kein Schuss zerreißt die Nacht.

Ich drücke mich mit dem Rücken gegen die Ruine eines Hauses und lausche. Hier draußen, in den Mondschatten der äußeren Stadt, hat mir mein Dolch einen anderen Namen eingebracht. Nacht für Nacht bin ich das Ding, das die Gassen heimsucht. Ich fälle die Soldaten einen nach dem anderen, und die Tode addieren sich zu einem stetig wachsenden Entsetzen.

Mit gesenkten Stimmen nennen mich die Männer des Nawabs den Menschenfresser der Karnatik.

Die feindlichen Sepoys – indische Soldaten, die sich mit den Franzosen verbündet haben – schlafen nun in größeren Gruppen nahe an ihren Lagerfeuern. Ihre europäischen Kommandeure haben sich in die Häuser zurückgezogen, wo sie sich die Nacht über verbarrikadieren und die Ohren vor den panischen Schreien ihrer einheimischen Verbündeten verschließen. Die Legende des Menschenfressers hat sich rasch verbreitet und in den Köpfen der Bevölkerung festgesetzt. In ihren geflüsterten Geschichten ist der Menschenfresser ein böser Geist, so groß wie ein Ashokabaum, der sich jede Nacht in einen Tiger verwandelt und Jagd auf die Unachtsamen macht.

Die Wunden meines Dolches sind Tigerbissen ähnlich genug, und mit dem Verstand eines Menschen kann ich die Flamme des Schreckens noch weiter anheizen.

Als ich den Rauch eines Feuers wahrnehme, verharre ich geduckt im Schatten eines verlassenen Hauses. Leises Gemurmel und das Aroma der Soldaten durchwehen die neugeborene Nacht. Diese wird mir viele Leben darbringen; und im grauen Morgenlicht werde ich so viele Vorräte, wie ich tragen kann, in Reichweite meiner belagerten Kameraden deponieren – das Einzige vielleicht, was unsere hundert Seelen noch am Leben hält.

Mit gezogener Klinge pirsche ich mich an, schleiche auf die Geräusche und Gerüche zu.

Die Stunden verschwimmen in der düsteren Nacht, bis mir der kalte Duft von Tau in der Nase sticht und ich den ersten Silberschimmer der Dämmerung erahne. Auf meinem Rückweg, eine schwere, mit Brot gefüllte Tasche über der Schulter, bemerke ich den Spion. Obwohl ich nicht viel mehr als das Wehen seines Mantels ausmachen kann, ehe er Deckung sucht, stürme ich los.

Hinter der nächsten Ecke sehe ich keine Spur von ihm.

»Hallo?«, rufe ich. »Zeig dich!«

Stille schlägt mir entgegen.

Da erhebt sich ein unmenschliches Geheul auf der anderen Seite des Flusses. Es kommt aus der Nähe der Hauptverkehrsstraße, die zum Vordereingang unserer Garnison führt; ein tiefer, pulsierender Laut, der zu einem wütenden Trompeten anschwillt, durchsetzt von den leiseren Rufen von Menschen wie dem Gezwitscher verstörter Vögel.

Ich lasse die leere Gasse zurück und erklimme die Fassade eines schiefen Hauses. Dann schlüpfe ich durch ein vom Kanonenbeschuss gerissenes Loch und krieche auf dem Bauch durch versengten Mörtel und Schmutz bis zu einem zerstörten Fenster auf der anderen Seite.

Ich spähe hinaus. Draußen erkenne ich eine Vielzahl von Turbane tragenden Männern mit langen Holzspießen, die sie augenscheinlich aus dem Wald am Ortsrand geschlagen haben. Der Duft frisch geschnittenen Holzes vermischt sich mit schwerem, aromatischem Dunggeruch. Zwischen Grüppchen großäugiger Männer mache ich unstete graue Schatten aus, Kreaturen mit großen flatternden Ohren und runden Stirnen, die sich über kleinen, verständigen Augen wölben.

Kriegselefanten, mit Eisenmasken gerüstet.

Mit dem Glühen des Sonnenaufgangs im Rücken eile ich zurück durch die Stadt zu meiner baufälligen Mauer. In der Ferne schreien die gepanzerten Elefanten, als die Männer ihnen die Spieße in die Flanken stoßen, um sie anzutreiben. Auf der Straße trampeln die Ungetüme der Garnison und meinen ahnungslosen Verbündeten entgegen.

Der Nawab hat sich also entschieden, die Beutezüge des Menschenfressers zu unterbinden. Der Preis der Belagerung ist schließlich zu groß geworden – heute will er diesen Kampf ein für alle Mal beenden.

# 27

## SEATTLE, GEGENWART

Der kahle Mann segelt durch die Luft und landet beinahe lautlos. Für einen Moment ist er ganz unter seiner braunen Mönchsrobe verschwunden, die von einer goldenen Schärpe zusammengehalten wird. Dann greift er schon nach meiner schlaffen Hand und schüttelt sie.

»Willkommen«, sagt er, ehe ich zu einer Reaktion fähig bin.

Ich lasse es geschehen, sehe ihn nur staunend an. »Batuo?«, frage ich. »Ich bin June.«

Der Mönch mustert mich. Ein plötzliches Lächeln lässt Krähenfüße an seinen Schläfen hochwandern. Zu seinen Nike-Schuhen hat er auch noch eine modische und teuer wirkende Sonnenbrille um den Hals hängen.

»Oje«, erwidert er bloß. »Was hat Peter uns da nur eingebrockt?«

Er schiebt sich an mir vorbei und führt mich zu Peter, der rücklings auf dem merkwürdigen Tisch liegt. Als wir uns nähern, beginnt der Tisch zu summen. Ein elektrisches Glitzern, das an Schlangenhaut erinnert, läuft über die polierten Metallringe, die ihn an beiden Enden umfassen.

Peter hat die Augen geschlossen, als schliefe er.

Sanft streicht Batuo seinem Freund eine Locke aus der Stirn und legt ihm eine pummelige Hand auf die Stirn. Peter reagiert nicht, nur seine Brust hebt und senkt sich, schafft die Illusion von Atem.

»Er hat gegen einen anderen von euch gekämpft … einen Awtomat.« Das Wort geht mir nur schwer über die Lippen.

Batuo wirft mir einen besorgten Blick zu. »Das erklärt die Schnittwunde.« Mit dem Finger zeichnet er die schwache Linie nach, die über Peters ausgebesserte Wange verläuft. »Haben Sie die Reparatur durchgeführt?«

»Wir hatten nicht viel Zeit.«

»Es überrascht mich, dass er Ihnen gestattet hat, ihn zu berühren.«

»Es war ein Notfall.«

»Gute Arbeit für einen Menschen«, meint Batuo. »Nun richten Sie seine Beine und lassen Sie uns beginnen.«

Ich umrunde den Tisch und ziehe an Peters Füßen. Die Geräusche aus seinem gebrochenen Knie lassen mich zusammenzucken. »Können Sie ihn reparieren?«

Der Mönch lächelt traurig und bezieht Position an dem hüfthohen Sockel, der sich neben dem Operationstisch erhebt. »Peter ist in einen Ruhezustand gefallen, also muss er sehr schwer verletzt worden sein. Wir können seinen Körper reparieren, aber für seine Seele kann ich nicht garantieren.«

Batuo drückt auf die glatte Oberfläche eines Bedienfelds.

Blaue Funken huschen über die silbernen Ringe, und eine Brise scheint mit Peters Körper zu spielen. Sein volles Haar steigt auf und flattert wie schwerelos; dann hebt sich seine Brust, und sein Kopf kippt zurück, als sein gesamter Körper in die Luft steigt.

Peter schwebt über dem Tisch, umweht von seiner Kleidung.

Die Maschine ist leiser geworden, ihr Brummen eine Oktave tiefer, fast ein Infraschallgrollen. Ich stehe neben Batuo, meine Fingerspitzen ruhen auf dem Tisch. Er ist kühl und vibriert leicht. Leise füllen sich zwei flache Mulden auf dem Tisch mit einer silbernen Flüssigkeit.

Kurz darauf lösen sich Perlen aus den spiegelnden Seen,

eine nach der anderen, und tropfen geradewegs nach oben. Als Nächstes teilen sich die Perlenketten in bebende Tröpfchen auf, die weiterschweben und sich zu größeren Kugeln verfestigen. Mal härter, mal weicher wirbelt das flüssige Metall.

»Eine solche Technologie gibt es nicht«, flüstere ich.

»Seien Sie nicht albern«, entgegnet Batuo. »Sie sehen es doch.«

Seine Hände gleiten in zwei Gerätschaften, die auf mich wie Schlagringe aus Messing wirken. Als er die Arme bewegt, folgt die Flüssigkeit haargenau seinen Bewegungen. Die Finger in Metall gekleidet, kontrolliert Batuo die schimmernde Substanz.

Die Silberringe leuchten nun in einem helleren Blau, und ein elektrischer Schleier breitet sich entlang des imaginären Zylinders um Peters Körper aus. Dann trifft die Flüssigkeit auf ihn, wird durchsichtig und zeigt ein verschwommenes Bild seines Skeletts und seiner inneren Organe. Diese Maschine schneidet ihn nicht in Scheiben. Vielmehr durchdringt sie seinen Körper und bildet ab, was darin geschieht.

Batuo konzentriert sich und bewegt die Hände in sanften Wellenbewegungen. Auf bizarre Weise sieht er aus wie ein alter Mann, der im Park seine Tai-Chi-Übungen macht. Das flüssige Metall durchströmt Peter, gleitet über und in sein Gesicht, seinen Hals, seine Schultern. Schließlich drücken sich kleine Schrotkügelchen aus der Haut seines Torsos und winden sich frei, werden ausgestoßen und fallen klirrend auf die Tischplatte.

Während Batuo weiterarbeitet, sehe ich einen vertrauten, halbmondförmigen Umriss in den Tiefen von Peters Brustkorb glühen. Er ist in eine verstärkte Kapsel im Zentrum des Torsos eingepasst, einen Kokon aus Metall und Plastik wie Schichten von Muskelgewebe. Und in dem verschwommenen, flackernden Licht erkenne ich ein Symbol darauf.

*Peter hat ebenfalls ein Relikt – so wie das, das um meinen Hals hängt.*

Das flüssige Metall schlängelt sich an Peters Bein hinab, schließt sich um sein Knie und dringt in das zerschmetterte Gelenk vor. Einzelne Streifen verhärten sich und bleiben an Ort und Stelle, um das gesprungene Material zu heilen. Gleichzeitig werden zerfetztes Fleisch und Splitter abgestoßen und sinken wie fallendes Laub auf den Tisch. Die Flüssigkeit schrumpft zusammen, verliert an Masse, während sie im Gegenzug zu neuen Innenteilen aushärtet. Jetzt tropft auch das verbliebene Metall hinab. Die rosa Haut von Peters wiederhergestelltem Knie ist durch die zerrissene Hose deutlich sichtbar.

Peters Körper sinkt auf den Tisch nieder, und die Maschine verstummt. Er liegt still da, hat die frisch reparierten Arme und Beine steif von sich gestreckt. Seine Augen bleiben geschlossen, und gelegentlich tanzt noch ein Funke über sein Gesicht. Batuo schnauft erschöpft und lässt die Messingringe an seinen Händen zurück auf den Sockel fallen.

»Was?«, frage ich.

Mit gesenktem Kopf tritt er von der Maschine fort.

»Was ist?«, wiederhole ich meine Frage.

»Das Unvermeidliche«, verkündet er niedergeschlagen. »Peters Anima, die Quelle seiner Kraft und seines Verstands, ist aus ihrer Wiege geschlagen worden. Seine letzten Energiereserven sind entwichen. Sein Ruhezustand wird noch einige Tage lang andauern, dann wird er in den langen Schlaf fallen.«

»Was können wir tun?«

»Seinen Körper haben wir repariert, aber seine Seele aufzufrischen ist nicht so einfach.«

»Sie reden über das Ding in seiner Brust … mit dem Symbol?«

»Jeder Awtomat besitzt eine einzigartige Anima – sein Bewusstsein, seine Erinnerungen, sein Willen. Das Symbol, das darauf geschrieben steht, ist sein wahres Selbst, das Wort, nach dem er lebt.«

Meine Finger stehlen sich in meinen Nacken. Ich bin angespannt.

»Ohne den Verstand ist der Körper nur Staub«, fährt Batuo fort. »Ein Gefäß ohne Anima ist bloß eine Hülle, die weder wahrnehmen noch handeln kann. Doch wenn man die Anima in die Wiege ihres einzigartigen Gefäßes legt, verwirklicht sie sich … als Awtomat.«

Ich greife in meinen Ausschnitt und ziehe das Relikt heraus, lasse es von der Kette baumeln. Bei seinem Anblick weiten sich Batuos Augen, und die Worte bleiben ihm in der Kehle stecken.

»Ich habe mich schon lange gefragt, für was das hier gut sein mag«, sage ich. »Aber ich hätte mich wohl lieber fragen sollen, für *wen.*«

# 28

## INDIEN, 1751

Der Nawab der Karnatik ist fest entschlossen, die lange Belagerung von Arcot zu beenden. Sein Plan ist es, die verstärkten Tore der Garnison mittels der wohl bemerkenswertesten natürlichen Ressource Indiens zu bezwingen: der brutalen Stärke gepanzerter Kriegselefanten. Während die erste Andeutung der Dämmerung den Himmel benetzt, renne ich mit Höchstgeschwindigkeit in unser Lager.

»Auf die Mauern!«, rufe ich den unterernährten Resten der Kompanie zu. »Ans Delhi-Tor!«

Um mich herum erheben sich die gerippeartigen britischen Truppen. Verwirrt und mit trüben Blicken stehen sie neben gelöschten Feuern aus geplünderten Möbelstücken. Die Männer sind halb verhungert, aber gut ausgebildet. Instinktiv greifen sie zu ihren Gewehren und dem Pulver.

»Bereit für den Angriff!«, brüllt jemand.

Dutzende Männer trotten bereits zum Tor. Ein Sergeant bellt den langsameren von ihnen Befehle zu, immer lauter, als der Boden schon zu erzittern beginnt.

Eine Wache am Tor lässt ihr Horn erklingen.

Der gewundene Zug der Fackeln, Spieße und Tiere muss nun in Sichtweite sein. Die ersten feindlichen Truppen stürmen auf unser Tor zu, während hinter ihnen tausendfach Verstärkung eintrifft.

Ich renne zurück zu meinem bevorzugten Platz auf der beschädigten Mauer, höre das fremdartige Trompeten der Elefanten über den morgendlichen Vogelrufen. Rasch erklimme ich die schlaffen Gebeine der Mauer, steige auf meinen aufgegebenen Vorsprung.

Nachdem ich mich meiner Muskete bemächtigt habe, werfe ich mir meinen roten Waffenrock um und setze mir meinen Dreispitz auf den Kopf. Dann spähe ich über den Rand: Ein Strom von Turbane tragenden Sepoys schlängelt sich auf einer Nebenroute durch das Niemandsland. Sie haben es auf eine alte Bresche in der Mauer abgesehen, schießen Pfeile und recken ihre Schwerter und Speere. Manche tragen Leitern, grob zusammengezimmert aus dem Holz des Waldes.

Der Angriff erfolgt also an zwei Fronten: Elefanten am Tor und Männer an der Bresche.

»Leitern!«, rufe ich meinen Verbündeten zu. In der Dämmerung kann ich die roten Jacken erkennen, die paarweise die inneren Festungsmauern erklettern. Überzählige Musketen lange verlorener Männer liegen bereit, damit wir schneller feuern können. In Kenntnis des versteckten Angriffs nehmen die Männer neue Positionen ein, um die Übermacht mit überlegener Feuerkraft zurückzuschlagen.

Ich höre die ersten Schüsse des anbrechenden Dauerfeuers.

Ein Stück weit die Mauer hinab hat ein Kontingent von Sepoys mit Spießen unser Vordertor erreicht und treibt die grellbunt geschmückten Elefanten mit Stößen in die mächtigen, zitternden Flanken an. Die Tiere sind ein erschreckender Anblick, die Gesichter unter Eisenmasken verborgen, die Stoßzähne unter vergoldeten Spitzen. Schon rammen sie die riesigen gepanzerten Stirnen gegen das hölzerne Tor. Wenn sie diese Verteidigungslinie überwinden, werden Tausende unser Lager erstürmen.

Die Zeit scheint sich zu verlangsamen, das Metronom der Schüsse zählt die Sekunden.

Ich lade meine Muskete, halte den Lauf mit stählernem Griff und gebe einen gezielten Schuss auf den nächsten Elefanten ab. Auf die Hundertschaften menschlicher Angreifer und das splitternde Tor achte ich überhaupt nicht. Ich habe es auf die verletzlichen Ohren der Tiere abgesehen, die einem Angriff von der Seite schutzlos ausgeliefert sind. Meine ersten Schüsse lassen den vordersten Elefanten verwirrt zurückweichen und seine Gefährten aufschrecken. Das Monster ist anmutig und intelligent, und Trauer befällt mich, als ich meine nächsten Schüsse abgebe.

Das Tier schreit auf und stürmt davon. Mit geblähten Lungen, den Rüssel dunkel vor Blut, trampelt der Elefant die Männer nieder, die ihn mit ihren Spießen vorwärtstreiben wollen. Schreiend stürzen die Angreifer, winden sich wie Insekten unter der Macht der panischen Elefanten, fallen dem verheerenden, unablässigen Beschuss von den Mauern zum Opfer.

Das Kriegsgeheul und Johlen der Angreifer verklingt, und einen Moment lang halte ich inne, lasse den Blick über das Chaos schweifen. Die Schlacht am Tor ist von großen, wallenden Pulverrauchfahnen verhangen; ein Funkenregen, Sternschnuppenschauern gleich, sprüht aus den Steinschlossmusketen. Auf der Mauer handhaben ein paar Offiziere mit grimmiger Entschlossenheit ihre Waffen, die unterernährten Wangen fahl und eingesunken unter den schmutzig weißen Perücken. Sie bewegen sich wie starre Leichen.

Der Angriff des Nawabs kommt zum Erliegen.

Ein letzter Elefant macht kehrt und ergreift die Flucht, stampft die Toten in den Boden. Die kleinen roten Augen des Kolosses sind hell vor Panik, als er mit voller Wucht die zur Verstärkung angerückten Linien der Sepoys durchbricht. Das Trommelfeuer von der Mauer lässt langsam nach, als unsere Männer nur noch einzelne Soldaten aufs Korn nehmen.

Auf dem Schlachtfeld liegen die Belagerungsleitern wie Strohhalme zwischen den verkrümmten Körpern.

Beim Anblick dieses Gemetzels fehlt mir die Kraft, meine Waffe nochmals zu erheben. Kaum eine Stunde ist verstrichen, doch die sengende Hitze des Morgens ist schon zurück, begleitet vom stetig anschwellenden Gesumme der Insekten. Die fremdartigen Schmerzenslaute eines letzten verwundeten Elefanten hallen durch die leeren Straßen der Stadt, vermischen sich mit der Klage der zurückgelassenen Sterbenden.

Ein Sergeant ruft seine Befehle über die morgendlichen Laute der Zikaden, ein beruhigendes Stakkato. Wir sollen unsere Munition sparen – keine Gnadenschüsse. Eine letzte synchrone Salve bringt eine letzte dünne Linie unserer Feinde zu Fall, dann suchen auch die verbliebenen Sepoys ihr Heil in der Flucht.

Dies ist ein Massaker. Sinnlos und einseitig.

Ich sitze da und starre auf die blutgetränkte Erde, ohne etwas wahrzunehmen, als eine Bewegung meine Aufmerksamkeit erregt. Ein feindlicher Sepoy liegt am Fuß meiner Mauer. Er ist unbewaffnet und betet, scheint sich auf gebrochenen Beinen vom Tor bis zu mir geschleppt zu haben. Auf seinen Wangen schimmert der Schweiß, seinen gelösten Turban und seine Haare zieht er wie Darmschlingen hinter sich her. Der tödlich Verwundete ist allein, von seinen Kameraden einem qualvollen Tod überlassen.

Ohne nachzudenken, klettere ich nach unten. Meine Finger am bröckelnden Mauerwerk und die fernen Schreie der Verletzten sind die einzigen Geräusche während meines Abstiegs. Meine Stiefel landen auf festgetretener Erde, im Schatten der halb eingestürzten Mauer.

Vor mir liegt der Verwundete.

Der Soldat ruht auf dem Bauch, doch als er mich hört, dreht er sich auf den Rücken und unterdrückt ein Stöhnen. Er ist jung und kräftig. Seine ruhigen Augen sitzen über einem dichten schwarzen Schnurrbart und weiten sich, als sie meiner Größe gewahr werden. Dann fällt sein Blick auf den Kindschal an meinem Gürtel. Nur das schnelle Heben und Senken seiner Brust verrät die Schmerzen, die er leidet. Seine Beine sind beide verdreht und zermalmt.

*»Chale jao, aadamakhor«*, keucht er und reckt trotzig das Kinn.

*Geh weg, Menschenfresser.*

Einst war mir *prawda* ganz klar: Indem ich meinem Kaiser diente, war alles gut. Doch was einst einfach war, ist nun komplex. Ich kann in diesem furchtbar verwundeten Mann kein Übel erkennen, bloß Ehre. Und obgleich unter seinem Hals kein Räderwerk rattert, erahne ich die unausweichlichen Kräfte, die ihn leiteten, ohne dass ihn eine Schuld daran träfe, und ihm bestimmten, im Schatten dieser verfallenen Mauer zu sterben.

Ich knie mich neben ihn und biete ihm meine Feldflasche an.

Der Soldat mustert mich argwöhnisch, versucht, einen Arm zu heben, ist aber zu schwach. Einen Moment lang schließen sich seine Augen. Als er sie wieder öffnet, sind sie feucht und wütend.

Ich drücke ihm die Feldflasche an die Lippen und gebe dem Sterbenden einen letzten Schluck Wasser. Während er trinkt, ist mir, als könnte ich die kühle Wohltat seines gestillten Durstes spüren. Das Erbarmen meiner Tat hat *prawda* ebenso befriedigt, wie Rache das bislang tat. Gerechtigkeit, aus Unrecht geboren – egal, was mein neuer Souverän davon hält.

Ein neues Land aus Gut und Böse tut sich vor mir auf, berauscht meine Sinne.

Jenseits des Schlachtfelds sehe ich die gedrungenen Rücken fliehender Kriegselefanten und die verkrümmten Körper der Gefallenen, deren Blut im Staub gerinnt. Die frisch geschnitzten Spieße liegen verstreut auf der Straße. Am Himmel wirbeln Wolken von summenden Fliegen.

Ich stehe auf, stütze mich an der Mauer ab. Ein Gefühl des Schwindels befällt mich, als sich meine Perspektive verschiebt.

Ich erblicke meine britischen Gefährten, wie sie von ihrer erhöhten Position aus die Gegend mit Fernrohren absuchen. Die Jungen lächeln mit schmutzigen Zähnen, die Gesichter von Staub und Ruß verschmiert. Sie sind froh, noch zu leben, stolz auf das Blutbad, das sie angerichtet haben. Sie sehen Feinde und Verbündete auf diesem Schlachtfeld; ich dagegen sehe lediglich Menschen.

Einige leben. Andere nicht.

»Wieso tut ihr das?«, frage ich den Sterbenden. »Seid ihr verrückt? Seid ihr alle verrückt?«

Der Mann zu meinen Füßen schließt die Augen, und sein Atem verlangsamt sich. Seine Brust senkt sich und hebt sich nicht wieder; seine Kraftreserven erlöschen in einer roten Pfütze, die im Schmutz versickert. Ich lege ihm die Feldflasche auf die Brust und lasse sie dort liegen, trete aus dem Schatten der Mauer in den hellen Sonnenschein hinaus.

*Für den König – für Englands Ruhm.* Der Jubel der hohläugigen jungen Männer klingt plötzlich falsch in meinen Ohren. Ich verstehe seine Bedeutung nicht mehr.

»Hey!«, höre ich einen Ruf von oben. »Menschenfresser!«

Ich lege den Kopf zurück und kneife die Augen zusammen. Unwillkürlich legt sich meine Hand auf den Knauf meines Säbels. Ein kleiner, rundlicher Mann starrt von der Mauer auf mich herab, ein Ausdruck der Belustigung auf seinen Zügen. Sein Kopf ist rasiert, dünne Beine baumeln über den Rand. Von seinen Füßen hängen protzig bestickte goldene Sandalen. In einer Hand hält er eine lange, mit verspielten Schnitzereien verzierte Pfeife, die er nun lässig entzündet.

»Sie *sind* verrückt, Menschenfresser«, sagt der rundliche Mann und zieht an seiner Pfeife. »Die ganze Menschheit. Ich hätte gedacht, dass du das inzwischen erkannt hast!«

# 29

## SEATTLE, GEGENWART

»Also? Wer ist das?«, frage ich Batuo.

Das Relikt hängt von meinen Fingern. Seine Oberfläche reflektiert das Kerzenlicht der hoch über uns schwebenden Leuchter.

Batuo starrt es lange, beinahe wehmütig an. Schließlich reißt der alte Mann sich mit sichtbarer Anstrengung von dem Anblick los und widmet sich wieder dem bewusstlosen Peter. Der Körper des großen Mannes ist repariert, seine neue Haut babyglatt unter den von Schrotkugeln zerfetzten Kleidern.

»Diese Anima gehört einem machtvollen Herrscher«, erwidert Batuo leise. »Weise über alle Maßen. Und älter, als Menschen es sich vorstellen können.«

Seine klaren Augen bohren sich in mich, als er hinzufügt: »Sie müssen verstehen, dass derjenige, der dieses Artefakt besitzt, in großer Gefahr schwebt. Ein anderer Awtomat sucht danach – einer, der ebenfalls seit Anbeginn der Zeit existiert und unermesslich mächtig wurde.«

»Talus«, rate ich.

Batuo schüttelt glucksend den Kopf.

»Ich rede von der Herrin von Talus und vielen anderen. Sie führt zahllose Namen, deren Vielfalt über die Zeitalter fast bedeutungslos wurde. Ursprünglich aber kannten wir sie als Leizu … die Seidenmutter.«

»Was will sie mit diesem Relikt?«, will ich wissen.

»In der gesamten Schöpfung, der Geschichte aller Zivilisationen, die kamen und gingen … gibt es nur einen, den sie fürchtet: denjenigen, den Sie da über dem Herzen tragen.«

Wenn das blonde Monster auf dem Motorrad nur ein Diener ist, möchte ich definitiv nicht auf seine Herrin treffen. Ich lege sanft die Hand auf Peters Schulter. Er fühlt sich warm an, seine Brust hebt und senkt sich, doch seine Augen sind noch immer geschlossen.

»Wir müssen ihn wecken. Er weiß, was wir zu tun haben.«

»Peters Anima …« Batuo klopft ihm auf die Brust. »Sein Relikt, wie Sie es nennen … Seine Kraft ist beinahe erschöpft.«

»Dann müssen wir es aufladen«, dränge ich Batuo.

Mit mattem Lächeln bedeutet er mir, ihm zu folgen. Wir wandern unter dem Vorhang körperloser Arme und Beine entlang, die von dem Laufsteg hängen. Die fleischigen Glieder bilden einen grotesken Baldachin über unseren Köpfen. Synthetische Knochen ragen aus Schulter- und Hüftgelenken. Jedes Körperteil ist mit einem gelben Schild versehen – dem Namen seines Besitzers. Hauttöne und Muskulatur sind sehr unterschiedlich, und ich erkenne männliche und weibliche Gliedmaßen verschiedener Ethnien und verschiedenen Alters.

*Wie viele dieser Kreaturen hat es einst wohl gegeben?*

»Alles, was Sie hier sehen, ist kosmetisch«, erklärt Batuo und vollführt eine ausholende Geste. Dann streicht er mit den Fingern über eine Reihe baumelnder Füße, was die Beine in sachte Schwingungen versetzt. »Wir Awtomat können unsere Haut, nicht jedoch unsere Seelen ändern. Jede Anima ist einem einzigartigen Gefäß zugeordnet. Unsere Körper können sich neue Technologien einverleiben – aber es muss langsam geschehen. Zu viele Veränderungen auf einmal, und die Gestalt verliert ihren Zusammenhalt. Im Lauf dieser letzten Jahrtausende sind wir stärker und menschenähnlicher geworden, doch die Animas, die wir in unserem Inneren tragen, haben wir nicht angetastet. Sie sind zu alt und entziehen sich unserem Verständnis.«

Ich ducke mich instinktiv unter den Körperteilen hinweg und folge Batuo durch einen schmalen Gang in ein Arbeitszimmer, dessen Wände mit reich beschnitztem Holz vertäfelt sind. Ein Korallenleuchter wirft sein Licht auf den mit dicken antiken Teppichen ausgelegten Boden. An jeder Wand reihen sich Bücher und Artefakte.

»Sie wissen nicht, wie Sie gebaut wurden?«, erkundige ich mich ungläubig. »Sie hatten doch tausend Jahre Zeit, die wissenschaftlichen Grundlagen zu studieren.«

Batuo lässt sich hinter einem massiven Tisch aus Walnussholz nieder, dessen geschnitzte Beine die Form von Elefanten haben, die unter ihrer Last auf den Hinterbeinen stehen. Er stützt die Ellbogen auf die überladene Arbeitsfläche, und der Stuhl ächzt unter seinem breiten Gesäß.

»Wissenschaft?«, gibt er zurück. »Diese Denkweise ist ein Konstrukt der letzten paar Jahrhunderte. Seit der Antike kannten die Menschen bloß verschiedene Formen der Magie. Die Aquädukte des alten Roms hielt man beispielsweise für eine Art Naturmagie; Wasserräder wurden in der Vorstellung der Menschen von versteckten Engeln angetrieben.«

Batuo lacht und fährt fort: »Das, was Sie Wissenschaft nennen, war unser Geschenk an Sie, und das liegt noch gar nicht lange zurück.«

Während ich weiter in den Raum trete, lasse ich den Blick über die Vielfalt der an den Wänden aufgereihten Objekte schweifen, staune über das schiere Alter und die Kunstfertigkeit der Schwerter, Schädel, Schmuckstücke, Gemälde, der Büsten und zahllosen seltsamen Kuriositäten.

Ich halte vor etwas inne, das ich zunächst für eine Skulptur halte. Bei näherem Hinsehen stelle ich fest, dass es sich dabei um ein krude zusammengenähtes Ledergesicht auf einem Perückenkopf handelt. Augen und Mund fehlen, aber die groben Züge sind zu erkennen. Darunter sind drei weitere Gesichter auf ähnliche Art aufgereiht, jedes lebensechter als das vorige – immer realistischere Versionen des molligen Inders hinter dem Schreibtisch, dessen perfekt menschliches Gesicht sogar Muttermale aufweist.

Batuo hat sich über lange, lange Zeit weiterentwickelt.

»Irgendjemand hat uns irgendwann geschaffen«, führt er aus. »Im Lauf unzähliger Jahrhunderte und menschlicher Zeitalter haben wir das Wissen darüber verloren, wer. In raren Zeiten der Erleuchtung haben ein paar einfallsreiche Menschen unsere alten Körper gefunden, sie repariert und die *anima machinae* ersetzt. Doch je länger wir vor solch einer plumpen Wiederbelebung im Schlaf lagen, desto mehr Erinnerungen verloren wir. Und solchermaßen haben wir uns selbst verloren.«

Mir wird klar, dass dieses Zimmer eine Art Wunderkammer ist, wie sie Kaiser und Naturalisten seit der Renaissance unterhielten, gefüllt mit Antiquitäten und Schätzen und nicht kategorisierbaren Weltwundern.

»Nach all der Zeit sind wir nicht fähig, die Großtaten unserer Vorfahren nachzuahmen«, fügt Batuo hinzu. »Wir wissen nicht genau, wer uns erschuf oder wann – und vor allem wissen wir nicht, wie. Deshalb liegen so viele Awtomat im Schlaf in meinen Katakomben. Und aus demselben Grund haben sich einige andere auch entschieden, ihresgleichen zu jagen.«

»Wenn es nicht in Ihrer Macht liegt, Peter zu helfen, weshalb hat er mich dann hergebracht?«

Batuo umrundet den Schreibtisch. In der staubigen Stille

streckt er einen Finger aus und drückt ihn auf das Relikt um meinen Hals. »Weil *er* weiß, wie man uns retten kann. Wir müssen ihn bloß wiedererwecken.«

Meine Hand legt sich schützend über das Relikt. Ich trete einen Schritt zurück. Den Anblick der außergewöhnlichen Antiquitäten an den Wänden kann ich kaum fassen. Die Gewalt und die Geheimnisse und die unmöglichen Technologien sind einfach zu viel, um all das so schnell zu verarbeiten.

»Batuo, ich glaube nicht, dass ich das kann«, halte ich dagegen.

»Ich glaube doch, junge Dame«, entgegnet er mit funkelnden Augen. »Sie sind im Besitz eines Kedalions. So etwas ist noch niemals passiert. Peter hat Sie zu einem Teil seines Plans gemacht, und das ist kein Zufall. Sie wurden auserwählt, June.«

Ich schlucke, ringe nach Worten. »Auserwählt? Um was zu tun? Haben Sie diese Dinger kämpfen sehen? Auf keinen Fall kann ich es mit so etwas …«

Batuo tut meine Einwände mit einem Kopfschütteln ab. »Ihre Meinung zu dieser Angelegenheit ist ohne Belang, meine Liebe. Das Schicksal hat Sie dazu auserkoren, Teil unserer Geschichte zu sein. Gemeinsam werden wir das wahre Gefäß dieses Relikts finden, und zwar rasch … ehe Leizu uns alle vernichtet.«

# 30

## INDIEN, 1751

M*enschenfresser.* Der Mönch gackert mich von der Mauer der Garnison herab an, während eine gemächliche Rauchfahne von seiner langen, verzierten Pfeife aufsteigt. Vor mir ruht der Leichnam des indischen Soldaten, auf einen Stein gebettet. Der junge Mann hat sich auf gebrochenen Beinen aus dem Gemetzel bis hierher geschleppt – nur um zu meinen Füßen qualvoll zu verenden.

Und dieser Pavian kichert da noch.

Von plötzlicher Wut gepackt, bohre ich meine Finger in die kühlen Risse der Mauer und hieve mich mit ein paar kraftvollen Zügen hinauf. Der Mönch hat kaum Zeit, sein Glucksen zu unterdrücken, bevor ich über ihn herfalle, seine Robe packe und sein Gesicht dicht vor meines ziehe. Die Belustigung weicht selbst dann nicht aus seinen blaugrauen Augen, als ich ihn grob hochreiße, auf den Kopf stelle und von der Mauer baumeln lasse.

»Findest du das etwa komisch?«, frage ich ihn.

Der Mönch windet sich und entkommt meinem Griff, landet in einer Wolke wirbelnder Roben auf dem Wehrgang. Meinem Haken weicht er mit einer Pirouette aus, sodass die protzigen Ringe an seinen fetten Fingern aufblitzen und seine goldene Schärpe die Luft peitscht. Schließlich deutet er eine Verbeugung an und breitet in einer überschwänglichen Geste den Arm aus. In derselben Bewegung, in der er sich wieder erhebt, steckt er sich mit der anderen Hand erneut die lange Holzpfeife zwischen die Zähne.

»Wie unhöflich von mir«, entschuldigt er sich. Er hat einen trällernden Akzent und lächelt um das Mundstück der Pfeife herum. »Schrecklich unhöflich. Tut mir leid, dass ich dich einen Menschenfresser genannt habe. Wenn du mir deinen richtigen Namen nennst, werde ich ihn gerne benutzen.«

Ich beruhige mich und nehme wieder Haltung an. Etwas an meinem Gegenüber kommt mir seltsam vor – als ob es unter seiner Haut nicht ganz mit rechten Dinge zuginge. Seine Bewegungen sind von einer künstlichen Präzision. Ich trete näher, studiere ihn genauer.

»Ja«, erklärt er strahlend. »Natürlich sind wir gleich.«

»Du bist Awtomat«, stelle ich fest.

Die fröhlichen Augen des Mönchs verengen sich, und sein Mund klappt ungläubig auf. »Ich bin doch nicht der erste, den du triffst, oder?«

Einen Moment lang steht mir Elenas Bild vor Augen, auf der anderen Seite der Welt: einsam, doch sicher vor diesem Gemetzel, diesem Wahn. Der aufmerksame Mönch registriert etwas in meinen verbissenen, starren Zügen.

»Vielleicht nicht«, meint er nachdenklich, die Pfeife zwischen den Zähnen. Er pafft, mustert mich eindringlich, nimmt alle Informationen in sich auf, die er finden kann. »Ich würde aber raten, dass ich einer von wenigen bin. In jedem Fall habe ich unglaubliche Gerüchte über einen Geistertiger gehört, der hier nächtens umgehen soll. Mir war klar, dass es sich dabei um einen von *uns* handeln muss. Unsere Taten legen so häufig den Grundstein für Legenden …«

Er hebt eine Braue. »Wer hat dich geschickt, Soldat? Für wen kämpfst du?«

»Für meinen Herrscher, George II.«

»Aha.« Er wirkt nicht sehr überzeugt. »Und welches Wort führt dich den ganzen Weg bis nach Indien?«

Ich gebe keine Antwort.

»Hm, nicht sehr gesprächig.« Seine Augen huschen über mein Gesicht. »Ich stelle fest, dass du einen ordentlichen Lederarbeiter gefunden hast. Dein Gesicht ist ganz passabel. Du könntest gelegentlich auch mal eine Regung darauf zeigen, aber immerhin atmest du. Dein Gefäß wurde offensichtlich von einem Meister geschaffen. Vor nicht allzu langer Zeit.«

»Was bedeutet schon ›vor langer Zeit‹, wenn der Tod unsere Art nicht ereilt?«, erwidere ich.

»Vor langer Zeit?« Er entzündet seine Pfeife neu. »Wenn du wüsstest, mein Junge. ›Vor langer Zeit‹, das ist eine endlose Abfolge von Tagen und Nächten. Menschen, die durch Höhlen huschen und sich vor Monstern verstecken, Barbaren, die einander mit Stöcken und Steinen bekriegen. Es ist die Rückkehr des großen Eises aus dem Norden und der Säbelzahnbestien, die du dir nicht einmal vorstellen kannst. ›Vor langer Zeit‹, das ist die leblose Ära vor Metall, Schiffen und Städten. Sei froh, dass du nichts von ›vor langer Zeit‹ verstehst. In dieser Hinsicht hattest du Glück.«

Der Mönch verschränkt die Arme vor der Brust und pafft trotzig seine Pfeife. Sein Gemurmel klingt gleichermaßen betrübt wie verärgert.

Er nimmt die Pfeife aus dem Mund und zeigt mit dem Stiel auf mich, als ich an ihm vorbeigehen will. »Aber ja! Natürlich ist es deine Größe, die dich verrät. Lass mich raten: Sicherlich haben sie dich Peter genannt.«

Ich bin zu verdutzt, um darauf zu antworten.

»Ich sehe, ich liege richtig. Gerüchte, Gerüchte. Die Kunde über den *wampir* von Moskau hat sich in ganz Europa verbreitet. Ein großer Mann, ein Kämpfer aus den tiefen kaiserlichen Verliesen, der des Nachts vor dem Palast umgeht. Ich kann nur erahnen, was du durchmachen musstest, als der Zar dann verstarb. Und doch hast du nicht die Gesellschaft deinesgleichen gesucht. Wieso nicht? Das frage ich mich.«

»Ich werde mich nicht eure Kriege hineinziehen lassen«, gebe ich zähneknirschend zurück. Dieser Mann weiß bereits zu viel, und ich weiß nichts von ihm.

»Ach, Peter.« Seufzend schüttelt er den Kopf. »Mein lieber *Pjotr.*«

Der plappernde Mönch marschiert auf dem Wehrgang auf und ab. Die lächerlichen kleinen Seidensandalen mit ihren Fischschuppenmustern und Goldbordüren bleiben dabei fest an seinen Zehen.

»Aber ausgerechnet in diesem hinterwäldlerischen Krieg willst du kämpfen?«, fragt er. »Um deinem Wort gerecht zu werden, hast du dir einen obskuren Konflikt am anderen Ende der Welt gesucht? Nicht, um den Sklavenhandel auszurotten oder rituelle Menschenopfer zu beenden – sondern, um *günstige Handelsbedingungen* für das britische Empire zu sichern?«

Ich erwidere nichts. Ruhelos schmerzt *prawda* in meinen Knochen.

Der Mönch blinzelt verwirrt. »Vielleicht stellst du dir ja dieselbe Frage«, fügt er grübelnd hinzu. »Habe ich dich dabei gerade gestört? Beim Zweifeln?«

Dieser Mönch grinst fraglos viel zu viel. Und für einen Mann seiner Statur bewegt er sich viel zu schnell.

Vorsichtig nähere ich mich meiner Muskete. Die Steinschlosswaffe lehnt an der verputzten Brüstung, das Bajonett gereckt wie ein gebrochener Finger. Meine linke Hand legt sich auf den Elfenbeingriff des Kindschals, dessen Scheide sich vertraut an meinen Schenkel schmiegt.

Der Mönch wirft seine Hände in die Luft und lacht gutmütig. »Oh, ich möchte dich gewiss nicht verärgern, Zar

Peter. Ich repräsentiere das Reich der Marathen. Wir sind selbstverständlich hier, um diese Belagerung zu beenden und die Kompanie zu retten. Deshalb haben die Truppen des Nawabs heute früh auch angegriffen: Es war ihre letzte Chance, ehe eure Verstärkung eintrifft.«

Da sehe ich, wie am Tor die Flagge von Maratha gehisst wird. Einheimische Kämpfer, unsere Verstärkung, marschieren durch die Stadt. Der Mönch hat die Wahrheit gesprochen.

»Peter«, sagt er. »Mein Name ist Batuo. Und ich bin hier, um dich zu befreien.«

# 31

## SEATTLE, GEGENWART

Der erste Schlag klingt wie ein Klopfen, der zweite wie eine Explosion.

Batuo richtet sich wortlos auf, wirkt seltsam klein im Schatten seines riesigen Schreibtisches. Er reißt einen Speer mit einer roten Quaste von seiner Halterung an der Wand und hält ihn mit überraschender Vertrautheit in der Hand. Dann stürmt er aus dem Zimmer und bleibt draußen erst unter dem künstlichen Wald baumelnder Arme und Beine stehen, eine dickliche Silhouette vor dem Kerzenschein des Kathedralenraums.

»Beschützen Sie das Relikt«, sagt er zu mir. »Wenn ihre Diener versagen, wird Leizu persönlich zu Ihnen kommen.«

Entschlossen schreitet Batuo mit dem langen Speer in Angriffsstellung davon.

Ich kann die Einschläge in der bebenden Sicherheitstür durch die ganze Marmorhalle hören. Eine Kugel durchdringt das Metall und hinterlässt eine gewundene Spirale wie eine Luftschlange. Batuo wirft sich auf den Bauch und rollt sich anmutig aus der Schusslinie, als die Tür in einem Sturm von Löchern und Metallfetzen vergeht.

Dann zerbirst auch der Rahmen in einer Rauchwolke. Batuo erhebt sich gelassen und klopft seine Robe ab. Er bemächtigt sich wieder seiner Waffe und sieht zum Eingang.

Das Ding, das sich Talus nennt, schreitet wie ein Dämon herein, trägt noch immer die zerrissene lederne Motorradkluft. Er wirft eine rauchende Maschinenpistole zu Boden. In der anderen Hand hält er eine kurze schwarze Schwertscheide, aus der ein Griff mit einem runden Knauf ragt.

*Beschützen Sie das Relikt.*

Hektisch stolpere ich durch Batuos Arbeitszimmer, suche die Wände nach irgendetwas ab, das ich als Waffe einsetzen kann. Ich ignoriere die antiken Bögen und Breitschwerter und entscheide mich stattdessen für etwas, das wie eine Knochensäge aussieht, ein elektrisches Werkzeug, weiß und steril. Ich halte das Ding in beiden Händen und drücke einen Knopf. Ein glänzendes rundes Sägeblatt am Ende kommt singend auf Touren.

*Schon eher mein Ding.*

»Herr Talus Silfverström«, ruft Batuo draußen. »Ich fürchte, Sie haben keine Einladung.«

Mit der schweren Säge in der Hand schleiche ich zurück in den kathedralenartigen Raum, stehle mich an der Außenwand entlang zurück zu Peter, der immer noch bewusstlos auf der Operationsmaschine liegt. Meine Sicht trübt sich mit jedem Schlag meines Herzens. Ich muss mich zusammenreißen, um nicht zu laut zu atmen und keine abrupten Bewegungen zu machen.

»Ich bedarf auch keiner medizinischen Versorgung, Batuo«, erwidert Talus. »Du hast unsere Feinde beherbergt. Unser Pakt ist null und nichtig.«

Batuo steht breitbeinig da, den hinteren Fuß in den Boden gestemmt. Dann hebt er das linke Knie und droht mit dem Speer wie ein Skorpion mit seinem Stachel. Der Mönch wirkt absolut tödlich – abgesehen von den lächerlichen Basketballschuhen an seinen Füßen.

Talus tritt vorsichtig näher. Sein Gesicht ist notdürftig geflickt, und sein langes blondes Haar verbirgt die ärgsten Schäden. Dennoch sehe ich die gezackten Wunden, wo meine Schrotkugeln seine Haut durchdrangen. Seine Oberlippe ist zu einem permanenten Grinsen verzerrt.

»Es sind nur so wenige von uns geblieben«, sagt Talus. »Ich bewundere ja, dass du es derart lange geschafft hast. Aber nun ist es an der Zeit … deine Anima ist fällig.«

Mit einer raschen Drehung seines Handgelenks zieht Talus das kurze, breite Schwert und lässt die hölzerne Scheide zu Boden fallen. Es ist ein römischer Gladius, mit poliertem Kugelknauf und geölter Klinge. Die antike Waffe wurde gut gepflegt, dennoch wirkt sie unter der Patina vergangener Zeitalter fast schwarz.

»Dem möchte ich höflichst widersprechen.« Batuo bewegt sachte den Arm, sodass die rote Quaste hypnotisch von der Speerspitze schwingt.

Als Reaktion auf die subtile Bewegung ändert Talus unmerklich die Richtung. »Du bist ein alter Hund mit ein paar alten Tricks im Gepäck«, meint er. »Die letzten Kriegermönche der Shaolin starben schon vor Jahrhunderten. Heute werden eure wundersamen Stellungen nur noch von Rentnern im Park praktiziert. Es ist nicht einmal eine richtige Kampf…«

Talus spürt ein kaum wahrnehmbares Zucken seitens Batuos und dreht sich aus dem Weg, als der Pflegeroboter ihn aus dem Schatten angreift. Offenbar hat er abgewartet, bis Batuo Talus an die beste Position lockt.

Mit ruckartigen Sätzen wirft er sich auf ihn – doch viel zu langsam.

Talus tritt zurück und stößt die Klinge in den harten Plastikpanzer der Maschine. Dann dreht er sie mit beiden Händen gewaltsam herum. Mit einem höhnischen Grinsen zieht er das Schwert langsam wieder heraus, woraufhin der Roboter zu Boden stürzt.

»Den Versuch war's wert«, sagt Batuo und geht auf ihn zu.

Während sie abgelenkt sind, schleiche ich um eine Säule herum und husche zu dem niedrigen weißen Operationstisch, auf dem Peters Körper ruht. Die Knochensäge lastet schwer in meinen verschwitzten Händen – schwer und wahrscheinlich nutzlos.

»Peter«, flüstere ich und knie neben ihm nieder. Batuo sagte, etwas Kraft wäre Peter noch geblieben; ich kann bloß hoffen, dass er mich hört.

Von Talus und Batuo sind jetzt kaum mehr als verschwommene, sich ständig bewegende Umrisse inmitten der weiten Halle zu erkennen. Batuo wirbelt in einem wilden Gestöber brauner Roben herum, der gefährlich lange Bambusspeer schnellt daraus wie eine Schlangenzunge hervor. Talus wiederum dringt unerbittlich auf ihn ein, führt blitzschnelle, bösartige Finten und Manöver aus und schlägt den Speer beiseite.

Batuos Bewegungen erinnern in ihrer Schönheit und Effizienz fast an einen Tanz. Ein Treffer mit dem stumpfen Ende des Speers in die Brust lässt Talus taumeln, und der nächste Schlag reißt dem blonden Mann fast den Kopf von den Schultern. Er hebt jedoch rechtzeitig beide Unterarme, um den hervorschnellenden Schaft abzuwehren. Ein Krachen wie ein Donnerschlag hallt durch die von Kerzen erhellte Kathedrale.

»Hör mir zu«, sage ich Peter leise ins Ohr. »Ich glaube, ich verstehe, was ich für dich tun soll … Und wenn ich fünf Jahre Zeit und ein ganzes Labor mit Leuten hätte, die schlauer sind als ich, würde ich vielleicht auch herauskriegen, wie das Relikt funktioniert.«

Talus ist wieder auf den Beinen und lässt das Schwert kreisen, in der anderen Hand seinen geschwungenen Dolch. Batuo springt beiseite, zerschnittene Stoffstreifen zeichnen seinen Weg nach. Jeder Kämpfer sagt die Bewegungen des anderen voraus, lässt Schlag und Gegenschlag zu einem beschwingten Spiel werden.

»Aber das hier, das kann ich nicht«, fahre ich fort. »Ich bin nicht wie du! Nicht so stark.«

Der Speer splittert unter einem Hieb von Talus und zerbricht in zwei Hälften. Batuo wirbelt holpernd beiseite, eine Hand an die Brust gelegt. Unter den zerfetzten Roben kann ich die Struktur seines Brustkorbs erkennen.

»Du warst immer schon sehr schnell«, zischt Batuo zwischen zusammengebissenen Zähnen. »Als Prätorianer warst du nicht aufzuhalten.«

Wieder sticht das Kurzschwert zu, schwarz glänzend wie ein Giftzahn. Batuo zieht sich in Richtung seines Zimmers zurück, unter das Schlachthaus baumelnder Arme und Beine. Talus folgt ihm, ohne zu zögern.

»Das hier gehört dir, okay?«, wispere ich Peter zu.

Ich streife mir die Kette über den Kopf und halte das Relikt meines Großvaters ein letztes Mal fest. Dann drücke ich Peter den Halbmond aus Metall in die schlaffe Hand und schließe seine Finger darum. Er mag wie ein Mensch aussehen, doch Peter ist eine Maschine. Die Awtomat gehorchen ihren eigenen Regeln – und ich kann in ihrer brutalen Welt nicht überleben.

Im Gegensatz zu einer Maschine blute ich, wenn man mich verletzt.

»Es tut mir leid, Peter«, murmle ich. »Du hast dir die Falsche ausgesucht.«

Dann bemächtige ich mich wieder meiner Knochensäge und mache mich mit einem letzten Blick auf das Relikt bereit, zu fliehen. Aber da beginnt das Artefakt zu glühen, angeregt vom elektrischen Feld der Maschine. Ein verschwommenes Symbol zeigt sich darauf, der weiße Umriss eines Tropfens, von einem schwarzen Auge befleckt. Es ist so vertraut. Ich versuche mich zu entsinnen, wo ich es schon einmal sah …

Talus schreit.

Er und Batuo stehen im Eingang des Zimmers. Über ihnen sieht es aus, als regten sich Äste in einem imaginären Wind. Der wogende Baldachin der Gliedmaßen ist in Aufruhr geraten, die gekrümmten Arme und Beine lösen sich von ihren Haken, fallen, stürzen, eine einzige kratzende Masse.

Verzweifelt kämpft Talus gegen den grausigen Wasserfall an, der über ihn hereinbricht.

Batuo macht sich die Ablenkung zunutze, springt vor und tritt Talus, gerade als dieser blindlings mit dem Schwert zuschlagen will. Talus fällt hin, ist im nächsten Moment unter dem Berg kratzender, tretender Glieder verschwunden. Batuo krümmt sich zusammen. Er ist schwer verletzt, presst beide Hände auf den Schnitt in seiner Brust, gibt sein Bestes, die Wunde geschlossen zu halten, doch er schafft es nicht.

Das war es. Batuos letzter Trick – und es war nicht genug.

Ich kehre dem weißen Operationstisch den Rücken. Unter dem Summen der Silberringe, die den Tisch umschließen, sprinte ich geduckt in Richtung der zerstörten Tür, die Knochensäge an mich gedrückt.

Auf der anderen Seite schüttelt Talus eine Decke bebender, greifender Arme und Beine ab. Die Augen auf Batuo gerichtet, hebt er den Gladius. Eins, zwei, drei … und Talus springt über den Teppich von Gliedern hinweg, das Schwert über dem Kopf. Der Mönch versucht, sich wegzudrehen, als die Klinge seinen rechten Arm sauber zerteilt. Das abgetrennte Körperteil fällt zu Boden, wo auch die übrigen liegen. Beim nächsten Schlag verliert er fast das gesamte Bein, und dann weiß ich nicht mehr, was passiert, weil ich das Zusehen nicht länger ertrage.

An der demolierten Metalltür bleibe ich kurz noch einmal stehen. Meine Nackenhärchen sind gesträubt. Nichts ist zu hören. Ich blicke zurück.

Talus steht über Batuos zerlegtem Leichnam und sieht mich an, lächelt mit seiner verzerrten Oberlippe.

# 32

## INDIEN, 1757

Das nächste Jahr denke ich noch häufig an den indischen Jungen zurück, der zu meinen Füßen im Schatten einer hellen Mauer verblutet ist. In meiner Erinnerung sehe ich sein unglaublich junges Gesicht, seine zermalmten Beine, sehe, wie sein Blut in die harten Furchen aus getrocknetem Schlamm strömt, die im Winter zuvor vom Trommelfeuer der Artillerie gegraben wurden. Ich versuche mir die Mächte des Schicksals vorzustellen, im Großen wie im Kleinen, die ihn zu seinem Ende dort geleiteten. Und ich frage mich, ob sein Tod auf seiner Heimaterde im Kampf gegen fremde Invasoren etwas Ehrenhaftes hatte.

Der Mönch begleitet mich. Er redet unablässig.

Ich stimme mit Batuo überein, dass ein einzelner Mensch ein kurzlebiges Wesen ist, das sich nicht um Vergangenheit und Zukunft kümmert und verlässlich eine selbstsüchtige Entscheidung treffen wird, sobald es sich unbeobachtet fühlt. Nichtsdestoweniger hält er mich dazu an, die Menschen in ihrer ganzen Vielfalt zu betrachten – die unglaubliche Fülle ihrer Städte und Staaten, Sprachen und Kulturen. Er behauptet, dass aus dieser scharrenden, gierigen Horde etwas Kostbares entsteht: das, was man Zivilisation nennt.

Mit einer ordentlichen Kultur, behauptet Batuo, kann man Menschen zu etwas Größerem erheben.

Wir folgen der Ostindien-Kompanie auf ihrem Feldzug durch Indien. Unser Kommandant führt unsere Streitkräfte ohne Furcht oder Mitleid gegen die verbliebenen Nawabs ins Feld. Ich lasse mich mittreiben, vollführe die Bewegungen des Kampfes, doch stelle fest, dass es mir von Mal zu Mal weniger bedeutet.

»Bist du bereit, zu gehen?«, fragt Batuo mich, als er nach einem Monat Abwesenheit an vorderster Front wieder auftaucht.

»Nein«, sage ich.

»Sturkopf«, antwortet er wie üblich.

Entlang der reichen Flanke Indiens erbeute ich exotische Artefakte und schicke sie nach Hause zu Elena. In der Abgeschiedenheit unseres neuen Anwesens scheint sie guter Dinge zu sein. Sie berichtet, dass die Dienerschaft ihr treu ergeben ist, insbesondere dank der schriftlichen Anweisungen, die sie in meinem Namen und mit meinem Siegel fälscht. Spielerisch erbittet sie esoterische Artefakte und Bücher des Fernen Ostens, welche ich für sie zu erstehen versuche. Ich spüre, dass Elena sich auf einer großen intellektuellen Reise befindet, und das freut mich für sie.

Daneben erreicht mich gelegentlich ein Brief des Butlers, der den Stand der Dinge umreißt und vor allem von Elenas Aktivitäten berichtet. Doch je mehr Monate verstreichen, desto seltener erhalte ich Nachrichten vom Anwesen. Ich nehme an, dass meine häufigen Identitätswechsel den Briefverkehr inzwischen zu sehr erschweren. Die Leichen meiner Armeegefährten bieten mir ein wahres Karussell verschiedener Rollen, und obgleich es sich makaber anfühlt, das Schlachtfeld wie ein Parasit abzusuchen, mache ich es mir zur Gewohnheit, neue Namen anzunehmen.

Der Mönch ist lästig genug; ich habe nicht vor, meine Existenz auch noch anderen Awtomat zu verraten.

Batuos wahre Absichten sind mir ein Rätsel, unmöglich

zu erraten. Einmal, als wir in einem herrschaftlichen Hof spazierten, bemerkte er mein Interesse an der goldenen Skulptur eines gewissen fetten Mannes mit überkreuzten Beinen. Als ich mich mühte, die wertvolle Buddhastatue einzupacken, nahm Batuo mit finsterem Gesicht daran Anstoß.

»Du änderst dich nie«, stellte er fest, und dieser eigenartige Kommentar ging mir noch lange, nachdem er ihn ausgesprochen hatte, durch den Sinn.

Ab und zu begleitet Batuo mich sogar in die Schlacht. Der Mönch kämpft unbewaffnet oder mit einem Speer, aber nie mit einer Muskete. Wenn möglich, geht er Kämpfen komplett aus dem Weg. Während ich unerbittlich zuschlage, zeigt er Mitgefühl. Wir wählen verschiedene Wege, und er kommentiert meine Wahl nicht. Von Zeit zu Zeit ertappe ich ihn dabei, wie er mich etwas zu aufmerksam beobachtet, und spüre die ungesagten Worte, die ihm auf der Zunge liegen.

»Ist dein Wort zufrieden?«, fragt er mich eines Tages nach einer weiteren unerklärten Abwesenheit. Nach dem letzten Gemetzel ist das Schlachtfeld mit Bergen von verkrümmten Leichen übersät, angehäuft wie Treibholz an einem verlassenen Strand. »Erfüllen dich diese Toten? Ist das deine Bestimmung?«

Ohne eine Antwort gehe ich weiter. Mein Wort ist zu einem Splitter in meinem Herzen geworden. *Prawda* – die Einheit von Wahrheit und Gerechtigkeit. Obschon ich mich regelrecht daran übersättige, im Namen meines Königs unsere Feinde zu erschlagen, hat mein Hunger nur zugenommen. Dieser Mönch ist wie ein Moskito in meinem Ohr, eine ständige, summende Erinnerung daran, dass ich mir selbst nicht gerecht werde.

»Die Welt ist groß, mein Freund.« Batuo schüttelt den

Kopf. »Kannst du dich wirklich lebendig nennen, wenn du nicht lernst und wächst?«

So hält der Mönch mir seine Vorträge – bis unsere gemeinsame Zeit eines Tages endet.

Vor der Ortschaft Plassey hält die Kompanie und schlägt ihr Lager im Schutz von Mangobäumen am breiten, schlammigen Ufer des Flusses Bhagirathi auf. Die Infanteriesoldaten rauchen kleine Zigarren und erzählen einander in zittrigen Stimmen Witze, während andere die Kanonade vorbereiten. Am Rande des Wäldchens machen die britischen Sepoys ihre Waffen bereit und beten.

Es dämmert. Ein weiterer Tag des Kampfes steht bevor. Ich empfinde nichts.

In der Ferne erhebt sich leise das gedämpfte Geschrei Zehntausender feindlicher Infanteristen auf der weiten, freien Ebene. Unsere Streitkräfte belaufen sich auf vielleicht zweitausend, besser bewaffnet und positioniert, aber zahlenmäßig haushoch unterlegen. Über uns ballen sich wütende Gewitterwolken zusammen. In diesem Augenblick der Ruhe riecht die Welt nach Flusswasser und Schmutz und seufzenden Bäumen.

Dann geht mit einem hohlen Knall die erste Salve der gegnerischen Artillerie los. Unsere Kanonen zahlen den Beschuss mit gleicher Münze heim.

Für meine unsterblichen Augen, denen der Tod nichts bedeutet, stellt sich diese Welt wie ein fantastischer Traum dar.

Die feindlichen Artilleriegeschosse fallen wie Sternschnuppen durch die Ranken der urtümlich wuchernden Bäume, baden die tuschelnden Blätter in Flammen und lassen Splitter und Schrapnell auf die Reihen darunter regnen. Ein Trommler hebt einen Stakkatorhythmus an, der sich mit dem tiefen Bass des Donners vermischt. Unter geisterhaften Rauchschwaden laden Männer in roten Waffenröcken und Dreispitzen drachenmäulige Kanonen, auf dass diese ihr Höllenfeuer verspeien.

Dann übertönt ein Rauschen das Feuern der Waffen, als die Wolken sich ihrer Last entledigen. Eilig decken Artilleristen ihre Kanonen und Pulvervorräte mit gewachster Leinwand ab. Während des Regengusses können die Kanonen nicht schießen. Musketen sind genauso nutzlos.

Ich ziehe meinen Säbel. Durch das dichte Laubwerk der Bäume sehe ich grüne Schatten über die Ebene dahinter huschen. Eine Horde feindlicher Infanteristen marschiert auf uns zu.

*Was ist das Erste?*

Blitze zucken über den Himmel. Ich breche aus dem Dickicht hervor, schließe mich dem Kontingent unserer Sepoys an, die auf das verregnete Feld vordringen. Ein unmenschliches Geheul steigt aus dreißigtausend Kehlen auf. Der Weg der Männer ist mit derselben Zwangsläufigkeit vorgezeichnet wie der Fall der Regentropfen vom Himmel. Ihr Ziel ist ebenso bedeutungslos.

Und wieder ist Batuo neben mir, hält schützend einen langen Speer vor sich.

Ich schwinge den Säbel, teile Fleisch und Regen. Der Himmel gräbt ein sengend helles Wurzelwerk aus Blitzen in den Boden, und ein Regenvorhang fällt über das Chaos. Die Gewehre sind verstummt, sodass nur das Klirren stählerner Waffen und die triumphierenden oder verzweifelten Schreie der Männer bleiben.

Ein Spieß trifft mich während meines Tanzes durch den Schlamm in die Hüfte. Ich durchbohre den Angreifer mit meinem Säbel, reiße mir mit der freien Hand den Spieß heraus und kämpfe weiter. Ich schreie nun ebenfalls, füge mein Gebrüll dem des Donners hinzu, spüre die Vibrationen in meiner Brust.

Batuo hält mir den Rücken frei, als eine gesichtslose Legion von Infanteristen vorbeiströmt und dabei unseren Waffen auf so natürliche Weise ausweicht wie eine Schule Fische, die sich um einen Hai teilt. Es sind zu viele, die sich da an uns vorbei in Richtung des Wäldchens ergießen. Ein weiterer Streich gleitet von meiner Schulter ab. Mein linker Arm funktioniert nicht mehr richtig.

Ich falle auf ein Knie, schlage immer noch mit meinem Säbel um mich. Im Schlamm stapeln sich die Leiber der Gefallenen, bilden eine monströse Barrikade.

»Peter!«, schreit Batuo.

Der Mönch steht alleine da, den langen, geschmückten Speer in beiden Händen. Sein Turban ist klitschnass, sein Gesicht mit nasser Erde verschmiert. Verzweiflung prägt seine Züge.

»Wieso musst du das tun? Was stimmt mit dir nicht?«

Regen strömt mir übers Gesicht, während mein Säbel auf das Fleisch eines weiteren Angreifers trifft. Weder ist es ein Akt der Strafe noch einer der Aufrichtigkeit. In Wahrheit bin ich bloß eine beschädigte Maschine, die ihre Arbeit verrichtet – nicht anders als die aus Fleisch gefertigten Puppen um mich herum. Auf diese Weise kann ich *prawda* nicht länger Genüge tun, selbst wenn ich dem Gespenst meines Wortes auch in die Tiefen des Todes und der Zerstörung folge.

Ich schlage erneut zu.

Dann packt Batuo mich, seine Finger lasten schwer wie Fels auf meinen beschädigten Schultern. Er zwingt mich auf die Knie, presst die Lippen an mein Ohr.

»Genug!«, schreit er mit donnernder Stimme. »Das ist nicht, wer du bist!«

Er deutet mit dem Arm über das Feld, auf die kriechenden Verwundeten.

»Du kannst nicht für einen Menschen kämpfen und das Gerechtigkeit nennen«, fügt er hinzu. »Dein Wort weist über alles Menschliche hinaus!«

Ich schüttle seine Hände ab, ramme ihm die Faust in die Brust. Der Mönch fliegt durch die Luft und landet mit einem Platschen auf dem Boden. Keiner von uns kümmert sich mehr um das Kriegsgeschrei und die ungelenken Angriffe der letzten Soldaten, die an uns vorübertaumeln.

»Was weißt du von meinem Wort?«, rufe ich dem Schlamm zu.

Ich umklammere meinen Säbel und schleppe mich zu dem gefallenen Awtomat.

»Ich dachte, wenn ich dir genug Zeit lasse, kehrst du von alleine zurück«, sagt der Mönch.

Batuo liegt auf dem Rücken, hat die Augen geöffnet, leistet aber keinen Widerstand. Keine Furcht zeigt sich auf seinem mit Schlamm verschmierten Gesicht, als ich mich mit gezogenem Säbel nähere, bloß Trauer. Der Regen versiegt allmählich, die Hauptstreitmacht zieht weiter. Die Welt liegt hell und still unter spritzendem Regen und Sonnenschein da.

»Woher kennst du mich?«, frage ich noch einmal. »Sag mir die Wahrheit!«

»Je länger die Seelen von unseren Körpern getrennt sind, desto mehr vergessen wir. Und du warst so lange verloren.« Seine Stimme bricht. Er setzt sich auf.

»Ich war noch nie verloren. Nie in meinem ganzen Leben.«

»Was weißt du denn schon von deinem Leben?« Batuo kämpft sich aus dem Schlamm auf die Beine. »Peter, wir haben uns zuletzt vor Tausenden von Jahren getroffen.«

»Unmöglich«, erwidere ich, doch meine Klinge bebt.

»Wir sind ruhmreich für den Gelben Kaiser geritten. Du

und ich haben die Streitkräfte unserer barbarischen Feinde geschlagen und Sklaverei und Menschenopfer überwunden. Im Dienste des mächtigen Huangdi haben wir den Menschen Wissen gebracht und die erste Dynastie der Menschen geformt. Ich dachte … wenn wir gemeinsam kämpften, würde dir das wieder einfallen.«

Nachdenklich senke ich den Säbel.

»Ich habe dich an *sie* verloren«, fährt Batuo fort. »Die Mutter der Seidenraupen. Die Frau unseres Kaisers, seiner ebenbürtig. *Leizu.*«

Kaum verlässt der Name seine Lippen, zuckt ein Blitz der Erinnerung in meinem Geist auf. Ich denke an die Hinrichtung in Tyburn.

*Leizu.*

Ich stecke meine Säbel weg und ziehe meinen Dolch. Drücke mit der Spitze den nassen Stoff seiner Robe ein. »Wenn du mich wirklich kennst«, flüstere ich, »dann verrate mir: Was ist mein wahres Wort?«

Nur eine Handvoll Wesen hat je die Antwort hierauf gekannt: ein kleines Mädchen und ein Mechaniker und ein toter Zar. Dies wird Batuo als Lügner entlarven – danach kann ich weiter meinem Weg ins Vergessen folgen.

Doch der Mönch lächelt nur. »Du hast kein Wort«, sagt er.

»Was?«

»Unsere Seelen wurden nie in einer Sprache geschrieben, die noch existiert. Als ich dich zuletzt kannte, an den Ufern des Langen Flusses, nannten wir es *zhēnxiàng.* Grob übersetzt bedeutet dies …«

Etwas in meinem Verstand fügt sich zusammen. Eine Übersetzung.

»Wahrheit und Gerechtigkeit«, ergänze ich seinen Satz.

»Mehr oder weniger.« Er nickt.

Favorinis Vermächtnis ist zerschlagen. Dieses überwältigende Gefühl, dieser Drang – das *Erste* … Es lässt sich nicht einmal richtig als *prawda* beschreiben. Das Erste ist älter, komplizierter, schwerer zu verstehen. Mir ist, als ob mir der Boden unter den Füßen wegbräche. Verzweiflung schnürt mir die Brust zusammen, eine überwältigende Angst mischt sich mit einem anderen Gefühl: Hoffnung.

Es gibt noch eine tiefere Wahrheit, die darauf wartet, dass ich sie finde.

Die schlammige Ebene verschwimmt vor meinen Augen, ein offenes Land, das mich dazu einlädt, jede Richtung oder keine einzuschlagen. Also suche ich mir eine aus und stapfe los: nach Osten, in die Richtung der britischen Großsegler, die so lange weiter jugendliche Männer nach Indien schaffen werden, wie reiche alte Männer nach mehr verlangen.

»Peter, warte!«, ruft Batuo inmitten des in der Sonne hart werdenden Schlamms. Seine Roben sind rötlich verschmiert, seine schicken Sandalen von Dreck verklebt. Sein langer Speer reckt sich neben ihm aus der Erde, der Schaft in den Boden gegraben, die wehende rote Quaste an der Spitze.

Ein unwiderstehlicher Drang ist in meiner Brust entflammt; das heftige Verlangen danach, das zu beschützen, was mir am teuersten ist. Elena ist in England, und sie ist alleine … Bis zu diesem Moment war ich völlig von dieser verrückten Suche nach einer Bestimmung verblendet. Ich dachte, sie wäre in Sicherheit, doch die Begegnung mit Leizu war kein Zufall. Ich war ein Narr. Mein selbstsüchtiger Feldzug mag mich alles gekostet haben.

Eine dunkle Furcht bemächtigt sich meiner, eine düstere Gewissheit, dass ich Elena verloren habe.

»Wohin willst du?«, ruft Batuo, aber ich ignoriere ihn.

Die Panik greift nach meinen Waden, drängt mich, zu rennen.

Gefallene überziehen das Schlachtfeld unter der brütenden Hitze. Aus dem Wald, in dem sich unsere Truppen gesammelt hatten, höre ich das kreidetrockene Husten der wiedererwachten Kanonen, die den verbliebenen Feinden Tod und Vernichtung entgegenspucken. Unsere Männer hatten die Pulvervorräte abgedeckt, ehe der Regen sie durchnässen konnte. Nun hat bloß eine von beiden Armeen noch Waffen, und so entspinnt sich ein weiteres Massaker.

Etwas scheint mich fortzuziehen, nach Osten.

»Hast du nicht gehört, was ich gesagt habe?« Batuo folgt mir. Er zupft an meinem Ellbogen, und ich schüttle ihn ab. »Du hast eine mächtige Feindin. Leizu jagt dich – schon seit langer Zeit.«

»Ich habe diese Feindin bereits einmal getroffen. In London, wohin ich zurückkehren muss.«

»Nein! Bleib hier bei mir, Peter. An der Front in diesen exotischen Ländern, inmitten des Todes und des Chaos, können wir uns verbergen. Hör auf mich, ich habe sehr lange überlebt.«

Ich bleibe stehen, drehe mich abrupt zu ihm um. »Du erzählst mir von einem Leben, an das ich mich nicht erinnere. Nun, es gibt aber eines, an das ich mich entsinne – und das Einzige, worauf es darin ankommt, ist meine Schwester in London.«

Batuo greift nach meinen Schultern. »Dann bleib stehen und hör zu. Das mag vielleicht ihr Leben retten.«

Ich zwinge mich, zu warten. Meine Beine summen vor Panik.

»Es tobt ein Krieg zwischen den Alten, und wir sind darin gefangen«, erklärt er. »Leizu, Mutter der Seidenraupen, kannte noch das Volk der Ahnen – die Ersten Menschen – aus vorgeschichtlicher Zeit. Sie hat die Zeitalter der Menschen überdauert, hat ihre eigene Lebensspanne verlängert, indem sie Jagd auf andere Awtomat machte. Leizu trägt die Animas der Besiegten. Wenn sie dich findet, wird sie deine Seele verzehren.«

Eine Vision zieht an meinem geistigen Auge vorbei: Elenas unschuldiges Gesicht, nur eine Handbreit vor meinem, die Arme hat sie fest um meinen Nacken geschlungen. Irgendwo brüllt ein Drache, heißer Speichel wirbelt in gelben Wolken an uns vorüber. Die Silhouette einer Frau, verschwommen im Nebel – der Inbegriff des Todes.

Jetzt lässt Batuo meine Schultern los und weicht einen Schritt zurück. Erdig riechende Dampfschwaden steigen von dem trocknenden Schlamm auf. »In London machst du dich angreifbar. Vielleicht wird es noch ein paar Jahrzehnte dauern, aber irgendwann wird sie dich finden. Ihr beide habt noch … eine Rechnung offen.«

»Meine Pflicht gilt meiner Schwester«, entgegne ich. »Und nicht irgendeinem Krieg.«

Ich fasse den trüben Horizont ins Auge und laufe weiter.

»Peter!«, ruft Batuo mir hinterher. »Dieser Krieg, von dem du sprichst … Diesen Krieg hast *du* begonnen!«

Kaum ereilen mich seine letzten Worte, beginne ich zu rennen.

# 33

## SEATTLE, GEGENWART

Im düsteren Kerzenlicht der verborgenen Kathedrale gibt Talus ein höllisches Bild ab: ein blasser, schöner Mann mit entstelltem Gesicht in schwarzer Motorradkleidung, der inmitten eines Haufens zuckender, körperloser Gliedmaßen steht, die mit ihren Plastikfingern zugreifen. Zu seinen Füßen liegt der zerstückelte Batuo, die Augen noch geöffnet, und gibt keinen Laut von sich.

Ich hebe die Knochensäge und betätige den Schalter mit dem Daumen.

Ich sehe nicht mal, wie sich Talus bewegt, fühle bloß einen stechenden Schmerz, als seine Hand so fest meine Gelenke packt, dass die Knochen aneinanderreiben. Die Säge entgleitet meinem Griff und schlägt Funken auf dem Boden, wirbelt davon wie ein Feuerrad an Neujahr.

Talus zieht mich näher, dreht meinen Körper, als würden wir tanzen, starrt mich mit neugieriger Arroganz an, während ich noch gegen ihn ankämpfe. Sein nackter, bloßgelegter Wangenknochen streicht mir beinahe über das Gesicht. Er legt den Kopf schief, gibt sich nicht einmal Mühe, ein Atmen vorzutäuschen. Dann entdeckt er hinter mir das Relikt, das ich in Peters leblosen Fingern zurückgelassen habe. Er wirkt enttäuscht.

»Peter hat eine schlechte Wahl getroffen, als er dir vertraute«, sagt er und lässt mich los.

Als ich Luft hole, um ihm zu antworten, rammt er mir die behandschuhte Faust in den Magen. Rücklings taumle ich zurück. Die Kathedralendecke und das sternengesprenkelte Feld der Kerzen explodieren in einem Kaleidoskop geäderter Muster. Ich lande hart auf der Seite, schlage mit der Stirn auf den Boden, einen Arm wie einen gebrochenen Flügel unter mir begraben.

Die Welt blitzt auf, überbelichtet.

Angestrengt blinzelnd versuche ich, wieder klar zu sehen. Mein Atem geht flach. Der Schlag hat sich angefühlt, als hätte mich ein Auto überfahren, unpersönlich, mechanisch. Mit wackligen Beinen richte ich mich unsicher auf alle viere auf. Eine Rippe pocht vor Schmerz, ich spüre eine warme Feuchtigkeit auf meiner Stirn.

Über das Pfeifen in meinen Ohren höre ich Talus.

»Bist du nun zufrieden?«, fragt er Peters hilflosen Körper.

Talus umrundet hinkend die schimmernden Ringe des Operationstisches, ballt ärgerlich die Fäuste in den zerfetzten schwarzen Handschuhen. Auf Ellbogen und Knien krieche ich ihm hinterher.

»Es stand dir niemals zu, Huangdis Anima zu verwahren«, meint Talus. »Zu keiner Zeit, in all den Jahrhunderten, die du verschwendet hast. Er gehörte immer schon zu *ihr.*«

Talus beugt sich über Peter, die Züge scharf im ätherisch blauen Licht der Maschine. Mit beiden Händen löst er das Relikt aus Peters schlaffen Fingern. Als er wieder spricht, verzerrt Trauer seine bläulich eingefärbten Lippen.

»Wir haben deiner sturen *Loyalität* schon so viel geopfert, Peter. Wieso konntest du den Gelben Gott nicht als das erkennen, was er war? Wieso konntest du dich nicht *anpassen?*«

Als ich mich nähere, sieht Talus blitzartig zu mir. Ausdruckslos verfolgt er, wie ich zum Operationstisch krieche.

Sein langes blondes Haar weht in dem elektrischen Feld. Das Relikt in seinen Fingern scheint zu schwelen. Stöhnend umarme ich den Sockel mit dem Bedienfeld und ziehe mich auf die Knie, verschmiere halb getrocknetes Blut an den krankenhausweißen Kanten der Maschine.

»Für uns bist du ein Wurm, ist dir das klar?«, fragt er mich über Peters Körper hinweg. »Ein *Wurm* … der sich in den Kampf zwischen Göttern einmischt.«

Mir fehlt der Atem, um etwas zu erwidern.

Ich bekomme einen Fuß auf den Boden, drücke mich hoch, während mir dicke Blutstropfen übers Kinn laufen. Ich lehne mich gegen das Pult und hole tief Luft; dann zucke ich zusammen, als mir der Schmerz durch die Rippen fährt. In geduckter Haltung stütze ich die Ellbogen aufs Pult.

Aus den Augenwinkeln nehme ich Talus nur als dünnen blauen Schatten wahr. Alles, was ich sehe – alles, was ich mir zu sehen gestatte –, sind die beiden schlagringartigen Messinggeräte, die auf dem Pult liegen. Talus kommt auf mich zu. Ehe ich reagieren kann, packt er mich grob am Haar, zieht mein Gesicht hoch, schaut mir in die Augen und genießt meine Reaktion.

»Zeit für dich, zu gehen«, sagt er.

»Noch nicht.« Ich reiße mich los, taumle rückwärts.

Jetzt hebe ich die Hände. Die Messingapparate sitzen auf meinen Knöcheln. Ein gurgelnder Strom flüssigen Metalls ergießt sich in die Mulden auf dem Tisch. Schon recken sich die ersten glänzenden Auswüchse.

Unsere Blicke bohren sich ineinander. Talus begreift, dass es zu spät ist.

»Nein …!«, ruft er noch.

Mit einem Aufschrei schlage ich mit brutaler Gewalt meine Hände zusammen. Flüssiges Metall springt explosionsartig in die Höhe und bricht über Talus' überraschtes Gesicht herein.

Die Wucht komprimiert seinen Schädel und reißt ihm Teile der Kopfhaut weg. Das Metall rinnt über den Schädelknochen, entkleidet ihn seines Fleisches und härtet zu einer dünnen, zitternden, spiegelnden Oberfläche aus. Der metallüberzogene Mund öffnet und schließt sich in stummem Entsetzen. Talus wankt, fällt rücklings zu Boden. Tröpfchen flüssigen Metalls spritzen in schimmernden Bögen auf.

Ich werfe die Messingringe ab, und die verbliebene Flüssigkeit fällt in die Mulden um Peters ruhenden Körper.

Mit einem Mal kehrt Stille ein. Es bleiben nur der Klang von meinem heiseren Atem, als ich den Tisch umrunde, und von Talus' Stiefeln, die spastisch auf den Boden schlagen.

Der Awtomat rollt herum und schafft es, ein Stückchen zu kriechen, wobei er eine glitzernde Spur flüssigen Metalls hinterlässt, die ihm aus Nase und Ohren tropft. Sein Mund ist zu einem stummen Schrei gefroren. Manisch kratzt er sich mit den Fingerspitzen über Wangen und Lider. Blind und stumm ist sein starres Gesicht von einer seltsamen Schönheit, wie eine griechische Statue.

Ich hebe das Relikt vom Boden auf und streife mir die Kette wieder über den Kopf. Das Gewicht auf meiner Brust zu spüren fühlt sich fast wie eine Heimkehr an.

Batuos zerschundener Körper liegt ausgestreckt auf dem Boden. Talus hat ihn systematisch zerlegt; Metallknochen glänzen unter zerschnittenen Stücken seiner Kunststoffummantelung. Er hätte mir so vieles beibringen können – nun ist er nur noch ein Wrack.

Meine Angst und das Adrenalin flammen zu Zorn auf.

Nicht nur ist Talus mir heimlich gefolgt, hat meine Forschung sabotiert und meine Karriere zerstört. Außerdem hat er seinesgleichen ermordet. Er hat diese unglaubliche Welt, die da existiert, einfach ausgelöscht.

Die beschädigte Maschine ist jetzt auf den Knien, in Gebetshaltung, fährt langsam mit den Fingern über die metallische Maske, die mit ihrem Gesicht verschmolzen ist. Als er meiner Aufmerksamkeit gewahr wird, lässt sich Talus auf alle viere fallen, tastet suchend nach seinem antiken Schwert. Ich krieche ein paar Schritte näher an das Monster und trete ihm den Gladius weg.

Er wirft sich nach vorn, hat plötzlich ein Messer in der Hand. Blind und taub, wie er ist, verfehlt er meinen Schenkel um mehrere Zentimeter. Ich stürze, strample mit den Beinen, um Abstand zwischen mich und die immer noch tödliche Maschine zu bringen.

Als ich den Gladius erreiche, umklammere ich den Griff.

Hinter mir ist der einst engelsgesichtige Mann wieder auf den Knien. Jetzt sägt er an sich herum, schneidet mit seinem Messer ins Fleisch um die Metallmaske. Ich stehe auf, die Spitze des schweren Gladius nach unten gerichtet. Talus lässt das Messer fallen. Er legt die Finger in die Wunde, die er sich zugefügt hat, und zieht, spannt die Muskeln an, zerrt sich das eigene Gesicht vom Schädel. Bloß eine Maschine, erinnere ich mich.

Ich hebe den Gladius mit zitternder Spitze über den Kopf, versuche meine geprellte Rippe zu schonen.

Ein dämonischer Schrei gellt durch die Kathedrale, als Talus sich die Maske abreißt und sie in die hohen Schatten schleudert. Dann richten sich die Augen des Gesichtslosen auf mich, groß und böse in ihren hautlosen Höhlen. Rosa Hautreste haften an den blauen Karbonfasern seines Kopfes. Der segmentierte Werkstoff bildet die Gestalt von Knochen nach; feine Kurven, die sich als grinsender Schädel manifestieren. Im nächsten Moment kriecht die Maschine rasch wie ein Insekt los, geifert noch Fäden der glänzenden Flüssigkeit. Sie brüllt Unverständliches, der Unterkiefer schief, die Zunge ein schneckengleicher Klumpen zwischen den wohlgeformten Zähnen.

Ich vereine meinen Schrei mit seinem, stoße das Schwert nieder.

Talus fährt zusammen wie bei einem elektrischen Schlag und will mir den Schwertgriff entreißen. Die Klinge aber durchschneidet Rüstung und Fleisch und bleibt in seiner Schulter stecken. Ohne langsamer zu werden, springt mich das skelettartige Monstrum an, wirft mich fauchend auf den Rücken, will mir das Gesicht zerkratzen.

»*Wurrm.*« Er hustet, die Zunge schlackert aus dem lippenlosen Mund. »*Wuuurrm …*«

Da legt sich ein Frauenarm um Talus' Hals, zieht ihn zurück.

»Den Speer«, sagt eine vertraute Stimme, keuchend vor Anstrengung.

Ich wische mir mit dem Unterarm übers verschmierte Gesicht und sehe Batuos blitzendes Lächeln. Der Mönch ringt mit Talus, die Hüften schief, ein zerfetztes Stück seiner Robe um den Bauch geschlungen, um sein Innenleben an Ort und Stelle zu halten. Sein rechtes Bein ist völlig nackt und hat eine andere Hautfarbe als sein linker Arm. Es könnte ein Frauenbein sein, denn es ist etwas kürzer und schlanker als das andere. Ich kann die Gelenkpfannen sehen. Sein rechter Arm ist ebenfalls brandneu, ein weiteres Ersatzteil aus seiner Metzgerei.

Eine Hälfte von Batuos zerbrochenem Speer liegt ganz in der Nähe. Ich greife danach und haste zurück zu Talus. Die halb blinde Maschine windet sich unter Batuos Flickwerkkörper, nimmt meine Annäherung gar nicht wahr. Mit beiden Händen bohre ich die blattförmige Klinge durch Talus'

Achselhöhle in sein Inneres. Rippen knirschen, als die Spitze auf die tief in seiner Brust verborgene Wiege trifft und sie durchstößt, Kontakt zum Relikt herstellt.

Dann liegt Talus endlich still da, von Batuos nicht zusammenpassenden Armen zu Boden gedrückt.

Mit leerem Blick starrt der Gesichtslose ins Nichts. Sein Körper ist mit getrocknetem Metall verschmiert, die Schulter fast entzweigesprungen, die Jacke an einem Dutzend Stellen zerrissen. Der Speer mit seiner roten Quaste ragt aus seiner Brust.

Der Anblick wäre mitleiderregend, wenn er nicht so entsetzlich wäre.

Batuo kriecht von dem Leichnam fort. Er versucht aufzustehen, doch es gelingt ihm nicht.

»Geht es Ihnen gut?«, frage ich.

»Oh, nein, June«, antwortet er. »Nicht einmal ansatzweise.«

# 34

## DIE VORORTE LONDONS, 1758

Die Sonne ist schon fast untergegangen, als die Kutsche am Ende einer kopfsteingepflasterten Straße hält. Diese Straße führt zu dem Anwesen, das ich vor beinahe zehn Jahren unbemerkt von Elena erstanden habe. Der abergläubische Kutscher weigert sich, weiterzufahren, hat hier nichts verloren und rät mir, sofort umzudrehen und nach London zurückzukehren. Ich ignoriere ihn, verlasse die Kutsche und strecke meine Beine, während er mein Gepäck losmacht und es mir ohne Umschweife vor die Füße wirft.

Ohne ein weiteres Wort klettert er zurück auf den Kutschbock und treibt seine Pferde an, rattert so schnell wie möglich zurück zur Stadt.

Während ich meine Sachen über die schlammigen Steine schleppe, sehe ich, dass auf dem Rasen vom Regen aufgeschwemmte Kisten liegen, die ich aus Indien geschickt habe. Sie sind ungeöffnet. Jede dieser verzogenen Kisten enthält wahre Schätze: wertvolle Stoffe, Statuen, Möbelstücke und zahllose Silberrupien.

Das Hauptgebäude ragt aus einem verwilderten Garten empor. Seine Seiten sind von Nebel verhüllt, die Läden hängen schief in den Fenstern, und Moos überwuchert sein Gesicht wie ein Ausschlag, ein portweinfarbenes Feuermal. Der steinerne, sauber eingefasste Brunnen vor der Tür ist mit totem Laub verstopft, aus dem sich eine Statue der Meeresnymphe Galatea erhebt. Ihre Züge sind glitschig und glänzen unter einer Schicht aus Algen.

Ich bleibe stehen und studiere die verschmutzte Fassade.

*Sie ist immer noch hier. Sie muss hier sein.*

»Elena!«, rufe ich und haste zur Vordertür. Diese ist bloß angelehnt, das verzierte Holz durch den Regen ganz verzogen und aufgequollen. Ich spähe hinein, sehe nur eine von Abfall übersäte Halle.

*Ich war zu lange fort.*

Als ich eintrete, spüre ich die tiefe Einsamkeit dieses Orts. Die lange Straße nach London, die für mich Sicherheit bedeutete, muss sich für Elena klaustrophobisch angefühlt haben. Jede Aussicht auf menschlichen Kontakt aus dieser Ferne muss ihr unmöglich erschienen sein. Die Zimmer um mich herum wirken, als würden sie zu einem Museum gehören. Die Regale quellen über von den vielen Artefakten aus meiner Zeit in Indien. Dazwischen finden sich einzelne Teile der Verpackungen. Auf dem Esstisch stapeln sich Laborbedarf und die Reste halb vollendeter Projekte.

*Es muss sie so ermüdet haben.*

Halb gelesene Bücher liegen verstreut in den Fluren, hingestreckt wie Leichen. Einst war Elena so wissbegierig. Doch nach Jahren der Einsamkeit ist ihr vielleicht nichts mehr geblieben, um sich die Zeit zu vertreiben. Schon in den Monaten vor meiner Abreise sind ihre Stimmungen finsterer geworden. Wenn ihre leeren Augen auf mich fielen, spürte ich keine Liebe mehr in ihnen, nur eine Art Pflichtgefühl, eine schwelende Wut und immer die Frage: *Wo sind die anderen?*

»Hallo?«, rufe ich in das Haus hinein. »Elena?«

Mit hallenden Schritten setze ich meinen Weg durch den dunklen Schlund des Flurs fort. Das Haus ist im Verfall begriffen, aber sein Mark ist noch stark. Viele der Türen und Fenster stehen offen, anscheinend bereits seit langer Zeit. Der Wind hat Laub und Schmutz in die Räume geblasen, den Haufen nach zu urteilen, über mehrere Jahreszeiten hinweg. Hunderte Briefe, von den Elementen fleckig, feucht und steif, wurden über den Boden geweht, bis sie ihn fast vollständig bedeckten. Die Eingangshalle ist so kalt wie ein aufgegebener Kamin in den Wäldern.

Dann erklingt irgendwo im Haus das Zupfen eines Cembalos. Ich halte inne und lausche. Mir ist, als könnte ich das leise Zwitschern kleiner Vögel hören.

Ich achte nicht auf das Gefühl der Gefahr und folge dem Laut.

Im Wintergarten hat der Ast eines Baumes die Glasdecke zerschlagen. Er liegt inmitten schwerer Scherben, die auf dem gesprungenen schwarz-weißen Fliesenboden glitzern. Der Ellbogen des verbliebenen Astes ragt in den Raum hinein, von Ranken und zottigem Moos überwuchert. Es wimmelt von grellbunten Singvögeln.

In der Mitte des Raumes sitzt Elena mit geschlossenen Augen vor einem verzogenen Cembalo. In ihrem zerrissenen, schmutzigen Kleid wirkt sie geradezu gespenstisch, wie der Geist eines Mädchens. Ihr Spiel ist mechanisch, boshaft, und ihr Kopf nickt im Takt, während ihre gesprungenen Finger über die Tasten fliegen. Dutzende Vögel blicken mit schwarzen, neugierigen Augen auf sie herab.

Ich erkenne die Melodie. Sie stammt von einem Komponisten, der uns einst besuchte, um uns untertänigst seine Musik zu präsentieren; viele, viele Jahre ist das her. Er war ein kleiner Mann mit einem hohen Kragen und pompösen weißen Locken, einem Doppelkinn und misstrauischen Augen. Elena hatte ihn in unsere alte Bleibe eingeladen, nachdem sie eine Oper von ihm gehört hatte. Es ging darin um eine Nymphe – eine fortwährende Schwäche ihrerseits.

»Elena«, sage ich. »Ich bin daheim.«

Sie antwortet nicht, spielt weiter.

»Sag doch was«, dränge ich sie. »Was ist mit dir passiert? Wo sind die Diener? Wieso liegt die Hälfte meiner Sendungen über den Rasen verteilt?«

Das schöne Lied strömt weiterhin unter ihren Fingern hervor, so beständig und makellos wie das Schlagen von Kirchturmglocken. Eine leichte Brise weht ihr das schwarze Haar aus dem unschuldigen, jugendlichen Gesicht. Doch jeder ihrer Tastendrücke wird energischer, ihre Schultern zittern mit jedem Fingerschlag, mit dem sie auf das Cembalo einsticht. Wie sie da sitzt, die Augen geschlossen, die Stirn leicht gerunzelt, hätte sie auch die Tochter eines Adligen sein können.

Ich trete näher und strecke flehentlich die Hand aus. Sie ignoriert mich und spielt, mechanisch und perfekt, härter und härter, die Tasten klirren vor Agonie. Ich ahne, dass etwas in ihr zerbrochen ist. Da ist ein Hunger in ihr, den ich nicht gestillt habe, weil ich ihn nie spüren konnte.

»Elena«, flüstere ich. »Bitte.«

Als meine bebenden Finger ihre Schultern berühren, fährt plötzlich Leben in sie. Sie wehrt meinen Griff mit beiden Händen ab und springt auf, wobei die Sitzbank quer durch den Raum geschleudert wird und Elenas Füße geradezu auf die Fliesen einhacken, als sie landet. Eine aufgeschreckte Wolke schreiender Singvögel schießt auf, sodass ein Regen von Rinde und Blättern auf uns niedergeht.

»Bitte?«, wiederholt sie. *»Bitte?«*

Bestürzt hebe ich die Hände.

»Wann hat *bitte* jemals einem von uns einen Gefallen getan? Wann hat *bitte* – ein menschliches Wort für ein menschliches Gefühl – dem mächtigen Awtomat je etwas bedeutet?«

Sie tritt auf mich zu, und ich weiche zurück.

»Ich habe dich zu lang allein gelassen«, sage ich. »Das ist mir jetzt klar. Es tut mir leid …«

Das scharfe Trällern ihres Lachens unterbricht mich mitten im Satz.

*»Bitte. Es tut mir leid.* Wieso spuckst du diese menschlichen Ausreden aus? Entschuldigungen zählen nicht. Manieren zählen nicht. Du … du warst *acht Jahre* lang weg, Peter. Ich habe auf dich gewartet, ich war dir treu.«

»Ich habe dir Schätze geschickt. Ich dachte …«

»Ich hasse dich«, flüstert sie zu mir auf.

*Es reicht.*

Ungeachtet ihres Widerstands schließe ich Elena in die Arme und drücke sie an meine Brust. Ich atme den Geruch ihres Parfüms, ihres schimmligen Kleides und ihrer schwarzen Locken ein. Ihre Hände trommeln auf meinen Rücken ein und zerkratzen mir die Kopfhaut, die scharfen Spitzen ihrer feinen Schuhe bohren sich in meinen Leib.

Ich gebe nicht nach.

»Niemals mehr«, erkläre ich, das Gesicht in ihrem Kleid vergraben. »Ich werde dich niemals mehr verlassen.«

Langsam erlahmt ihr Widerstand. Keine Schreie, keine Tränen, keine gemeinen, gemurmelten Verwünschungen mehr. Der Druck um meinen Hals lässt nach, ihre Stirn sinkt gegen meine Brust, und ich erkenne, wie sehr ich dieses Gefühl vermisst habe. Die Nähe ihres Körpers ist wie Balsam für einen Schmerz, der seit einem Jahrzehnt in meiner Brust gewachsen ist.

Ich merke, dass sie es ebenfalls spürt.

»Peter«, sagt sie, ihre Lippen nur eine Handbreit von meinen entfernt. »Was ist mit deinem Gesicht passiert?«

»Der Krieg.«

Sie fährt mit dem Finger über eine unregelmäßige Naht,

die mein rechtes Ohr und meine Kieferpartie an Ort und Stelle hält, seit mich drei Fanatiker in einer Gasse überfielen und zerstückeln wollten. »Du bist ein Held geworden. Sie nennen dich den Schlächter von Plassey. In der Zeitung war sogar eine grobe Zeichnung von dir.«

»Wie realistisch?«, will ich wissen.

»Es könnte jemandem auffallen.«

Elena entwindet sich meinem Griff, und ihre Schuhe klappern auf dem zersprungenen Fliesenboden. Klein und zaghaft wirkt sie nun, wie ein Vogel kurz vorm Losfliegen.

»Nimmst du mich zurück?«, frage ich. »Bitte.«

Elena mustert mich von Kopf bis Fuß, hat die Hände in die Hüften gestemmt. Doch unter der Wut und dem Misstrauen spüre ich auch Erleichterung.

»Für den Moment«, erwidert sie schließlich.

Ich versuche zu lächeln. Meine lederne Wange wölbt sich an einer geplatzten Naht.

Elena schüttelt den Kopf. »In was bist du da nur hineingeraten?«

»Du weißt, weshalb ich kämpfe.«

»Dein kostbarer Herrscher«, entgegnet sie leise, mit einem Hauch von Missbilligung in der Stimme.

»Es ist mittlerweile komplizierter als das.«

»Ich weiß.« Sie holt tief Luft, lauscht auf das Gezwitscher der Vögel. »Setz dich«, fordert sie mich dann auf und zeigt auf ein reich gepolstertes Sofa in einem Fleck grünlichen Lichts, das durch die verbliebenen, von Flechten überwachsenen Gewächshausfenster fällt. »Ich hole mein Nähzeug.«

Elenas Geschick ist in meiner Abwesenheit noch gewachsen. Ihre kleinen Finger kitzeln mich wie Insekten, als sie die Haut von meinem Gesicht löst. Sie säubert, feilt und repariert das Räderwerk darunter, hat die Augen dabei konzentriert auf die Arbeit gerichtet. Hinter ihrem Kopf schauen die kleinen Vögel neugierig zu.

Langsam beseitigt sie die Schäden meiner Jahre auf dem Schlachtfeld, in denen ich in Pulverrauch gehüllt unter den Sternen schlief, durch feinen Sand und Regen marschierte. Sie spöttelt über mich wie eine alte Frau, legt die alten Wunden offen, trennt sachte, aber bestimmt die Nähte meiner Haut auf, um sie wieder zu schließen.

Abgesehen vom Vogelgezwitscher und von dem fernen Bellen eines wilden Hundes kehrt Ruhe ein, während sie näht. Draußen weht eine Brise durch den Garten, und irgendwo höre ich ein verlassenes Windspiel, das seine mechanischen Melodien singt, ein verstandloses Uhrwerk, vom Geisterhauch des Windes betrieben.

»Ich bin einsam geworden, Peter.«

»Was ist aus deinen Lehrern geworden?«

»Den Menschen? Sie sind keine guten Gesellschafter und machen mehr Arbeit, als die Mühe wert ist. Keiner von ihnen kann je über mein Äußeres hinwegsehen. Immerzu muss ich vorgeben, ein unwissendes Kind zu sein. Dabei habe ich den Aufbau von Sankt Petersburg erlebt, während diese gelehrten Herren noch Windeln trugen ...«

»Aber notwendig ist es doch, und du lernst dabei ...«

»Ich lerne gar nichts, Peter. Die Menschen haben nicht mehr viel, was sie mir beibringen könnten. Ich kenne ihre Sprachen und ihre Geschichte und ihren religiösen Aberglauben. Meine eigenen Experimente übertreffen die Fähigkeiten ihrer besten Uhrmacher bei Weitem. Ich fürchte, sie sind uns einfach unterlegen. Kaum erlischt das Feuer, beginnen sie zu zittern, klagen über Hunger oder Müdigkeit. Ich habe sie nicht länger ertragen. Deshalb habe ich sie fortgeschickt.«

Ich richte mich auf und schiebe Elena sanft von mir. Die

halb befestigte Haut meines Gesichts löst sich und klappt auf würdelose Art herab. Doch was ich zu sagen habe, duldet keinen Aufschub. »Rede nicht so über sie. Ohne *sie* kann ich mein Wort nicht erfüllen. Ohne sie gäbe es kein Recht und kein Unrecht ...«

*»Gut«*, fällt sie mir ins Wort und drückt mich wieder in das feuchte Polster. »Sie erfüllen keinen Zweck mehr für uns. Wir sind ihnen *überlegen.«*

»Elena ...«

»Stell es dir nur mal vor«, flüstert sie mir ins Ohr. »Stell dir vor, wir könnten direkt mit den weisesten unserer Art kommunizieren. Mit unseren Schöpfern. Was wir von einer solchen älteren Spezies alles lernen könnten ...«

»Nicht diese Dinge.«

»Aber alles andere, unsere *Bestimmung ...«*

»Wir brauchen niemanden außer uns.«

»Sie könnten uns so vieles, was uns verborgen ist, enthüllen ...«

»Wir schweben in *Gefahr.«*

»Wir wissen nicht einmal, *was* wir sind, Peter!«

Ich warte, bis das Echo ihrer Worte verhallt ist. »Was ist mit dem Anwesen?«

Elena sieht mich an, verzieht keine Miene.

»Was ist mit dem Haus passiert?«

Sie ignoriert meine Frage, führt einen letzten Stich in meinem Gesicht aus. Dann lehnt sie sich zurück und inspiziert ihre Arbeit. Schließlich steht sie auf, wendet den Blick ab und verstaut ihre Werkzeuge methodisch in einer kleinen Ledertasche.

»Irgendwann hat es mich nicht mehr gekümmert«, antwortet sie auf dem Weg zur Tür. »Aber das spielt keine Rolle. Ich kann einige Arbeiter einbestellen, damit sie Reparaturen durchführen. Das wird bloß ein paar Monate dauern.

Deine Abwesenheit im Krieg wird alle nötigen Erklärungen für den Zustand des Hauses liefern. Das wird zwar mehr *Menschen* bedeuten, doch ich brauche die Abgeschiedenheit nicht mehr so sehr wie einst.«

»Und weshalb hast du die Abgeschiedenheit gebraucht?«

Elena schweigt einen langen Moment, sieht mich von der Tür aus an. Äußerlich mag sie ein kleines Mädchen sein, aber ihre Haltung ist die einer erwachsenen Frau. Ihr Gesicht ist tapfer, nur die Lippen beben.

»Ich habe jemanden kennengelernt, Peter«, erklärt sie leise. »Jemanden wie uns.«

# 35

## SEATTLE, GEGENWART

Batuo sitzt auf dem Boden, hat den Rücken gegen den Operationstisch gelehnt. Seine Augen sind geschlossen, sein Gesicht ist voll von meinem getrockneten Blut. Gekleidet ist er nur noch in die Fetzen seiner Robe, seine Gliedmaßen sind ein wahlloses Sammelsurium verschiedener Geschlechter und Ethnien. Neben ihm liegt der verkrümmte, gesichtslose Leichnam von Talus; der Speer ragt noch grob aus seinen Rippen.

»Peter wird sterben, oder nicht?«, frage ich Batuo. »Wenn sein Relikt keine Energie mehr hat …«

Batuo öffnet die Augen, und ich verstumme. Ein Teil seiner Stirn über der linken Schläfe ist eingedrückt. Als er meine Reaktion auf den Anblick der Schäden bemerkt, lächelt er sanftmütig. Dann wandert sein Blick weiter zu Peter auf dem Tisch.

»Was soll ich jetzt machen?«, frage ich mit brüchiger Stimme.

»Sie hätten uns sehen sollen«, sagt Batuo und deutet auf die Mausoleumswand auf der anderen Seite des Raumes. »In unserer Blüte. Bevor diese Nischen voller Schläfer gewesen sind und der Rest von uns sich wie ängstliche Hasen über die Welt verstreut hat. Zu unseren Glanzzeiten feierten wir in kristallenen Ballsälen. Wir führten Kriege mit göttlichem Zorn. Unsere Bibliotheken und Monumente waren Leuchtfeuer für die Menschheit. Und jetzt sehen Sie uns an.«

»Batuo …«

»Wir taumeln durch die Jahre«, fährt er fort. »Tanzen wie Staubkörner durch einen Sonnenstrahl. Alle werfen wir denselben Glanz zurück. Und obgleich wir ins Dunkel abtauchen, bleibt doch das Licht.«

*»Ist er tot?«,* frage ich.

Batuo blinzelt, konzentriert sich wieder auf mich. »Das wird sich zeigen.« Stöhnend richtet er sich auf. »In meinem Arbeitszimmer, hinter meinem durchaus auffälligen Schreibtisch, werden Sie ein paar Werkzeuge finden. Jeder Awtomat führt solche Gerätschaften mit sich, auch wenn wir alle hoffen, dass wir sie nie brauchen. Doch sie erweisen sich häufiger als nützlich, als uns lieb ist. Ich möchte, dass Sie meine eine Zeit lang verwahren. Gehen Sie. Ich werde hier warten.«

Als ich mit einer runden Lederrolle voller Metall- und Kunststoffteile zurückkomme, sitzt Batuo schon aufrechter. Er hat den Stoff um seine Hüften entfernt und etwas Platz in dem Chaos um sich geschaffen. Durch die Wunde in seinem Torso kann ich das Innere seines Körpers erkennen.

»Das ist ein absolutes Sakrileg, ist Ihnen das klar? Zu jeder anderen Zeit hätte man uns für eine solche Übertretung umgebracht. Doch ich muss gestehen … dass ich eigentlich gerne einen Menschen in meinem Labor habe. Sie sind so wissbegierig, June. So lernwillig. Und so leicht zu erschrecken. Nach derart langer Zeit unter Awtomat habe ich wohl vergessen, wie die Jugend ist.«

Ich stoße ein überraschtes Lachen aus. An meinen Schlüsselbeinen klebt das Blut, das Haar hängt mir verfilzt ins Gesicht.

»Was sollen wir tun?«, frage ich.

»Wir, gar nichts«, erwidert er. »Sie.«

Mit einem entschuldigenden Lächeln greift Batuo nach der synthetischen Haut an seinem offenen Bauch. Mit einem Ruck reißt er den Schnitt weiter auf und schlägt die Haut zurück. Der Mönch entledigt sich seines Fleisches wie eines grausigen Pullovers. Darunter verbinden sich steife, organisch anmutende Werkstoffe zu einer skelettartigen Struktur, die ihm seine Gestalt verleiht. Ein blaues Licht pulsiert tief in der Brust.

Ich sollte abgestoßen sein, doch jede seiner Bewegungen kommt für mich einem Wunder gleich. Die Schichten aus Kunststoff verbinden sich zu perfekt gestalteter, ja lebensechter Haut und Muskulatur. Und darunter: die biegsamen Knochen, wahrscheinlich aus Kohlefasern statt aus Metall. Die uralte Mathematik von Federn und Hebeln erwacht zu einem perfekten Scheinbild des Lebens.

Was bleibt, hat das Gesicht eines Mannes und den Körper eines Automaten.

»Sagen Sie mir, was ich tun soll.« Ich lasse mich neben ihm auf die Knie nieder.

»Sie wissen, was wir in unseren Herzen tragen.« Batuo legt eine Hand auf seine Brust. »Die Anima. Solange sie sicher in ihrer Wiege liegt, können wir Awtomat nicht wirklich sterben. Unsere Erinnerungen mögen vergehen, unsere Energie mag schwinden, aber unsere *Seelen* lassen sich eines Tages wiederbeleben, sofern das ursprüngliche Gefäß repariert werden kann.«

»Weshalb erklären Sie mir das?«

»Es schmerzt mich, Ihnen das mitzuteilen, doch mein Gefäß lässt sich dieses Mal nicht mehr retten. Unsere Körper verkraften nur ein bestimmtes Maß an Veränderung, und dieses Trauma ist einfach zu groß. Schon jetzt stößt mein Körper diese armen Glieder wieder ab. Meine Anima mag Ihnen jedoch noch nützlich sein ... Ihnen und unserem prinzipientreuen Freund. Ich hinterlasse Peter den Rest meiner Lebensspanne.«

»Wieso können wir nicht *ihn* benutzen?« Ich deute auf den zerstörten Körper von Talus.

Der Mönch schüttelt den Kopf. »Talus' Herz ist zerbrochen, seine Kraft ist verloren.«

»Sie müssen das nicht tun.« Verzweiflung schwingt in meiner Stimme mit. »Es muss einen anderen Weg geben.«

»Diese Entscheidung ist nicht die Ihre. Wir handeln alle unserem Wort gemäß, und ich gehorche meinem Wort wie seit den ersten Tagen.«

Ein Beben erfasst Batuos Körper. Er schließt fest die Augen und beißt die Zähne zusammen, dann schüttelt er den Kopf, als wollte er ihn frei bekommen. »Sie werden Peter öffnen müssen«, meint er.

»Peter öffnen?«, wiederhole ich idiotischerweise, während ich mich anstrenge, den Sinn seiner Worte zu deuten.

Batuo liegt auf seinem Rücken, parallel zu Peter auf dem Operationstisch. Ich sehe, wie sich seine durchsichtigen Lungen unter den Rippen aus Karbonfaser blähen. Doch als er wieder spricht, ist seine Stimme kaum mehr als ein Flüstern.

»Da ist eine Naht auf seiner Brust«, sagt er.

Etwas riecht verbrannt; ich höre eine elektrostatische Entladung. Ich lege das Lederbündel neben Peter auf den Tisch und entrolle es. Seltsame Werkzeuge kommen zum Vorschein, manche modern und vertraut, andere aus Stein gefertigt.

Oh, mein Gott, denke ich. *Was tue ich da bloß?*

Ich beuge mich über Peter, öffne sein Hemd und lege vorsichtig die flachen Hände auf seine nackte Brust. Das Fleisch fühlt sich warm und muskulös an. Er hat ein paar Sommersprossen auf der Brust, dazu ein bisschen Haar. Ich fahre tastend mit den Fingerspitzen über seine Schultern, seine Schlüsselbeine, an seinem Brustbein hinab.

Da offenbart sich mir eine feine Furche.

Ich greife mit beiden Händen in das Fleisch über den Brustmuskeln und ziehe es auseinander. Ein Teil von mir leidet bei der Vorstellung, wie weh das einem echten Menschen tun würde. Deshalb wende ich nicht meine gesamte Kraft auf, sondern fühle mit diesem menschengleichen Objekt.

*Er ist eine Maschine, June. Kein Mensch.*

Ich beuge mich tiefer über ihn, reiße fester. Mein Haar berührt Peters Gesicht. Ächzend, die Ellbogen weit, zerre ich, bis das Fleisch plötzlich nachgibt und sich sauber über seiner Brust teilt; eine gerade Naht, die vom Nabel bis zum Hals verläuft.

»Oh, wow«, hauche ich.

Die synthetische Haut klafft weit auf und enthüllt ein helles goldenes Spinnennetz harter Kohlefaserrippen. Das schützende Geflecht hat ungefähr die Form eines Brustkorbs und umschließt eine gepanzerte Metallsphäre. Darin pulsiert ein blaues Licht.

Ich lasse den Blick über Peters Brust zu seinem Gesicht schweifen. Sein Kopf liegt auf der Seite, die Augen sind geschlossen. Er ist immer noch bewusstlos. Elektrische Bögen knistern über seine Haut, verursachen unwillkürliche Muskelzuckungen.

»Unter meinen Werkzeugen werden Sie eine *Bi*-Scheibe finden«, erklärt Batuo. »Richtig eingepasst können Sie damit Energie von einer Anima zur anderen transferieren. Sie müssen vorsichtig …«

Batuo kneift die Augen zusammen, als sein Körper von einem neuerlichen Anfall heimgesucht wird. Ohne nachzudenken, hocke ich mich neben ihn und drücke tröstend seine Hand. Er spürt mich, schlägt die Augen wieder auf.

Mit zitternden Lippen stößt er hervor: »Wecken Sie mich, June, wenn Sie und der Menschenfresser Erfolg hatten. Der Alte, den Sie da um den Hals tragen … Er weiß, wie. Misstrauen Sie ihm, aber ergründen Sie seine Geheimnisse – selbst wenn er sie nicht teilen will.«

Dann fällt sein Kopf zurück, und Batuo erschlafft. Einige Sekunden später nehmen seine Augen nichts mehr wahr. Licht dringt zwischen den fremdartigen Leisten seines offenen Brustkorbs nach draußen.

»Warten Sie«, sage ich. »Ich weiß nicht, wie. Ich bin noch nicht so weit.«

Doch der Mönch antwortet nicht mehr. Er ist fort.

*Meine Seele.*

Batuos Brustbein ähnelt dem von Peter, besteht jedoch aus einem etwas anderen Material. Auch wurde nicht ganz so viel Mühe auf den Käfig verwendet, der das Relikt in seinem Inneren schützt. Jeder Awtomat muss eine Sonderanfertigung sein. Jeder hat sich über die Jahrhunderte immerfort erneuert und sich dabei jeder verfügbaren Technologie bedient. Mithilfe der Ersatzteile aus seiner Kathedrale hat sich Batuo etwas subtiler entwickelt als Peter.

»Tut mir leid, Batuo«, murmle ich.

Mit ein paar kräftigen Schlägen gelingt es mir, die spröden Karbonfaserrippen über seiner Brust entzweizubrechen. Dann greife ich hinein, reiße die zerborstenen Reste heraus und werfe sie beiseite. Schließlich entdecke ich das, wonach ich suche, tief in seine Brust eingepasst.

Ein bogenförmiges Relikt, das in einem Behältnis aus einer Art durchsichtiger Keramik sitzt und mit verblassten chinesischen Schriftzeichen überzogen ist.

Dies ist die Anima im Herzen eines jeden Awtomat. Sie ist sein Verstand und sein Gedächtnis, seine Kraft. Batuos Relikt ziert ein Wort aus der alten Sprache, aber ein anderes als das auf meinem. Mit beiden Händen hebe ich das Relikt aus der zerstörten Brust. Sein Gewicht kommt mir seltsam vertraut vor.

Nachdem ich Batuos Relikt auf dem Tisch abgelegt habe, begutachte ich die Werkzeugrolle.

Die *Bi*-Scheibe, von der er sprach, besteht aus dünner Jade und ist mit komplizierten Symbolen geschmückt. Sie hat genau die Größe von zwei halbmondförmigen Relikten. Ich drehe sie zwischen den Fingern und entdecke Vorsprünge an ihrem Rand, die zu den Kerben in Batuos Relikt passen.

Allmählich erahne ich, was von mir erwartet wird.

Suchend taste ich in Peters Brust nach einem Knopf, der seine Anima freigibt. Nichts. Mit geschlossenen Augen atme ich tief durch, forsche und erkunde, bis meine Finger ein paar Vertiefungen finden. Jetzt drücke ich mit aller Kraft.

*Klick.*

Peters gepanzertes Brustbein öffnet sich, und ein blau glühendes Relikt wird bloßgelegt, das tief in seiner Brusthöhle liegt. Das Symbol, das mir entgegenstarrt, ist das Wort, dem Peter folgt. Ich frage mich, was es bedeutet. Welches einzelne Wort mag wohl sein ganzes Leben lenken?

»Da wären wir, Peter«, flüstere ich.

Ich platziere die *Bi*-Scheibe in seiner Brust, über seinem Relikt, und drehe sie herum, bis ich spüre, dass sie passt. Anschließend nehme ich Batuos Relikt und stecke es ebenfalls hinein. Als ich ein Klicken spüre, halte ich inne. Ein langer Moment verstreicht, in dem nichts geschieht.

Ich atme scharf aus.

»Verdammt …«

Mit den Fingern suche ich nach irgendeiner Art von

Schloss oder Symmetrie. Ich bin allein in diesem barocken Labor, von zerstörten Maschinen umgeben. Irgendjemand oder irgendetwas ist dort draußen und jagt mich. Und wenn das hier nicht funktioniert, bin ich auf mich allein gestellt.

*Dabei ist es mein Job, diese Artefakte zum Laufen zu bringen. Das ist mein Beruf!*

»Na los«, sage ich. »Na *los!*«

Aufgestützt auf Peters Brust breche ich zusammen. Mein Gesicht landet in der warmen Senke zwischen seinem Hals und seinen Schultern.

»Hör mir zu, Peter«, murmle ich. »Es ist Zeit, zu erwachen.«

# 36

## LONDON, 1758

*Ich habe jemanden kennengelernt, Peter. Jemanden wie uns.*

Als ich über Elenas Worte nachdenke, offenbart sich mir langsam deren gesamte Tragweite. Dunkelheit fällt über mich herein, und die Angst zieht sich wie ein Knoten zwischen meinen Schultern zusammen.

*Jemanden kennengelernt.*

Ich eile ihr nach, aber Elena ist bereits in den Tiefen des Anwesens verschwunden, huscht wie eine Heimsuchung durch die verlassenen Flure. Die Zimmer sind quadratisch, mit farbenfrohen Tapeten und hohen, aufwendig gestrichenen Decken mit Blattgolddekor. Ich höre das Tappen von Elenas Schuhen auf dem Parkett.

»Elena!«, rufe ich so laut, dass es den Mechanismus in meiner Brust an seine Grenzen treibt und von den Wänden widerhallt. Meine Stiefel schlagen wie die Kolben einer Dampfmaschine auf den Boden, während ich methodisch jeden Raum absuche. Die Sonne steht inzwischen tief, ihr rötliches Licht wirft lange Schatten über die schimmelnden Teppiche. Ich kratze mit den Fingern über eine Wand und reiße die regennasse Tapete ab wie eine Blasen werfende Haut.

Lass das, sagt ein Teil von mir. *Sie hat nichts Schlimmes getan.*

Doch sie hat in meiner Abwesenheit jemand Fremden in unser Refugium gelassen. Sie hätte mich bitten können, heimzukehren, hätte mir erzählen können, wie es ihr geht. So lange waren wir einander unser Ein und Alles. Nun hat sie unser Band verraten.

Stur ihren Namen wiederholend, pirsche ich durch die leeren Flure.

Schließlich trete ich eine Fenstertür zum gepflasterten Garten hin auf. Glas splittert, und einer der Flügel bricht aus den Scharnieren. Als ich ihren Namen ein letztes Mal rufe, zerbricht etwas in meiner Brust. Nur ein heiseres Rasseln dringt aus meiner Kehle, erstirbt verzweifelt und erbärmlich in meinen Ohren.

Da sehe ich die Fremde.

Sie steht auf einem der Gartenwege, gerahmt von verwilderten Bäumen und halb vom aufsteigenden Abendnebel verschluckt. Als ich sehe, dass sie schützend den Arm um Elenas Schulter gelegt hat, beiße ich mir auf die Unterlippe. Ich beiße noch fester zu, als das Mädchen auf vertraute Weise den Kopf an die Hüften der Frau birgt.

Meine Hände ballen sich zu Fäusten, so rund wie Kanonenkugeln.

In ihrem schlichten grauen Reitkleid und den Stiefeln gibt die Frau eine absurd große, melancholische Gestalt unter den nassen Blättern ab. Ihr langes blondes Haar ist zu einem kreisförmigen Zopf geflochten, den sie wie eine Krone trägt. An ihrer Seite blitzt der Knauf eines Säbels, die Scheide verschwindet in den Falten ihres Rockes.

Selbst aus der Entfernung kann ich die verräterischen Anzeichen eines Awtomat erkennen. Ihre Bewegungen sind etwas steif und künden von unnachgiebiger Stärke. Ihr Gesicht ist gepudert wie das einer vornehmen Dame, doch beim Anblick ihrer konturierten hohen Wangenknochen ahne ich, wo ich die Nähte finden würde, wenn ich meine Fingerspitzen über ihren Unterkiefer wandern ließe. Ihre

Augen sind groß und hell und besitzen diese besondere Aufmerksamkeit, die ich von Elena und meinem eigenen Spiegelbild kenne.

»Wer bist du, Fremde?«, rufe ich mit lauter, bebender Stimme.

Ihre Züge verhärten sich, als ich näher trete, erinnern mich auf gespenstische Weise an Elenas an diesem nebligen Abend in den Tiefen unseres verwilderten Gartens.

»Hypatia von Alexandria«, gibt sie zurück. »Eine Philosophin und Forscherin. Und du bist, wie ich gehört habe, ein Söldner?«

Mit immer noch geballten Fäusten gehe ich auf sie zu. »Ich kämpfe nicht länger für einen menschlichen Herrscher.«

»Tatsächlich.« Ihr englischer Akzent ist ohne Makel. »Es wäre auch sinnlos.«

»Peter …«, warnt Elena mich.

Als ich in Reichweite bin, weicht Hypatia geschmeidig von Elenas Seite. Eine ihrer Hände, die in weißen Handschuhen stecken, wandert unmerklich zum Knauf des Säbels. Furchtlos erhebt sie das Kinn. »Mein Wort ist Tugend«, erklärt sie, die andere Hand in die Hüfte gestemmt. »Wie lautet deines?«

Ich lasse die Fäuste sinken. Die Fremde gibt nicht nach, ist bewaffnet und wirkt souverän. Elena steht ein wenig abseits und sieht uns missmutig zu.

»Das geht nur mich etwas an«, erwidere ich.

Ihrem edlen Kleid und ihren Zügen sehe ich an, dass sie eine Dame von Stand ist.

Meine geballten Fäuste beginnen mich zu beschämen. Ich zwinge mich dazu, sie zu öffnen und mit normaler Lautstärke weiterzureden. »Sag mir, was dich zu meinem Heim geführt hat.«

»Heim?«, fragt Hypatia. »Wohl kaum. Ich glaube, dass dein wahres Heim weit entfernt ist – viele Meilen und Jahrtausende.«

Als sie meine Reaktion bemerkt, nickt Hypatia und fügt hinzu: »So viel weißt du also wenigstens über dich. Wir sind alle sehr viel älter, als wir wissen.«

»Was willst du?«, frage ich.

»Eine Tasse Tee«, schlägt Elena vor. »Und ein paar Minuten Konversation.«

Mit einem höflichen Nicken wende ich mich von ihr ab und stapfe durch den Garten in die kalten Mauern des Anwesens zurück. In den Gästezimmern finde ich einen staubbedeckten Spiegel und einen Schminktisch. Ich schneide die winzigen, kaum sichtbaren Haare in den Ecken meines Gesichts mit einer Bartschere. Dann tupfe ich mir mit etwas Puder eine gesündere Farbe auf die aschfahlen Lippen und Wangen.

Niemand in diesem Anwesen atmet tatsächlich; doch diese Kleinigkeiten sind uns zur Gewohnheit geworden, eine Frage des Überlebens, wenn wir unter Menschen bestehen wollen. Und der Anstand verleiht einem Treffen, das durchaus in Barbarei enden mag, wenigstens den Anstrich von Kultiviertheit.

Nachdem ich diese Arbeit abgeschlossen habe, betrachte ich mein Spiegelbild. Zweifel und Scham ringen in meiner Kehle miteinander. Noch nie habe ich mich so allein gefühlt. Selbst auf meinen Reisen habe ich stets fest daran geglaubt, dass Elena auf mich wartet; dass wir ein gemeinsames Leben als Bruder und Schwester haben würden. Und die ganze Zeit über war dieser Eindringling hier und machte meine Gegenwart obsolet.

Sie sagt, ihr Wort sei *Tugend.*

Güte, Reinheit … Dieser Awtomat, der sich hier einschlich, könnte auch lügen. Diese Hypatia könnte alles Mögliche sein, sogar die Vorhut eines Angriffs. Batuo hat mich vor einem großen Krieg gewarnt. Doch ich kann nichts unternehmen, ehe ich ihre wahren Absichten nicht kenne.

In voller Uniform, den Säbel an der Hüfte, verlasse ich das Gästezimmer in der Absicht, ihr auf die englische Art entgegenzutreten – als Gentleman.

Anders als der Rest des Anwesens ist der Salon in gutem Zustand. Elena hat ihn herrlich ausstaffiert, in Schattierungen von Elfenbein und Gold. Kerzen flackern hell in den kristallenen Wandleuchtern, während das graue Sonnenlicht in den Falten der Vorhänge verblasst. Allerorten türmen sich Bücher, die Stapel so hoch wie das Mädchen selbst. Zu meiner Verblüffung sehe ich ein Sortiment von Spiegeln und Uhrmacherwerkzeug auf einem deplatziert wirkenden Frisiertisch liegen, bis ich begreife, dass Elena – ihrer unermüdlichen *logika* folgend – sich selbst auseinandergenommen, die Teile studiert und wieder zusammengesetzt hat.

Hypatia kauert vor dem verzierten Kamin. Sie wendet mir den Rücken zu und entfacht gerade ein kleines Feuer unter ein paar Stöcken. Davor hat Elena auf einem runden Mahagonitisch ein aufwendiges Teeservice gerichtet, die einzelnen Stücke wie die Teile eines Puzzles.

»Ich verstehe nicht, weshalb du dich mit einem Feuer abmühst«, sage ich. »Seine Flammen werden keinen von uns wärmen.«

Hypatia wirft mir über die Schulter hinweg ein Lächeln zu. »Diese Flamme wird zwar nicht unsere Körper wärmen, aber vielleicht unsere Seelen; und ihr Licht mag uns den Weg nach vorne weisen. Ein ordentliches Feuer und eine Kanne Tee sind schließlich die Grundsteine der Zivilisation.«

Sobald das Feuer zu ihren Füßen flackert, steht sie auf

und fährt fort: »Natürlich ist die Zivilisation eine menschliche Erfindung. Eine wundersame Errungenschaft für eine reichlich verkommene Spezies. Wundersam – und dennoch meiner Meinung nach die Bestimmung einer jeden Gruppe, die aus mehr als zwei Menschen besteht.«

Ich nehme am Tisch Platz, und Elena lässt sich zu meiner Rechten nieder. Hypatia wischt sich die Hände am Rock ab. Dann leistet sie uns Gesellschaft, das Feuer im Rücken.

»Gestattest du?«, fragt Elena sie mit schmerzlicher Vertrautheit und gießt uns drei Tassen Tee ein.

Ich bleibe stumm.

Im sich langsam erwärmenden Raum nippen wir an unserem Tee. Der Salon ist eine einsame Oase der Wärme und Helligkeit in diesem sonst so leeren, zerstörten Haus. Die Flüssigkeit wird bald schon aus unseren falschen Organen verdunsten; ein weiterer Teil der Illusion von Leben, die wir aufrechterhalten. Gemeinsam sind wir eine Uhrwerkmenagerie, drei Laternen, die über einem nebligen Moor brennen.

Elena wirft einen Blick zu Hypatia, bevor sie das Wort an mich richtet. »An dem Tag, an dem wir in London angelangt sind, Peter, haben wir beide ein rotes Auge gesehen. Erinnerst du dich? Wir mieden es damals, um uns nicht in Gefahr zu begeben. Aber ich habe es niemals vergessen. Als ich das Symbol das nächste Mal sah …«

»Du bist alleine in die Stadt gegangen?«, frage ich ungläubig.

»Ich fand es in einem Buch aus dem Orient, das ich mitsamt den anderen Hinterlassenschaften eines in Ungnade gefallenen Magiers erwarb. Angeblich hat dieser Bursche vor sechshundert Jahren halb Asien durchreist. Viele solcher Fundstücke finden ihren Weg nach London, insbesondere seit ich hier bin.«

Hypatia und Elena tauschen wissende Blicke.

»In jedem Fall habe ich das Symbol enträtselt«, fährt Elena fort. »Ein Auge mit einer quadratischen Pupille. Das Auge bedeutete einst Gefahr. Und das Quadrat repräsentierte menschliche Wesen und ihre Städte. Es war eine Warnung, verstehst du? Eine Warnung für Awtomat, in unserer eigenen Sprache geschrieben.«

»Und woher weißt du, dass es unsere Sprache ist?«, erkundige ich mich.

Elena klopft sich auf die Brust. »Die Symbole sind dieselben wie die auf unseren Herzen.«

Ihr Blick fällt auf ihre Hände, die zierlichen Finger hat sie um die knochenweiße Teetasse geschlossen. Schließlich fügt sie hinzu: »Da wusste ich, dass es freundliche Awtomat geben musste, und machte mich daran, sie zu finden. Die Inspiration dazu erhielt ich von dir, Peter. Ich las von deinen Unterfangen und begriff, dass wir das menschliche Vermögen so mühelos übertreffen, dass unsere Taten allzu oft zur Legende werden. Wie viele Monarchen, Kriegshelden, große Philosophen … wie viele von ihnen waren wohl wie wir?

Im Sommer lud ich die größten Geister der Menschheit auf das Anwesen ein. Ich zahlte jeden Preis, der nötig war, um die Aufmerksamkeit der klügsten und tüchtigsten zu erregen. Doch all die lebenden Legenden, die ich traf, erwiesen sich als echte Menschen. Ein Mann allerdings brach unter den Fragen jenes reichlich frühreifen Mädchens zusammen. Er war ein großer Mathematiker … und ein Schwindler. Sobald ich herausgefunden hatte, wer seine heimliche Kollaborateurin war, musste ich nur noch an sie herantreten.« Damit schaut sie zu Hypatia.

Der Schreibtisch steht nicht weit entfernt hinter ihr, an die Wand geschoben und unter Unmengen von Papier begraben. Jetzt begreife ich, weshalb allein dieser Raum in guter Verfassung blieb, während der Rest des Anwesens fast einer Ruine gleicht.

»Du hast das Briefeschreiben wirklich zu einer Kunst erhoben, nicht wahr, mein Liebes?«, frage ich.

Elena lächelt mich über den Tisch hinweg an, die Teetasse an den Lippen, die Augen von einem Strahlen erfüllt.

Daraufhin wende ich mich an Hypatia. »Also bist du zu ihr gezogen?«

»Wir geben ein gutes Team ab. Deine Schwester ist wirklich brillant, Peter.«

»Und dank dir schwebt sie nun auch in Gefahr. Geschichten von Phantomen und übernatürlichen Wesen führen gleichermaßen oft zu einem der unsrigen. Mein Kutscher schien zu glauben, dass der Geist eines kleinen Waisenmädchens in diesen Hallen umgeht und man den lieblichen Klang ihres Cembalos in den Ruinen hört. Feenmusik für die wilden Tiere des Waldes.«

Elena senkt beschämt den Kopf.

»Nicht *so* weit entfernt von der Wahrheit.« Ein kleines Lächeln spielt auf Hypatias Lippen.

»Und was für Einsichten verdankst du Hypatia?«, will ich von Elena wissen. »Was für eine bedeutsame Botschaft hat sie dir überbracht, dass du dein Leben so fahrlässig aufs Spiel setzt?«

Einen langen Moment schweigt Elena, betrachtet mich kalt.

»Deinen Seelenfrieden«, antwortet Hypatia. »Aus Ergebenheit zu dir blieb Elena auf diesem Anwesen. Sie hat alles riskiert und war nicht davon abzubringen, die eine Sache zu finden, die dich glücklich machen würde. Und sie hat *mich* davon überzeugt, sie zu besorgen. Doch alles, was du im Gegenzug für sie bereithältst, scheint Wut zu sein … und Geringschätzung.«

Elena legt Hypatia die Hand auf den Unterarm. Die Frau kämpft sichtlich darum, ihre Gefühle unter Kontrolle zu halten. In dieser schlichten Geste erkenne ich Jahre der Freundschaft.

Hypatia mustert mich mit funkelnd blauen Augen, spricht dann langsam, wählt ihre Worte mit Bedacht. »Peter … wir sind eine Spezies von Überlebenskünstlern. Wir leben, dann vergessen wir … und leben erneut. Manchmal folgen uns die Konsequenzen der Vergangenheit durch viele Leben hindurch.«

Sie nimmt einen kleinen, in ein goldenes Tuch geschlagenen Gegenstand aus der Tasche. Dann legt sie das schwere Objekt auf den Tisch. Die Seide verschleiert seine Konturen.

Dennoch strahlt dieses verhüllte Ding eine Vertrautheit aus, die ich nicht einordnen kann. Es zieht meine Aufmerksamkeit auf sich, ruft mir leise zu, dass ich es aufnehmen, es beschützen soll. Wie aus eigenem Willen wandern meine Hände zu dem Tuch, und ich muss sie zurück in meinen Schoß zwingen und die Finger ineinander verschränken, damit sie auch dortbleiben.

»Du weißt, was es ist.« Hypatia lässt mich nicht aus den Augen. »Du kannst es spüren. Tatsächlich gehört es dir, und wir haben es dir nur wiedergebracht.«

»Nein«, gebe ich zurück. »Meine einzige Pflicht gebührt Elena. Meine Bestimmung ist es, meine Schwester zu schützen.«

Elena stellt ihre Tasse klappernd auf der Untertasse ab. »Ich bin sehr wohl in der Lage, auf mich selbst aufzupassen, Bruder.«

Ich schiebe meinen Stuhl vom Tisch zurück. »Wir sind exponiert. Unsere Leben schweben in Gefahr. Wir hätten uns hier sicher verstecken können …«

»Und doch war es dir wichtiger, wegzugehen.« Hypatia rührt ihren Tee um. »Diese Eskapaden in Indien, die Kämpfe und die Plünderungen, die Ehre des Königs. Vielleicht glaubtest du, es würde dich … zufriedenstellen. Aber nichts von alledem ist von Bedeutung.«

Hypatia beugt sich über den Tisch, die Hände beiderseits des verhüllten Gegenstands, der zwischen uns liegt. »Es befriedigt dich nicht, weil *das nicht unsere Kriege sind.* Unsere Kriege werden viel boshafter geführt, sehr viel länger und in den Schatten.«

»Mach es auf«, drängt Elena mich. »Bitte, Peter.«

Ich starre die bedeckten Umrisse des Dings an, bemerke, wie der Moment sich in die Länge zieht. Nun greife ich bedächtig nach den Ecken des Tuchs und ziehe sie auseinander. Der Stoff entfaltet sich zu einem goldenen Quadrat. Auf dem Tisch vor mir liegt ein halbmondförmiges Stück Metall.

Die Anima eines gefällten Awtomat.

»Dies ist der Kampf, den du führen musst«, erklärt Elena. »Deine Bestimmung.«

Beinahe kann ich mich an das Artefakt erinnern. Etwas an ihm ist so vertraut. Ich nehme es sanft in die Hände und fühle seine Wärme. Meine Augen schließen sich und …

Elena schreit über einem Chaos aus gelbem Wasser und schäumender Gischt. Ich höre das Brüllen eines Wasserfalls – also doch kein Drache. Sie drückt den Kopf an meine Brust. Der Schatten eines Pfeils fliegt an meinem Gesicht vorbei. *Bitte, bitte, sie wird sterben. Ich werde sie verlieren …*

»Peter? *Peter?*«

Ich spüre Elenas Hand auf meiner Schulter. Ich blinzle, finde mich im Salon wieder. Nachdem ich die Anima auf den Tisch fallen gelassen habe, wische ich mir die Hände an der Brust ab. Eine lähmende Furcht breitet sich in meinem Magen aus, übermächtige Reue für eine Sünde, die ich nicht zuordnen kann.

»Wer ist es?«, frage ich, ohne die Anima anzusehen, meine Stimme kaum hörbar.

Elena tauscht einen weiteren Blick mit Hypatia. Dann antwortet sie leise und eindringlich: »Dies ist die Anima von Huangdi, geschaffen vom Volke der Ahnen, kosmischer Herrscher und Gründer der ersten Dynastie von China. Der Legende nach blickte der Gelbe Kaiser auf seine Taten und beschloss, dass die Welt noch nicht bereit für uns war. Stattdessen wollte er tausend Jahre in Schlaf verfallen. Doch seine Gemahlin Leizu, die Mutter der Seidenraupen ... Sie betrog ihn. Als Huangdi sich zum Schlafen niederlegte, stahl sie die Anima aus seiner Brust.«

»Wie hast du sie gefunden?«

Ein grimmiges Lächeln tritt auf Hypatias Gesicht. »Wie gesagt, deine Schwester und ich geben ein gutes Team ab. Doch das ist eine Geschichte für später.«

»Wieso hast du es zu mir gebracht?«

»An jenem Tag vor langer Zeit erhob sich ein General gegen Leizu. Er bemächtigte sich der Seele seines Herrn und floh. Seine Spur verlor sich über die Zeitalter. Erst Agenten des Zarenreichs entdeckten den Körper dieses Helden, der an einem schlammigen Flussufer vergraben war.«

Elena ergreift meine Hand, führt sie zum Artefakt, schließt meine Finger darum. »Favorini sagte, man habe unsere Gefäße im Osten gefunden. Er meinte, er habe uns wieder zusammengesetzt. Doch er erwähnte nie eine dritte Anima oder die Seele eines mächtigen Herrschers ohne Gefäß.«

Sie hält weiterhin meine Hand, das Artefakt darunter fühlt sich wie warme Kohle an, als sie hinzufügt: »Fünftausend Jahre, Peter. Der Anbeginn der Zivilisation. Fünftausend Jahre ist es her, seit du gegen die Seidenmutter gekämpft und die Seele deines Herrn gerettet hast. Und nun musst du seine Seele aufs Neue beschützen.«

# 37

## SEATTLE, GEGENWART

Im Märchen küsst der Prinz die schlafende Prinzessin auf die rosigen Lippen, und sie erwacht mit flatternden Lidern. Wie ich da auf dem verheerten Schlachtfeld der Kathedrale stehe, auf diesem unterirdischen, verborgenen See kühlen Marmors, komme ich mir ebenfalls wie in einer Märchenwelt vor. Peter mit seinem Kinngrübchen und den geschlossenen Augen könnte ein Prinz sein, der unter einem bösen Bann schläft.

Ich würde ihn ja vielleicht sogar küssen, aber ich habe meine Hände gerade bis zum Unterarm in seiner Brust vergraben.

*Klick.*

Beide Relikte fügen sich endlich in die steinerne Scheibe ein. Meine Fingerspitzen kitzeln lange genug, dass ich noch denke: *Oh, Schei…*

Dann verbinden sich die Relikte mit schwerem Schlag, und eine Säule weißen Lichts schießt aus Peters Brust. Die Wucht schleudert mich zurück, der Umriss meines Unterarms brennt sich in meine Netzhaut. Ich blinzle, reibe mir die Augen. Als Nächstes beobachte ich, wie Peters Lider auffliegen und sein Mund sich zu einer verblüfften Grimasse verzieht. Er schreit vor Qual, wölbt von Krämpfen geschüttelt Rücken und Brust.

Dies ist nicht wie im Märchen.

»Peter, es ist gut. Alles ist gut.«

Ich schnappe mir einen Lederstreifen aus der Werkzeugrolle und drücke ihn Peter mit beiden Händen in den Mund. Seine Zähne verbeißen sich ins Leder, die Augen rollen nach links und nach rechts, geblendet vom bläulich weißen elektrischen Licht, das sich aus seiner offenen Brust ergießt. Ich nehme seine rechte Hand, zucke zusammen, als seine Finger sich mit aller Kraft um meine schließen, und drücke sie ungeachtet des betäubenden Kitzels der Elektrizität an die Brust.

»Es ist ein Energietransfer«, sage ich über ihn gebeugt. »Alles wird gut.«

Ich versuche zuversichtlich zu klingen, kneife die Augen zu und hoffe, dass er mich versteht.

Ohne seine Hand loszulassen, sinke ich gegen den Tisch. Durch meine geschlossenen Lider bemerke ich, wie die hellen Lichtblitze schneller und schneller pulsieren, begleitet von einem heulenden Klang, der rasch zu einem ohrenbetäubenden Crescendo anschwillt. Mein ganzer Körper summt vor Elektrizität, und Peters Stöhnen verliert sich unter dem Aufschrei der versteckten Maschinerie.

Dann geht der Sturm endlich vorüber.

Das unnatürliche Gleißen erlischt, und wir finden uns im warmen Flackern Hunderter Kerzen und den surrenden Schatten der mit ihnen betrauten Drohnen wieder. Ein dünner Rauchschleier hängt über uns. Die Nähte von Peters Gesicht leuchten in einem dunklen Silber, seine Augen sind geöffnet, und er betrachtet mich aufmerksam.

»Peter?«, frage ich. »Ist alles okay?«

Mühsam setzt er sich auf, greift in seine Brust und zieht mit zitternder Hand Batuos Relikt heraus. Die steinerne *Bi*-Scheibe ist noch immer damit verbunden. Langsam weicht das Erstaunen in seinen Zügen einem fragenden Ausdruck. Als er sich mir zuwendet, sehe ich, dass er versteht.

»Batuo«, sagt er mit tonloser Stimme.

Traurig schüttle ich den Kopf. Ich erhasche einen Blick auf das dumpf glühende Relikt in Peters geöffneter Brust. Das Symbol, das darauf eingeprägt ist, erinnert mich an eine kurze Säule; an einen Sockel, mit dem man größere Strukturen stützt. Peter bemerkt meinen Blick und verschließt rasch den runden Käfig um seine Anima. Die Kohlefaserrippen seines Brustkorbs verbinden sich wieder, und mit einer raschen Bewegung seines Fingers zieht er eine Linie vom Nabel bis zum Schlüsselbein. Die Haut über der muskulösen Brust schließt sich wie ein Reißverschluss.

Dann sieht Peter wieder aus wie ein halb nackter Mann, nur dass sein Körper immer noch von kurzen elektrischen Krämpfen geschüttelt wird. Er schwingt die Beine über den Tisch und sieht sich erstmals richtig um. Zu seinen Füßen entdeckt er Batuo.

»Woher wusstest du's?«, erkundigt er sich. »Wie man einen Transfer durchführt, meine ich.«

»Gar nicht. Es war eine Notlage – ein Unfall.« Ich lege das Relikt des Mönchs und die *Bi*-Scheibe zu Batuos Werkzeugsortiment. Dann rolle ich das Leder wieder zusammen und stecke mir den Packen hinten in die Jeans.

»Nein, kein Unfall«, entgegnet Peter mit grimmigem Lächeln. »Ich habe also doch eine gute Wahl getroffen.«

Ich erröte und wende den Blick ab.

»Wie ist es passiert?« Peter schaut zu dem korpulenten Mann, der hingestreckt in einem Durcheinander von Roben und nicht zusammenpassenden Armen und Beinen liegt, die hautlose Brust geöffnet, sodass die Stelle, an der einst sein Relikt ruhte, bloßgelegt ist. Batuo hat die Augen geschlossen, seine Miene wirkt ruhig und friedlich.

»So«, antworte ich und nicke zur anderen Seite des Raumes.

Das Wrack von Talus liegt in einem Haufen körperloser Glieder, gesichtslos, die Zähne gegen das Nichts gebleckt, die Finger im Todeskampf verkrümmt, ein Speerschaft schief in seiner Brust.

»Oh, nein«, murmelt Peter.

Seine breiten Schultern sacken bei dem Anblick traurig herab, und er verzieht verletzt die Lippen. Schließlich rutscht Peter vom Tisch und geht zu ihm hinüber, steigt über die Quecksilberschlieren und die gebrochenen Glieder hinweg.

Neben dem zerstörten Körper kniet er nieder.

Andächtig dreht er Talus auf den Rücken, seufzt über das verunstaltete, geschmähte Gesicht. Ich sehe nur seinen gebeugten Rücken, beobachte, wie seine Hände geschäftig über die Brust des Gefallenen huschen. Mit raschen, effizienten Griffen bemächtigt sich Peter seines Relikts.

Ich trete näher und bücke mich nach einem Stück Metall. Es ist die Todesmaske – die Schicht erstarrten Metalls, die Talus' Gesicht bedeckt hat, gezackt an den Rändern, wo er sie sich vom Schädel sägte. Die Züge auf der Maske sind gelassen, ein seliger Ausdruck, auf ewig in die Konturen silbernen Metalls gesperrt.

Über seine Schulter hinweg reiche ich Peter die Maske. Er setzt sie dem Leichnam auf das zerstörte Haupt, verleiht Talus gleichsam einen Anschein von Frieden.

Dann betrachtet er nachdenklich das Relikt, das Talus gehörte. Ich erkenne das verblasste Symbol auf seiner Oberfläche: eine Art Sockel. Es ist dieselbe gedrungene Säule, die ich schon auf Peters Relikt sah. Aus irgendeinem Grund haben beide Awtomat dieselbe Prägung – dasselbe *Wort.*

Talus war ein Monster, ein mitleidloser Mörder.

»Was bedeutet dieses Symbol?«, frage ich tonlos.

Peter ignoriert meine Frage, steckt schweigend das Relikt

ein. Im nächsten Moment bückt er sich und hebt Talus hoch. Mit dem schlaffen Körper auf den Armen, den er wie ein schlafendes Kind trägt, schleppt er sich zu der schattigen Wand mit den Grabnischen.

»Peter, ich weiß, dass dieses Symbol dasselbe wie deines ist.«

In ein paar Metern Abstand bleibt er stehen, die enormen Schultern tief gebeugt. Er dreht sich nicht zu mir um, hält bloß traurig den leblosen Körper an sich gedrückt. »Wir haben dasselbe Symbol, aber verschiedene Herren«, erwidert er.

»Sag mir die Wahrheit«, beharre ich. »Weshalb hast du dasselbe Wort wie dieses Monster?«

Peters Stimme ist heiser und von tiefer Trauer getränkt. »Weil er mein kleiner Bruder war.«

# 38

## LONDON, 1758

*Fünftausend Jahre.* Die schwarze, lückenhafte Weite der verlorenen Erinnerung dehnt sich bis in unermessliche Ferne aus, übersteigt mein Fassungsvermögen, lässt meinen Verstand immer wieder zu dem Mädchen zurückkehren.

Hypatia sitzt neben Elena, betrachtet mich achtsam über die Kulisse von Tassen und Untertassen hinweg, zwischen denen sich die Teekanne und ein Glücksbringer in Form eines getöpferten Drachens erheben. Die Anima sitzt wie eine giftige Spinne vor uns auf dem Tisch. Ich wage es nicht, den metallischen Halbmond noch einmal zu berühren. Mein Kopf schwirrt noch von den vorigen Visionen, den Bildern von Tod und Verlust.

Dieses Artefakt ist aus einem vergessenen Leben wiedergekehrt und droht mich nun aus dem einzigen Leben zu reißen, das ich je kannte – fort von meiner Schwester. Als ich erfuhr, dass sie in Gefahr schwebte, rückte das meine wahren Prioritäten sofort in den Fokus. Elena ist das Einzige, das mir je etwas bedeutete. Der unsichtbare Sog dieser Scherbe bösen Metalls kann mich nicht beirren.

*»Was ist das Erste?«, fragte Favorini im Kerzenschein.*

Als ich ihm Antwort gab und einen tiefen, namenlosen Hunger in ein russisches Wort – *prawda* – übersetzte, war es ihr Gesicht, das ich dabei auf der anderen Seite des Raumes sah, ihre Porzellanwange, die im Kerzenlicht tanzte. Sie ist mein einziges Leuchtfeuer in einer tiefen Dunkelheit.

»Huangdi wurde um sein Leben betrogen, seine Anima

ging auf lange Zeit verloren«, sagt Hypatia. »Nun ist er wieder mit dir, seinem treuen Beschützer, vereint. Wir müssen rasch handeln. Leizu ist uns auf den Fersen, und ihre Spione sind Legion. Sehr wahrscheinlich weiß sie, dass ihr Feind wieder aufgetaucht ist, und wird sein Relikt zerstören wollen, um seine Wiedergeburt zu verhindern.«

»Wir können nicht bleiben«, meint Elena. »Wir werden gemeinsam fliehen …«

»Fliehen?«, frage ich. »Wohin denn?«

»In die Neue Welt«, antwortet Hypatia. »Die Kolonien sind ausreichend wild, um uns dreien eine sichere Zuflucht zu bieten – obgleich es nicht einfach sein wird, der Seidenmutter zu entkommen.«

Da begreife ich. Elena hat sich dieses Artefakt als Friedensangebot beschafft; ihre unbeugsame Logik hat einen Weg gefunden, mich zu überzeugen. Zu treu, um mich einfach aufzugeben, hat sie die ganze Welt durchkämmt, um einen Schatz zu finden, der meinem Wort Genüge tut.

So werde ich sie also verlieren, denke ich unwillkürlich. *So wird sie mich verlassen.*

»Meinst du nicht, dass Leizus Spione auch den Hafen im Auge behalten?«, entgegne ich.

»Ein Risiko, das wir wohl eingehen müssen«, erwidert Hypatia.

Ich muss meine gesamte Willensstärke aufbringen, um die Anima wieder in ihr Seidentuch zu hüllen. In einer Lawine aus Teetassen schiebe ich das Bündel zurück zu Hypatia. Dann presse ich meine Hände flach auf die Tischplatte, damit sie nicht zittern.

»Verschwinde«, sage ich leise.

»Wie bitte?«, fragt Hypatia. »Ich kann nicht glauben, dass du dich einfach so der Verantwortung …«

»Verschwinde«, wiederhole ich lauter und stehe auf, stoße gegen den Tisch. Die Teetassen wackeln und klappern, verspritzen Tee über das Leinen. Der Luftzug in dem geschlossenen Raum lässt das Feuer aufflackern. »Ich kenne diesen Huangdi nicht. Ich erinnere mich nicht an ihn. Ich habe mir meine Beschützerrolle nicht ausgesucht. Ich will nichts damit zu tun haben.«

»Ach, Peter«, murmelt Elena peinvoll. Sie schlüpft von ihrem Stuhl und rennt hinaus.

Hypatia hat sich ebenfalls erhoben, hält das Bündel fest umklammert. »Während ihrer Studien hat Elena herausgefunden, dass das Wort auf der Anima deines Herrn ›göttliches Licht‹ bedeutet. Das heißt, dass unsere Feindin die Dunkelheit der Hölle in sich trägt.« Sie spricht eindringlich. »Sie waren im Gleichgewicht – waren eins –, aber Leizu hat dieses Gleichgewicht zerbrochen. Nun leidet sie unter einem gebrochenen Wort und kann keinen Frieden finden. Sie sucht einen würdigen Streiter, der sich ihr entgegenstellt. Das bist *du*, Peter.«

Meine Hände ballen sich zu Fäusten. Elenas scharfe, klickende Schritte verlieren sich in den verlassenen, mit Laub übersäten Fluren des Anwesens.

Hypatia klemmt sich die Anima unter den Ellbogen und streckt mir flehentlich die Hand entgegen. »*Pjotr.* Du bist der erste Beschützer, seit undenklicher Zeit. Huangdi ist dein Herr.«

»Nicht mehr. Ich habe meine Schwester schon einmal verloren, vor langer Zeit in einem anderen Leben. Niemals wieder.«

»Leizu wird kommen«, beschwört Hypatia. »Sie wird zu dir hingezogen, Peter. Ob du diese Anima nimmst oder nicht: Sie wird nie aufhören, dich zu jagen ...«

Ihr Blick fällt auf meine Finger, die sich um den Griff meines Säbels gelegt haben. Ich ziehe die Waffe einen Zoll aus der Scheide. Die Klinge schimmert, ein warmes Silber im Schein der Kerzen und der Abendsonne hinter den schweren Vorhängen.

Hypatia nickt, ein kleiner Salut. »Dann werde ich jetzt gehen.« Sie wendet mir den Rücken zu. »Denke aber daran, dass du nur für dich selbst sprichst. Du hast kein Recht, diese Entscheidung für andere zu treffen. Unabhängig davon, was du als deine Bestimmung siehst oder wem du zu dienen glaubst.«

Unnachgiebig folge ich der Frau durch die Flure und hinaus in den dunkler werdenden Hof. Erst am gähnend weit geöffneten Vordertor bleibe ich stehen. Ich sehe zu, wie sie sich entfernt, wie ihr graues Reitkleid an der Grenze des Grundstücks im Abendnebel verschwindet.

Hypatia sieht nie zurück.

Auf dem weitläufigen Areal um unser heruntergekommenes Anwesen leben zwar keine Menschen, aber viele Tiere und Insekten. Ein letzter Sonnenstrahl leckt müde an dem moosigen Wasser unseres vernachlässigten Brunnens. Ich setze mich auf die Vorderstufen, ziehe die Knie an, um meine Ellbogen aufzustützen.

Einsam lausche ich auf die Rufe der Gänse, die über mir hinwegziehen, auf das wechselseitige Zwitschern und Kläffen der Tiere im Wald, das zu mir dringt. Die Sonne löscht sich in den Krallen der Bäume aus. Im Gitter ihres Geästs zersplittert das letzte Abendlicht, und die Welt verblasst zu stumpfem Grau.

Stunden vergehen, ehe ich eine kleine, kalte Hand auf meiner Schulter spüre. Ich schließe meine Finger um ihre.

»Ich liebe dich, Elena«, sage ich. »Ich werde dich beschützen.«

Sie erwidert nichts.

»Ich habe dir gesagt, dass es zu gefährlich ist«, erkläre

ich, und sie zieht ihre Hand weg. Meine Schulter fühlt sich leer an.

Schweigend nimmt sie neben mir auf den Stufen Platz.

Die Stille zwischen uns zieht sich hin und jagt mir Angst ein.

Seite an Seite sehen wir zu, wie der Nebel aus dem Wald kriecht und den Hof füllt. Die verstreut herumliegenden Kisten zu beiden Seiten des Weges erinnern in der Düsternis an windschiefe, gesprungene Grabsteine. Der eisige Nebel legt sich wie ein Mantel um unsere Schultern, während die langen Nachtstunden wie im Traum an uns vorüberziehen. Eine Unendlichkeit von Sternen hat ihre kalten Augen über uns geöffnet, bis Elena das Wort ergreift.

»Peter? Wenn du dein Wort aufgeben könntest – würdest du es tun?«

Ich denke über die Frage nach. »Es liegt eine Wahrheit in dieser …« Ich stocke. »Nein, würde ich nicht.«

»Die Welt ist aber nicht so einfach, wie du meinst. Du hast dich zum Sklaven anderer Leute gemacht. Und das Schlimmste daran ist … dass du gerne ein Sklave bist.«

»Bist du denn nicht eine Sklavin der Logik?«, erwidere ich. »Tanzt du nicht durch die Welt wie eine Aufziehballerina?«

Elena blinzelt, als sähe sie mich zum ersten Mal. Obwohl sie sich an mich lehnt, spüre ich einen Abgrund der Schwärze zwischen uns wachsen. Da legt sie plötzlich verlangend die Arme um meine Schultern und drückt mich an sich.

Überrascht, wie dankbar ich hierfür bin, ziehe ich das Mädchen auf meinen Schoß und seufze, als sie die kleinen Arme auf vertraute Weise um meinen Nacken schlingt. Sie ist nun ruhiger, hier in der leeren Nacht. Ihr Parfüm und das leise Flattern ihres Räderwerks sind meine Zuflucht. Fast könnte ich so tun, als wäre die alte Elena zurück und als spielten wir *wampir* in den gefrorenen Straßen von Moskau.

»Du hast recht, Peter«, murmelt sie an meinem Hals. »Wir sind Awtomat. Wir leben und sterben wie ein Uhrwerk. Wie die Sterne in ihrem Lauf unterliegen wir der Natur. Wir müssen schwere Entscheidungen treffen und mit ihnen leben.«

Sie zieht sich zurück, ihr Gesicht eine bleiche Maske in der Nacht.

»Weißt du, was *logika* mir befiehlt?«, fragt sie mich. »Jahrzehntelang hat sie mich gedrängt, zu mir geflüstert, von mir verlangt, etwas zu tun.«

»Und was, meine Liebe?«

Elena drückt mich erneut stürmisch, ihre Stirn hart wie Knöchel an meiner Brust. Als sie wieder spricht, sind ihre Worte wie Nadelstiche in meinem bebenden Herzen. »Dich zu verlassen, Peter. Auf immer.«

# 39

## SEATTLE, GEGENWART

Batuos Labor wirkt trauervoll und still ohne den jovialen kleinen Mann. Grausige Hinterlassenschaften des Kampfes sind über den Marmorboden verstreut: zerbrochene Glieder, Stücke des zerstörten Pflegeroboters und zackige Spuren erstarrten Metalls.

Zum Glück sind die Körper von Batuo und Talus nicht mehr da. Peter hat sie zur Mausoleumswand getragen, eine der rechteckigen Nischen geöffnet und sie hineingelegt. Dutzende weiterer Awtomat müssen die übrigen Fächer in der Marmorwand belegen. Alle schlafen sie, warten auf einen neuen Morgen.

Auf Batuos Arbeitstisch sitzend denke ich über mein eigenes Relikt nach, lasse es von seiner Kette baumeln und studiere das Symbol – eine Träne mit einem darin gefangenen Kreis. Auf der anderen Seite des Zimmers durchforstet Peter methodisch die Schubladen, arbeitet sich durch die Regale und fährt mit den Fingern über die geschnitzten Holzpaneele.

»Du hast gesagt, du würdest einem anderen Herrn als dein Bruder dienen. Wem?«, will ich wissen.

»Einem Awtomat namens Huangdi, dem Gelben Kaiser.«

»Wo ist er?«

»Du trägst sein Relikt um den Hals.«

*Und doch ist es ohne seinen wahren Körper nicht mehr als ein eigenartig schweres Schmuckstück.*

»Und wo ist sein Gefäß?«, frage ich und benutze den Ausdruck der Awtomat.

Peter sieht auf. »Ich hoffte, der Mönch würde es wissen.« Damit widmet er sich wieder der Durchsuchung des Zimmers.

Ich hüpfe vom Tisch und schließe mich ihm an, reiße Schubladen auf und untersuche ihren Inhalt, suche nach irgendwas, das mit Huangdi oder dem Relikt zu tun haben könnte.

»Batuo nannte dich Menschenfresser. War das eine Art Witz?«, erkundige ich mich nun.

Peter stützt die Hände auf den Tisch und lässt den Kopf hängen. Einen Moment lang sieht es so aus, als würde er beten. Sein Gesicht ist im Schatten verborgen, doch in seinen Schultern bemerke ich ein leichtes Beben. Auf einmal tut es mir leid, dass ich das Thema angeschnitten habe.

*Wie es sich wohl anfühlt, einen jahrhundertealten Freund zu verlieren? Oder einen Bruder?*

»Sie sind nicht für immer verloren«, sage ich. »Oder doch?«

»Vielleicht nicht.« Peter hat den Blick abgewendet, spricht leise und schnell. »Aber Leizu ist auf dem Weg, und wir sind nicht vorbereitet. Sie jagt diese Anima seit fünftausend Jahren. Batuo war unsere letzte Hoffnung, Huangdi mit seiner Seele wiederzuvereinigen. Ohne sein Wissen sind wir …«

Ich berühre Peters Schulter und drehe ihn herum, damit er mich anblickt. »Batuo hat seine eigene Entscheidung getroffen«, sage ich. »Und er hat uns dazu bestimmt, dieses Problem zu lösen.«

Peter weicht vor meiner Berührung zurück, setzt seine Suche fort.

An der Wand entdecke ich einen Rollschreibtisch. Ich

öffne seine Abdeckung und finde einen Stapel Briefe darunter. Die Sprachen sind auf jedem Blatt verschieden, doch die Namen und die generelle Bedeutung kann ich entziffern. Ich trage die gebündelten Briefe hinüber zum großen Arbeitstisch, sortiere sie je nach Korrespondent in Stapeln.

»Und weshalb hast du eingewilligt?«, fragt Peter. »Mir zu helfen, meine ich?«

Ich überfliege einen uralten Brief, bewundere kurz den altertümlichen Schwung des Federkiels auf dem groben Pergament. Die Eindringlichkeit der Frage lässt mich einen Moment lang innehalten, bevor ich erwidere: »Abgesehen davon, dass ich versuche, am Leben zu bleiben ... weil ich neugierig bin.«

Ungläubig schüttelt Peter den Kopf.

»Was? Das ist ein absolut vernünftiger Grund!«, verteidige ich mich. »Die meisten Menschen sind zu sehr in der Gegenwart verhaftet, um sich für die Vergangenheit zu interessieren. Aber wenn ich etwas Altes ansehe oder es berühre, kommt es mir vor, als würde ich in eine andere Welt eintauchen. Eine Welt voller Geheimnisse. Von daher, ja – einer der Gründe, weshalb ich dir helfe, ist *Neugierde.*«

»Vielleicht wäre Neugierde ja dein Wort, wenn du eines besäßest.«

»Ja, vielleicht schon.«

Peter dringt weiter in die Tiefen des Zimmers vor, seine Füßen stapfen über dicke Teppiche.

Währenddessen widme ich mich dem letzten Stapel Briefe. Der oberste ist eine E-Mail, jünger als ein Jahr, ausgedruckt auf steifem Papier. Als ich die anderen Dokumente auf diesem Haufen durchgehe, fällt mir auf, dass die Blätter weiter unten mit einer alten Schreibmaschine getippt wurden. Die darunter sind handgeschrieben, und noch tiefer wurden sie mit Federkielen auf Pergament gekratzt.

Der älteste dieser Briefe ist auf das Jahr 1858 datiert.

»Und was ist mit dir?«, frage ich. »Was ist *dein* Wort?«

Peter lässt seine Hände über Buchrücken wandern, eine große Erscheinung am rückwärtigen Ende des Zimmers.

»Du hast mich beschützt, während ich schlief, June«, erklärt er ausweichend. »Und du hast mich zurückgebracht. Obgleich du eine Kurzlebige bist, hast du unter meine Haut geblickt.«

Er hält inne, betrachtet mich im schummrigen Licht. »Meine Bestimmung ist es, Gerechtigkeit zu üben«, sagt er schließlich leise. »Das wurde einst *prawda* genannt. Es trug auch andere Namen.«

»Gerechtigkeit? Ist das auch, was dein Bruder im Sinn hatte?«

»Wir dienten verschiedenen Herren mit verschiedenen Vorstellungen von Gerechtigkeit. Beide haben wir seit Jahrhunderten die Schlachtfelder der Menschen heimgesucht und unsere Vergeltung in den Dienst der einen oder anderen Seite gestellt. Anders als mein Bruder habe ich eines Tages damit aufgehört. Ich lernte, Gerechtigkeit von Rache zu unterscheiden und meine Kräfte eher aufs Strategische denn die Schlacht selbst zu verwenden.«

Seine Worte erinnern mich an den Ausweis, den ich in seinem Geldbeutel fand. »Bist du deshalb der CIA beigetreten?«

»CIA, SIS, GRU, MSS«, erwidert Peter schulterzuckend, während er weiterhin eine Schublade durchwühlt. »Wenn man so lange dabei ist wie ich, pflegen sich diese Dinge anzusammeln.«

Auf dem ältesten der Briefe entdecke ich Peters Namen, *Pjotr* geschrieben.

Kleine Wortgruppen in verblasstem Latein sind auf das dünne Pergament gekrakelt. Die Seite ist wie ein technisches Dokument mit detaillierten Notizen aufgebaut. Eine herrliche Zeichnung stellt einen chinesischen Kaiser mit einem flachen, mit Quasten behangenen Hut auf einem Thron dar. Sowohl die Person als auch der Thron sind schematisch mit Erläuterungen versehen. Beiden scheinen komplizierte Mechanismen innezuwohnen.

Neben die Figur ist ein Name gekratzt: *Huangdi.* Und neben einer in den Thron eingelassenen Scheibe stehen die Worte *Sonnenscheibe* und *spiritus vitae* – der Hauch des Lebens.

Ich hebe das Blatt hoch und trete einen Schritt zurück.

Der Verfasser dieses Briefes hat eindeutig diesen Kaiser und seine Technologie studiert. Ein Blick auf die Unterschrift verrät mir, dass Batuo ihn von einer Frau erhielt – und der Zeitspanne der übrigen Schreiben nach zu urteilen, muss diese Frau ein Awtomat sein.

Ich ahne, dass sie wichtig sein könnte.

»Peter?« Über den Brief hinweg schaue ich ihn an. »Wer ist Elena?«

# 40

## LONDON, 1758

Die Masten großer Schiffe erheben sich hoch wie Kirchtürme auf der Themse. Hingesprenkelt inmitten der schwankenden Takelage sitzen Vögel, eingerahmt vom Durcheinander von Gebäuden im Umfeld der London Bridge. In der Ferne sehe ich Hypatia und Elena Seite an Seite einen Pier betreten. Ich winke mit den Armen über dem Kopf, schrecke mit meinen Rufen die dicht gedrängten Passagiere und Hafenarbeiter an den Anlegeplätzen auf. Meine Beine ziehen noch von dem langen Lauf.

»Elena!«, rufe ich. »Bitte!«

Ihr Gesicht blitzt auf, als sie sich umdreht. Sogleich legt Hypatia den Arm um ihre Schulter, drückt sie an sich. Am Ende des Piers wartet ein Schiff, ein schneidiger Kutter, dessen Matrosen die Segel für die Fahrt nach Plymouth bereit machen, von wo sie die lange Reise über den Atlantik antreten wollen.

Ich habe viel zu lange gebraucht, um es zu durchschauen.

Die Kutsche kam am Mittag und hielt eine Meile entfernt auf der Straße. Meine vom Krieg geschulten Ohren hörten die heimliche Ankunft; doch bis ich die Straße erreicht hatte, war Elena bereits mit einem kleinen Koffer voll Kleider und Bücher verschwunden. Nach zehn Minuten allein auf dem verlassenen Grundstück ohne irgendein lebendes Wesen, nicht Pferd noch Mensch, begann ich zu rennen.

Nun führt ihr Weg sie vom Hafen direkt in die Kolonien,

Boston wahrscheinlich. Hypatia hat mich darauf vorbereitet.

Ich verfalle in einen Laufschritt, meine Schwertscheide reibt an meinem Schenkel. Mit jedem Schritt wächst die Einsicht, dass ich meine Schwester durch meine eigene Sturheit verloren habe.

»Halt! Wartet!«, rufe ich, bahne mir meinen Weg und lasse eine fluchende, taumelnde Menge hinter mir zurück. Am Ende des Piers sind Elena und Hypatia an einer zungengleichen Planke angekommen, die über das trübe Wasser aufs Schiff führt. Ihre Gesichter verlieren sich in den Schatten von Dutzenden flatternden Segeln, den Schleiern in einem lichten Wald aus Masten.

Wie durch ein Wunder halten sie an.

Winkend schließe ich ein Stück zu ihnen auf. Da schreit Hypatia panisch auf und stößt Elena auf den schmalen Steg. Sie zieht ihren Säbel so schwungvoll, dass ich sein Singen selbst aus dieser Entfernung höre, springt hinter Elena an Bord und tritt die Planke weg. In ihrem Reitkleid und dem kurzen Umhang stolziert sie übers Deck und ruft den herbeieilenden Seeleuten Befehle zu.

Ich kämpfe noch das stechende Gefühl der Zurückweisung nieder, als ich begreife, dass Hypatias Blick auf etwas hinter mir gerichtet ist. Ein kleiner Vogelschwarm steigt von dem Mastenwald auf. Erst hebt sich einer der Vögel, dann drei weitere, noch einer und noch einmal drei. Ihre Gegenwart facht die Angst in mir an.

Dann drehe ich mich um und sehe sie. Unverkennbar. Eine Viper.

Wie ein Sturm rauscht Leizu auf mich zu, fährt mit brutaler Eleganz durch die auseinanderstiebenden Menschentrauben, die sie jedoch nicht zu beschimpfen wagen; manche knien, die Münder weit vor Ehrfurcht. In einem engen schwarzen Kleid mit langen Ärmeln und kurzem Kragen unter einem grauen Umhang schreitet sie voran, einen Arm nach hinten ausgestreckt, darin ein blankes Schwert. Diesmal gibt es keinen versteckten Stockdegen, kein Dekor. Ihr Blick ist gesenkt, ihre Lippen sind grimmig verzogen, eine Mähne schwarzen Haars weht wie ein lebender Schatten hinter ihr her.

Sie muss den Hafen die ganze Zeit über beobachtet haben, in Erwartung ihrer flüchtenden Beute.

Mit einer Drehung ihres Handgelenks löst Leizu den Umhang und lässt ihn auf den schmutzigen Pier flattern. Ihre Züge sind leicht asiatisch, die Haut ist makellos und hell, die langen Finger hat sie um den roten Griff des Schwertes geschlungen. *Xuan Yuan, das göttliche Schwert des Gelben Kaisers.* Ein Schauer der Vertrautheit durchfährt mich bei seinem Anblick. Ich habe dieses Schwert gekannt, vor langer Zeit, an einem anderen Ort.

Der fallende Umhang enthüllt eine schwarze Rüstung, die wie Schlangenschuppen glitzert. Jedes Plättchen hat die Form eines Halbmonds – Dutzende Animas, die einander überlappen, um eine biegsame Haut zu bilden. Leizu bleckt die pflaumendunklen Lippen, sodass ich ihre Eckzähne aufblitzen sehe, dann schießt sie an mir vorbei.

Die Bestie trägt die Seelen der Besiegten.

Diese schreckliche Erkenntnis reißt mich aus meiner Starre. Ich stoße die Menschen beiseite, brülle sie an, stürme Leizu hinterher. Träger und Fuhrmänner stolpern, lassen ihre Waren fallen. Leizu senkt den Kopf und jagt im Zickzack zwischen ihnen hindurch.

Der Kutter löst seine Leinen und treibt in den verstopften Fluss hinaus. Die aufgescheuchte Crew beeilt sich, Hypatias lauten Befehlen zu folgen. In ihrem blau schimmernden und mit Gold und Silber gesäumten Umhang steht sie am Bug. Sie hebt den Säbel, deutet zum Pier, bellt ihre Anweisungen über die im Wind schlagenden Segel.

Doch zu spät.

Leizu, die kleiner als ich ist, erreicht zuerst das Ende des Piers. Sie bewegt sich wie vergossener Wein, fließt zwischen den Leuten durch, schlängelt sich durch die wenigen Freiräume. Und während ich noch durch Gruppen verängstigter Reisender und ihr Gepäck stürze, muss ich mit zugeschnürter Kehle mit ansehen, wie sie mit einem weiten Satz an Bord des ablegenden Schiffes springt.

Zielsicher landet sie auf der hölzernen Reling.

Von der Macht des Augenblicks verlangsamt, entdecke ich Hypatia, erhellt von einem flackernden Sonnenstrahl auf dem dunklen Fluss. Sie hechtet vom Bug auf Leizu zu; den Säbel hat sie mit beiden Händen über den Kopf gehoben, ihr Umhang weht wie Engelsflügel hinter ihr. Sie streift die Sonne, stößt einer leuchtenden Erscheinung gleich auf die geduckte Gegnerin mit ihrem dunklen Kupferschwert herab.

Der Aufeinanderprall der Klingen lässt tausend Leute taumeln.

Köpfe drehen sich, ein Murmeln steigt auf. Ich durchschreite die Menge, verliere das Schiff zwischen den schmutzigen, andachtsvollen Gesichtern kurz aus den Augen. Diesen einen Moment lang sind sich die Sterblichen auf eine tief greifende, animalische Weise der Präsenz von etwas Größerem bewusst – etwas, das dem Menschen ähnlich ist, aber nicht mit ihm verwandt.

Ich rieche Rauch.

Aufsteigende Schwaden machen die Streifen von samtenem Sonnenschein sichtbar. Hypatia ist ein weißgoldener Wirbel. Mit wehenden blonden Locken taucht sie durch Schatten und Licht, kreuzt schallend die Klingen mit der blitzschnellen Leizu. Ich höre Flammen knisternd um sich greifen, sehe die Besatzung zu den Eimern eilen, einige über Bord springen.

Eine Laterne ist zerbrochen, Lampenöl ergießt sich über das Deck. Ein Stapel gefalteter Segel fängt sofort Feuer. Kleine Flammenzungen lecken über das locker zusammengelegte Tuch, Rauchfahnen steigen auf.

Fast habe ich das Ende des Piers erreicht. Ich presse den Säbel an die Hüfte, ducke mich und stemme mich in meine Stiefel, sprinte dem davontreibenden Schiff hinterher. Dann katapultiere ich mich mit der Kraft einer Kanonenkugel in die Luft. Ich segle über die fauligen Wasser der Themse und krache durch die Reling. Als ich mich abrolle, klappert mein Säbel über die Planken.

Ich kann nirgends Elena entdecken.

Das Feuer faucht, wächst rasend schnell. Schon quellen dichte Schwaden auf. Das Segeltuch war knochentrocken und nährt einen Brand, der bald das ganze Schiff verschlingen wird. Während die Welt in einer Höllenszenerie aus Licht und Schatten versinkt, kämpfe ich mich auf die Beine. Über mir am Mast lodern helle Flammen, die rasch höher klettern. Ascheflocken schweben wie Schnee durch die blutroten Sonnenstrahlen. Leichen übersäen das Deck, ein helles Muster sich kreuzender Blutspritzer glitzert auf dem Holz.

Und in dem wallenden Rauch flackern fremdartig blaue Blitze.

»Nein!«, schreie ich und stürme los.

Leizu steht am Bug, beide Hände am Hals. Sie hat ihre Rüstung herabgezogen, den Ausschnitt ihres Kleides weit geöffnet und ihre Brüste bloßgelegt. Azurblaue Blitze zucken aus einem Relikt, das ihre Finger schützend zwischen die Schlüsselbeine pressen. Das gleißende Licht versengt die Luft, verlässt in Adern gleichenden Mustern tanzend ihren Körper.

Das Monster nährt sich.

Elena kauert sich etwas abseits hinter den Flammen zusammen. Sie hält ein Stilett in jeder Hand. Vor ihr liegt der Körper Hypatias. Der Kopf der Frau ist nach hinten gekippt, ihr Hals ist entblößt, ihre Lippen sind zu einem Ausdruck der Agonie verzerrt. Ihr Schwert liegt ein paar Schritte weiter, von Feuer eingeschlossen.

Hypatias Hals und Brust wurden grausam aufgerissen, sodass man Zahnräder und Rippen erkennt. Ihre Anima wurde geraubt.

Ich springe durch die lodernden Flammen zu meiner Schwester.

Da blitzt etwas Dunkles durch das Feuer: Leizus Klinge teilt den Rauch. Elena weicht mit einer raschen Pirouette aus, ihre kleinen Klingen an den Unterarmen. Sie ist ein kindgroßer Dämon, der furchtlos auf die Schwertkämpferin eindringt. Leizu weicht geschickt zurück, springt über die Leichen der Matrosen, um Elenas Zwillingszähnen zu entgehen.

Ich höre sie lachen – ein Geräusch wie zerbrechendes Glas.

Dann findet ein Stilett sein Ziel. Mit ihrer unbestechlichen Logik hat Elena ein Muster in Leizus geschmeidiger Abwehr gefunden. Das Gelächter erstirbt.

Ich bin zwischen ihnen.

Leizu fällt über mich her, reißt mir mit ihrem tödlichen Angriff fast meinen Schaschka aus den Fingern. Mit einer Hand umfasst sie meine Kehle und drückt mir mit der anderen einen Dolch gegen den Bauch, ihr Gesicht direkt vor meinem. Helle Funken erlöschen auf den schwarzen Schuppen ihrer unheiligen Rüstung.

»Du bist gekommen«, sagt sie lächelnd. »Endlich.«

Ehe ich reagieren kann, stellt sie sich auf die Zehenspitzen und presst ihre weichen Lippen auf meine, zupft mit ihren Zähnen an meiner Unterlippe. Ich kann mich befreien, doch da durchbohrt ihr Dolch schon meinen Brustkorb. Gierig dringt seine Spitze zur Wiege meiner Anima vor. Ich springe zurück, ehe sie erneut zusticht.

»Stark!« Sie lacht.

Etwas bricht, und das ganze Schiff gerät ins Schaukeln, neigt sich bedrohlich zur Seite. Wasser flutet gurgelnd die zersplitterten Planken, die sich nur mit Mühe noch über Wasser halten.

»Hypatia!«, ruft Elena.

Ein paar Meter weiter rutscht Hypatias Körper den schwarzen Wogen entgegen. Elena schießt zu ihr hinüber, greift nach den leblosen Armen. Das Mädchen zieht mit aller Kraft, das Gesicht von Haaren verdeckt, aber Hypatia ist zu schwer, gleitet allmählich ins Wasser.

»Lass uns in Ruhe!«, rufe ich Leizu zu.

Sie geht wieder zum Angriff über. Ich pariere mit dem Säbel, stolpere, bin gezwungen, mich zurückzuziehen, abwärts dem Wasser entgegen. Elena hält verzweifelt Hypatias Körper gepackt. Den Kopf gesenkt, scheint sie die Welt nicht wahrzunehmen. Überall um uns herum liegen Leichen, verfangen in der Reling oder in die herabgefallene Takelage verstrickt. Manche brennen; Haut kocht, Münder erbrechen Rauch.

Ein schreckliches Krachen zerreißt die Luft, und die Zuschauer auf dem Pier keuchen kollektiv auf. Das Deck neigt sich von Neuem, als etwas stöhnt und splittert.

»Elena!«, rufe ich. »Lass los! Bitte!«

Während ich Leizus Schläge abwehre, versuche ich angestrengt, mich zu dem Mädchen voranzukämpfen. Schon am Rand des Wassers kniend, entgleitet ihr Hypatia schließlich: Schlaff rollt die gefällte Awtomat ins dunkle Wasser und verschwindet in den Fluten. Einer Schlafwandlerin gleich lässt Elena den Blick über die auf den Wellen tanzenden Flammen zum Pier schweifen. Die menschlichen Zuschauer drängen sich bis in die Ferne, eine Kulisse endloser Silhouetten in der blutigen Dämmerung. Die Gesichter von Flammenzungen erhellt, verfolgen sie unseren Kampf.

Knirschend neigt sich nun der Großmast und droht auf dem Deck zu zerschellen.

Ich bekomme Elenas Schulter zu fassen und stoße sie beiseite. Über uns fährt der Mast wie ein flammendes Schwert über den Himmel. Elena geht über Bord. Ich stecke meine Waffe weg, will mich abwenden. Da fliegt eine dunkle Erscheinung durch den Glutregen auf mich zu. Doch ehe Leizu mich erreicht, donnert die hölzerne Säule wie der Feuerstoß eines Drachens auf das Deck.

Flammen schießen über ihre Schultern, verschlingen ihren Körper, als sie nach mir greift. Leizu stürzt mit einem Schrei. Ich schließe die Augen vor der plötzlichen Hitzewelle. Blind taumle ich rückwärts der kalten Stille des Flusses entgegen.

Elena ist im Wasser verloren. Leizu steht in Flammen.

Bis ich mich wieder zur Oberfläche gekämpft habe, rollen die Trümmer des Mastes bereits über das schräg stehende Schiff. Ein Ende stürzt dampfend und spuckend ins Wasser. Die Überreste des Kutters haben Schlagseite und versinken rasch. Große Luftblasen wirbeln das faulige Wasser auf. Ein Dampfvorhang hat sich zum Rauch gesellt, verhüllt den Himmel.

Inmitten weißer Gischt werde ich wild hin und her geschleudert, bekomme endlich ein Stück Treibholz zu fassen und stoße mich in Richtung eines Ufers voran, das ich kaum erkennen kann. Mein Körper läuft mit Wasser voll, aber ich habe noch Auftrieb, während ich mich durch Treibgut und halb verbrannte Leichen arbeite. In diesem Fegefeuer aus grauem Nebel und höllischer Kälte vergeht die Zeit nicht schneller, sondern fließt mit der trägen Strömung des Flusses.

Schließlich höre ich Stimmen.

Am schlammigen Ufer plündern die Ärmsten der Armen die Trümmer des Schiffes, ziehen die Leichen an Land, entledigen sie ihrer Stiefel und Ringe.

Ich stapfe ans Ufer.

Dann recke ich den Hals und suche den Fluss nach Leizu ab. Sie ist nirgends zu sehen, auch nicht ihre verdammten Vögel. Der Rauch der Flammenherde verfinstert den gesamten Hafen. Allerorten machen sich die menschlichen Aasgeier flink und leise an die Arbeit. Doch ich höre auch das ferne Echo rauen Gelächters, weiter die Straße hinauf.

Eine Spur von Wasser zieht sich über das Kopfsteinpflaster.

Ein halbes Dutzend Männer marschiert den schmalen Weg wie ein sechsköpfiges Monstrum hinauf. Zwischen sich tragen sie einen kleinen, widerspenstigen Körper. Die kichernd schwankenden Betrunkenen werfen dämonische Schatten auf die Wände. Wie ein Rattenkönig mit zusammengewachsenen Schwänzen schleppen sie meine wertvolle, wunderbare, hilflose Elena davon.

Ich habe die Gassen am Hafen schon früher heimgesucht. Ich habe Schuldner aus diesen baufälligen, dünnwandigen Behausungen gezerrt, die Frauen und Mädchen vor den Sinnen der Außenwelt verbergen – ihre Schreie ebenso wie das lustvolle Stöhnen der Kundschaft. Leise verfolge ich, wie die Männer ein lang gestrecktes Holzgebäude mit einer roten Laterne über dem Eingang betreten.

Mit einer Hand am Säbel folge ich ihnen.

# 41

## ÜBER DEM ATLANTIK, GEGENWART

Seufzend strecke ich die Beine aus und kuschle mich in den luxuriösen weißen Ledersitz des Privatjets. Die Triebwerke der G650 summen leise, während wir durch die Wolken schneiden, die Kabine vibriert vom ruhigen Schub. Auf dem Sitz neben mir warten die Reste des Essens, das ich gerade verschlungen habe, auf die Rückkehr des Flugbegleiters.

Dieser ist gerade in der Bordküche und mixt einen Champagnercocktail.

Mir gegenüber sitzt Peter mit angewinkelten Knien, so steif wie immer. Sonnenstrahlen fallen durch das Fenster und erhellen die untere Hälfte seines Gesichts.

Er sieht wirklich gut aus, jetzt, wo er wieder zusammengesetzt ist.

»Ich muss mir auch so was zulegen«, sage ich.

»Es fällt leichter, wenn man eine Bank gegründet hat«, gibt er zurück. »Vorzugsweise vor mindestens zweihundert Jahren.«

Mit schwachem Lächeln verfolge ich die Landschaft flauschiger Wolken, die unter uns vorüberzieht. Mein ganzer Körper tut weh, doch nach einem Essen, einer Dusche, ein paar Aspirin und Kaffee … fühle ich mich fast schon wieder wie ein Mensch.

»In Wahrheit bist du also ein heimlicher Milliardär?«, frage ich.

Peter zuckt die Schultern.

»Wofür gibst du dein Geld aus?«

»Vor allem für Forschung und Entwicklung. Neue Technologien. Etwas Transportwesen, wo nötig.« Er deutet auf die Kabine.

Stumm schüttle ich den Kopf.

»Der Fortschritt ist alles, was zählt«, fügt er hinzu.

»Du willst deine Anima besser verstehen«, entgegne ich. »Du suchst nach einem Weg, sie aufzuladen.«

Er nickt.

Es fasziniert mich, dass all diese leiblichen Genüsse an ihn vergeudet sind. Alles Geld der Welt spielt keine Rolle für ihn – nicht wie für einen Menschen. Unsere Zivilisation hat nichts zu bieten, was ihm den Kauf wert wäre. Jedenfalls noch nicht.

Peter wartet darauf, dass die Menschheit ihn einholt. Wartet darauf seit Jahrhunderten.

»Kommt mir dennoch wie eine Verschwendung vor.« Ich reibe meine Zehen im Teppich.

»Keine Verschwendung. Ohne technischen Fortschritt werden wir Awtomat sterben. Wir sind die Überlebenden einer Katastrophe, die aus dem Gedächtnis der Welt gelöscht wurde. Einen weiteren Niedergang der Zivilisation können wir uns nicht leisten – unsere Energie wird nicht so lange währen, bis sich die Menschheit von Neuem erhebt.«

»Du glaubst also, dass wir euch retten werden? Wir *Kurzlebigen?*«

»Vielleicht«, erwidert er. »Vielleicht, ohne es zu wissen. Sieh nur, wie viele eurer Milliardäre ihr Geld für Raumfahrt, Werkstofftechnik, künstliche Intelligenz, Verkehrswesen, Nanotechnologie, Hirnforschung ausgeben. Das ist kein Zufall. Wir Awtomat haben Ressourcen, und wir brauchen Grundlagenforschung. Wir müssen uns selbst verstehen, ehe dem Letzten von uns die Energie ausgeht. Denn dann wird niemand mehr übrig sein, der ein neues Zeitalter einläutet.«

»Ihr seid also Parasiten«, sage ich halb im Scherz. »Die sich von unseren großen Gehirnen ernähren.«

Peter denkt darüber nach. »In gewisser Weise. Ich glaube nicht, dass die Awtomat ohne die Menschen überleben würden; ich wüsste zumindest keinen Grund dazu. Wir sind nach eurem Ebenbild erschaffen, June. Darin liegt eine Wahrheit.«

»Wie weit zurück kannst du dich erinnern?«

»Ich erwachte das letzte Mal im frühen achtzehnten Jahrhundert. In Russland.«

Ich umklammere die Armlehne. Meine Gedanken wirbeln wild durcheinander. Peters fremdartige Existenz fühlt sich wie eine Brücke in eine andere Welt an, wie ein geheimes Fenster in die Vergangenheit.

»Peter der Große?«, rate ich.

»Ich war an seiner Seite, als er starb.« Peter starrt aus dem Fenster. »Danach wurde ich verstoßen. Begann eine Wanderschaft, die mich bis hierher geführt hat.«

Die Ehrfurcht, die ich als Kind im Werkzeugschuppen meines Großvaters empfand, ist nichts im Vergleich. Ich sitze einer lebenden Legende gegenüber. Dieses menschengleiche Artefakt war Zeuge eines unglaublichen Schatzes historischer Ereignisse.

»Du bist sogar noch älter, Peter. Einige der Komponenten in deiner Konstruktion ... Da waren Zahnräder, die nach dem alten Griechenland aussahen, wie etwas aus dem Mechanismus von Antikythera. Und tiefer im Inneren habe ich Keramikteile – Töpferware – mit chinesischen Zeichen entdeckt. Bei Batuo ebenso.«

Peter lauscht mir nun mit Interesse.

»Mein wahres Alter kenne ich nicht«, gibt er zurück.

»Ich meine, ich wüsste nicht, wie ich das Alter dieser Teile bestimmen sollte. Ich habe nie darüber nachgedacht.«

»Du hast dich nie richtig angesehen?«

»Nicht mit deinen Augen.«

»Peter – die Geschichte der Töpferkunst in China könnte gut zwanzigtausend Jahre zurückreichen. So alt kannst du aber nicht sein … oder?«

»Unsere Anima ist unmöglich zu ergründen. Die Relikte sind zu komplex, fast unzerstörbar. Wenn wir sie verlieren, verwirrt das unsere Erinnerungen, aber … vielleicht wurden wir absichtlich so gebaut: um zu vergessen. Oder vielleicht sind wir zu lange schon von unserer eigenen Zeit abgeschnitten und fallen deshalb auseinander.«

»Du weißt nicht einmal, woher du stammst.«

»In jedem Jahrzehnt der letzten hundert Jahre habe ich unter Lebensgefahr die größten Geister der Zeit angeworben, um das Relikt eines Awtomat zu untersuchen und zu erklären. Niemand kam einer Antwort auch nur nahe. Unser Weg führte uns aus der Vergangenheit, doch unsere Knochen scheinen aus der Zukunft zu bestehen.«

Peter dreht sich wieder zum Fenster. Erneut zerschneidet der Sonnenschein sein Gesicht in zwei Hälften. »Wer immer uns erschuf, tat dies vor der heutigen Ära der schriftlichen Überlieferung. Was genau der Grund für unsere Existenz, unsere Anima war – das kann ich nicht mit Gewissheit sagen. Und je mehr Jahre vergehen, desto größer wird meine Sorge, dass unsere Zeit womöglich schon vorbei ist.«

Ich kann nicht anders; ich setze mich auf und ergreife seine Hand. »Peter, du bist der lebende Beweis, dass uns Großes erwartet. Dich zu sehen, wie du dich bewegst, wie du denkst … Du zeigst den Menschen, was sie bereits erreicht haben und unter Umständen eines Tages wieder vollbringen können.«

Peter unterdrückt ein Lächeln, zieht seine Finger weg. »Wäre ich zehn Minuten später gekommen, hättest du lediglich Talus kennengelernt. Und in diesem Fall wäre ich mir nicht sicher, ob du derselben Meinung wärst … oder überhaupt noch am Leben.«

Ich lasse mich zurück in den Polstersitz sinken. Von mir unbemerkt ist ein Cocktail auf meiner Armlehne erschienen. Ich drehe die kristallene Sektflöte zwischen den Fingern, versprühe regenbogenfarbene Lichtsplitter in der Kabine.

»Wer ist Elena?«, frage ich.

»Eine alte Freundin.« Er seufzt.

»Woher weiß sie, wo der Kaiser ist?«

»Weil sie immerzu lernt. Es liegt in ihrer Natur.«

»Wieso hast du dann nicht längst mit ihr geredet?«

Peter schenkt mir ein sanftes Lächeln. Schatten fangen sich in seinen Mundwinkeln. »Weil sie das letzte Mal, als wir miteinander gesprochen haben, schwor, dass sie mich umbringt, wenn ich je wiederkomme.«

# 42

## LONDON, 1758

Einen Moment lang warte ich in der Dunkelheit eines abweisenden Flurs, die klatschnasse Kapuze tief ins Gesicht gezogen. Auf dem groben Holzboden zu meinen Füßen bildet sich schon eine Pfütze. Das Leder meiner Handrücken ist dunkel, aus jeder Naht meines Körpers rinnt das Flusswasser, mein Mantel ist voller Schlamm. Ich versuche zu schleichen, doch bei jedem meiner Schritte ächzt und knarrt es. Zu meinem Glück geht es unter den grauenhaften Geräuschen unter, die gedämpft durch die Türen in dem langen Flur dringen.

Leises Stöhnen, Schmerzensschreie. Raues Gelächter. Das Rutschen von Betten auf dem Boden. Ein gelegentliches Winseln.

Schon die schmierigen Wände und schmutzigen Böden dieses Bordells sind abstoßend. Selbst die Ecken und Kanten sind nicht richtig rechtwinklig, alles wirkt verzogen, falsch, übelkeiterregend. Mir ist, als ob eine Krankheit dieses baufällige Gebäude durchdringt, fast sichtbar die Luft trübt, wie ein Ölspritzer, der sich in Trinkwasser ausbreitet.

Unter Vermeidung der Vordertür und der roten Laterne dort habe ich ein Fenster auf der Rückseite zerschlagen. Über eine verlassene Treppe bin ich ins Obergeschoss auf diesen Korridor gelangt. Vor wenigen Minuten wurde Elena hierhergetragen.

Ich halte inne und lausche, ob ich ihre Stimme höre.

Das Mädchen glaubt, dass es meinen Schutz nicht länger

braucht, doch mir steht noch vor Augen, wie Elena sich vergeblich an Hypatias zerschundenen Leichnam klammerte. Es muss sie tief ins Herz getroffen haben. Und meine Angst, sie zu verlieren – an Hypatia, an Leizu oder an diese Monster hier –, wird zu heißer Wut.

Der Drang, sie zu beschützen, ist übermächtig. Und so ergebe ich mich ihm.

Ich erinnere mich an einen runden Kupfertisch in einem Militärzelt. Eine an den Ecken beschwerte Lederkarte mit den eingezeichneten Schlachtlinien und mehreren bunten Steinchen. Elena studiert die Pläne, ein schwarzhaariges Mädchen mit berechnenden Augen. Um uns herum in den Schatten scharen sich die Krieger. Wir sehen ihr zu, warten auf unsere Befehle.

Jetzt schüttle ich den Kopf, dränge die Gedanken beiseite.

Noch ist der Flur verlassen und wird nur unregelmäßig vor den Eingängen von stinkenden, rußenden Tranlampen erhellt. Ich spüre die schwere, feuchte Luft auf meinen Fingerspitzen. Meine Schwester ist ganz nahe.

Die erste Tür, die ich versuche, ist von innen verbarrikadiert. Üble Geräusche dringen durch sie hindurch. Ich drücke fester, höre das faule Holz splittern. Dann bricht etwas, der Riegel plumpst zu Boden, und ich stoße die Tür weit auf.

Ein Mädchen auf einer fleckigen Matratze; auf ihr ein erwachsener Mann. Dieser Ort ist schlimmer, als ich gedacht habe.

Nicht Elena.

Mit einem großen Schritt bin ich bei ihm. Meine Ellenbeuge gleitet unter sein Kinn, dann richte ich mich auf, meine Wange in seinem lockigen, verlausten Haar, und spanne den Bizeps an, bis ich spüre, wie sich sein Rückgrat vom Schädel löst. Ich lasse den warmen Leichnam zu Boden fallen. Das kleine Mädchen auf dem Bett kauert sich zusammen.

Da hallt draußen ein Schrei über den Flur. Es ist ein schriller, überraschter Männerschrei, der fast ebenso schnell wieder erstirbt.

Ich ziehe meine Kapuze zurück und haste hinaus. Die nächste Tür schlägt mir entgegen, noch bevor ich sie öffnen kann. Ein Mann stolpert heraus, die schmutzigen Hände an seinen Hals gepresst. Dunkelrotes Blut rinnt zwischen seinen Fingern hindurch. Er öffnet den Mund, um etwas zu sagen, doch es gelingt ihm nicht. Man hat ihm mehrere Zähne ausgeschlagen und die Kehle aufgeschlitzt.

Ich kenne die kleinen Fäuste, die hierfür verantwortlich sind.

An beiden Enden des Korridors gehen nun Türen auf. Betrunkene Gesichter, schief, verwirrt und wütend. Halb bekleidete Männer ziehen taumelnd ihre Hosen hoch und recken die Hälse, Haare zerzaust, Schweißperlen auf der speckigen Haut.

Der Blutende fällt auf die Knie, zupft an meinem Mantel, versucht das Wort *Hilfe* über die Lippen zu kriegen.

Ich stoße ihn grob gegen die Wand. Er stürzt und rutscht mit dem Rücken am Holz hinab. Eine Blutlache breitet sich wie vergossene Tinte aus.

»Hey!«, ruft ein Mann. »Was ist denn mit dem passiert?«

»Hat sich an einer Klinge verschluckt«, gebe ich schulterzuckend zurück.

Lässig trete ich über den Körper hinweg in das enge Zimmer, schließe und verriegle die Tür hinter mir.

»Ich wusste, dass du kommst«, sagt eine kleine Stimme.

Elena steht auf der Strohmatratze eines schmalen Bettes. Ihr Umhang ist nass und versengt, ihre Perücke sitzt schief. Sie ist eindeutig kein Mensch. Der Fluss hat alle Farbe von ihrem Ledergesicht gewaschen, das nun dunkel wie Alligatorenhaut ist. Durch einen Riss in ihrer Schulter kann ich das mechanische Innenleben erkennen: Messingstreben und Sehnen aus aufgerolltem Silber.

Vor der Tür höre ich Stiefel und besorgtes Gemurmel.

»Jeder bleibt auf seinem Zimmer«, befiehlt eine raue Stimme.

Dann spüre ich die Tür in meinem Rücken vibrieren, als sich jemand von der anderen Seite laut dagegenwirft.

»Hey! Komm raus!«, ruft jemand wenig überzeugend.

Noch ein Schlag. Die Tür zittert in ihren Scharnieren.

»Elena, es sind zu viele. Zieh dir was über! Wir müssen fliehen.«

»Nein«, erwidert sie trotzig. »Wir werden nicht fliehen. Nicht schon wieder.«

Ein weiterer Schlag.

Das Mädchen braucht einfach zu lang.

»Vertrau mir.« Als ich sie hochheben und hinaustragen will, schließen sich meine Arme nur um Luft. Ich stolpere fast, als ich den harten Druck eines Stiletts an der Kehle spüre.

»Nein«, wiederholt sie. *»Du* wirst mir vertrauen. Dieses Haus mag mir noch nützlich werden. Vielleicht kann ich hier untertauchen … für immer.«

Noch ein Schlag. Die Holztür beginnt zu splittern.

Elena rauscht an mir vorbei, legt eine Hand auf den Knauf. Ihre Lippen bewegen sich, als sie die Sekunden zwischen den Schlägen mitzählt.

Die Tür erzittert.

Drei, zwei, eins …

Elena reißt die Tür auf, und ein Mann stürzt ins Zimmer. Ehe er das Gleichgewicht wiederfindet, fährt das Stilett rasch in seine untere Wirbelsäule und wieder heraus. Sein

Schwung trägt ihn noch bis auf das zerrupfte Bett, wo er schlaff zusammenbricht. In der Miene seines Freundes steht die Fassungslosigkeit, bricht sich als überraschtes Japsen Bahn.

»Sie rauben ihn aus!«, ruft er und zeigt mit dem Finger. »Sie haben ihn abgestochen!«

Eine Masse stoßender Ellbogen und Fäuste füllt den Flur aus. Ich lege die Hand auf Elenas Schulter, doch sie schüttelt sie ab, tritt geradewegs aus der offenen Tür. Mit gesenktem Kopf steht sie inmitten der Schwachköpfe.

Ein Dutzend ungewaschener Gesichter starrt im stinkenden Lampenlicht auf Elena herab. Große Augen, verschwitzte Achseln. Dreckige Hände heben improvisierte Waffen vom Boden auf. Ein paar – diejenigen, deren Aufgabe es ist, für Ordnung zu sorgen – tragen sogar leichte Rüstung.

»Leg die Messer weg, Mädchen«, fordert einer sie auf.

Elena richtet sich langsam auf, zeigt ihnen ihr schreckliches Gesicht, ein Stilett in jeder Hand. Gemeinsam weichen alle Männer einen Schritt zurück. Jemand winselt.

»Beim Teufel.«

»Mit ihrer Haut stimmt was nicht«, meint ein anderer.

»Dämon«, flüstern einige. »Hexe.«

»Fangen wir an«, sagt Elena und taucht zwischen einem Paar Beinen durch. Die Männer fallen schreiend über sie her, schwingen Waffen und Fäuste.

Ich zücke meinen Kindschal, schiebe mich in den Flur und stoße den Dolch ins nächste Herz. Mit der anderen Hand hebe ich einen Mann an der Kehle hoch und presse ihn gegen die Wand. Er wehrt sich, röchelt. Eine Klinge sticht mir oberhalb der Hüfte in die Seite, und etwas Schweres gleitet an meinem Kopf ab. Ich entschließe mich, nicht darauf zu reagieren.

Jemand stößt ein gellendes Kreischen aus.

Ich ignoriere die Verletzungen und lasse meinen anderen Arm vorschnellen, schneide in die Masse schwitzenden Fleisches, die sich im Korridor drängt. Der Nacken in meinem Griff bricht. Die ersten Hurentreiber ergreifen schon schreiend die Flucht, quietschen wie geschlachtete Schweine, rutschen in ihrem eigenen Blut aus, halten ihre Eingeweide in den schmutzigen Fingern.

Zwischen ihnen flitzt ein kleiner schwarzer Dämon wie ein tödliches Spielzeug umher.

Wir arbeiten uns durch den Flur, folgen den Überlebenden zur Treppe. Leichen, verstümmelt, mit gebrochenen Hälsen, füllen die ungezieferverseuchten Ecken. Elena ist schneller als ich, kriecht flink zwischen den Beinen der panischen Männer hindurch zum Treppenhaus. Dort knallt sie die Tür zur Treppe zu, sodass die letzten Überlebenden zwischen uns gefangen sind. Ihr Gebettel stößt auf taube Ohren. Elena und ich treffen uns zu einem grausigen Tanz.

Hinter uns treten einige tapfere Mädchen aus ihren Zimmern. Eines greift sich ein Messer und schneidet rasch und sicher die Kehlen der Gestürzten durch. Auf ihren aufgeschürften Knien kriechend bewegt sie sich gleichgültig vom einen zum nächsten.

Binnen Sekunden sind die Männer erledigt, auf groteske Weise über den gesamten Flur verteilt und aufgehäuft.

Dann ist es vorbei.

Der Korridor füllt sich nun mit Mädchen und jungen Frauen. Schmutzige Gesichter und zerrissene Kleider. Sie beobachten uns mit verstohlenen Blicken. Der einzige Weg aus diesem Gang der Schrecken führt an einem von uns vorbei.

Elena legt das Ohr an die geschlossene Tür zur Treppe. Nach einem Moment reißt sie sie auf, und die Betreiberin des Bordells stolpert auf Knien herein. Ihre Brüste hüpfen aus dem aufwendigen Korsett, die Knie ihrer Strümpfe färben sich beim ersten Kontakt mit dem glitschigen Boden blutrot. Beim Anblick des Gemetzels reißt sie die Augen auf, stammelt erst stumm, dann beginnt sie zu klagen.

»Bitte!«, ruft sie. »Ich bitte euch!«

Dann verstummt sie, als Elena ihr fest die Hand auf die Schulter legt, und unterdrückt ein Schluchzen. Meine Schwester betrachtet sie mit leerem, unmenschlichem Gesicht; kleine Blutströpfchen sprenkeln ihre Haut, ihre schwarze Perücke sitzt immer noch schief. Gefühllos wendet sie sich dem Treppenhaus zu.

Die Frauen und Mädchen des Bordells, abwartend, kauernd, starren zitternd in Elenas unheimliches Antlitz, die Mienen starr vor Furcht oder Faszination. Die Zuhälterin duckt sich immer noch, die Hände vor die Augen geschlagen, ihre Haare eine Flut von Korkenzieherlocken.

Elena deutet auf die Tür zur Treppe, drückt sie langsam, quietschend weiter auf. Als sie die Stimme erhebt, klicken ihre Kiefer bei jedem Wort. »Die erwachsenen Frauen – geht jetzt.«

Eine Schar von Frauen greift sich ihre Kleider und Besitztümer und huscht eilig, aber beherrscht auf den Zehenspitzen durch die Leichen und vorsichtig an Elena vorbei. Im nächsten Moment fliehen sie polternd die Treppe hinab.

Nur eine Gruppe bebender, großäugiger Mädchen bleibt im Flur zurück.

»Der Rest von euch, zurück auf eure Zimmer«, sagt Elena leise. »Dies ist nicht länger ein Bordell. Morgen fängt die Schule an.«

# 43

## LONDON, GEGENWART

»Tu so, als wärst du meine Frau«, sagt Peter und legt seine Finger auf mein Kreuz. »Spiel einfach mit.«

»Werden sie kein Problem damit haben, dass ich Amerikanerin bin?«

»Nicht, wenn du so reich bist, wie die Dokumente, die ich ihnen geschickt habe, andeuten.«

Ich versteife mich kurz, dann lasse ich mich widerstrebend von ihm weiterführen. Abgesehen von seinen Qualitäten als Kämpfer muss Peter auch ein unglaublicher Schauspieler sein. Nur so kann es ihm gelungen sein, sich über einen so langen Zeitraum hinweg unbemerkt unter den Menschen zu bewegen.

Zum sicher hundertsten Mal glätte ich mein Kleid. Ein schweres Perlenarmband beschwert mein Handgelenk. Batuos Werkzeugrolle habe ich in einer funkelnden Tasche verstaut, die ich mir unter die schwitzende Achsel geklemmt habe.

Peter und ich kommen gerade von der exklusivsten Shoppingtour aller Zeiten.

Ein Fahrer, unsichtbar hinter der getönten Trennscheibe der Limousine, holte uns an einem Privatflugplatz ab und fuhr uns bis nach London. Dort nahm der Wagen eine namenlose Straße, die uns direkt unter das Warenhaus Harrods führte. Durch eine unscheinbare Tür in einer nackten Betonwand betraten wir eine Zauberwelt mit lächelnden Verkäufern.

Nach fünf Minuten registrierte ich, dass wir die einzigen Kunden waren.

Im Zuge unserer Wanderschaft von Abteilung zu Abteilung dämmerte mir, dass ein Volk von Automaten seit Jahrhunderten unter uns lebt – und in dieser langen Zeit neue, unvorstellbare Ausmaße von Reichtum erschaffen hat. Mit einem raschen Anruf hatte Peter darum gebeten, das luxuriöse Warenhaus zu räumen, damit wir ganz ungestört dort einkaufen konnten.

Wie widerlich das doch war. Und was für ein sündhafter Spaß.

Weshalb das Warenhaus Peters Wünsche erfüllte, wurde mir klar, sobald wir die Schmuckabteilung erreichten. Dort wählte er mit desinteressierter Effizienz Armreifen, Ohrringe und Ringe aus, während wir von einer Traube Angestellter umkreist wurden, die Samtkissen mit protzigen, in kostbare Metalle eingefassten Juwelen vor sich hertrugen. Die Stücke erinnerten mich an exotische tote Insekten, auf einem Nadelkissen präsentiert.

In der Zwischenzeit schien sich Peter mit den Verkäufern in einer Geheimsprache zu unterhalten.

»Kaschmir?«, fragte er, als er sich einen tränenförmigen Saphir vors Auge hielt. Der Angestellte nickte, und Peter bedeutete ihm, den Stein einzupacken.

»Diese hier sind schon seit Shakespeares Zeiten im Globe Theatre in Mode«, erklärte er bei der Untersuchung einer mit Juwelen besetzten Brosche in Form einer geschwungenen Feder.

Er meinte es wörtlich.

Eine Dreiviertelstunde später stecken Peter und ich in neuer Kleidung, haben uns hastig die Haare richten lassen und tragen eine schwere Parfümwolke mit uns herum. Eine unchristliche Summe Geld hat den Besitzer gewechselt, und meine Schlüsselbeine sind von einer Diamantkette wund, zu der es einen Namen und eine handgeschriebene Liste der Vorbesitzer gibt.

Die Juwelen sind hübsch, doch es erfüllt mich mit Befriedigung, dass das wertvollste Stück noch immer Huangdis Relikt ist – versteckt in der Handtasche, die stets fest unter meinem Arm klemmt.

Peter und ich laufen nun durch einen breiten Tunnel, Mann und Frau. Meine Absätze klappern auf dem Pflaster. Eine Sichel aus Sonnenlicht markiert das Ende des Wegs; es handelt sich um den Eingang zu einer Art Privatschule für Mädchen aus besserem Hause, obgleich sich keinerlei Hinweisschilder dazu finden. Wir kamen über eine stille, von Laub übersäte Straße, verfolgt von den wachsamen Blicken eines unscheinbaren Mannes in schwarzem Anzug, der in ein Mikrofon an seinem Kragen sprach.

Trotz seiner Größe schafft Peter es, elegant und nicht furchterregend zu wirken. Er trägt einen kohleschwarzen Anzug von einem kleinen alten Mann, der sich uns als sein persönlicher Schneider vorstellte.

»Wie hast du dieses ganze Geld nur angelegt?«, erkundige ich mich.

Peter schaut starr geradeaus. »Kunst vor allem«, antwortet er leise. »Die Menschheit ist bemerkenswert selbstverliebt. Eure eigenen Schöpfungen waren euch stets teurer als alles sonst.«

Nach ein paar weiteren Schritten schaut er mich an. »Natürlich sammle ich auch diverse Edelmetalle.«

»Natürlich«, äffe ich ihn nach.

Doch da setzt er schon ein gewinnendes Lächeln auf und schreitet wieder mit Elan voran.

Eine füllige Gestalt ist vor uns im Tunnel erschienen: eine verkniffen wirkende Frau in einem schicken Kostüm mit einem silbernen Phönix am Revers. Sie macht einen einschüchternden Eindruck trotz ihrer untersetzten Erscheinung, hält ein Klemmbrett wie einen Schild vor sich. Als sie Peter anlächelt, sieht man keine Zähne, nur eine leichte Hebung ihrer erdbeerblonden Brauen.

»Willkommen im Whybourne College«, sagt die Frau und schüttelt Peter die Hand. »Ich bin Rektorin Timms.«

Sie weist uns den Weg, und wir folgen ihr zu einem offenen, begrünten Hof von den Ausmaßen eines Straßenzugs, gesäumt von den Schieferwänden von Schulgebäuden. Auf glänzenden Steinplatten wandern wir am Rande des Hofs entlang, passieren eine Reihe edel gerahmter Abschlussfotos. Jedes Bild zeigt eine Klasse von dreißig oder vierzig Mädchen in Uniformen. Alle posieren, aber keines lächelt.

Das erste Foto stammt von 1848.

Die Rektorin geht weiter voran. Ihre Stimme hallt von den Wänden wider, ihre Absätze klacken auf dem polierten Stein. Ich studiere die Gesichter jedes Erwachsenen, den ich sehe, weiß aber nicht, nach wem ich eigentlich suche.

Dann richte ich meine Aufmerksamkeit wieder auf die Rektorin, als diese stehen bleibt und sich uns zuwendet.

»Trotz unserer verlässlich überdurchschnittlichen Ergebnisse wird Whybourne nicht von einer eindimensionalen Jagd nach akademischen Würden bestimmt. Stattdessen konzentrieren wir uns auf den Geist, die Werte und das logische Denken unserer Schüler. Wenn sie uns verlassen und die Welt betreten, repräsentieren unsere jungen Damen unsere Schule für den Rest ihres Lebens. Manche Whybourne-Familien reichen viele Generationen zurück. Meine eigene arbeitet seit über zweihundert Jahren hier, seit den Tagen meines Vorfahren Georgie Timms.« Damit wendet sie sich ab und läuft weiter.

Ich lasse ihr einen kleinen Vorsprung, bevor ich Peter mit dem Ellbogen anstupse. »Wo steckt sie?«, frage ich ihn.

Peter schreitet gemächlich weiter, hat die Hände hinter dem Rücken verschränkt, die Augen auf die Bilder gerichtet. Ich stupse ihn noch einmal, und endlich sieht er mich an.

»Ganz nahe«, flüstert er.

Leise tippt er mit dem Finger auf ein Klassenbild, neben das runde Gesicht eines kleinen Mädchens mit schwarzen Locken. »Hier zum Beispiel.«

Das Foto ist von 1898.

Im Gehen deutet er auf weitere Bilder. »Hier«, sagt er. »Und hier. Ihre Erscheinung hat sich ein bisschen verändert. Sie hat sich etwas älter gemacht.«

*1902. 1928. 1951.*

Jedes der Gesichter ist ein wenig anders, doch es handelt sich eindeutig um dasselbe dunkeläugige Mädchen.

»Sie ist ein *Kind?*«, murmle ich.

»Wie bitte?«, fragt die Rektorin und unterbricht kurz ihren Informationsmonolog.

»Nichts«, erwidere ich. »Wie nett.«

»Also dann. Kommen Sie bitte.«

Die Rektorin führt uns auf die weitläufige Grünfläche hinaus, die noch feucht von einem Regenschauer ist. Der Rasen ist gepflegt, und ich höre die hellen Rufe von Hockey spielenden Mädchen in der Ferne. In grellbunten Uniformen und Helmen jagen die Spielerinnen einander auf einem rechteckigen Spielfeld den Ball ab.

»Wie Sie sehen, fördern wir immer noch den Wettbewerbsgeist unserer Schülerinnen«, merkt die Rektorin an und scheint auf eine Antwort zu warten.

»Äh, sicher«, entgegne ich. »Wundervoll.«

»Genau«, fährt sie fort. »Das ist unsere Tradition, die uns

als Grundsatz seit unserer Gründung Mitte des achtzehnten Jahrhunderts begleitet. Schauen Sie da.«

Die Rektorin zeigt auf ein kümmerliches zweistöckiges Holzgebäude am Rande eines gewundenen Kopfsteinpflasterweges. Es besteht aus grobem Holz und zerfallendem Mörtel und wird von Efeu überwuchert; dennoch hat man es minutiös bewahrt. Jeder der Steine wirkt viele Hundert Jahre alt und doch peinlich gepflegt.

»Diese Lagerräume waren Teil des Originalgebäudes, in dem die allererste Klasse von Whybourne-Schülerinnen unterrichtet wurde. Zuvor war es eine Hutfabrik, in der arbeitende Frauen ihre finanzielle Unabhängigkeit fanden. Diesen edlen Ursprüngen verdanken wir …«

Peter schnaubt, unterdrückt ein Lachen. Stirnrunzelnd sieht die Rektorin ihn an. Er verkneift sich ein weiteres Lachen, hebt den Arm und verbirgt sein breites Lächeln in der Ellenbeuge. »Allergie. Tut mir leid.«

Für eine Weile mustert die Rektorin ihn eingehend, ohne zu blinzeln, bevor sie weiterspricht. »Unsere ursprüngliche Gründerin hinterließ die nachdrückliche Anweisung, diesen Teil unseres Erbes zu bewahren, damit jedem Jahrgang Mädchen vor Augen steht, dass ihnen eine Tradition vorausgeht, die älter und reicher ist, als sie ermessen können. Wenn Sie mir nun bitte folgen würden.« Sie geht weiter, und Peter schließt sich ihr an.

Etwas an dem Holzgebäude aber erregt meine Aufmerksamkeit. Es wirkt so alt, so fehl am Platz. Einer Eingebung folgend, angle ich das Kedalion aus meiner Handtasche. Ich presse mir den kalten Metallring ans Auge und spähe hindurch.

Nichts, abgesehen von der dichten Efeudecke.

Enttäuscht will ich das Kedalion wieder absetzen, doch im letzten Moment erhasche ich ein feuriges Funkeln im feuchten Laub. Ich halte inne, schaue genauer hin. Obgleich ich keine Details ausmachen kann, wirkt es wie das Awtomat-Zeichen, das Peter mir in Seattle zeigte. Und dahinter glimmt im Inneren noch etwas anderes.

»Entschuldigung!«, rufe ich und verberge das Kedalion in der Faust. »Ich würde mich gerne mal da drinnen umsehen.«

Die Rektorin, bereits mehrere Schritte voraus, bleibt zögernd stehen. »Das ist keine gute Idee, Ma'am …«

»Nur ganz kurz«, unterbreche ich sie stur. »Die *Tradition* ist genau das, was mir bei Ihnen so gut gefällt. Die lange Tradition. Sonst würden wir unsere Kinder einfach auf eine amerikanische Schule schicken. Nicht wahr, Schatz?«

Die Rektorin befeuchtet sich die Lippen, betrachtet kurz das prahlerische Collier um meinen Hals. Schließlich macht sie einen Schritt in Richtung des Holzgebäudes. »Also schön.« Sie zückt einen Schlüsselring.

Wir folgen ihr zur Tür. Dort rammt sie einen großen Eisenschlüssel in das simple Schloss, dreht ihn mit beiden Händen herum und hält inne. »Aber nur ein schneller Blick in den Eingangsbereich. Das gehört eigentlich nicht zur offiziellen Elterntour.«

Die Neugierde treibt mich weiter, Peter aber ist auf dem Rasen stehen geblieben.

»Komm schon, *Liebling*«, sage ich und winke ihn zu mir.

Er bewegt sich nicht, starrt über den Hof.

Ich folge seinem Blick und sehe eine Reihe von Mädchen in karierten Röcken über das Gras laufen. Offenbar sind sie auf dem Weg von einer Unterrichtsstunde zur nächsten. Sie schleppen schwere Ranzen und Musikinstrumente mit sich herum und unterhalten sich in lockeren Grüppchen – alle, bis auf eine.

Das Mädchen, das alleine steht, ist vielleicht vierzehn

Jahre alt und hat die dunklen Augen auf Peter gerichtet. Ein leichtes Stirnrunzeln spielt auf dem zierlichen Gesicht.

»Elena«, haucht Peter.

»Was haben Sie gesagt?« Der affektierte Ton ist aus der Stimme der Rektorin gewichen; sie klingt nun rau und tief. Die Frau bleckt die krummen Zähne, ihre Knöchel treten weiß an dem Klemmbrett hervor. Hinter ihr hängen noch immer die Schlüssel von der Tür. »Wer sind Sie, Sir?«, fragt sie.

»Elena!«, ruft Peter lauter.

Das Mädchen regt sich nicht.

Die Rektorin führt ein Funkgerät an die Lippen. Ohne die Augen von Peter zu nehmen, flüstert sie eindringlich.

»Sir.« Sie tritt auf ihn zu und greift in ihre Tasche. »Ich fürchte, wir haben keine Schülerin dieses …«

Peter wirbelt herum und entgeht den mit Widerhaken versehenen Zwillingspfeilen eines Tasers. Mit einer raschen Bewegung schlägt er der Frau das Gerät aus der Hand, der Taser fällt zu Boden. Als Peter ihr die Hände auf die Schultern legt und sich drohend vor ihr aufbaut, unterdrückt die Rektorin einen Schrei.

»Aufhören!«

Das Mädchen mit den schwarzen Locken steht mit einem Mal hinter uns. Ihre Stimme lässt keinen Widerspruch zu. »Alle beide!«

# 44

## LONDON, 1758

Elena folgt mir in die Gasse vor dem Bordell und schließt die Tür hinter sich. Es regnet nun, und die klamme Luft ist schwer vom Rauch des verbrannten Schiffes. Glücklicherweise hat die Unruhe auf dem Fluss die Aufmerksamkeit von uns abgelenkt. Ich betrete die bucklige Mitte der verlassenen Gasse, durch die ein schartiger Kanal verläuft.

Meine Schwester hält ein mit goldener Seide umwickeltes Bündel in den Händen.

Ihre Umrisse werden von einem dunklen Umhang verhüllt, der ihr zu groß ist und sie unter der blutroten Laterne in einen Schatten verwandelt. Über uns lugen einige kleine Gesichter durch eins der schwach beleuchteten Fenster; Mädchen, in ein Schlachthaus eingesperrt. Wir haben jeden einzelnen Mann da drin niedergemetzelt, aber befreit hat Elena die Kinder nicht.

»Was hast du vor?«, frage ich sie. »Das sind junge Mädchen …«

Elena tritt in den Regen hinaus. »Die Umstände haben sich geändert, Peter. Ich muss von vorn anfangen, an einem Ort, an dem ich mich verstecken kann. Eine Mädchenschule bietet mir beides. Du weißt, wie schnell ich meine Entscheidungen treffe. Dies war das Beste, was mir eingefallen ist.«

»Das ist verrückt. Komm mit mir zurück zum Anwesen.«

Elena zieht ihre Kapuze zurück, heraus strömt eine dunkle Flut von Locken. Ihre Augen sind groß und verloren, ihre Lippen zittern, als sie die Frage stellt. »Hypatia …?«

»Fort. Du hast es ja gesehen.«

»Ja, aber ihre Anima?«

»Leizu hat sie behalten und sie ihrer Sammlung hinzugefügt.«

»Und Hypatias Gefäß?«

»Ist auf den Grund der Themse gesunken. Liebes, bitte ...«

»Wir könnten sie wiederfinden ...«

»Komm mit mir, Elena. Jetzt.«

Die Hände zu winzigen Fäusten geballt, wirft Elena den Kopf zurück. Sie spannt den ganzen Körper an und schreit gellend zum regnerischen Himmel über der zerfallenen Straße, legt ihre gesamte, übermenschliche Kraft in den Schrei.

Er dauert sehr lange an.

»Komm.« Ich strecke die Hand aus. »Bitte.«

Der Regen fällt nun stärker, die Lampen zischen, die Tropfen laufen wie wässrige Venen am Leder meines Gesichts und meiner Hände hinab. In Elenas Haar sitzen die Tröpfchen wie an einer Perlenkette aufgereiht. Jedes einzelne wäscht einen kleinen Teil des gerade erlebten Schreckens von uns ab; doch es ist nicht genug.

Die Pfützen um mich sind dunkel wie Blut.

»Sie war meine einzige Freundin«, sagt Elena. »Und *deinetwegen* ist sie nicht mehr da. Weil du dich deiner Pflicht verweigert hast.«

»Ich habe dich gewählt«, erwidere ich.

»Du wurdest nicht geschaffen, mir zu dienen«, widerspricht Elena. Ihre Stimme ist so kalt und gefühllos, dass es mir Angst macht. »Wir dienen beide unseren jeweiligen Worten, Peter. Zu ihnen zu stehen ist der einzige Weg zum Glück für uns.«

Sie wirft das Seidenbündel auf das nasse Pflaster. Das gelbe Tuch und sein wertvoller Inhalt fallen in den Schmutz, klatschnass und rußverschmiert.

»Da liegt deine Bestimmung«, erklärt sie mit einem Nicken. »Da liegt der, den du hättest schützen sollen – dein alter Herr und Meister.«

»Elena, nein.« Doch ich kann die Augen nicht von dem Tuch abwenden. Ein Rinnsal zieht eine Ecke des Stoffes mit und enthüllt die Anima. Der glänzende Halbmond ruft mich; ihn in meinen Händen zu halten … das würde sich richtig anfühlen.

»Du … Ich habe versprochen, dich zu beschützen.«

»Nein, mein lieber Peter«, beharrt Elena. »Es liegt kein Zauber in unserer Herkunft. Wir wurden einfach nur zur selben Zeit von einem törichten alten Mann repariert, der einem ehrgeizigen Zaren diente. Das macht uns nicht zu Bruder und Schwester.«

Ich erinnere mich nun an eine grüne Lichtung auf einem weiten Plateau in der Dämmerung. Ein kleines Mädchen, das Lächeln erhellt von der Flamme, entzündet eine Kerze in einer Papierlaterne und lässt sie steigen. Während sich die ersten Sterne am Himmel erhärten, fügen meine Schwester und ich unsere eigenen Sternbilder dem Kosmos hinzu …

»Das glaube ich nicht«, sage ich jetzt zu Elena.

Sie stemmt beide Hände gegen meine Hüften und schiebt mich zurück. Ihre Uhrwerkstimme unter dem trommelnden Regen hallt scharf in der leeren Gasse wider. »Ich bin nicht deine Herrin. Ich bin nicht deine Schwester. Ich bin gar nichts für dich.«

Blinzelnd taumle ich nach hinten. Ihre Worte sollten mich zerstören. Ich spüre jedoch bloß die Nadelstiche des Regens auf meiner Haut. Und mit jedem Stechen der Nadeln verfestigt sich eine überwältigende Gewissheit.

Ich werde immer allein sein. Ich *war* immer allein.

Können die Gefühle, die ich für Elena empfand, eine Illusion gewesen sein? Existierten sie nur in einer falschen Welt, geschaffen von einem leeren, neugeborenen Verstand? Habe ich eine tiefere Bedeutung in einer Abfolge von Zufällen gesehen?

*Wir bedeuten einander nichts.*

Langsam zieht Elena ein Stilett.

»Nimm die Anima und geh«, droht sie.

»Elena …«

Ohne zu zögern, tritt sie vor und sticht mir die Klinge in die Brust. Ich umfange ihren leichten Körper, hebe sie mit beiden Händen hoch und umarme sie. Meine Brust zittert unter dem Biss des Stahls, doch ich atme den Duft ihres Haars, ihres Parfüms ein und schließe die Augen. Für eine Sekunde kann ich so tun, als wären die Dinge wieder einfach, perfekt und sicher, wie damals in Favorinis Labor, ehe Elena die Welt studierte, ehe sie …

Sie befreit sich aus meinem Griff und bohrt die Klinge tiefer. Der Stahl gleitet zwischen meinen Rippen hindurch und durchsticht meine Lunge. Mein Atem erstirbt in meiner Kehle. Elena weicht zurück und schaut zu, wie ich auf dem harten Kopfsteinpflaster auf die Knie falle.

Dann packt sie meinen Mantel und zieht mich ganz nahe an sich. »Geh«, raunt sie mir direkt ins Ohr. »Überlass mich meinen Studien. Beschütze die Anima deines alten Meisters und diene deinem Wort.«

Ich bin sprachlos. Die Welt scheint sich von mir wegzudrehen und Elena mit ihr.

»Erfülle deine Pflicht.«

In einem Nebel aus Nässe und Schmerz, zusammengekauert in einer Pfütze, schlinge ich die Arme fest um meinen versehrten Körper. Meine Stimme versagt mir den

Dienst, mein Zwerchfell erschlafft, mein letzter Atem entweicht. Das Seidenbündel liegt vor mir auf der Straße.

»Wenn du wiederkommst«, sagt Elena und zieht sich die Kapuze übers Gesicht, »dann töte ich dich.«

Sie spricht die harschen Worte mit der melodiösen Stimme eines Kindes. Ihre einst verschmitzten Züge wirken nun hart und erbarmungslos. Regentropfen perlen wie Tränen an ihrer weichen Wange hinab, aber ihre Augen sind leer.

Ihr Gesicht ist eine Maske – und die Person, die sich dahinter verbirgt, kenne ich nicht.

Vielleicht habe ich sie nie gekannt.

Mit zittrigen Fingern hebe ich die Anima auf und berge sie an meiner Brust, lasse das Seidentaschentuch fallen. Irgendein Mechanismus in mir versagt, und ich kippe nach vorn auf die Ellbogen, schlage mit der Stirn auf den kalten Stein. Ohne den Klang meines Atems scheint die Welt in Stille zu versinken, bloß das beständige Trommeln des Regens droht, meine Ohren zu verheeren.

Ich hebe den Blick. Elena geht fort.

Einen Augenblick lang ist sie wieder ein kleines Mädchen, das zwischen den Pfützen hüpft, den Kopf unter ihrem schwarzen Samtumhang verborgen. Ihre Schnallenschuhe klackern auf den Pflastersteinen, die im Tanz der Lampen des sternengleichen Regens glänzen.

Ich versuche, ihren Namen zu rufen, doch ich bringe kein Wort hervor.

# 45

## LONDON, GEGENWART

Die Teenagerin steht trotzig vor uns, das Haar zu einem strengen Pferdeschwanz gebunden, die Haut glatt und jugendlich. Sie hat etwas hellen Lippenstift aufgetragen, die Züge sind scharf, wie gemeißelt, die großen Augen dunkel und verständig. Sie atmet schwer, vielleicht vor Wut, vielleicht vor Furcht.

Kaum zu glauben, dass sie kein Mensch ist.

»Wieso bist du hier?«, fragt sie. »Ich habe dir doch gesagt, du sollst nicht wiederkommen.«

Peter betrachtet sie nur stumm und mit sanfter Miene, berauscht sich an ihrem Anblick. Die Rektorin ist vergessen. Sie steht ein paar Schritte weiter an die Hauswand gestützt, ihr Taser liegt vor ihr im Gras. Die übrigen Schüler sind unter der Obhut ihrer Lehrer weitergegangen. Der nasse Rasen regt sich unter einer kühlen nachmittäglichen Brise.

»Ich habe deinem Wunsch zweieinhalb Jahrhunderte entsprochen«, erwidert Peter. »Selbst als ich überzeugt war, ohne dich zu sterben. Doch das Ende ist nahe, Elena.«

»Es droht uns schon seit langer Zeit.«

Elena nickt der Rektorin zu. Diese stolpert ohne einen Blick zurück davon. Am Rand des Hofes sammeln sich mehrere Männer in dunklen Anzügen. Elena mustert mich, dann fällt ihr Blick auf die Handtasche unter meinem Arm.

»Du trägst noch deinen alten Meister bei dir«, meint sie zu Peter. »Du hättest ihn nicht herbringen sollen.«

»Wieso nicht?«, will ich wissen und trete vor. »Ich habe deine Briefe an Batuo gelesen. Du hast Huangdi studiert. Du weißt, dass er die Awtomat retten kann. Und ich glaube, du weißt auch, wo er ist.«

Elena betrachtet Peter ungläubig. »Was ist aus dem Vorsatz geworden, unser Geheimnis zu wahren?«

»Gefährliche Zeiten«, schalte ich mich ein. Ich habe mich lange genug als unbedeutender Mensch ignorieren lassen. »Sag uns, wo sich Huangdis Gefäß befindet, und du bist uns los.«

Da ringt sich das Mädchen endlich dazu durch, mit mir zu reden. »Hast du überhaupt eine Ahnung, was dich jagt?«

»Ich kenne ihren Namen«, antworte ich. »Ich weiß, dass ich ihren General getötet habe. Und ich weiß, dass sie sich vor einem Awtomat namens Huangdi fürchtet.«

Elena tritt drohend auf mich zu. »Leizu ist nicht wie Peter, ich oder gar Talus. Die Seidenmutter ist weder gut noch böse noch etwas vergleichbar Simples. Ihre Anima ist eine Naturgewalt, so wie eine Gezeitenwelle oder eine Flut. Sie trägt ein Wort des Chaos in sich, der Dämmerung, des herbstlichen Zerfalls. *Per ignem renatus mundus est.* Die Welt wird im Feuer wiedergeboren …«

»Es reicht«, unterbricht Peter sie und streckt die Hand zwischen uns aus.

Ich stehe mit dem Rücken zur Tür, umklammere den Rahmen mit den Fingern. Dieses Mädchen ist nur halb so groß wie Peter, aber doppelt so gefährlich. Mein Arm streift den Eisenschlüssel, der noch immer im Schloss steckt.

»Verschwinde von hier, Peter«, fordert Elena ihn auf. »Nimm deinen Menschen mit und bete, dass du Leizu niemals wiedertriffst.«

Elena sieht zu dem alten Holzgebäude. Ich bemerke, dass sie unter ihrem Ärger verängstigt und traurig ist. Sie wird uns nicht die Informationen geben, die wir brauchen – doch ich habe eine Ahnung, wo wir sie vielleicht finden.

Hinter meinem Rücken umfasse ich den Metallschlüssel.

»Elena«, sagt Peter. »Die Alternative ist die Auslöschung …«

In einer einzigen Bewegung ziehe ich den Schlüssel ab und stoße die Tür auf. Augenblicklich umklammert das Schulmädchen meinen Unterarm. Doch Peter packt Elena bei den Schultern und dreht sie von mir fort. Das Armband um mein Handgelenk reißt, und ein Regen von Perlen klappert auf die Steine.

Ich schlüpfe durch die verwitterte Tür und knalle sie hinter mir zu.

Rasch schließe ich ab und stemme mich mit dem Rücken gegen das alte Holz. Die Haut verfärbt sich schon an der Stelle, an der das Mädchen mit übermenschlicher Kraft meinen Unterarm gequetscht hat. Draußen höre ich Streit, etwas schlägt gegen die Tür.

Der dämmrige Vorraum, in dem ich mich befinde, hat etwas von einem Museum: antike Möbel, ein goldener Spucknapf und chinesische Seide über lackierten orientalischen Wandschirmen. Mit hastigen Schritten ziehe ich seitwärts eine schwere Holzbank heran und schiebe sie vor die Tür.

Danach halte ich mir wieder das Kedalion vors Auge. Aus dem Zwielicht treten scharfe Details hervor: Am oberen Ende einer engen Treppe leuchtet etwas. Ich mache mich auf den Weg ins Obergeschoss, zucke bei jedem Ächzen der Stufen zusammen.

Vor mir erstreckt sich ein langer Gang entlang des Rückgrats des Gebäudes. Die Böden bestehen aus unbehandeltem Holz, die Dielen sind fleckig und angesengt. An den schwarzen Wänden hängen alte Lampen, die Decke ist von Ruß verschmiert. Dieses Gebäude muss Hunderte Jahre alt sein. Die Wände sind schief, der Boden ist verzogen und wellig. Fast wird mir übel davon.

Unten schlägt etwas gegen die Tür.

Mit lautem Schritt eile ich über die Dielen, orientiere mich an dem bisschen Helligkeit, das unter den Türen durchscheint. Mit dem Kedalion am Auge kann ich am Ende des Flurs den leuchtenden Umriss erahnen, hinter einer letzten geschlossenen Tür.

Ich drücke mich gegen das lackierte Holz, und die schwere Tür gleitet auf.

Die Wände drinnen sind mit Stoff behangen, Staub schwebt in der Luft. Mehrere Lagen weißer Seide kleiden den Raum wie einen Kokon aus, doch abgesehen von einem antiken Tisch ist er leer. Die Mahagonibeine des Tisches ruhen auf geschnitzten Drachenköpfen mit Bällen im Maul. Und auf der verzierten Platte ist eine Art gläserner Sarg mit goldenen Kanten aufgebahrt.

Ich halte die Luft an und schleiche auf Zehenspitzen näher heran.

Beim Anblick der engelsgleichen Frau bleibt mir auf einen Schlag der Atem weg. Sie liegt auf dem Rücken unter dem staubigen Glasdeckel, hat die Augen wie im Schlaf geschlossen und trägt ein graues Reitkleid, das wenigstens zweihundert Jahre alt ist. Sie ist schön, und ihr keckes Kinn verleiht ihr selbst in diesem reglosen Zustand eine Spur von Sturköpfigkeit. Ihr blondes Haar ist zu Zöpfen geflochten und sorgsam über ihren Schultern arrangiert. Ihre Arme ruhen an ihrer Seite, ein langer Silbersäbel liegt auf ihrer Brust.

»Wer bist du?«, frage ich den leeren Raum.

Ich bin mir sicher, dass sie ein Awtomat sein muss, sorgfältig rekonstruiert und erhalten, genau wie dieses alte Gebäude. Etwas Schlimmes ist ihr widerfahren. Ich sehe die Reparaturen an ihrer Haut, und ihre sonst makellose Kleidung weist ein paar Wasserschäden auf. Die verschrammte Scheide der Waffe verrät mir, dass es sich dabei nicht nur um ein Schmuckstück handelt – sie wurde benutzt.

»Ihr Name war Hypatia«, sagt eine Stimme.

Überrascht fahre ich herum. Hinter mir steht Elena mit vor der Brust verschränkten Armen. Das Mädchen wirkt nicht länger wütend, sondern vielmehr müde und traurig.

»Sie fiel vor zweihundert Jahren in Schlaf«, fährt Elena fort. »Zehn Jahre ließ ich die Themse ausbaggern, bis ich ihr Gefäß schließlich fand. Dann setzte ich sie Stück für Stück wieder zusammen. Doch den wichtigsten Teil konnte ich niemals finden … Ich fand nie ihr Herz.«

Ich weiche vor Hypatia zurück, verstecke das Kedalion in der Faust. »Wenn wir Huangdi ausfindig machen, könnte ich unter Umständen herausfinden, wie sie sich wiederbeleben lässt«, gebe ich zurück. »Ich mag kurzlebig sein, aber das ist mein Spezialgebiet.«

»Glaubst du etwa, ich hätte nicht schon Milliarden in die Forschung investiert? Ich habe Labore auf jedem Kontinent. Wie willst du ein Problem lösen, das die hellsten Köpfe über Jahrhunderte nicht einmal erfassen konnten?«

»Weil ich etwas habe, das ihnen fehlt.«

»Und das wäre?«

»Ich habe Peter.«

Elena blinzelt, dann stößt sie ein scharfes Lachen aus. »Was für eine Rolle soll das bitte spielen?«

»Ich habe in euch gesehen. Ich habe mit einer *Bi*-Scheibe Energie von Batuo zu Peter transferiert, habe einen Shaolin-Speer durch die Wiege eines Awtomat gerammt und ihn sterben sehen – und ich habe dieses Zimmer mithilfe eines Kedalions gefunden.«

Ich öffne die Hand, zeige ihr das Artefakt und füge hinzu: »Elena, ich wuchs mit einer Anima um den Hals auf und dachte Tag und Nacht darüber nach. Das Artefakt, das du in deinen Briefen an Batuo als Sonnenscheibe bezeichnest, *spiritus vitae* ... Ich glaube, das ist der Schlüssel. Und ich glaube, Huangdi kann ihn uns geben.«

»Die Sonnenscheibe, die vom Hauch des Lebens erfüllt ist.« Elena schüttelt den Kopf. »Angeblich handelt es sich dabei um eine Art Batterie, die mit uralten Seelen aufgeladen ist. Sie soll über die Macht verfügen, eine Anima zu verjüngen, die Erinnerung wiederzubringen, die eigenen Gegner zu bezwingen ... Im Grunde alles, außer Krebs zu heilen. Es ist eine Legende, June.«

»Einen Versuch ist es wert«, dränge ich sie ungeachtet ihres skeptischen Blickes. »Und wenn es jemand herausfinden kann, dann ich.«

Ein kleines Lächeln spielt auf den Lippen des Mädchens. Elena hebt eine Braue. »Ich dachte, du wärst wieder so etwas, das Peter beschützen will.«

»Er hat es versucht«, entgegne ich. »Ich hab ihn niedergeschossen.«

Ihr Lächeln wird sofort breiter. »Da bist du nicht die Erste.«

»Peter meint es nur gut. Möglicherweise übertreibt er etwas, aber er gibt sich Mühe.«

Elena tritt an den Glassarg heran. »Ich wollte ihm immer bloß helfen. Ihn irgendwie glücklich machen. Doch nachdem ich ihn fortschickte ... war er lange Zeit verschollen. Ich hatte Angst, dass ich ihn gebrochen hatte.«

»Vielleicht hast du das. Aber ich glaube, er hat seine Bestimmung in alldem hier gefunden.«

»Uns alle zu retten, klar ... Oh, Peter«, seufzt Elena. Ihr Lächeln weicht Trauer.

Das Mädchen fährt sanft mit den Fingern über das Glas von Hypatias Sarg, betrachtet die reglose Frau darin. Die

Bewegung kündet von einer Vertrautheit, als hätte sie schon tausendmal allein in diesem Raum gestanden. Ich nehme an, dass es sich genauso verhält.

»Wer war sie?«, erkundige ich mich.

Elena starrt die Schlafende unter dem Glas an. »Sie war meine Freundin. Jemand, der mich nach meinem Wesen, nicht nach meinem Äußeren beurteilte. Hypatia sagte immer, dass ich keinen Schutz vor der Welt bräuchte, die Welt aber vor mir.«

»Was ist ihr widerfahren?«

»Die Mutter der Seidenraupen, natürlich.« Elena nähert sich mir, richtet den Blick auf meine Tasche. »Leizu wird kommen – der Anima wegen, vor allem aber wegen Peter. Ihr Wort ist Dunkelheit, und sie braucht sein Licht. Seit sie ihren Gatten bezwang, ist Peter wahrscheinlich der beste Ersatz für ihn, den sie fand. Ihr solltet jetzt losrennen und niemals mehr anhalten.«

»Willst du mir deshalb nicht verraten, wo Huangdi ist? Weil du Angst hast, dass Peter sie nicht besiegen kann?«

Elenas Blick wandert zurück zu Hypatia, und beide wirken wie Geister in dem trüben Licht, das durch die hauchdünne Seide fällt.

»Das kann er nicht.« Kaum merklich lässt sie die Schultern hängen. »Bloß die Dämmerung kann das Dunkel vertreiben.«

*Morgen und Abend. Licht und Dunkel. Weiß und Schwarz.* Das Symbol auf meinem Relikt steht mir vor Augen: eine Träne mit einem dunklen Punkt darin.

»Warte, Elena.« Nachdenklich laufe ich auf und ab. »Leizus Wort ist in einer Art … *Symbiose* mit Huangdis? Die beiden gehören zusammen und können nur gemeinsam vollständig sein. Ohne Huangdi wird Leizu Peter also immer weiter jagen. Und irgendwann töten.«

»So ist es.«

»Die Symbole, von denen du sprichst, sind Yin und Yang, oder?«

Elena nickt. Sie mustert mich nun mit unverhohlenem Interesse.

»Ich werde Huangdi wiederbeleben«, erkläre ich. »Wenn mir das gelingt, wird Leizu Peter vergessen. Yin wird Yang finden. Es mag verrückt sein und nahezu unmöglich, doch es ist der einzig logische Ausweg. Wenn du willst, dass Peter überlebt, dann *musst* du mir helfen, Huangdi zu finden.«

Nach einer langen Pause seufzt Elena. »Ich weiß nicht, wo er ist. Nicht genau, zumindest. Wahrscheinlich befindet sich sein Gefäß irgendwo in der Provinz Hubei in China. Sein Grab liegt unter der Erde, irgendwo in den Schleifen des Jangtsekiang.«

»Woher weißt du das?«, fragt eine tiefe Stimme.

Im Eingang steht Peter, sein Revers zerrissen, seine Schuhe voller Schlamm.

»Favorini«, antwortet Elena. »Ich habe unseren Schöpfer kontaktiert, nachdem wir aus Sankt Petersburg geflohen sind. Der alte Mann ist Katharina entkommen und nach Italien heimgekehrt. Er hat mir erzählt, wo man uns fand.«

»Wo man uns fand?« Peter scheint nicht zu verstehen.

»Unsere Körper, Peter. Plünderer entdeckten uns beide am Ufer eines Flusses in China, vom Schlamm konserviert. Du … hast mich in den Armen gehalten. Aus diesen Überresten hat Favorini uns neu gebaut.«

Peters Augen weiten sich. »Wo?«, fragt er. »Wo *genau* wurden wir gefunden?«

»Ich kann dir die Koordinaten geben, aber es spielt keine Rolle mehr. Zu Beginn des neunzehnten Jahrhunderts hat Leizu angefangen, über Scheinfirmen den Bau eines Damms voranzutreiben. Es brauchte fast hundert Jahre, doch sie hat ihr Ziel erreicht: Die Drei-Schluchten-Talsperre hat den gesamten Landstrich überflutet, Millionen Menschen wurden umgesiedelt.«

»Sag mir einfach, wo genau«, beharrt Peter.

»Nicht weit vom Damm. Am Fuße eines Plateaus am Westufer des Jangtse. Man nennt es den Drachenzahn. Ich habe keine Erinnerung an dieses Leben, aber du und ich, wir waren Zeitgenossen Huangdis. Sein Reich muss ungefähr dort gewesen sein, wo wir … wo wir dann auch …«

»Wo wir starben.« Peter legt eine Hand auf Hypatias Sarg.

»Was ist los, Peter?«, frage ich.

»Ich weiß, wo wir Huangdi finden«, erwidert er. »Ich erinnere mich.«

# DREI

## *PRAWDA* (WAHRHEIT/GERECHTIGKEIT)

*Der König starrte überrascht die Gestalt an. Sie lief raschen Schrittes und bewegte den Kopf auf und ab, sodass ein jeder sie für einen lebenden Menschen gehalten hätte. Der Erfinder berührte sie am Kinn, und sie hob zu singen an, war makellos gestimmt. Er berührte ihre Hand, und sie posierte perfekt im Takt …*

– Liezi, 4. Jh. v. Chr.

# 46

## STALINGRAD, 1942

Ein alter Mann, der lange tot ist, stellte mir im kerzenhellen Zwielicht einst eine Frage. »Mein Sohn«, fragte er, »was ist das Erste?« Und als ich auf der Suche nach einer Antwort in mein Inneres griff, fand ich einen übermächtigen Instinkt, der meinem Verstand aufgeprägt war. Er ließ sich in ein simples Wort übersetzen, das ebenso Teil meiner selbst war wie meine Hände, mein Gesicht.

*Prawda.*

Ich war ein Neugeborenes mit einem Geist so leer wie ein stiller Teich, und der alte Mann nahm mich bei den Schultern und führte mich. Ich folgte, ohne zu zögern. Er verlangte von mir, einem Zaren zu dienen, und erzählte mir, ich hätte eine göttliche Bestimmung. Wie ein Kind schenkte ich ihm Glauben. Als mein Zar nicht mehr war, diente ich einem König. Danach versuchte ich, einem kleinen Mädchen zu dienen. Und als sie mich verließ, entschloss ich mich, einem lange toten Herrscher zu dienen, indem ich seine Anima schützte.

Zweihundert Jahre lang habe ich treu gedient. Ich bin ein Werkzeug der Wahrheit und existiere, um Gerechtigkeit aus Ungerechtigkeit zu schaffen. Ich tat dies während des ersten Krieges zwischen allen Menschen; und nun, tief in diesem Zweiten Weltkrieg, fahre ich damit fort.

Die ganze Zeit ist mir, als wartete meine wahre Bestimmung gleich hinter dem nächsten Bombenkrater auf mich, hinter der Ecke eines weiteren zerstörten Hauses. Ich kämpfe mich durch die Qual, meinem Wort nicht gerecht zu werden, zwinge mich dazu, weiterzumachen wie eine kaputte Maschine, wiederhole dieselben Kampfabläufe überall auf der Welt, im Namen von Generälen, Königen und Präsidenten.

Verheertes Land wie das um Stalingrad ist mir vertraut – eine Geisterstadt, seit Monaten belagert und unter Mörserbeschuss. Nur die Dimensionen sind neu. Millionen Tote statt Hunderttausender. Eine schmerzliche Nostalgie erfasst mich, während ich mich in dieser sterbenden Stadt, zurück in den alten Grenzen meines ersten Reiches, von Haus zu Haus kämpfe.

Und im Zuge meiner alten Muster habe ich auch einen alten Fehler begangen: Ich habe eine Legende erschaffen.

Ich jage die deutschen Invasoren durch die Nacht, überfalle ihre Schützengräben am Rande der Stadt. Ursprünglich wurden diese Gräben von russischen Frauen und Kindern ausgehoben, während die deutsche Infanterie noch auf dem Vormarsch war. Sie ahnten noch nicht die wahren Schrecken, die bald über sie hereinbrechen würden. Häuser brannten, während immer mehr Soldaten ihre Lager aufschlugen. Die letzte Zuflucht längst toter Zivilisten bietet nun dem Feind Unterschlupf.

Bei Nacht jedoch sucht etwas die Gräben Stalingrads heim, das kein Mensch ist.

Wenn der ferne Sonnenball hinter grauen Wolken verblasst, lege ich eine Rüstung und eine Gasmaske an, um mein Gefäß vor Schäden zu schützen. Bewaffnet mit Grabendolchen, die Finger in dicken Lederhandschuhen durch die gezackten Schlagringe geschoben, mache ich mich an die grausige Arbeit.

Im Schein des Mondes fege ich durch die schlammigen Kanäle. Mit den verängstigten, verletzten Soldaten, die sich dort in ihre Löcher kauern, habe ich kein Mitleid. Die Männer und Jungen frieren, sind schlecht vorbereitet und fern ihrer Heimat. In ihrem Versuch, sich am Fleisch meiner Heimat zu Tode zu fressen, haben sie es bis nach Stalingrad geschafft.

Jeden Morgen, wenn ich auf die russische Seite zurückkehre, glänzen meine Ärmel von gefrorenem Blut.

Während die Tage der Belagerung und des Beschusses sich hinziehen und ich mich repariere, verbreiten sich die Gerüchte meiner nächtlichen Taten unter den Feinden: ein gestiefelter Mörder, der befestigte Gräben voller Leichen zurücklässt, eine jede mit einem säuberlichen roten Lächeln unterhalb des Kinns. Sie fürchten, dass der große Russe in seinem Mantel sie holen wird. Er hinterlässt keine Überlebenden, sieht im Dunkeln und macht keinen Laut.

Ein alter Fehler – schnell hat sich die Legende festgesetzt. Kein menschenfressender Tiger, sondern ein Racheengel. Eine lebende Verkörperung der Gerechtigkeit, gesandt von einem wütenden Gott.

Das Gerücht holt mich zur Mitternacht ein, während ich mich durch einen knietief überfluteten Graben mühe.

Funkelnd und spritzend steigt eine graugrüne Leuchtgranate in den Himmel, schickt meinen Schatten auf Wanderschaft durch den schroffen deutschen Graben. Einst war dies ein Wohnviertel; das Hauptgebäude ist nur noch ein Haufen Ziegelsteine. In einer Meile Umkreis haben die Mörser die Straßen und Bäume zerfetzt. Nur ein Schuppen in einem Hinterhof ist noch übrig. Dort hat dieser Trupp Essen gekocht, Zigaretten und erbeutete Sardinenbüchsen gelagert.

Am Grunde des Grabens, im eroberten und wiedergewonnenen Schlamm, liegen die steifen grauen Leichen von

Russen und grün uniformierten Deutschen. Nichts als die gefrorenen Konturen menschlicher Wesen sind von den Verstorbenen geblieben, die scharfe Geometrie zerbrochener Steine und runder, gewölbter Helme. Es ist eine lautlose, versteinerte Hölle, die sich gleich einem Relief im harten Licht der Leuchtrakete abzeichnet.

Vermutlich war es dieser armselige Schuppen, erbärmlich schief, der die Deutschen derart tief ins Niemandsland gelockt hat. Die Umgebung besteht sonst ausschließlich aus zerfallenen Gebäuden und Bombenkratern, in denen das schmutzige Eis wie Marmor glänzt. Dann kam die Offensive zum Erliegen, die Invasionsarmee fächerte auf, und diese Jungen wurden isoliert.

Ein Schuss fällt in der Ferne, dann ein weiterer.

Irgendein Detail ist seltsam, stimmt nicht. Die Zigaretten und die Sardinen ... unmöglich. So was findet sich nach derart langen Kämpfen nicht mehr einfach so. Jemand muss sie ausgelegt haben.

Ein Köder.

Dieser Unterschlupf mitten im Nirgendwo fühlt sich nach einer Falle an. Sardinen und Zigaretten, um die Deutschen zu dieser angreifbaren Position zu locken – und gleichfalls zum Köder zu werden. Russische Gewehre husten einen ungeduldigen Kugelhagel in die Nacht. Das Feuer ist meiner Position nun näher.

Ich spähe über den Rand des befestigten Grabens und halte nach den Schützen Ausschau.

Für meine Augen ist dieser tote Streifen Niemandsland von lebhaften Wärmespuren erfüllt. Jetzt sehe ich den Deutschen über den kalten, schmatzenden Schlamm auf mich zurennen. Mit flatterndem Mantel eilt er geduckt zwischen scharfem Stacheldraht und zu Fäusten verkrümmten Baumgerippen hindurch, während über ihm eine weitere

Granate aufsteigt, sodass er seinen eigenen lang gestreckten Schatten zu jagen scheint.

Ich erklimme den Grabenrand und springe in den Matsch.

Dann ziehe ich mir den Hut in die Stirn, packe mein Gewehr mit beiden Händen und stürme vorwärts. Wieder zerplatzt ein Leuchtgeschoss am bedeckten Himmel, hält zischende Zwiesprache über dem Stampfen meiner Stiefel, dem Platschen des Matsches. Kugeln blitzen durch die Nacht, gejagt vom charakteristischen Knall deutscher Gewehre. Beide Seiten feuern nun, schießen sich auf uns zwei ein, während wir atemlos und stumm durch die spärlich erhellten Ruinen hasten.

Der Deutsche trägt einen Stahlhelm, metallgrau und von der Form eines rundlichen Schildkrötenpanzers. Wo ein Stier seine Hörner hätte, sichern zwei Bolzen einen stählernen Gesichtsschutz. Diese Art von Helm wird nur von Scharfschützen getragen; für den normalen Kampfeinsatz ist er zu schwer.

Also ist dies kein normaler Soldat.

Ohne meine Geschwindigkeit zu verringern, werfe ich mein Gewehr zu Boden und ziehe beide Grabendolche. Unter grünlichen Wolken blinken die Klingen im mechanischen Wechselspiel meiner Arme. Der Deutsche rennt schneller, sein Gesicht hinter einer ausdruckslosen Stahlplatte mit zwei Augenschlitzen verborgen. Ein Blindgänger trifft ihn in die Schulter, reißt ein Stückchen Stoff heraus.

Er kommt nicht einmal aus dem Takt.

Am Fuße eines verbrannten Baums treffen wir aufeinander. Streifen von Rinde hängen wie blasse Rinnsale herab und entblößen das weiße Herz. Der Soldat zieht einen langen Säbel, dessen dunkler Gelbton mir vertraut vorkommt. Schon dringen wir aufeinander ein, kein Grunzen, kein Fluchen, nichts als das Singen unserer Klingen, die nach ihrem Gegner beißen und unsere Kleider zerreißen, während wir parieren und ausweichen.

Die Schüsse auf beiden Seiten sind verstummt.

In einer plötzlichen Bewegung greift der Deutsche nach meiner Faust. Sein Säbel teilt meinen Mantel, durchsticht meinen Torso und die unteren Rippen. Ich will mich befreien, doch der Maskierte ist zu stark. Mit der freien Hand packe ich ihn am Gesicht und reiße ihm die Platte und den Stahlhelm vom Kopf.

Ein Artilleriegeschoss verlangt pfeifend nach Aufmerksamkeit.

Erde spritzt auf, und Donner bricht über uns herein, als der Boden sich auftut und uns verschlingt. Die Klinge noch im Bauch, taumle ich gegen den Baum, rutsche unter dem Gewicht meines Gegners im Schlamm aus. Ein heißer Schrapnellregen geht auf mich herab, und eine Flut langer schwarzer Haare ergießt sich in mein Gesicht. Ich erhasche einen Blick auf ein rotes Heft, und da erkenne ich die göttliche Klinge: Xuan Yuan. Dies ist kein Mann … und auch keine echte Frau.

»Leizu«, sage ich entsetzt.

Sie rammt mir ein Knie in die Brust und zieht ihr Schwert heraus. In ihrer anderen Hand erkenne ich ein Gerät, das wie eine Stimmgabel aussieht. Sie stößt mir die harten Zinken gegen das Brustbein und redet direkt auf mich ein; ich spüre keinen Atem. »Du sprichst meinen Namen aus, als würde er etwas bedeuten, *Pjotr.* Doch du erinnerst dich nicht an mich. Noch nicht. Pass auf«, erklärt sie.

Die Stimmgabel lässt ein elektrisches Wurzelwerk über meine Brust zucken. Die krummen Äste über mir wirken plötzlich wie Klauen, die an den pulsierenden grünen Wolken kratzen. Mein Rücken verkrampft sich, mein ganzer Körper bebt. Ich fühle ein Summen in den Zähnen, während das Gerät stürmische Fäden der Macht durch meine Anima schießt.

Ich glaube noch zu hören, wie ein weiteres Mörsergeschoss pfeifend seine Ankunft verkündet.

Wie das Nachbild eines Blitzes verwandelt sich die Welt in ein Negativ und wieder zurück. Lichtbänder wirbeln vor meinen Augen, als die Erinnerungen wie Feuerwerkskörper an einer Zündschnur entflammen. Tausend Jahre verlorener Eindrücke – die zerbrochenen Fragmente eines vergessenen Ganzen – fluten meine geblendeten Sinne.

Ich schreie den Schmerz in die eiskalte Nacht hinaus.

# 47

## CHINA, GEGENWART

Wie ein wirbelnder Globus rollt eine endlose Abfolge grüner Ebenen unter dem Privatjet dahin. Peter und ich gleiten tief über schroffen Bergen mit schmalen, mäandernden Graten dahin. Die Schneckenspurschlingen des Jangtse glitzern wie Gift zwischen den scharfen Felszähnen. Vor uns in der Kabine haben wir eine vergilbte Karte ausgebreitet. Die Landschaft ist von einem Pockenmuster chinesischer Schriftzeichen überzogen und erinnert nur entfernt an das Hochland unter uns.

Widerstrebend kam Elena ihrem Versprechen nach, auf der Karte die exakten modernen Koordinaten einzutragen, an denen ihr Körper vor über dreihundert Jahren gefunden worden war.

»Huangdi befindet sich in diesen Bergen?«, frage ich. Unter mir schwillt der Fluss im Würgegriff der Drei-Schluchten-Talsperre zu einem See an. »Du glaubst, dass sein Gefäß noch immer dort unten ist?«

»Leizu hat versucht, dieses Land zu überfluten. Das beweist, dass wir auf dem richtigen Weg sind. Huangdi war aber schlau: Er baute sein Grab, um die Ewigkeit zu überdauern.«

»Dann ist er also hier?«

»Ich werde das Grab erkennen, wenn ich es sehe«, sagt Peter.

Mehr habe ich nicht aus ihm herausbekommen, und es wird wohl reichen müssen. Ungeduldig überprüfe ich noch einmal die Batterien in meiner Stirnlampe. Unsere Vorbereitungen für die Reise sind lange abgeschlossen. Vor zehn Stunden las uns der Pilot auf einem Flugplatz außerhalb Londons auf. Auf den Ledersitzen warteten zwei große schwarze Reisetaschen, schlaff wie schlafende Passagiere.

Darin fand ich Stiefel, Hosen, ein Shirt und einen Rucksack – alles schwarz, aus futuristischen Materialien und teils mit einer dünnen, schützenden Keramikschicht verstärkt. In seinem quasimilitärischen Aufzug wirkt Peter wie ein Söldner, gelassen und ohne jeden Selbstzweifel. Die Scheide für seinen antiken Dolch ist eine Sonderanfertigung.

Was mich betrifft, so fühle ich mich in dieser Einsatzuniform genauso unwohl wie mit Diamanten und Perlen behangen. Das Einzige, was sich richtig anfühlt, ist das Relikt an seinem gewohnten Platz um meinen Hals.

Unwillkürlich frage ich mich, ob Peter sich daran erinnert, dass ich ihn im Stich lassen wollte, als Talus uns angriff. Ich presste ihm das Relikt in die reglose Hand und war drauf und dran, zu fliehen. All die Jahre in der Schule oder danach, als ich von meinem Studentendarlehen lebte und von einer Postdocstelle zur nächsten tingelte, opferte ich Freundschaften und Beziehungen für die Chance, eine Expertin zu werden und mehr über etwas zu lernen als irgendwer sonst auf der Welt. Und doch hätte ich Peter in diesem Moment beinahe sterben lassen, um mein altes Leben zurückzugewinnen.

*Wie viel bin ich bereit zu opfern, um diese neue Welt kennenzulernen?*

»Schnall dich an«, fordert Peter mich auf, und ich mühe mich um eine gefasste Miene. »Es ist so weit.«

Wir landen auf einem verlassenen Rollfeld, versteckt in den Bergen gelegen.

Dann lassen wir das Flugzeug in einem leeren Hangar

zurück; keine anderen Flugzeuge oder Leute. Niemand kontrolliert unsere Ausweise oder unser Gepäck. Peter nickt nur flüchtig einem wackligen Gebäude zu, hinter dessen dunkler Scheibe ein undeutliches Gesicht schwimmt, bevor wir über einen langen Kiesweg zu einer grob gepflasterten Straße laufen.

Dort wartet ein schwarzer SUV auf uns – die allgegenwärtige, anonyme Art von Fahrzeug, die man überall auf der Welt in der Nähe von Flughäfen antrifft. Der einzige Unterschied ist, dass dieser hier Reifen mit starkem Profil und eine Winde unter dem Kühlergrill besitzt. Unser Fahrer, nicht minder austauschbar als sein Wagen, begrüßt uns mit einer knappen Verbeugung und steigt ein. Er macht keine Anstalten, unser Gepäck einzuladen, und stellt keinen Augenkontakt her. Ein leichter Nebel liegt über dem Urwald, und Tauperlen glitzern wie Spinnenaugen auf dem Lack der Haube. Ein Schaudern unterdrückend, steige ich ein.

Nachdem Peter knappe Anweisungen auf Chinesisch gegeben hat, brausen wir davon.

Die gewundene Straße ins Tal führt uns durch eine üppige, bergige Landschaft voller Gräser und Farne und turmhoher Bambuswälder. Nach einer halben Stunde endet die befestigte Straße und wird durch einen Schotterweg ersetzt. Bäume strecken ihre Arme nach uns aus, die grünen Finger gleiten über die getönten Scheiben. Langsam rollen wir durchs Dickicht und über kleinere Bäume hinweg. Als ein Stein unseren Fahrzeugboden schrammt und unsere Füße vibrieren, schaue ich Peter erschrocken an.

Schließlich halten wir an einem steilen Hang unter einem dichten Blätterdach.

Der Fahrer wirft einen Blick auf sein GPS, dreht sich zu uns um und nickt. Peter öffnet das Fenster und lauscht. Sofort füllt eine feuchte, warme, nach Chlorophyll duftende Brise den Wagen. Wasser rauscht in der Ferne, verborgen im Dschungel.

Peter klopft dem Fahrer auf den Arm, bedankt sich still.

Dann stößt er kraftvoll die Tür in den dichten Dschungel auf. Die Schneise, die er schlägt, ist gerade groß genug zum Aussteigen. Ich streife mir den Rucksack über, vergewissere mich mit zwei Fingern, dass das Relikt sich noch immer über meiner Brust befindet, und halte mich mit einer Hand an Peters Waffengurt fest, während er uns tiefer in das Labyrinth von Ranken und Blättern führt. Der nasse Urwald schaukelt sanft, scheint fast zu atmen. Es ist nun heißer, und der erste Schweiß tritt auf meine Haut.

Der SUV legt den Rückwärtsgang ein. Die Reifen graben sich in Schlamm und Geröll.

»Whoa, warten Sie!«, rufe ich dem Wagen hinterher, als er verschwindet.

»Ist schon in Ordnung«, meint Peter über die Schulter hinweg. »Wir brauchen ihn nicht. Es ist nicht mehr weit.«

Schritt für Schritt gehen wir bergab. Der Dschungel verschlingt uns wie der Verdauungstrakt einer monströsen Kreatur. Plötzlich streckt Peter den Arm aus, um mir den Weg zu versperren – fast bleibt mir dabei die Luft weg. Ich senke den Kopf und entdecke einen schwindelerregenden Abgrund direkt vor meinen Stiefeln. Wir stehen am Rande einer schwarzen Klippe.

Auf der anderen Seite des Tals donnert ein Wasserfall, vorsintflutlich riesig, fast unsichtbar in den Schwaden der aufgewirbelten Gischt. Unterbrochen wird er in der Mitte von einem flachen Felsen, der trotzig wie der Bug eines gestrandeten Schiffes aus der Steilwand ragt. Ströme gelbbraunen Wassers stürzen beiderseits des Felsens herab, eine himmlische Flut.

»Wir sind da«, sage ich, als ich Peters Miene bemerke. »Wie lange ist es her?«

Nachdenklich betrachtet er die Landschaft. »Eine lange Zeit für Menschen«, erwidert er schließlich. »Aber nicht für die Berge.«

Eine Reihe tropischer Vögel sitzt auf den hohen Zweigen eines Baums am Fluss. Sie scheinen uns zu beobachten. Aus Gewohnheit zähle ich sie: eins, drei, eins, drei.

»Zu wem gehören die?«, erkundige ich mich.

»Zu *ihr.*«

»Sie beobachtet uns?«

»Sie wartet schon seit langer Zeit. Komm weiter.«

Peter zieht eine Machete und führt uns zurück in den schwülen Dschungel, hackt unermüdlich einen Weg für uns frei.

»Wie weit ist es?« Ich sehe noch, wie sich die Vögel in die Luft erheben.

»Letztes Mal, als ich hier war, rannte ich um mein Leben«, antwortet er, ohne sich umzudrehen. »Doch ich kam zu Fuß von Huangdis Grab.«

Es geht nun wieder bergauf. Von Zeit zu Zeit wirft Peter einen Blick auf seine Taschenuhr. Ich folge ihm schwitzend auf dem schmalen, schlammigen Dschungelpfad. Zwischen meinen schweren Atemzügen versuche ich mich gedanklich, so gut es geht, auf unser Ziel vorzubereiten.

»Ich dachte, deine Erinnerungen reichen nicht so weit zurück?«

Peters Antwort ist ruhig und überlegt, sein Atem geht regelmäßig. »Huangdi hat seine Mittel und Leizu ebenfalls. Einst machte sie mir das Geschenk der Erinnerung. Oder vielleicht war es auch als Strafe gedacht.«

In der Ferne ragt eine helle, zerklüftete Felswand aus dem Dschungel. An ihrer oberen Kante erahne ich den

Rand eines Plateaus. Am Fuße der Wand klafft eine dunkle Spalte, von Ranken gesäumt. Der Hang darunter ist von losem Geröll bedeckt. Peter beschleunigt seine Schritte, stapft durch die zermahlenen Felsen auf die Spalte zu. Dutzende exotische Vögel schauen uns reglos vom Klippenrand zu.

Ich verkneife mir meine Fragen und folge ihm weiter, das Relikt fühlt sich heiß auf meiner verschwitzten Haut an.

Vor der Felsspalte bleibt Peter stehen. Ich stütze die Hände auf die Knie und spüre einen kühlen Lufthauch aus der Spalte wehen. Allem Anschein nach verbirgt sich eine unsichtbare Höhle vor uns im Gestein. Peter fängt an, den Eingang von Gewächsen zu befreien.

Während er arbeitet, erblüht eine Gänsehaut auf meinen Armen. In der Spalte sind scharfkantige, konzentrische Kreise in die Wand geschlagen – Schriftzeichen, die Spuren steinzeitlicher Techniken aufweisen.

»Das ist uralt.« Ich fahre mit den Fingern über den schroffen Stein.

»Hier kam ich aus dem Grab«, erklärt Peter. »Einst ließ Huangdi an dieser Stelle fast den ganzen Berg aushöhlen.«

Nun ergibt das lose Geröll überall einen Sinn: Es stammt aus dem Berginneren, wurde vor Zeitaltern hier abgeladen und ist seither kaum verwittert.

»Was heißt, dass dieser Durchgang uns bis zum Grab führen wird.« Meine Kehle schnürt sich zusammen. Der schwarze Spalt im Fels scheint plötzlich unerreichbar weit entfernt, wie in einem Albtraum.

Nickend setzt Peter eine Stirnlampe auf. »Wahrscheinlich schon. Wenn es nicht eingestürzt ist.« Er schiebt sich in den Spalt. »Ich gehe als Erster.«

Ich schlucke, nicke, versuche tapfer zu wirken. Ich hasse enge Räume – aber es gibt wohl keinen anderen Weg als durch die Mitte. Also hole ich tief Luft und versuche an die antiken Schätze zu denken, die sich im Dunkeln verbergen mögen. Doch ich spüre nur eine dumpfe, pochende Angst.

*Was für eine Sorte Mensch bist du, June?*

Die Höhle beginnt eng und wird rasch immer enger.

Erst krieche ich auf Händen und Knien, dann flach auf meinem Bauch; schließlich muss ich seitwärts hinter Peter herrutschen. Das Gestein wird kälter, meine Finger und mein Gesicht sind schon ganz taub. Wir arbeiten uns durch mehrere kleine Hohlräume voran, von denen eine Vielzahl von Tunneln in alle Richtungen abzweigt, manche auch nach oben und unten. Peter hält nie an, wählt unsere Route durch das Netzwerk, ohne zu zögern.

Zu guter Letzt zwänge ich mich durch einen vertikalen Spalt. Auch Peter kommt bloß noch mühsam voran. Meinen Rucksack habe ich mir mit einem Seil um den Knöchel gebunden. Im Schein der LED-Lampe auf meiner Stirn sehe ich kaum mehr als meinen eigenen Atem, den aufgewirbelten Staub und Peters Hinterkopf. Die Höhle ist zu einem schwarzen Schraubstock geworden.

»Peter?« Meine Stimme kommt mir sehr laut vor.

Er hat sich schon eine ganze Weile nicht mehr bewegt. Zuvor hat er ganz tief ausgeatmet, um sich kleiner zu machen. Wie er jetzt nicht mehr atmet, sich nicht mehr bewegt, schießt mir der beängstigende Gedanke durch den Kopf, er könnte tot sein. *Aber … war er denn je wirklich am Leben? Bin ich ganz allein an diesem tiefen Ort?*

Ich kann mich nicht umdrehen, um nach hinten zu blicken. Und ich kann nur vor Entsetzen blinzeln und zusammenzucken, als ich es entdecke … Wasser tropft auf Peters Kopf, hinterlässt eine nasse Spur in seinem Haar. Dann wird das Rinnsal zu einem Springquell, der sein Haar im Licht der Lampe glänzen lässt und über seinen Arm und seine Schulter rinnt.

Ich beiße die Zähne zusammen, kämpfe gegen die Klaustrophobie an.

Mit geschlossenen Augen vernehme ich ein Kratzen. Peter stößt vor und zurück, schiebt seinen Kopf und seinen Körper zentimeterweise über das scharfe Gestein. Ich bleibe, wo ich bin, bemühe mich, nicht zu hyperventilieren, während ich eingequetscht zwischen den nassen Felswänden festsitze. Nur die Augen bewege ich; das reicht, um zu sehen, wie das Wasser sich sammelt und in dem engen Spalt rasch ansteigt.

»Peter!«, rufe ich wieder.

Er braucht keine Luft, denke ich. *Er muss nicht atmen – ich aber schon. Kaltes Wasser fließt in meine Stiefel, und ich werde in dieser schwarzen Hölle ertrinken …*

»Peter!«

Da höre ich ein merkwürdiges Heulen. Es ist Peters Körper, der so quietscht. Etwas in ihm bricht, Stoff reißt. Und im nächsten Moment öffnet sich der Spalt vor mir: Der Awtomat hat es hindurchgeschafft. Im Strahl meiner Lampe sehe ich nun nicht mehr ihn, sondern das Blitzen der Wassertropfen – und mir wird klar, wie unmöglich schmal der Weg tatsächlich ist. Klares Wasser fließt von der Decke an den nackten Wänden herab.

Ein Winseln setzt sich tief in meiner Kehle fest.

»June«, sagt eine Stimme im Dunkeln. Ich bemerke das Flackern von Peters Lampe, bevor seine Lippen und Wangen im Spalt vor mir erscheinen, verkratzt und schmutzig. »Ich bin hier.«

Er hat sich die Rippen gebrochen, als er sich hindurchgezwängt hat.

»Ich schaffe das nicht.« Ich schlucke, schmecke Staub in meinem Mund. Mein ganzer Körper ist verkrampft, aufgeputscht vom Adrenalin. Ohne es zu merken, habe ich begonnen, mich wieder rückwärts zu bewegen.

»Doch June, das schaffst du. Ich weiß, dass du es schaffst.«

»Nein«, keuche ich. »Ich bin kein Awtomat, Peter. Ich muss *atmen.*«

»Du bist stark. Du kannst es schaffen!«

All meine Kraft ist dahin. Alles, was bleibt, sind Panik und Verzweiflung. »Ich bin nicht stark, Peter. Ich habe dich im Stich gelassen. In Batuos Refugium wollte ich dich …«

»Ich weiß«, unterbricht er mich. »Aber du bist zurückgekommen. Und du wirst jetzt nicht aufgeben.«

Ich halte inne, blinzle, meine Wangen sind ganz nass. »Woher willst du das wissen?«, frage ich.

Seine Finger greifen durch den Spalt. »Weil du viel zu neugierig bist, um jemals aufzugeben, June.«

Meine Hand schlängelt sich seiner entgegen, zwei Finger krümmen sich um seine. Sie fühlen sich stark an.

Ein schluchzendes Lachen bricht sich Bahn aus meiner Kehle. Ich spüre das harte Relikt auf meiner Brust, wie es seine Fraktalmuster in meine kalte, taube Haut drückt. Selbst jetzt fühlt es sich warm an, selbst hier in dieser eiskalten Grube.

»Scheiße, Peter. *Scheiß* auf alles. Oh, mein Gott …«

Mit angelegten Ellbogen stoße ich meinen Kopf durch den Spalt. Wasser strömt mir über die Wangen, kälter, als mein Körper es wahrnehmen kann – so kalt, dass es mir wie Flammen vorkommt. Ich schließe die Augen, drücke mich vorwärts. Das Wasser strömt mir nun über Nase und Mund. In der lastenden Dunkelheit scheint es, als hätte der Berg mich verschlungen. Fels kratzt mir über das Gesicht, die Brust und die Hüften. Ich zwinge jedes verbliebene Sauerstoffmolekül aus meinen Lungen. Nachdem ich mich so klein wie möglich gemacht habe, bewege ich mich mit aller Kraft nach vorn, bis ich das Wasser in meinem Nacken spüre.

Undeutlich höre ich Peters Stimme, fast eine Beschwörung.

»Na los, June«, drängt er mich. »Du kannst das!«

Die Panik pulsiert mir in der Stirn, meine Lungen schreien nach Sauerstoff. Ich schiebe meinen Arm weiter durch den Spalt. Peters Hand schließt sich um meinen Unterarm. Ich versuche zu schreien, doch kein Laut dringt über meine Lippen, als Peter an meinem Arm zieht und ihn fast aus dem Gelenk reißt. Schonungslos zerrt er mich durch den Spalt, wobei er meine Kleider zerreißt und mir einen Bluterguss am ganzen Leib beschert.

Der Schmerz erfasst meinen Körper, meine Lungen, und mir schwinden die Sinne.

Dann taumle ich in die Schwärze hinaus, weine, schnappe nach Luft. Ohne etwas wahrzunehmen, falle ich hin und kauere mich wie ein Fötus zusammen. So liege ich lange auf dem Felsen. Nach einer Weile bemerke ich eine warme Hand auf meiner Schulter. Ich ergreife sie und halte sie fest.

Schließlich öffne ich die Augen und schaue mich um.

Ein schwarzer Himmel voll hellblauer Sterne strahlt auf mich herab. Zu meinen Füßen windet sich ein silbrig schimmernder Fluss unter diesem Nachthimmel dahin. In dem schwachen Licht kann ich menschliche Umrisse wahrnehmen, Dutzende und Aberdutzende, überall um uns herum. Es ist eine Armee, deren Soldaten mit Speeren, Schwertern und Bögen bewaffnet sind und absolut reglos und still dastehen.

»Wir haben es gefunden, June: Huangdis Grab.«

»Wie … wie konntest du so sicher sein, dass ich es durch den Spalt schaffe?«, frage ich mit rauer Kehle.

»Du konntest nicht umkehren«, erwidert Peter. »Leizu ist uns hineingefolgt.«

# 48

## CHINA, 3000 V. CHR.

Mein Körper liegt hingestreckt im gefrorenen Schlamm von Stalingrad, mein Geist aber wird in die Vergangenheit zurücktransportiert. Erinnerungen überkommen mich wie ein reißender Fluss und ziehen mich hinab. In der Tiefe erscheinen Visionen meines anderen Lebens – erst nur stückchenweise, doch bald eine wilde Flut von Bildern und Klängen, die durch mein Bewusstsein rauschen.

Ich erinnere mich.

In diesem Zeitalter nennt man mich Lu Yan. Meine Handschuhe halten schlichte Lederzügel; ich sitze auf dem breiten Rücken eines grauen Hengstes. Das Pferd ist eigenartig: Es hat einen urtümlichen blauschwarzen Streifen entlang der Wirbelsäule und parallele Streifen über den Schultern. Kein Pferd, denke ich. *Dies ist die Erinnerung an einen Tarpan – ein ausgestorbenes Geschöpf, das die Reitervölker der Steppe hier einführten.*

Mit meinen starken Schenkeln halte ich den kaum domestizierten Hengst unter Kontrolle. Nur wenige Männer können dieses Tier reiten, den Vater der Wildpferde.

Uns Awtomat gelingt es mit Leichtigkeit.

Neben mir treibt Leizu ihrerseits ihre kleinere Stute im Trab an, um mit mir Schritt zu halten. Die Finger hat sie in die blauschwarze Mähne gekrallt. Sie trägt ein weißes Seidenkleid, das im Wind hinter ihr herflattert. Auch sie beherrscht das wilde Tier ohne Mühe. Ihre Züge sind ebenmäßig und scharf, aus einzelnen Keramikplatten zusammengesetzt. Eindeutig Awtomat, aber doch kunstfertiger als das Leder und Fischbein aus Favorinis Werkstatt.

Gemeinsam reiten wir auf unseren wilden Kreaturen über ein Meer aus wogendem Gras.

»General.« Leizu reitet nun neben mir – zu nahe.

Ich nicke der Kaiserin respektvoll zu, blicke instinktiv zurück zu den Bergen. Dort, in der Ferne, sind Huangdi und meine Armee unterwegs.

Versteckt in den wolkenverhangenen Gipfeln herrscht mein Herr und Meister über Menschen und Awtomat, so weit das Auge reicht. Leizu lächelt über mein Zögern, ihre Lippen leuchten hell in dem elfenbeinfarbenen Gesicht.

Sie streicht sich eine verirrte Strähne zurück und rügt mich. »Mein Gatte ist beschäftigt damit, sich um sein großes Reich zu kümmern. Aus dieser Entfernung wird jeder annehmen, dass wir eine unschuldige Unterhaltung führen.«

»Er würde es nicht schätzen, dass wir …«

»Reden? Wie du meinst. Wenn es dir lieber ist, kann ich das Reden übernehmen, und du hörst zu.«

Sie beugt sich näher und legt eine Hand auf meinen gepanzerten Handschuh, fährt über das verzierte Metall. Ich gestatte ihr, meine Hand umzudrehen und über das raue Leder der Handfläche zu streichen. Ihre Berührung ist sanft wie Schneefall, ihre Fingerspitzen sind dabei jedoch hart wie Stein.

»Du bist stark, Lu Yan, vielleicht mir ebenbürtig. Doch ich sorge mich um deine Zukunft. Du und ich, wir sollten …«

»Uns beeilen«, beende ich den Satz und entziehe ihr meine Finger. »Solange das Wetter hält.«

Wut blitzt in ihrem Gesicht auf und verschwindet ebenso schnell wieder. Nach kurzer Überlegung zeigt sie mit dem Finger. Ihr langer Ärmel flattert in der Brise.

»Zum Rand der Klippe«, sagt sie. »Zum Drachenzahn.« Schon gibt sie ihrem Pferd die Sporen und rast davon.

Ich verlagere das Gewicht in dem simplen Ledersattel und treibe mein Tier an. Vor mir wirkt Leizu wie ein Geist aus der Unterwelt, langes schwarzes Haar über einem milchweißen Kleid. Während mein Ross immer schneller galoppiert, versenke ich mich in den Anblick ihrer Stärke und Geschicklichkeit. Sie reitet in perfekter Einheit mit dem Tier, hält den Kopf gerade, leicht gesenkt, wie ein Tiger auf der Pirsch im Schilf. Meine Schenkel streichen das wogende Gras, das zurückschnellt und Hunderte Insekten wie Sternschnuppen verschießt. Ich lache vor schierem Hochgefühl, so laut, dass ich den Widerhall in meiner Brust vibrieren höre.

Als ich Leizu einhole, will sie ihr Pferd noch weiter antreiben, doch sie entkommt mir nicht mehr. Die Mähne meines Tarpans ist so verschwitzt, dass sie steif auf und ab wippt. Ich erahne das wütende Lächeln auf Leizus Zügen, als ich an ihre vorüberziehe – und auch einen Hauch von Befriedigung.

Da werfe ich den Kopf zurück, greife mit der Faust in die Mähne und ziehe. Mit lautem Wiehern bäumt der Tarpan sich auf und gräbt die Hufe in das nun spärlichere Gras. Direkt am Rand des Hochplateaus kommen wir abrupt zum Stehen.

Steine rollen über den Rand. Knackend hallen die Aufschläge in der Tiefe.

Eine weite Schlinge des Langen Flusses windet sich wie ein fetter, glänzender Drachenschwanz unter uns durch das Tal. An den Ufern steigt das Land zu Graten an, die wiederum zu grünenden Ebenen führen. Wilde Wälder scheinen das angeschwollene Gewässer einzudämmen; doch weiß ich instinktiv, dass nur diese Hochplateaus wirklich Sicherheit vor dem mächtigen Fluss bieten.

Mit einem geheimnisvollen Lächeln tritt Leizu von hinten an mich heran.

»Danke für die Warnung«, sage ich sarkastisch.

Das Lächeln weicht nicht aus ihrem Gesicht. Unbeschwert wendet sie ihre schwitzende Stute von mir ab. Das Tier bläht die Nüstern und rollt mit den Augen, als Leizu es direkt entlang des Abgrunds reitet. Ich sehe ihr hinterher, die Silhouetten von Frau und Pferd vor einem wolkigen Himmel. Dann treibe ich mein Ross an und folge ihr.

Das Rennen war aufregend, aber jetzt führt mich Leizu irgendwohin.

Jenseits des Flusses, auf der anderen Seite des Tals, erkenne ich das schwarze, in die Wand des fernen Plateaus gebohrte Maul: der Drachenzahn. Ein Strom menschlicher Sklaven ergießt sich in und aus diesem Rachen. Einfache Leute, in Lumpen gekleidete Bauern, die leere Säcke hinein- und Säcke voller Stein heraustragen.

Dieses enorme Bauvorhaben ist nun schon seit Jahren im Gange, und die Männer wirken erschöpft und halb verhungert. Wie sich Wasser durch einen Fels frisst, so haben sie ein Netzwerk von Tunneln in die Flanke des Plateaus gegraben: Ausschachtungen für eine Grabkammer – eine unterirdische Stadt, tief im Inneren verborgen.

Huangdis Nekropolis wird einzigartig sein.

Bald schon wird das Grab unser aller Versteck sein, wenn wir uns in unseren tausendjährigen Schlaf begeben, um die Rückkehr der Ahnen abzuwarten – der Ersten Menschen. Der Gelbe Gott hat verfügt, dass wir dieses barbarische Land verlassen und unsere Gefäße in den Tiefen der Unterwelt zur Ruhe betten, bis unsere Schöpfer wiederkehren.

»Danach wird er die Arbeiter töten«, meint Leizu, ohne mich anzusehen.

»Das Volk der Kurzlebigen gibt bereitwillig sein Leben für seinen kosmischen Herrscher«, erwidere ich.

Leizu runzelt die Stirn.

»Er brachte ihnen das Schreiben bei«, fahre ich fort. »Die Landwirtschaft. Er brachte ihnen das Mandat des Himmels. Ohne ihn wäre dieser Ameisenschwarm ein Nichts.«

»Keine Ameisen. Zivilisationsgründer.«

»Dieser Haufen da hat uns nicht geschaffen. Die Ersten Menschen sind lange verschwunden.«

»Das mag schon sein. Aber wieso, denkst du, haben sie uns auf die Welt geholt?«, fragt Leizu.

»Wir wurden geschaffen, um Huangdi zu dienen.«

»Das ist nicht wahr.«

Ich schnaube. »Behauptest du etwa, du würdest die Ahnen kennen?«

»Du bist ein Krieger, und Krieger haben ein kurzes Gedächtnis. Alle paar Hundert Jahre werdet ihr in einer Schlacht zerstört. Ich bin keine Kriegerin. Und mein Gedächtnis reicht lange zurück.«

»Dann sag du es mir. Weshalb wurden wir geschaffen?«

»Als Vorbilder«, antwortet Leizu. »Wir sind die Verkörperungen der von den Ersten Menschen wertgeschätzten Tugenden: Logik. Gerechtigkeit. Tapferkeit. Das Gleichgewicht von Chaos und Wiedergeburt. Schmerz empfinden wir nur, wenn wir unserem Wort nicht gerecht werden. Nicht zu dienen heißt, unsere Existenz zu schmähen. Es ist das Nagen der Leere, der Lockruf des Nichts.«

»Vorbilder sollen wir sein? Doch zu welchem Zweck?«

»Als Leuchtfeuer für die Menschen, Lu Yan. Nachdem unsere Schöpfer vor Jahrtausenden in Barbarei verfielen und in den überfluteten, goldenen Ruinen ihrer einstigen Hochkultur einander die Kehlen aufschlitzten ... da waren wir diejenigen, die weiter den Weg durch die Zeit wiesen;

unsterbliche Schäfer, welche die Nachfahren der Ersten Menschen zurück zu ihrem angestammten Geburtsrecht führen sollten.«

»Wir sind aber nicht unsterblich.« Ich schüttle den Kopf. »Die ältesten von uns existieren schon gar nicht mehr, ihre Animas sind ausgelöscht. Huangdi hat einen Plan …«

Leizu legt einen schlanken Arm um meine Taille und zieht sich zu mir auf mein Ross, schaut mich an. Es ist viel zu nahe, zu intim, doch in meinem Sattel bleibt mir keine Möglichkeit zur Flucht. Sie berührt meine Hüften und sieht mir in die Augen. Ihre Stimme scheint aus dieser Nähe fast aus meinem Kopf zu kommen.

»Sein Plan ist verrückt. Die menschlichen Reiche brauchen uns hier. Wir müssen sie zurück zu einer echten Kultur führen. Wenn sie die Größe ihrer Vorfahren wiedererlangen, werden wir im selben Zuge ein Stück Selbsterkenntnis gewinnen. Dies ist unsere einzige Chance auf Überleben.«

Jenseits ihres ovalen Gesichts passieren Tausende Arbeiter mit schmutzverschmierten Gesichtern unermüdlich den Höhleneingang. Huangdis Grab wächst mit jeder Minute. Unter ordentlicher Anleitung sind diese Menschen ohne Frage zu Großem imstande. Doch selbst mit unserer Hilfe leben die glücklichsten unter ihnen höchstens dreißig Jahre. Sie werden von Parasiten und Krankheiten geplagt und verlieren mehr Kinder, als sie großziehen.

»Diese Kreaturen sind kaum mehr als Tiere«, sage ich. »Wir müssen Huangdi gehorchen und schlafen. Unser Kaiser hat es verfügt. Wir werden die Rückkehr der Ersten abwarten.«

»Es *gibt* keine Ersten mehr«, entgegnet Leizu. »Diese *Tiere* sind die Überreste der Ahnen. Mehr als das werden wir von ihresgleichen niemals wieder zu Gesicht bekommen. Eine derartige Hochkultur wird nicht mehr von alleine entstehen.«

Sie schmiegt sich an mich, drückt die Wange an meine Schulter.

»Dein Herr ist ein Lügner«, fügt sie hinzu. »Wenn du es ihm gestattest, wird Huangdi sich von dir, ja von uns allen nähren, während er vergeblich auf die Rückkehr eines längst toten Volkes hofft …«

»Er hat versprochen, uns wieder zu wecken …«

Leizu hebt den Kopf, nimmt mein Gesicht in die Hände. »Das ist dein *Leben!* Müssen wir uns wirklich für *ihn* opfern?«

Ich ergreife ihre Handgelenke und schiebe sie sanft zur Seite. Dann schwinge ich mich von meinem Ross und springe auf den steinigen Klippenrand. Sie steigt ebenfalls ab, landet neben mir.

»Lu Yan, ich kann nicht alleine überleben.« Sie spricht rasch und gefühllos. »Ohne ein Einssein findet meine Anima keine Ruhe. Ich bitte dich: Wähle nicht ihn. Wähle *mich.*«

»Huangdi würde uns bis an die Enden der Welt jagen.«

»Wir werden warten, bis er schläft, und in letzter Minute gemeinsam entkommen …«

»Und was wird aus meiner Schwester? Meinem Bruder? Deinen Vasallen?«, halte ich dagegen.

Leizu betrachtet mich schweigend und ohne eine Regung.

Ich lege beruhigend die Hand auf die große Flanke des Tarpans. Schließlich, mit Trauer in der Stimme, richte ich wieder das Wort an die Kaiserin. »Ich kann meinen Herrn nicht hintergehen, Leizu. Nicht für das Menschenvolk.«

Jede Emotion ist aus ihren Zügen gewichen. Als sie mir antwortet, bewegen sich ihre Kiefer mit mechanischer Präzision, scheinen jede Silbe auszuspeien. »Diese jämmerlichen Menschen mögen nicht lange leben; dennoch haben solche wie sie einst etwas geschaffen, das wir niemals aus eigener Kraft verstehen werden.«

Ich versenke mich in den Anblick der insektengleichen Menschenschar. Der Haufen Steine wächst beständig an.

»Sie haben *uns* geschaffen«, sagt Leizu.

# 49

## CHINA, GEGENWART

Das Entsetzen, das ich beim Betreten der Nekropolis empfand, weicht rasch schierem Staunen. Eine niedrige Felsendecke bildet einen falschen Sternenhimmel, besetzt mit Tausenden Glühwürmchen, die alles in ein bläuliches Licht tauchen. Ehrfürchtig durchwandere ich mit offenem Mund die endlosen Reihen von Terrakottakriegern, die zwischen den gedrungenen Säulen Wache stehen. Ich fahre mit den Fingern über ihre staubige Tonrüstung, bis sich Peters Hand um meinen Bizeps schließt und er mir Einhalt gebietet.

»Vorsicht.« Er weist mich mit dem Kinn auf den Boden hin.

Der grob behauene Stein ist mit Staub bedeckt und von Quecksilberadern durchzogen. Peter stößt einen kleinen Stein in die ruhige, silberne Flüssigkeit, der lautlos darin versinkt, ohne auch nur einen Wellenschlag zu hinterlassen.

Ich ziehe meinen Arm wieder an mich und bewege mich fortan mit mehr Vorsicht.

Diese Nekropolis ist in einer Art Scheintod gefangen, hält Winterschlaf, während Zeit und Zivilisation dort oben unerbittlich fortschreiten. Es ist eine Welt, die mit der Langsamkeit von Stalagmiten wächst, behütet vor Erdbeben, Fluten und Feuer, während draußen ganze Reiche mit den Jahrhunderten erstehen und wieder vergehen.

Jeder der dunklen Krieger sieht in dieselbe Richtung; tausend blinde Augen sind auf einen einzigen Punkt in der Ferne gerichtet. Geleitet von der unausgesprochenen Weisung dieser ewigen Armee, schreite ich im scharfen weißen Strahl meiner Stirnlampe langsam voran.

Ich halte inne, als sich vor mir das schwarze Gewühl in den nackten Fels geschlagener Drachen abzeichnet. Der kaiserliche Thron an der Stirnseite der Kammer ist eine unfasslich komplexe Skulptur von zwei Stockwerken Höhe. Die Decke darüber ziert eine Kuppel, die von einem hohen Rund steinerner Säulen gestützt wird. Und auf der Spitze der Ehrfurcht gebietenden Struktur kann ich die kleine Gestalt eines Mannes ausmachen.

»Mein alter Meister«, sagt Peter mit hallender Stimme.

Ein fernes Donnern rollt durch die Höhle, wie ein Riese, der klopfend um Einlass bittet. Es klingt, als würde Leizu Sprengstoff benutzen, um den eingestürzten Durchgang zu erweitern. Peter und ich tauschen Blicke.

Zeit, an die Arbeit zu gehen.

Als ich näher an den schwarzen Thron herantrete, sehe ich, dass der Kaiser seine Augen geschlossen hat. Tausende von Jahren hat er hier in seiner Nekropolis gewartet. Seine reich verzierten Seidenroben sind spröde geworden, beinahe zu Staub zerfallen. Sein Körper selbst jedoch ist unberührt, von der kühlen Kammer im Schein der biolumineszenten Sterne konserviert. Neben seinem Ellbogen auf der Armlehne des Throns ruht eine rostige Eisenstange – ein *Ruyi*-Zepter, dessen Kopf die Form einer Blüte aufweist.

Ich erklimme das Podest und stehe schließlich zu Füßen des Kaisers.

Dort lege ich Batuos lederne Werkzeugrolle auf den Schoß des Automaten und schlage sie auf. Eine bunte Zusammenstellung von Instrumenten, teils futuristisch, teils prähistorisch, schimmert im Schein meiner Lampe. Als ich mir blaue Latexhandschuhe überziehe, denke ich wieder an das Mädchen aus Sankt Petersburg; es scheint so lange her inzwischen. Dieses kleine Mädchen hatte eine Botschaft in sich versteckt, die darauf wartete, entdeckt zu werden.

Bei diesem alten Mann ist es nicht viel anders.

Als ich die steifen Roben von seiner Brust schäle, zerfällt der Stoff unter meiner Berührung. Darunter prangen kunstvoll gemalte Kämme und Hügel auf einer halb offenen Brustplatte aus dicker Keramik, die von metallenen Fäden durchzogen wird. Wären da nicht die ausgeklügelten, haarfeinen Linien um sein Gesicht, seine Brust und Gelenke, die seinen Gliedern einst ermöglichten, sich zu bewegen – ich hätte ihn für eine weitere Terrakottafigur halten können.

Ich säubere ihn mit ein paar kurzen Stößen Druckluft aus einer Dose. Wölkchen von Felsstaub wirbeln vom kaiserlichen Körper auf. Unter den Schichten von Schmutz kommt ein goldener Glanz zum Vorschein.

»Erinnerst du dich an ihn?«, erkundige ich mich.

Peter steht in dem freien Halbkreis zu Füßen des Throns, streicht mit den Fingern über das Gesicht einer Terrakottastatue. »Ein wenig«, erwidert er. Ein leichtes Zittern in seiner Stimme verrät, wie tief ihn der Moment berührt. »Bitte sei vorsichtig.«

»Heißt das, dass du eigentlich gar kein Russe bist?«, frage ich halb im Scherz. »Bist du ein Chinese?«

Ich erahne, wie mir Peter mit seiner zerrissenen Wange in der Dunkelheit ein Lächeln schenkt.

»Vielleicht beides – oder keins von beidem. Awtomat gehörten zur Kultur der Ersten Menschen, wer immer sie waren. Es lebt niemand mehr, der es uns erzählen könnte.«

Da fällt der Lichtkegel aus meiner Stirnlampe auf einen eigenartig hellen Stein, der etwa auf Hüfthöhe des Kaisers in einer aufwendig gemeißelten Fassung sitzt. Eine Reihe von Tupfen verläuft wie ein Ausschlag auf seiner Oberfläche. Vorsichtig löse ich den Stein.

Aus irgendeinem Grund denke ich an meinen *deduschka.*

Ein weiteres Donnern hallt durch die Höhle.

»Schnell«, drängt Peter mich.

Eilig verstaue ich den merkwürdigen Stein bei meinen Sachen.

Anschließend widme ich mich wieder dem Automaten, presse meine behandschuhten Finger auf die Keramik-Brustplatte und schiebe sie ganz auf. Darunter kommt ein Hohlraum zum Vorschein. Das Innere ist schlicht und sauber. Ich sehe keine künstlichen Lungen, keinen Verdauungstrakt, kein Kreislaufsystem – keines der künstlichen Hilfsmittel, die Peter und die anderen Awtomat wie menschliche Wesen erscheinen lassen. Es gibt lediglich einen schlichten Sockel, eine Wiege, die mit den Streben des Räderwerks verbunden ist.

»Er hat nicht einmal so getan, als würde er atmen«, sage ich nachdenklich. »Jeder muss gemerkt haben, dass er kein Mensch ist.«

»Die Menschen hielten ihn für einen Gott.« Peter klingt beinahe bitter. »Und vielleicht hatten sie recht damit.«

Ich richte den Strahl meiner Stirnlampe auf die Wiege und mache eine Aussparung in diesem Herzstück aus: die vertraute Form eines Halbmonds. Nach zweihundert Generationen hat mein Relikt endlich den Weg nach Hause gefunden.

Nachdem ich es mir über den Hals gestreift habe, halte ich es in beiden Händen und löse es von der Kette. Das vertraute Labyrinth geätzter Verzierungen auf seiner Oberfläche glänzt im harten Licht der Lampe. Mit dem Finger zeichne ich die Konturen der Träne mit dem Punkt darin nach – das alte Yang-Symbol.

Als ich dieses Artefakt mit sechzehn das erste Mal in der Hand hielt, wusste mein Großvater bereits, was ich da erst erahnte: dass ein Rätsel in den fraktalen Mustern des Metalls verborgen war. So wie ich hatte er das von dem Relikt ausgehende Mysterium gespürt, kaum dass er es auf einem schneebedeckten Schlachtfeld gefunden hatte. Vierzig Jahre trug der alte Mann es mit sich und wahrte sein Geheimnis ebenso loyal wie Peter.

Ich schaue zu Peter, der mich betrachtet, hole tief Luft und entnehme der Werkzeugrolle einen Pinsel, wie ihn Archäologen benutzen. Damit befreie ich die Wiege von Staub, suche nach versteckten Anschlüssen und beschließe die Reinigung mit einigen weiteren Stößen Druckluft.

Dieser Automat ist gleichermaßen älter und fortschrittlicher als alles, was ich je zu Gesicht bekommen habe. Einzigartig, aber doch Gemeinsamkeiten mit den Mechanismen aufweisend, die ich in Talus, Batuo und Peter gesehen habe. Ich hebe das Relikt mit beiden Händen an die Lippen.

Dann führe ich es in die Brust des Automaten.

Mit geschlossenen Augen lasse ich mich von meinem Tastsinn leiten, bis ich die perfekte Position gefunden habe. Als das Relikt schließlich einrastet, umschmeichelt summende Elektrizität meine Fingerspitzen.

Ich trete einen Schritt zurück und schalte die Stirnlampe aus.

Das Relikt sitzt fest an Ort und Stelle, bildet nun das Herz des alten Automaten. Im Dunkel beobachte ich die reglose Figur.

Ein Teil von mir verharrt gespannt wie ein Läufer, der in Position auf den Knall der Startpistole wartet – doch kein Schuss ertönt. Das Tosen eines unsichtbaren, unterirdischen Flusses hallt fern durch die Finsternis, die uns meilenweit umgibt. Staubflocken legen sich lautlos auf die sepiafarbene Haut einer erstarrten Armee.

Diese Welt ist leer und still.

»Es passiert nichts«, stellt Peter fest.

»Er sitzt hier seit Jahrtausenden. Gib ihm eine Minute.«

Ich zucke zusammen, als eine weitere Explosion vom hinteren Ende der Kammer über uns hinwegrollt. Steine rieseln von der Decke, etwas platscht in die Quecksilberbäche. Blaue Lichtstreifen – haltlose Glühwürmchen – tropfen wie Sternschnuppen auf die Armee herab.

»Wir haben keine Minute mehr«, hält Peter nun dagegen.

»Da hast du wohl recht.« Noch einmal greife ich in die kaiserliche Brust, überprüfe die Verbindungen des Relikts und seiner Wiege. Jede Strebe sitzt am rechten Platz, nichts ist lose, und im Inneren ist nur wenig Staub. Haarfeine Risse trüben die Oberfläche, eine Patina des Alters. Im Prinzip hält glasierte Keramik jedoch fast ewig.

Etwas kitzelt meinen Arm.

Mit geweiteten Augen halte ich inne, bewege mich dann mit mehr Vorsicht. Mir wird klar, dass ich den Zug eines elektrischen Feldes auf meiner Haut spüre. Die feinen Härchen auf meinem Arm haben sich in Habachtstellung aufgerichtet.

Versuchsweise drehe ich meinen Arm, und die Härchen legen sich wieder.

Ich verändere systematisch die Position, um mittels des Kitzelns auf meiner Haut die Ausmaße des elektrischen Felds abzuschätzen. Der Zug stammt von einer zentralen Quelle ganz in der Nähe. Ich gehe ein wenig auf Abstand zu Huangdi, bemühe mich, das Feld zu visualisieren.

»Was tust du da?«, will Peter wissen. »Leizu ist schon fast hier …«

Mit einem Finger bedeute ich ihm, zu schweigen. Dann strecke ich mit geschlossenen Augen die Hände wie Antennen aus und achte auf das schwache Prickeln, das mich überläuft. Sobald ich mich der Rückseite des Throns nähere, stehen die Härchen wieder senkrecht.

Ich schlage die Augen auf. »Peter.«

Eine tiefschwarze Scheibe von der Größe einer Untertasse ist in die hohe Rückseite des Throns eingelassen – metallisch glänzend und mit kunstvollen Gravuren überzogen. Sie ist der Ausgangspunkt des elektrischen Felds, das leise summend den gesamten Thron und den darauf schlafenden Kaiser einhüllt.

Sie sieht exakt wie die Sonnenscheibe auf Elenas Zeichnung aus.

»Peter, ich glaube, ich habe hier …«

Da beginnt die Brust des Automaten laut zu knirschen und schließt sich selbsttätig. Währenddessen weicht Peter bereits von dem Thron zurück. Was immer er gerade sieht, es muss ihm die Sprache verschlagen haben.

»Peter?«

Er scheint mich nicht zu hören. Mit gesenktem Haupt sinkt er vor dem Thron auf die Knie. Hektisch sammle ich meine Werkzeuge ein, werfe mir den Rucksack über die Schulter und trete wieder hinab zu ihm.

Auf dem Thron füllt sich des Kaisers Körper mit Licht, ein goldener Glanz, der wie bei einem ausgehöhlten Kürbis durch die Fugen seiner Brust nach draußen fällt. Jeder Sprung in seiner Keramikhaut zeichnet sich wie eine schwarze Vene gegen die pulsierende Helligkeit ab. Etwas in ihm klickt und klappert. Ein hohes Surren ertönt, wird lauter. Dann zuckt sein Hals, und sein Kopf dreht sich mit leichtem Schütteln nach links und rechts.

Ich lege die Hand auf Peters Schulter. Über uns öffnen sich mit einem leisen Klicken zwei schwarze Augen.

# 50

## CHINA, 3000 V. CHR.

Irgendwo in weiter Ferne spüre ich, wie sich die Rinde eines verbrannten Baumes schmerzhaft in meinen Rücken drückt. Leizus scharfes Knie presst sich in meine Brust. Singend und funkenschlagend sendet das metallische Gerät in ihrer Hand die übermächtigen Erinnerungen durch meinen Geist. Die Bilder und Geräusche prasseln auf mich ein und löschen die Wirklichkeit des Krieges in Stalingrad aus.

Ich erinnere mich.

In einer großen Höhle hängen Hunderte strahlende Laternen von einem Halbkreis hoher steinerner Säulen. Farbenfroh gekleidete Krieger aller Art stehen endlos weit in Reih und Glied, absolut reglos. Die Formationen lebensecht bemalter Terrakottasoldaten scheinen kampfbereit; Gruppen von Bogenschützen erstrecken sich bis in die Tiefen der flackernden Dunkelheit jenseits des Laternenscheins. Zwischen den Kriegern schlängeln sich schmale Quecksilberflüsse durch die Weite, folgen dem Muster von Chinas großen Flüssen.

Heute ist es endlich an der Zeit, zu schlafen.

Die Truppen haben sich in der riesigen Nekropolis versammelt, um dem Kaiser die Ehre zu erweisen. Der mächtige Huangdi sitzt zu meiner Linken auf einem reich verzierten Thron, der sich hoch aus wildem schwarzem Fels erhebt. Ich stehe mit verschränkten Armen etwas tiefer, trage eine über der Brust geteilte Robe aus schwarzer und goldener Seide. Das lange schwarze Haar habe ich zu einem festen Knoten gebunden, ein Fächer steckt in meiner Schärpe. An meiner Hüfte, hart und beruhigend, hängt ein Schwert.

Als erster General des kosmischen Herrschers begutachte ich zufrieden die zeremonielle Armee.

Andere Langlebige haben sich in einem Halbrund zu Füßen des Throns geschart, darunter auch meine Schwester. Sie ist die kaiserliche Strategin, klein, doch voller Energie. Im Körper eines Kindes hat sie dem Kaiser häufig bei Verhandlungen mit kurzlebigen Kriegsherren beigewohnt, ihn leise und unschuldig beraten, auf dass wir neue Ländereien eroberten und annektierten; wobei wir häufiger durch ihr Verhandlungsgeschick als meine Kriegskünste gewannen.

Der Gelbe Kaiser sitzt auf seinem Stuhl, das bemalte Gesicht verloren in den Wirren aus gemeißelten Drachenzähnen und -schuppen. Der Thron, der mitsamt seinem Podest wie eine Faust aus dem Felsboden ragt, ist einem Strudel herrschaftlicher Drachen nachempfunden: Bartel tragende Monstren, die sich im Kreis winden und einen prächtig gefiederten, Feuer speienden Phönix über den hohen Himmel des schwarzen Felsendoms jagen.

Huangdis Seidenärmel wogen, während er mit Donnerstimme seine Rede hält.

Auf seinen Befehl hin haben wir die menschlichen Arbeiter ausgemerzt und ihre Leichen in den Schlingen des langen Flusses verschwinden lassen. Die Langlebigen folgten Huangdi daraufhin wie in einer Trauerprozession in die geheimen Tiefen aus Fels, ein schwarzer Marsch in die schweigende Dunkelheit, geführt von meiner Schwester. Sie war es auch, die dieses Labyrinth versteckter Steinpfade entwarf.

Verloren in den Eingeweiden der Erde fanden wir unseren Weg in die Nekropolis.

Nur der Verstand meiner Schwester kann den von ihr geschaffenen Irrgarten erfassen. Selbst der Kaiser vertraut ihr – einzig ihrer geringen Größe wegen. Dennoch bestand Huangdis erster Akt in seinem Nachleben darin, den Eingang mit einem riesenhaften Felsquader zu versperren.

Solcherart eingeschlossen, begann unser Kaiser die Rede, die er nun gerade abschließt.

»Jetzt«, sagt er. »Jetzt ist es an der Zeit für den Schritt durch die Ewigkeit. Es bleibt niemand mehr zu erobern, niemand, der einer Eroberung würdig wäre. So viele Jahre, wie es Sandkörner im Fluss gibt, haben wir zugesehen und Frieden geschlossen und auf unsere Ahnen gewartet. Darauf, dass sie zurückkehren und uns belohnen.

Schon scheiden die ältesten unter uns dahin. Man hat uns zurückgelassen, aufgegeben. Über zahllose Zyklen hinweg haben wir den Schöpfern gedient und unvorstellbares Leid erduldet, und jetzt … ertragen wir es nicht länger. Die einzigen Zeugnisse unserer Taten finden sich eingekratzt auf Orakelknochen, in vergessenen Städten begraben; im Geschenk des Metalls, mit dem diese barbarischen Völker einander ermorden; und in den Legenden, die zwischen den wolkenverhangenen Bergen schweben.

Damit kommen wir zu diesem Moment. Dem Augenblick, in dem wir durch die Leere treten. In dem wir unsere Häupter und Schwerter niederlegen. Endlich werden wir schlafen.«

Zu meiner Rechten sehe ich Leizu auf einem kleineren Thron. Die schlanke Frau sitzt ein paar Köpfe tiefer als wir, ist fast unter Seidenroben und Perlenketten und Stickereien begraben. Ihr hochgestecktes Haar wird von einer Klammer aus Perlmutt gehalten, ihr Porzellangesicht ist vornehm weiß geschminkt, mit roten Lippen und hochgezogenen Brauen. Rechts von ihr steht mein jüngerer Bruder.

Sein schwarzes Haar fällt ihm auf die Schultern und rahmt sein engelsgleiches ovales Gesicht.

»Habt keine Furcht. Lasst ab von eurer Anima. Ergebt euch dem schwarzen Schlummer und wartet auf die neue Zeit. Unsere Vorfahren werden wiederkehren in der Nacht und uns erwecken. Die Ersten werden uns alle im Reich des Himmels willkommen heißen«, fährt Huangdi fort.

Gierig beugt sich der Kaiser vor, stützt die Arme auf die Lehnen seines Throns. Er bewegt die Hand, und irgendetwas klickt.

Ein tiefes Vibrieren erwacht im Inneren des Throns.

Von irgendwo und nirgends breitet sich ein blaues Licht aus, ein Glorienschein, der über die knorrigen schwarzen Rücken der gemeißelten Drachen zieht. Eine Starre befällt mich, als das betäubende Licht mich passiert und sich in der Höhle ausbreitet. Auch die anderen schwanken, sinken auf die Knie.

»Wenn wir erwachen, werden die Ersten uns umarmen!«

Sturzbäche aus Licht blenden meine Augen. Meine Kraft schwindet dahin, und ein hartnäckiger Schmerz bohrt sich wie ein Messer in meine Brust. Die Macht meiner Anima versiegt, als das Licht sie mir wie mit Klauen entreißt und dem Thron zuführt. Ich höre jemanden schreien. Etwas fällt klappernd zu Boden, und ich beobachte, wie die anderen sich winden, sterben.

Etwas im Inneren des Throns stiehlt unsere Macht und absorbiert sie.

Meine Schwester sucht Schutz unter einem Bronzeschild, den sie einem nahen Tonsoldaten abgenommen hat. Als das sengende Licht auf sie fällt, duckt sie sich unter das funkelnde Metall, zuckt und schreit unter ihrem golden glänzenden Panzer. Ich versuche, zu ihr zu gelangen, ihren Namen zu rufen, doch meine Glieder versagen mir den Dienst.

*Das ist falsch. Mein Meister hat uns verraten. Er* nährt *sich von uns.*

Huangdi erhebt sich. Seine Brust ist geöffnet, sodass die in Licht gebadete Anima darin zu sehen ist. Dann zieht er sein göttliches Schwert: Xuan Yuan.

»Und ich alleine werde lange genug leben, um die Ersten zu begrüßen«, flüstert er. »Ewiglich, wenn nötig.«

Ich weiß nicht mehr, ob meine Augen geöffnet oder geschlossen sind.

Um das Gleichgewicht zu wahren, strecke ich die Hände aus, berühre den kalten steinernen Leib des Throns. Ich sinke auf die Knie, mein Kinn sackt mir auf die Brust.

Ein Schrei im Dunkeln. *»Nein!«*

Meine Lider öffnen sich gerade in dem Moment, in dem ein weißer Blitz durch mein Gesichtsfeld fährt. Es ist Leizus Kleid, das an mir vorüberpeitscht. Sie springt auf die schwarzen Stufen des gewundenen Kaiserthrons. Ihre Bewegungen sind träge, ausgebremst von der Lichtflut, doch sie faucht mit erschöpfter Entschlossenheit, kämpft sich durch das kräftezehrende Feld.

*Wo ist meine Schwester?*

Ich mühe mich, die Augen offen zu halten, und erhebe mich. Meine Beine sind taub, meine Stiefel flackern vor blauen Blitzen, die über das Gestein spielen. Ungläubig schaue ich mit an, wie Leizu mit knirschenden Zähnen Stufe für Stufe das Podest erklimmt, eine schreckliche Bosheit in den schwarzen Augen. Sie duckt sich unter der kaiserlichen Klinge weg und rammt mit unfasslicher Kraft die Hand in Huangdis offene Brust.

Sie schließt die Faust um seine Anima.

»Schlafe, alter Mann«, sagt sie und reißt die Faust heraus.

Huangdi will schreien, aber seine Stimme verhallt. Sein Mund gefriert zu einer ewigen Grimasse, als seine Seele von ihm weicht. In dem Moment, in dem sich seine Anima von ihrem Gefäß trennt, erschlafft sein Körper auf dem Thron. Blitze zischen aus Leizus Hand.

Die betäubenden blauen Lichtfinger lassen von mir ab.

Leizu wendet sich dem gestürzten Hofstaat zu, hat die Anima – noch immer von blauen Ranken purer Energie umgeben – wie eine Trophäe erhoben, damit jeder sie sieht. Ihre hohen, aufgemalten Brauen verleihen ihrem triumphierenden Lächeln etwas Dämonisches.

Doch all die Langlebigen liegen reglos, abgelaufen am Boden.

Ich stoße ein entsetztes Stöhnen aus, versuche verzweifelt, mich zu erheben. Es gelingt mir mit letzter Kraft, mich auf ein Knie aufzurichten, als eine dunkle Gestalt hinter Leizu in die Höhe wächst. Es ist mein Bruder, die vertrauten Züge zu einem wütenden Lächeln verzerrt, der an ihre Seite tritt.

»Du hast die falsche Wahl getroffen, Lu Yan«, meint Leizu zu mir.

Ich werfe mich nach vorn, schlinge die Arme um sie. Als sie mich zurückstößt, habe ich jedoch bereits Huangdis Relikt an mich gebracht.

»Huangdi ist immer noch mein Herr!«, bringe ich hervor.

Meine Beine geben nach, und ich breche zusammen, rolle die steinernen Stufen hinab, bis ich gegen die vorderste Reihe der Terrakottakrieger pralle.

Ich drehe mich gerade noch rechtzeitig, um zu erkennen, wie Leizu sich auf mich stürzt, die göttliche Klinge auf meine Brust gerichtet. Etwas schlägt mir hart auf die Schulter, und ich rolle noch einmal zur Seite, ehe die Kaiserin landet und ihre Klinge in den Stein gräbt. Da werde ich meiner Schwester gewahr, die unter ihrem rauchenden Schild hervorkriecht, eine Hand auf meine Schulter gelegt. Sie hilft mir stolpernd auf die Beine, während ich mich weiter an Huangdis Anima, dieses wertvolle Relikt, klammere.

»Du hast gewählt«, ruft Leizu vom Fuß des kaiserlichen Throns, ihr Gesicht wie weißer Stein in einem Wasserfall schwarzen Haars. »Du hast dies gewählt!«

Mein Bruder tritt leichtfüßig die Stufen herab, hat ein langes Schwert gezogen. Er ist mir ebenbürtig in der Schlacht – und Leizu ist mir überlegen. Ich kann es unmöglich mit beiden zugleich aufnehmen.

»Nicht«, sage ich. »Bitte.«

»Wir existieren, um zu dienen, Bruder«, erwidert er grinsend. »Und der Name *meiner* Herrin lautet Leizu.«

Sprachlos, mit offenem Mund, schreite ich rückwärts zwischen die Reihen der Tonsoldaten, die Anima schützend an die Brust gedrückt. Meine Schwester bleibt an meiner Seite; ich spüre ihre Schulter an meiner Hüfte. Die beiden Teufel kommen uns immer näher. Wir sind die letzten Überlebenden.

Finger verschränken sich in meine, ziehen an meiner Hand.

»Komm«, fordert eine leise Stimme mich auf. »Folge mir.«

Dann flieht meine Schwester mit mir durch die Reihen der bewegungslosen Krieger – ein verängstigter Sperling, der mich in die Freiheit führt.

# 51

## CHINA, GEGENWART

Über dem leeren Muschelrauschen der Höhle, vor den blinden Augen von tausend Terrakottakriegern und unter dem Glimmen falscher Sterne erwacht der Awtomat-Kaiser auf seinem Thron bebend zum Leben. Seine Lippen teilen sich, entblößen kleine weiße Zähne, während in seinem Körper eierschalendünne Porzellanteile übereinandergleiten.

Diese schwarzen Augen … Sie blinzeln wieder.

»Ich habe die Sonnenscheibe auf der Rückseite des Throns gesehen«, raune ich Peter zu. »Ich schätze, dass sie es war, die ihn wiederbelebt hat. Wo ist Leizu?«

»Ich nehme an, dass sie bereits hier ist«, erwidert er.

»Glaubst du, dass er defekt ist?«

»Nein, June, ich denke, dass Huangdi vollauf intakt ist.«

»Aber was tut er dann?«

»Lauschen.«

»Wieso?«, will ich wissen.

»Er lernt unsere Sprache.«

Eine flatterhafte Musik steigt aus der Brust des Kaisers auf, wie das wahllose Spiel eines Kindes auf einem Xylophon. Leicht verstimmt und eigenartig fremd in dem unvorhersagbaren Muster, wird das Klimpern lauter und immer komplexer, bis sich die Myriade verschiedener Einzelgeräusche zur Harmonie eines einzigen Instruments verbindet: einer Stimme.

Zum ersten Mal seit Jahrtausenden hebt der Gelbe Kaiser zu sprechen an.

»Lu Yan«, krächzt er mit seltsamem Akzent.

Staub rieselt in kleinen Bächen von Huangdis Körper, schwebt in den letzten Resten goldenen Lichts, die ihm noch anhaften. Das kaiserliche Gesicht hat das glasierte Weiß von Porzellan, die aufgemalten Brauen sind entrüstet gehoben. Ein verblasstes Rot färbt Lippen und Wangen, und ein langer Bart sprießt auf seinem schmalen Kinn.

»Huangdi, ich nenne mich nun Peter.« Er kniet noch immer, beide Arme über dem Schenkel überkreuzt, den Kopf geneigt.

Keramiklider schließen sich über schwarzen ovalen Augen, und die Stimme der uralten Maschine wechselt den Akzent. Die Sprache, die er benutzt, ist mit urgermanischen und dem Latein ähnlichen Worten, aber auch mit Altchinesisch und dem von uns bereits benutzten Vokabular durchsetzt. Ich gebe mein Bestes, zu dolmetschen, während er spricht.

»Peter. Mein loyaler *praefectus.* Wir sprechen in der Zunge der Barbaren.«

»Ja, Huangdi.«

Der Uhrwerkkaiser senkt den Blick, um seine mechanischen Hände zu betrachten, an deren Gelenken sich seine Robe allmählich auflöst.

*»Leizu«,* murmelt er, und die Spieluhrstimme vibriert. »Wie lange, der Traum?«

»Fünftausend Jahre«, antwortet Peter. »Meine eigene Erinnerung lässt mich im Stich. Nur wenige von uns sind noch übrig. Ich habe dich deines Wissens wegen geweckt.«

Mit einem Knirschen beugt Huangdi sich vor. Peter dagegen könnte problemlos als menschliches Wesen durchgehen, wie er da kniet, seinen muskulösen Oberkörper unter der staubigen, militärisch wirkenden Jacke verborgen, den Kopf wie zum Gebet gesenkt.

Der Kaiser schüttelt verwundert den Kopf. »*Du* großes Wissen. Die Ersten.«

»Nein, Huangdi. Es gibt keine Ersten. Wir sterben.«

Ruckend wendet der Kaiser den Kopf zu mir. Meine Finger verkrampfen sich nervös um Peters Schulter.

Huangdis Mund klappt auf. Er bleckt die Zähne, darüber drohen die strengen Brauen. »*Kurt vit.* Meensch.«

»Ihr Name ist June«, sagt Peter. »Sie ist eine Meisterin, eine große Mechanikerin. Sie war es, die dich ...«

*»Blasphemia!«* Huangdis dünne Stimme zittert vor Zorn. *»Sanctum.«*

»Huangdi.« Peter breitet die Hände aus. »Unser Volk ist beinahe ausgestorben. Wirst du dein Wissen teilen und die Verlorenen wiederbeleben?«

Der Ausdruck des alten Roboters ändert sich nicht: Der Blick aus der Maske gesprungenen Porzellans bleibt tödlich. So still, wie er dasitzt, scheint er fast wieder zur Statue geworden zu sein, so steinern wie die Drachen an seinem kunstfertigen Thron. Dieses Ding hat kaum etwas mit uns gemein – und es unternimmt praktisch keinen Versuch, menschlich zu wirken. Ich muss mich fragen, wie es um die Menschlichkeit seiner Schöpfer bestellt war.

»Wie viele leben?«, fragt der Kaiser schließlich.

»Einige Dutzend, vielleicht weniger. Die Überlebenden machen Jagd aufeinander. Deine Weisheit kann eine Anima wieder aufladen. Ein neues Zeitalter kann beginnen.«

Der alte Roboter nickt, und Peter entspannt sich sichtlich.

»Eines Tages«, erklärt Huangdi. »Nicht heute.«

Der Kaiser beugt sich vor, hebt den Arm.

»Töte sie«, sagt er lauter, zeigt mit dem gekrümmten Finger auf mich.

Ich weiche vom Thron zurück, bemerke, wie Peters Schultern sich straffen und er sich aufrichtet. Dahinter blickt der alte Mann wie eine Vogelscheuche auf uns herab. Zögerlich wendet Peter sich mir zu, eine stämmige Silhouette, getaucht in blaues Sternenlicht.

Die Porzellanplatten knirschen vernehmlich, als der Kaiser sich erhebt. Die Überreste der schwarz-gelben Robe haften noch an seinem Keramikleib. »Gehorche, Lu Yan«, grollt er.

Peter macht einen Schritt auf mich zu, eine Hand auf dem Heft seines Dolches.

»Peter?« Ich weiche weiter zurück. »Das ist nicht dein Ernst!«

»June«, sagt er. »Bleib ganz ruhig.«

Er kommt näher, schließt die Augen und lässt den Dolch mit schabendem Laut aus der Scheide gleiten.

»Das bist nicht du, Peter«, beschwöre ich ihn. Die tönerne Form eines stummen Kriegers presst sich in meinen Rücken.

Huangdis Stimme wird zu einem hohen, ärgerlichen Heulen. »Gehorche!«

Ich drücke mich gegen den Tonkrieger. Mit seiner sonst so beruhigenden Größe ragt Peter nun unaufhaltbar vor mir auf; seine breite Brust löscht alles aus.

Er legt mir eine Hand über den Mund.

»Leizu ist hier«, murmelt er. »Sie sieht zu.«

»Jetzt!«, schreit Huangdi gebieterisch.

Peters Druck auf meine Brust nimmt zu, raubt mir den Atem, während sich mir gleichzeitig das harte Relief einer Rüstung ins Rückgrat presst.

»Nimm die Sonnenscheibe an dich«, fordert Peter mich auf. »Ich werde dich finden, versprochen.«

Ehe ich etwas erwidern kann, stößt er mich in die dunklen Ränge der Krieger. Daraufhin dreht er sich zum Thron um, die Schultern trotzig gestrafft.

»Huangdi!«, ruft er mit bebender Stimme. »Ich habe lange gelebt und lange gekämpft. Habe Zaren und Kaisern und … und kleinen Mädchen gedient. Ich habe dich nicht aus Loyalität erweckt. Ich habe dich geweckt, weil unsere Art überleben muss. Und wenn du dein Wissen nicht mit mir teilen willst, dann werde ich es mir mit Gewalt nehmen.«

»*Ego sum verbum.* Ich bin dein Wort.«

»Ich habe kein Wort«, widerspricht Peter.

»Blasphem…«

Eine heftige Explosion zerreißt die hintere Wand der Höhle. Eine Steinplatte zerplatzt, eine Lawine aus Staub rollt über das Heer der Tonsoldaten und die Quecksilberströme hinweg. Felsstücke regnen herab, prallen an den Rücken der Krieger ab. Leizu hat sich entschlossen, hereinzukommen – und es klingt, als ob sie noch Freunde mitgebracht hätte.

»Deine Frau ist hier, Kaiser!«, rufe ich dem Thron entgegen.

»Und dieses Mal werde ich dich nicht beschützen«, fügt Peter hinzu.

# 52

## CHINA, 3000 V. CHR.

Ein weiteres Erinnerungsstückchen fällt an seinen Platz und vertreibt die Kälte Stalingrads. Ich sehe Elenas Gesicht, von heller Panik gezeichnet. Sie trägt damals ebenfalls einen anderen Namen – doch ich erkenne die Porzellanwange meiner Schwester wieder, die aussieht wie in Favorinis Werkstatt. Sie und ich rennen Hand in Hand durch einen urzeitlichen Wald. Nasse Zweige reißen an unseren prunkvollen Seidenkleidern, behindern unsere Flucht zwischen den dicken Stämmen hindurch.

Ich erinnere mich.

Ich rutsche auf einer Wurzel aus und rolle einen schroffen Abhang hinab. Meine Hände greifen nach Erdreich und scharfkantigem Geröll, dann schaffe ich es wieder auf alle viere. Meine Schwester tanzt die steinige Hügelflanke leichtfüßiger herab als ich. Umweht von ihrem Kleid fliegt sie von Fels zu Fels, ihre Gelenke versprühen Juwelen, den Glanz von Edelmetallen und Bändern schwereloser Seide.

Ihre Erscheinung ist ein heller Fleck vor dem dunklen Tunnel zu Huangdis Grab in der Steilwand, dem engen, zerfurchten Spalt im Felsen am Fuß des Drachenzahnplateaus. Meine Schwester ist eine Meisterstrategin und eine Meisterin der Fluchtwege. Sie hat uns durch ein meilenlanges Labyrinth aufgegebener Nebentunnel geführt, viele davon teilweise eingestürzt, ehe wir aus jenem namenlosen Loch taumelten.

»Merk dir den Weg«, flüsterte sie mir in den verwinkelten Passagen zu, wobei sie jede Abzweigung leise benannte. »Eines Tages werden wir vielleicht zurückkehren müssen.«

Nun sehe ich Leizu aus der Öffnung treten. Ich war mir sicher, dass sie sich in dem Irrgarten verlaufen würde – doch sie muss dem Geräusch unserer Schritte gefolgt sein.

Elena landet neben mir, spritzt mir Erde ins Gesicht. Dann fasst sie mich bei der Schulter und hilft mir auf die Beine.

»Zum Fluss«, sagt sie.

Augenblicke später stoßen wir bis zum Boden der spärlich bewaldeten Schlucht vor. Der Mutterstrom windet sich wie ein vom Himmel gefallener Seidenstrang durchs Land. Der gelbliche Fluss ist von Sand verstopft, strömt mit der Trägheit eines aufgelösten Berges. Das Flussufer mit seinen schwarzen, mit Schlamm verkrusteten Felsen wirkt wie verschorft; hier und da reckt sich ein krummer Baum empor.

Der breite Fluss wälzt sich unermüdlich vorüber, täuschend langsam und flach.

»Wir können ihn nicht überqueren«, rufe ich.

Elena gibt keine Antwort, deutet bloß weiter den Fluss hinab. Ich halte mich mit einer Hand an der nassen Rinde eines schiefen Baumes fest und folge mit dem Blick ihrem Finger. Eine Reihe flacher Steine, beherrscht von einem riesigen, ambossförmigen Felsen in der Mitte, führt dort vorne großteils über einen Wasserfall. Die Strömung brandet gegen die Steine an, die unbeeindruckt im Flussbett sitzen, eingebettet wie Backenzähne. Dahinter steigt ein Sprühnebel wie der Atem eines Drachens auf.

Der große Wasserfall tost.

Ein mit Widerhaken besetzter Pfeil schlägt eine helle Strieme aus der Rinde des Stamms, den ich umklammere. Ich hechte am Rand der Bäume entlang zu den Steinen.

Meine Schwester ist mir schon voraus, ihre Haare haben sich aus dem Knoten gelöst. Weiter oben in der Schlucht entdecke ich meinen Bruder, der bewaffnet mit einem Kurzbogen und einem hüpfenden Köcher durch den lichten Wald hastet.

Wir rennen weiter. Die meisten Pfeile prallen an Felsen ab. Dann wagen wir uns auf das Rückgrat aus schwarzem Gestein hinaus. Ich nehme Elenas Hand in meine. Wir halten uns aneinander fest, um das Gleichgewicht zu wahren. Von einem zerklüfteten Felsen zum nächsten springend arbeiten wir uns über den Fluss, suchen nach einem Weg auf die andere Seite. Doch jenseits des enormen Ambossfelsens kommen wir nicht weiter.

Leizu ruft mir eine scharfe Warnung zu.

Ich halte inne und drehe mich um. Das gelbe Wasser umströmt meine Schienbeine, der heiße Atem des Wasserfalls perlt wie Spucke von meinem Gesicht. Ich versuche, zwischen Elena und der schwarzhaarigen Frau zu bleiben. Leizu steht am Ufer. Ihr Kleid tanzt im Takt mit einem Kamm schlanken Schilfs im gischtbenetzten Wind. Sie hat das gestohlene Schwert gezogen, hebt das dunkle Kupfer gegen den hellen Nebel. Hinter ihr sehe ich undeutlich die Silhouette meines Bruders das Ufer erreichen.

»Wieso hast du dich gegen mich gestellt?«, ruft sie. »Du hättest mein Kaiser sein können!«

Ich lege eine Hand auf die Schulter meiner Schwester, klopfe mir mit der anderen auf die Brust – dort, wo sich meine Anima befindet.

»Wir sind doch so viel mehr als das«, entgegnet Leizu. »Jedes Wort hat so viele Interpretationen wie die Reflexionen in einem Kristall. Ein Jammer, dass du das nie gelernt hast.«

Ich wende mich ab, dränge Elena, weiterzugehen. Währenddessen halte ich sie ganz fest, damit das Wasser uns nicht über den Abgrund spült. Zorn blitzt in Leizus Zügen auf. Sie gibt meinem Bruder hinter sich ein Zeichen. Elena und ich gelingen noch ein paar Schritte, doch schließlich stecken wir im knietiefen Wasser am geschwollenen Schlund des Wasserfalls fest.

Uns bleibt kein Fels mehr, auf den wir treten können.

Gemeinsam stehen meine Schwester und ich in der brausenden Gischt. In diesem Chaos kann ich selbst das Flattern unserer inneren Räderwerke nicht mehr hören. Strömen die schlammgesättigten Wassermassen flussaufwärts noch lethargisch dahin, so ändert sich das zu unseren Füßen: Sie entladen sich in einen wütenden Nebel, der durch den Himmel fährt, donnernd herabfällt und so der Welt seine Macht entgegenschreit.

Leizu bellt einen Befehl. Mein Bruder zieht einen Pfeil aus dem Köcher, legt ihn auf die Sehne und zielt. Eine kleine, kalte Hand schließt sich fest um die meine.

»Bruder«, sagt Elena.

Ich höre nichts, sehe bloß ihren Mund das Wort formen.

Ihre Schulter presst sich hart an meine Seite, während wir uns beide gegen den unablässigen Zug der Fluten stemmen. Unsere Finger verschränken sich ineinander. In meiner Vorstellung sind wir nichts als zwei winzige, miteinander verbundene Teile im großen, gesichtslosen Mechanismus der Welt.

Der Pfeil pfeift auf mich zu, und ich drehe das Gesicht, um ihm auszuweichen.

Meine Schwester schaut zu mir auf, klammert sich verzweifelt an meine Taille. Mit letzter Kraft greife ich nach ihr, ziehe sie aus dem Fluss und in die Sicherheit meiner Arme. Ein Pfeil verbeißt sich in meine Schulter, doch ich reagiere nicht.

Elenas Hände schließen sich um meinen Nacken. Ihr Gewicht ist so vertraut.

Ein letztes Mal drücke ich sie an mich. Ich schließe die Augen und atme ihren Duft mit der Gischt ein. Sie fühlt sich so zierlich in meinen Armen an, wie ein Blatt, das auf dem bebenden Rücken dieses monströsen Flusses treibt. Ich wollte sie beschützen und bin gescheitert. Ich weiß nicht, ob die Entscheidungen, die wir treffen, unsere eigenen sind oder nicht; ob uns in dieser Hinsicht mehr Macht zufällt als den Planeten auf ihren Bahnen. Aber selbst wenn ich der Gefangene eines Uhrwerks bin, so kann ich mir nicht vorstellen, sie aufzugeben.

Ein weiterer Pfeil bohrt sich in meinen Schenkel, und ich merke, dass ich nicht länger stehen kann.

»Dies ist nicht das Ende«, sagt sie, das Gesicht in meine Schulter vergraben.

Ihre Arme, fest um meinen Nacken geschlungen, sind das Letzte, woran ich mich erinnere.

# 53

## CHINA, GEGENWART

Der Automat Huangdi sitzt einen Moment absolut reglos auf seinem hohen Thron, die Augen geschlossen, während der Donner einer Explosion durch die enorme Höhle rollt und in wütenden Echos erstirbt. Als wieder Ruhe in das Grab einkehrt, hebt der Kaiser das antike *Ruyi*-Zepter, das an seinem verdickten, gebogenen Ende die Gestalt einer Blüte hat.

Ein paar Herzschläge lang ist es still in der Nekropolis.

Mit ausgeschalteter Stirnlampe schlage ich im Dunkeln zwischen den imposanten Tonfiguren einen weiten Bogen um den Thron. Dann setze ich mit Anlauf über einen reglosen Quecksilberfluss hinweg. Aus der Ferne höre ich das Knirschen von Fels. Es klingt, als splittere Stein unter Metall. Von der Wand aus sehe ich den Thron im Profil. Ich schleiche näher heran und gleite hinter eine der hohen Steinsäulen, die das Podest umstehen. Von jeder hängen Dutzende längst erloschene und verrostete Laternen.

Die Sonnenscheibe befindet sich in der Rückseite von Huangdis zweistöckigem Thron, gleich auf der anderen Seite des offenen Bereichs vor mir. Ich glaube nicht, dass er mich hier unten zu seiner Seite entdecken kann.

*Aber wie soll ich sie erreichen?*

Aus meinem Versteck fällt mein Blick auf die vorderste Reihe von Statuen. Je länger ich sie betrachte, desto mehr verfestigt sich eine schreckliche Gewissheit: Sie bestehen nicht aus Terrakotta. Anders als die übrigen Figuren im

Raum liegen diese in schmerzverzerrten Posen am Boden. Um sie herum ist der Fels mit buntem Staub gesprenkelt, der noch die Umrisse zerfallener Roben aufweist – ein dicker Puder, durchsetzt mit Fächern, Muscheln und den Überresten lederner Hüte.

Diese Awtomat wurden getötet und hier liegen gelassen, um bis in alle Ewigkeit zu zerfallen.

*»Leizu!«*, ruft der Kaiser laut und tief.

Ich sehe sein Profil, während er mit dem Zepter in der Hand den Blick über die Statuen schweifen lässt.

Machtvoll hallt sein Ruf vom Thron durch die Weiten der Höhle. Ohne die Stirnlampe haben sich meine Augen wieder an die blau gefärbte Dunkelheit gewöhnt. Silberne Ströme schlängeln sich zwischen den Reihen der Krieger hindurch, die bewegungslos dastehen, bedrohlich unter den Tupfen biolumineszenten Lichts, das von der schwarzen Felsdecke fällt.

Aus dem neuen Durchgang huschen die geduckten Silhouetten bewaffneter Männer herein. Die Strahlen ihrer Lampen streifen die Wände. Es sind Dutzende, die da einer nach dem anderen durch das Loch in der Wand gerannt kommen. Sie tragen Sturmhauben und komplizierte Helme mit optischen Geräten, die an Insekten erinnern; außerdem gedrungene Feuerwaffen mit Leuchten auf dem Lauf. Beinahe lautlos breiten sich die Einsatzkräfte entlang der Höhlenränder aus, halten alle paar Meter inne und gehen auf die Knie.

Alle bis auf eine.

»Huangdi!«, ruft eine hohe, liebliche Stimme.

Leizu schreitet an einer Reihe Terrakottakriegern entlang. Sie trägt einen dunklen Mantel und ein langes Schwert mit einer Kupferklinge, das blaugolden im Zwielicht schimmert. Die Augen auf Huangdi gerichtet, die Zähne zu einem Raubtierlächeln gebleckt, marschiert sie geradewegs in den offenen Halbkreis vor dem Thron.

Peter ist in den Massen der reglosen Krieger untergetaucht.

Ich verstecke mich hinter einer Säule. In geduckter Haltung, eine Hand auf dem grobkörnigen Stein, suche ich den Thron nach der dunklen, faustgroßen Scheibe ab. Meine Augen wandern über gemeißelte Kämme, Klauen und Zähne.

»Leizu«, sagt Huangdi. »Keine Sorge. Wir sind einander ebenbürtig …«

»Einst waren wir das«, unterbricht sie ihn und tritt vor den Thron. »Während du geschlafen hast, erschuf ich eine neue Welt nach meinem Vorbild. Du hast den Frieden der ersten Dynastie gebracht – doch es war der *Krieg*, den die Menschen brauchten. Mit Geflüster und Gewalt habe ich ihre Energie auf das Handwerk des Tötens gelenkt, und niemals haben die Kurzlebigen sich mit einer solcher Wildheit fortentwickelt. Niemals seit den Tagen der Ersten haben wir ein derartiges Zeitalter der Wunder erlebt.«

Huangdi denkt einen Augenblick darüber nach. Mit seinen Schichten aus harter Keramik wirkt der Kaiser so viel primitiver als die Tigerin, die vor ihm steht. Als er wieder spricht, färbt Fassungslosigkeit seine unmenschliche Stimme. »Unsere Väter waren Götter. Und du, Tochter der Dunkelheit … du wagst es, sie zu beleidigen?«

Leizu breitet die Arme aus, wirft ihren Mantel ab. Die falschen Sterne an der Decke lassen blaue Lichtreflexe über ihre Rüstung flackern. Jedes Plättchen in dem flexiblen Geflecht weist die verräterische Halbmondform eines Relikts auf. Ich kann das schwache Glimmen jedes einzelnen Symbols ausmachen, die orangerote, züngelnde Glut einer vergessenen Sprache.

»Während du schliefst, Sohn des Lichts, habe ich mich von den Schwachen genährt«, erwidert Leizu. »Aus ihren Seelen schmiedete ich einen Mantel der Götter. Ich fürchte dich nicht.«

Huangdi schweigt. Dann bricht sich allmählich ein Lachen aus der Brust des Automaten Bahn. Es wird immer lauter – mechanisch, knirschend –, bis sein Echo von der Decke widerhallt.

»Du bist allein.« Leizu deutet auf ihre Söldner, dennoch klingt sie nicht ganz überzeugt. »Modernen Waffen und Kampftechniken hast du nichts entgegenzusetzen.«

»Ah«, sagt Huangdi. Der alte Mann klingt nun fast traurig. Das Feuer hat seine Stimme verlassen, seine Schultern hängen herab. »Du hast eine Armee. Ich habe eine Armee.«

Mit schlaffem Ärmel zeigt der alte Automat auf die endlosen Reihen der Terrakottakrieger. Die staubigen Statuen wirken jämmerlich.

Leizu stemmt eine Hand in die Hüfte und lacht.

Da verengen sich Huangdis Augen. »Deine Haut ist weich«, spottet er. »Deine Stimme Musik. Einst, meine Frau, da waren wir *hart.* Unsere Herzen waren hart wie unsere Haut.«

Er breitet die Arme aus, das Zepter erhoben.

»Ich werde dich daran erinnern«, fügt er hinzu.

Ein Klappern wie zerschellende Teller erfüllt die Kaverne. Ich zucke zusammen, als etwas meine Wange streift. Ein Stück Terrakotta zerbricht zu meinen Füßen. Die Statuen um mich herum bröckeln, bekommen Risse. Als pickten Vogeljunge sich den Weg aus ihren Eiern frei, lösen sich die Tonscherben und fallen auf den Höhlenboden.

Mit fliegenden Haaren wirbelt Leizu herum. Furcht verzerrt ihre Züge, als sie begreift, was geschieht.

»Erschießt sie!«, befiehlt sie den Söldnern, die ringsum

Position bezogen haben. »Erschießt sie, ehe sie sich befreien!«

Ich lasse mich zu Boden fallen, gerade als die ersten kontrollierten Feuerstöße die Höhle erschüttern. Kugeln schlagen in die Reihen der Terrakottafiguren, dieser lebensgroßen Artefakte der Töpferkunst: Schwertträger, Spießträger, Kavallerie, Bogenschützen. Inmitten des blitzenden Mündungsfeuers und der ohrenbetäubenden Entladungen fallen die Tonsoldaten. Ihre Körper zerplatzen zu roten Staubhaufen.

*Jetzt. Scheiße. Jetzt, jetzt, jetzt.*

Die Scherben bedecken stellenweise schon knietief den Boden. Ich verlasse meine Deckung hinter der Säule und renne geduckt zur Seite des Throns. Rasch suche ich Schutz hinter dem dunklen Gestein.

Da höre ich den ersten heiseren Schreckensschrei.

Aus dem Schutz des Sockels spähe ich in das Chaos aus Feuer und Staub. Jede tönerne Hülle, die zerbricht, gibt ein kriechendes, dunkles, feuchtes Etwas preis. Wie wild feuern Leizus Männer auf die Scherbenberge, zwischen denen nun insektengleich das Leben wimmelt.

Neugeborene Krieger kämpfen sich auf die Beine, greifen nach ihren antiken Waffen. Jede der menschenähnlichen Maschinen trägt eine glänzende schwarze Rüstung, die nach Jahrtausenden in ihrer irdenen Hülle wie neu aussieht. Die Gesichter der erweckten Monster sind gemeißelte Obsidianmasken. Lange, steinerne Bärte kräuseln sich über ewiglich lächelnden Lippen.

Und auf jeder Stirn prangt das Symbol von Huangdis Relikt.

Diese Dinger sind nicht direkt Awtomat. Sie scheinen ohne Geist zu sein, eher wie der Golem aus der jüdischen Legende.

Meine Finger fahren über den steinernen Thron, finden Halt. Ich ziehe mich eine Stufe höher, während Leizu sich der ersten Welle der Krieger entgegenwirft und mit ihrem Schwert um sich schlägt.

Das Dunkel starrt nun vor altertümlichen Waffen, Säbeln und Spießen mit bronzenen Spitzen. So viele verschiedene Waffen. Eine Reihe Bogenschützen fährt perfekt synchron herum, greift in die Köcher auf den Rücken und legt an. Eine Reihe Spießträger rückt im Gleichschritt vor, die hölzernen Waffen vor sich gestreckt. Schwertkämpfer bewegen sich hackend in Formation.

Zwischen den Feuerstößen höre ich die Schreie von Leizus menschlichen Soldaten.

Die Geburt der tönernen Armee erinnert an das Schlüpfen von Zikaden nach jahrzehntelangem Schlaf. Ungeachtet ihres Trainings versetzt der Anblick Leizus Männer in Panik, und sie weichen an die Wände zurück, suchen nach geschützteren Stellungen. Einer tritt in einen Teich aus Quecksilber und verschwindet ohne einen Laut in der schweren Flüssigkeit.

Ich klettere höher.

Das Gesicht gegen die kalten Vorsprünge gepresst, höre ich Leizu dem Thron ihre Herausforderung entgegenschleudern.

Und ich spüre die Vibration im behauenen Stein, als der uralte Automat seine Antwort bellt: »Ich bin für dich geschaffen, Leizu. Du bist für mich geschaffen. Und unser Schicksal ist der Krieg.«

# 54

## STALINGRAD, 1942

Licht und Dunkelheit verschlingen einander in der Zeitspanne zwischen zwei Lidschlägen. Das mechanische Kreischen von Artilleriefeuer zerreißt die grünlichen Nebel. Der Klang von Leuchtgeschossen, wie zerreißendes Papier, und das ungeduldige Husten der Mörser bilden den Kontrapunkt dazu. Leizus Gesicht schwebt über meinem. Ihr schwarzes Haar fließt wie Seide über den Kragen ihres deutschen Armeemantels.

Ein Knie in meine Brust gedrückt, hält sie mich fest. »Du hast dich schon einmal getötet«, sagt sie. »Ich gebe dir eine weitere Chance.«

Ich verdränge die Erinnerungen, die auf mich einstürzen. Mir wird klar, dass ihre grausamen schwarzen Augen eine tiefe Verletzlichkeit verdecken. Die Wahrheit über sie ist nun ans Licht gekommen: Die Strafe, die sie der Welt bringt, macht nicht ein Zehntel der Hölle aus, die sie selbst erleidet.

»Es war nie Huangdi, nach dem es mich verlangte, Peter«, fügt sie hinzu. »Du warst es.«

Ein trauriges Lächeln huscht über ihre Lippen, und sie lockert ihren Griff.

»Huangdi fraß seine eigenen Kinder – und er hätte auch deine Anima verschlungen. Deine Loyalität stand uns damals im Weg, doch hast du inzwischen ein zweites Leben ohne ihn geführt. Ist dir nun klar, dass du ihm nichts schuldest?«

»Was ist mit meinem Bruder?«, will ich wissen.

»Talus ist mir nicht ebenbürtig. In dieser Hinsicht hat er versagt. Seine Natur ist es, zu dienen, und ich war immer seine Herrin.«

Ich stoße ihr Knie weg, und Leizu fällt auf mich, bohrt die Ellbogen in meine Brust.

Sie redet schnell und hitzig, um die Verzweiflung in ihrer Stimme zu verschleiern. »So lange blieb mir meine Bestimmung versagt … als wäre ich lebendig begraben, als würde ich von innen heraus verbrennen. Ich habe es jahrtausendelang ertragen, Peter. Ich sterbe, werde verrückt. Mein Wort ist Chaos, und nur du kannst mir den Ausgleich bringen, den ich brauche: das Einssein.«

Meine tastenden Finger schließen sich um einen scharfen Metallzahn im Schmutz. Die pfeifenden Einschläge des Mörserfeuers kommen näher.

»Sieh dich um«, fährt Leizu fort. »Wir sind dem nächsten Zeitalter so nahe! Mithilfe des Krieges habe ich den Menschen neue wissenschaftliche Horizonte eröffnet. Die verbliebenen Awtomat können uns mit Energie versorgen. Wir werden das Feuer des menschlichen Erfindergeists schüren, ihnen neue Konflikte aufzwingen, bis sie eine Zukunft erfinden, die uns versteht …«

Ich stoße den Grabendolch tief in ihren Brustkorb, stoße ihren Körper zurück und befreie mich aus ihrem Griff. Mit dem Unterarm drücke ich sie zu Boden und blicke in ihr schönes, schlammbeflecktes Gesicht.

»Stark …« Sie lächelt, als ein fast unmerkliches Zittern durch ihr Haar fährt.

Ich werfe sie herum, suche unter ihr Schutz. Die langen schwarzen Strähnen streichen mir übers Gesicht, liebkosen meine Wange.

Dann trifft uns die Schockwelle und löscht alle Geräusche aus. Leizu schaut auf mich herab, die Lippen mitten im Wort geschürzt, als der Mörserschuss ihr den halben Kopf wegreißt. Ich schließe die Augen vor dieser unfasslichen Gewalt der Physik, gebe mich ihr hin, lasse die Welt wie ein Kaleidoskop fliegenden Schmutzes, Eises und Metalls um mich kreisen.

Leizus Körper verlässt meinen Orbit.

Nachdem ich wieder auf die gefrorene Erde gefallen bin, öffne ich vorsichtig die Augen, nehme die perfekte Stille nach der Explosion wahr, die Erde, die aus einem grünen Himmel regnet.

Ein Stück weiter liegt ein dunkler Körper.

Ich richte mich auf alle viere auf und krieche zu Leizu, die sich an die Überreste des zerfetzten Baumstumpfs lehnt. Sie ist betäubt, ihr Körper verbrannt und zerschunden, doch sie lebt. In ihrer zerrissenen Uniform sieht sie aus wie ein verwundetes Kind in Erwachsenenkleidern. Mitleid steigt in meiner Kehle auf, ein Verständnis dafür, was sie über die Jahrhunderte hinweg antrieb – der nagende Hunger, der Schmerz, die trostlose Suche nach einer Bestimmung.

»Leizu«, sage ich, die Lippen nahe an ihrem zerstörten Gesicht. »Du hast recht. Huangdi war ein Monster. Es stimmt, unsere Aufgabe war es, die Menschheit einer großen Bestimmung entgegenzuführen.«

Ihre Augen sind hell und wach, doch sie ist zu beschädigt, um zu sprechen.

»Mutter der Seidenraupen«, erkläre ich, »du bist genau das geworden, was wir beide gehasst haben. Du hast dich von deiner eigenen Art und vom Leid der Menschen genährt, und hierzu wirst du niemals einen Ausgleich finden.«

Es dämmert nun.

Ich lasse Leizu liegen, stolpere mit flatterndem Mantel

davon. Mein Gewehr habe ich verloren, mein Hut sitzt schief auf meinem Kopf. Mit unsicheren Schritten flüchte ich durch die nebelverhangenen Schützengräben.

Mein alter Herr und Meister, Huangdi, war ein Monstrum. Die Erinnerung daran sucht mich immer wieder schmerzhaft heim. *Prawda,* das Erste, dieses unvollkommene menschliche Wort für etwas anderes, Tieferes, hat keine Bedeutung mehr in meinem Herzen. So viele Herren, denen ich zu dienen versuchte – und nie habe ich daran gedacht, auf mich selbst zu hören.

In der Ferne fahren Lichtfinger aus den tiefen Wolken: Nazibomber, die flüchtende Schiffe auf der Wolga angreifen. Die strahlenden Sterne stürzen vom Himmel wie gefallene Engel, schneller als der gedämpfte Schrei ihrer Propeller.

Überall um mich herum feuern Deutsche wie Russen blind ihre Gewehre ab. Ich stapfe durch das brüchige Eis am Rande des Niemandslands. Nahe dem Ufer ruhe ich mich hinter einer zerstörten Mauer aus und beobachte die Truppen, die im Nebel vorüberziehen. Die russische Infanterie gibt ihr Bestes, um den Abzug der Zivilisten zu decken.

Vergebens.

Ich höre das knirschende Schnurren eines deutschen Panzers, sehe dessen Tigerstreifen verschwommen in dem Nebel und dem öligen Rauch. Das Geschütz fährt herum, sucht nach Zielen. Eine Handvoll deutscher Soldaten läuft neben ihm her, wie ein Rudel, das mit hängenden Zungen dem Leitwolf folgt.

Ich ducke mich instinktiv, zupfe Splitter aus meiner Brust, lasse sie wie glitzerndes Konfetti fallen. Schließlich kommt das Gefährt zum Stillstand, spannt sich an wie ein Tier. Die Soldaten knien sich hin, stecken die Finger in die

Ohren und schließen die Augen, eine oft geübte Routine für sie. Dann erfasst ein vertrautes, machtvolles Beben ihre Kleider.

Ein Ruck fährt durch die mit Metall gepanzerte Kreatur und lässt sie auf ihren Ketten schaukeln, als das Rohr einen wütenden Feuerstoß ausspuckt und eine nahe, waffenstarrende Böschung in eine Wolke aus Schmutz und Schrapnell verwandelt. Die Leichen russischer Soldaten werden auf obszöne Weise aus ihrer Deckung geschleudert und landen inmitten des übrigen Todes auf dem rauchverhangenen Schlachtfeld.

Beim Anblick dieses schrecklichen Unrechts wallt die warme Verheißung von *prawda* durch meinen Körper. Ich verlasse meine Deckung und schreite lautlos auf den Panzer zu. Die Fäuste in gerechtem Zorn geballt, trete ich über Berge von Schmutz, Metallfetzen und verlorenen Helmen hinweg. Der Schuss hat den Hügel in einen Krater verwandelt und seine Überreste in einem sternförmigen Muster über die zerschundene Landschaft verteilt.

Der vorderste Deutsche bemerkt mich erst, als ich nur noch eine Armeslänge entfernt bin. Er hebt seine Pistole. Ich packe seine Hand, presse sie ihm in den Bauch und drücke mit seinem Finger den Abzug, bis das Magazin leer ist. Sein Körper sinkt zu Boden, und ich ziehe weiter.

Aufgeschreckt von den Schüssen treten zwei grau gekleidete Deutsche hinter dem Panzer hervor – direkt in meine wartetenden Arme. Einen Kopf in jeder Hand, schlage ich sie zusammen und spüre, wie die Schädel in ihren runden Metallhelmen brechen. Ich werfe ihre Leichen neben den Panzer und halte inne.

Man beobachtet mich.

Ein russischer Junge liegt auf der Seite im Schlamm, halb unter losem Dreck begraben, sein Körper rötlich braun verschmiert. Seine Brust hebt und senkt sich mit den flachen Atemzügen eines verwundeten Tieres. In seinem klaren Blick erkenne ich seine Stärke.

Er wird überleben.

Von einer Kette an seiner Hüfte hängt ein rundes, glänzendes Stück Metall. Es ist eine verschrammte Taschenuhr, eine Antiquität vom Anbeginn der Zeitmesser. Es ist ein typisch russisches und kunstfertiges Artefakt, das unter diesen hoffnungslosen Umständen ein absurdes Maß an Pflege erfordern muss. Dieser Junge mit seiner Uhr … Fast kommt er mir wie ein Anachronismus vor. Eine alte Seele, auf ein modernes Schlachtfeld geworfen.

Kaum dass ich das Quietschen einer sich öffnenden Luke wahrnehme, wandert auch schon eine Salve von Schüssen über meine Schulterblätter. Ich stolpere ein paar Schritte vorwärts. Deformierte Kugelfragmente spritzen an meinem Gesicht vorbei. Ich lasse mich fallen, drehe mich im letzten Moment auf den Rücken und schließe halb die Augen.

Nicht lange, da fällt der Schatten eines Deutschen über mich.

Im passenden Moment schnellt meine Hand hoch. Meine Finger schließen sich um das überraschte Gesicht. Ich drücke zu und bereite ihm ein Ende. Dann stehe ich wieder auf und schüttle meinen Mantel aus, ignoriere die Melodie des fallenden Metalls, das über dem gefrorenen Erdreich niedergeht.

Rumpelnd, in eine Wolke aus Abgasen gehüllt, zieht sich der Panzer zurück.

Ich nehme mit weiten Schritten Anlauf, springe auf. Danach breche ich die Luke auf und reiße sie aus den Scharnieren. Der Deutsche, der von der anderen Seite dagegengehalten hat, schreit auf, als ich ihn herauszerre. Damit seine

Schreie enden, schlage ich seinen Kopf gegen die gepanzerte Haut des Gefährts.

Es ist vorbei.

Führerlos rumpelt der Panzer in den Nebel davon, sodass nur der Junge mit der Uhr und ich übrig sind. Einen Moment lang bleibe ich im kalten Nieselregen stehen, lausche dem Krieg, der sich über mir in den Wolken vollzieht. Zum ersten Mal, seit ich denken kann, diene ich niemandem. Huangdis Relikt brennt wie Gift in meiner Tasche, ein trügerischer Preis, der mich alles gekostet hat. Meine Schwester war mein Grund, zu leben. Ich werde mich also in jemanden verwandeln müssen, der ohne sie leben kann.

Mein Herz ist gebrochen. Und mein Wort ebenso.

Ich ziehe die Anima hervor und halte sie, doch meine Hände erschlaffen, als gehorchten sie nicht länger meinem Willen. Das Artefakt entgleitet meinen Fingern, so wie einst Hypatias Körper vom Deck jenes sinkenden Schiffes glitt: Es neigt sich, rutscht ins Leere, fällt herab.

Die Anima landet auf dem Boden, federt nicht.

Etwas abseits beobachtet mich der junge Russe mit großen Augen, ohne zu blinzeln. Ich neige den Kopf und verharre noch einen Moment über dem abgelegten Relikt. Ich fühle nichts.

Von diesem Augenblick an folge ich keinem Herrn mehr, habe keine Familie zu beschützen. Mein Wort ist ein Gewirr aus Stacheldraht, das tief in meiner Kehle sitzt. Jede meiner Taten dient von nun an nur noch mir selbst – der Gerechtigkeit, für die ich mich entscheide.

Von nun an werde ich nicht mehr die Kriege anderer Leute führen.

# 55

## CHINA, GEGENWART

Von meiner Position auf halber Höhe an der Seite von Huangdis schwarzem Thron aus packe ich das zahnbewehrte Maul eines Drachens und versuche meinen Atem zu beruhigen. In der Nekropolis vollzieht sich Schreckliches, Ausbrüche von Gewalt im permanenten Stroboskoplicht der Gewehre und dem rötlichen Staubschleier von Tausenden Tonnen von geborstenem Ton.

Zwei Armeen kämpfen da gegeneinander: eine aus der Gegenwart und eine aus der Vergangenheit.

Automatenkrieger werfen ihre Terrakottahäute ab, neugeboren mit einem ihren Stirnen aufgeprägten Zeichen und antiken Waffen aus Bronze, Holz und Knochen in der Hand. Das Team menschlicher Söldner, das Leizu nach drinnen gefolgt ist, tut sich schwer in der Dunkelheit. Manche bellen einander Befehle zu, andere feuern wahllos auf die Obsidianmonster. Felssplitter spritzen von der Decke, Querschläger prallen von den steinernen Säulen ab.

Die Sonnenscheibe ist immer noch irgendwo über mir, eingelassen in den behauenen Stein.

Unter mir wird ein Mann in einer Kevlarweste wie eine Stoffpuppe herumgeworfen, prallt gegen den Sockel des Throns und landet auf seinem Rücken. Seine Schulter ist böse verdreht; etwas Großes muss sie eingedrückt haben. Er verdreht vor Schmerz die Augen, dann entdeckt er mich, greift hektisch nach der kurzläufigen Maschinenpistole, die ihm an einem Gurt um die Brust hängt, und will auf mich zielen.

Ich drücke mich gegen die dunklen Vorsprünge des steinernen Throns, versuche meinen angespannten Körper so klein wie möglich zu machen, warte auf das kalte Trauma von Kugeln, die meinen Rücken durchpflügen.

Doch nichts geschieht.

Da entdecke ich Peters muskulöse Gestalt in dem aufgewirbelten Staub. Er hat den verwundeten Söldner mit einem langen Speer durchbohrt. Nun schleppt er den schreienden Mann zurück ins Gefecht, um mich während meines Aufstiegs zu schützen.

Ich wende mich ab von dem grausigen Anblick. Der Tonstaub lässt mich husten.

Schließlich zwänge ich einen Fuß in das Drachenmaul und drücke mich hoch. Kurz staune ich über die Komplexität dieser Skulptur, bevor ich mich wieder auf meine Hände und Füße konzentriere und weiter hinaufklettere. Und mit einem Mal bemerke ich etwas Eigenartiges: Meine Kopfhaut kribbelt vor statischer Elektrizität.

*Fast geschafft.*

Ganz in der Nähe pulsiert undeutlich Huangdis grollende Stimme. Die Spitze des Throns ist schon fast in Reichweite. Ich ziehe mich höher und spähe in die Höhle. Der Kaiser ist auf die freie, von hohen Säulen umstandene Fläche vor dem Podest herabgestiegen. Kugeln spritzen ihm aus dem Dunkeln entgegen, doch die meisten werden von den dichten Reihen seiner Maschinensoldaten absorbiert. Umringt von seinen schwarz gerüsteten Kriegern bellt Huangdi seine Herausforderung heraus.

Ihm gegenüber steht Leizu, ruhig im Auge des Sturms. Langsam tritt sie näher.

Der alte Mann hebt sein Zepter und kümmert sich nicht darum, dass vereinzelte Kugeln die Formation seiner gepanzerten Verteidiger durchdringen und helle Splitter aus seinem Körper schlagen. Er ballt die Faust, und mit einem elektrischen Knall schießt eine lange Stange aus dem Zepter hervor, verwandelt es in einen Kampfstab.

»Zu mir!«, ruft er.

Ein undeutliches Stöhnen hallt in der Kaverne wider: Die Tonsoldaten sprechen mit ihm, wiederholen mit harten, gesprungenen Lippen geistlos seine Worte.

Leizu wartet auf Huangdi. Die in ihre Rüstung eingelassenen Relikte glänzen wie die Panzer von Käfern. Hinter ihr flimmert Keramikpuder in der Luft. Ringsum häufen sich die zu Stücken zerschossenen Terrakottafiguren, während tiefer in der Dunkelheit eine schwindende Zahl von Söldnern den Kampf gegen die vorzeitlichen Krieger fortsetzt.

Einen Arm um den Thron geschlungen, fahre ich mit der anderen Hand blind über die gefurchte Rückseite, suche verzweifelt nach der schwarzen Scheibe, die ich zuvor gesehen habe.

Der Kaiser lässt langsam seinen Eisenstab kreisen. Ein weißgoldenes Glühen erfüllt die kunstvolle Waffe, malt mit jedem Schwung einen goldenen Bogen in die Luft. Huangdis Robe hat sich inzwischen komplett aufgelöst und ist ihm von den Schultern geglitten, um einen erstaunlich beweglichen, gold- und silberfarben bemalten Keramikkörper zu enthüllen.

»Der Gelbe Kaiser ist auferstanden«, sagt er, und seine Worte werden hundertfach wiederholt. »Ergib dich mir, Leizu!«

Licht und Dunkel fallen in einem Wirbel übereinander her.

Ich spüre ein leichtes Kribbeln auf meinen Fingerspitzen … Die statische Elektrizität, die ich zuvor schon gefühlt habe. In dem Moment streifen meine Finger etwas Glattes, Rundes im behauenen Stein.

*Die Sonnenscheibe.*

»Ergreift sie!«, knurrt der Kaiser, und eine Vielzahl von Stimmen grollt wie ferner Donner durch die Höhle. »Reißt sie in Stücke!«

Ich befreie die Platte aus der Rückseite des Throns. Langsam löst sie sich aus ihrer schmückenden Fassung. Sie ist warm und überraschend schwer. Schließlich lasse ich sie in meinen Rucksack gleiten.

Einen Schritt nach dem nächsten lasse ich mich wieder vom Thron herab.

Auf dem Weg nach unten sehe ich den Berg von Leichen am Boden. Die meisten Körper gehören den zerstörten schwarzen Maschinen, doch kann ich auch ein paar von Leizus gerüsteten Söldnern ausmachen. Und inmitten dieses Walls steht Peter, die Arme ausgebreitet, um mich zu fangen.

»June!«, ruft er. »Ich bin hier.«

Ich lasse los und falle in seine Arme.

Sporadisch hallen noch Schüsse durch das Dunkel, wo die letzten Einsatzkräfte um ihr Leben kämpfen. Auf der anderen Seite des Throns höre ich Huangdi und Leizu. Ich packe Peter am Arm und ziehe ihn weg von der Schlacht, der Öffnung in der gegenüberliegenden Wand entgegen.

»Warte«, sagt er und blickt zurück.

Immer noch strömen die Massen der Tonkrieger unablässig an uns vorbei und sammeln sich um den Thron. Leizu schreitet auf und ab, sucht nach einem Ausweg, um dem Ansturm der Hundertschaften zu entkommen, die sie bedrängen. Lichtstrahlen schießen aus Huangdis Stab, beschreiben träge Kreise, schneiden durch die in der Luft tanzenden Partikel von zerplatztem Ton.

Wirbelnd fährt Leizu durch die Schar künstlicher Krieger. Von ihren Söldnern sind nur noch reglose Körper geblieben, Leichen in Hightechfasern, die noch ihre modernen Waffen umklammern. Eine neue Reihe Krieger ersetzt die vorherige und treibt Leizu Huangdi entgegen. Er hebt den Stab wie einen Baseballschläger über den Kopf, dann lässt er ihn niederfahren.

Der Schlag zertrümmert ihre schwarze Rüstung.

Leizu geht in die Knie. Schuppen ihrer Rüstung fliegen durch die Luft, trudeln durch den dichten Staub. Einen Moment lang leuchtet jedes einzelne der Relikte hell auf; Symbole, die das Dunkel zeichnen. Das Licht erlöscht wieder, und die Artefakte werden bis tief in die Höhle geschleudert, schlittern durch den Tonstaub bis vor unsere Füße.

Peter bückt sich, will das Durcheinander durchforsten.

»Nein!«, rufe ich und packe ihn an der Schulter. »Wir müssen gehen!«

Doch er durchwühlt weiterhin auf allen vieren die warmen Metallteile, hebt einzelne Relikte hoch, inspiziert sie, wirft sie fort. Die Terrakottakrieger, die sich um Leizus gefallenen Körper geschart haben, richten ihre Aufmerksamkeit nun wieder auf den Rest der Höhle. Ewig lächelnde Obsidiangesichter blitzen im Licht von Huangdis Stab auf.

»Wir müssen *jetzt* gehen«, betone ich und versuche, Peter von dem Chaos verstreuter Relikte fortzuziehen.

Er beugt sich vor, sammelt wahllos Stücke auf und stopft sich die Taschen damit voll. Und endlich lässt er sich von mir auf die Beine ziehen.

»Bin schon bei dir«, sagt er. »Los.«

Zum Schutz vor dem Staub ziehe ich mir mein Shirt bis über die Nase und sprinte los. Die Sonnenscheibe lastet schwer in meinem Rucksack, aber ich renne so schnell wie möglich durch die Höhle. Mein Ziel ist der helle Schimmer, der durch die von Leizus Männern gesprengte Öffnung fällt. Ich halte erst inne, als der Thron in sicherer Entfernung ist.

»Peter«, setze ich an, bevor ich bemerke, dass er fort ist, in den Schleiern verschwunden.

Stille hat sich über die Kammer gelegt. Die Kampfhandlungen sind zum Erliegen gekommen, Ruhe herrscht erneut in der Nekropolis. Ein unstetes goldenes Licht flackert hinter dem Thron und lässt die Obsidiankrieger lange Schatten werfen. Die verbliebenen Kämpfer haben sich wieder alle in dieselbe Richtung gewandt – ihrem Herrn und Meister zu.

»Peter!«, rufe ich gedämpft, den Stoff vorm Gesicht.

Ich kann in den Staubschwaden kaum Einzelheiten erkennen. Alles ist verschwommen und von der goldenen Lichtquelle am Thron eingetrübt. Erhellt von seinem Strahlen kniet Leizu vor dem Gelben Kaiser.

»Peter, wo bist du?«

Der zerbrochene Körper eines Obsidiankriegers liegt zu meinen Füßen, seine Arme und Beine sind zu schwarzem Staub zerfallen. Er starrt blind empor, bewegt jedoch plötzlich den Mund. Der Soldat spricht die Worte seines Kaisers mit, als dieser sich an Leizu richtet.

»Es ist so weit«, sagt er mit harten Lippen. »Wir sind eins …«

Ein Knirschen. Ein Krachen.

Dann muss ich mir die Ohren zuhalten, als ein markerschütterndes Donnern über mich hinwegrollt. Enorme Staubwolken quellen aus einer der hohen Steinsäulen, die den Thron umstehen. Die schlanke Struktur wackelt in der Mitte. Schon regnen die ersten aufgeschichteten Steinzylinder wie dunkle Meteoriten herab.

Und nun sehe ich ihn: Peter, der mit gesenktem Kopf und ausgestreckten Armen die Säule umstößt.

Huangdi und Leizu sind immer noch von einem goldfarbenen Schleier umgeben. Staubiges Licht erstrahlt zwischen den Schatten fallenden Gesteins. Die beiden sehen einander an und haben ihre Hände ineinander verschränkt. Als jetzt die Säule über ihnen zusammenbricht, stürze ich auf die Knie. Geröll und Splitter löschen das goldene Licht aus, und eine schwarze Woge aus Staub bricht über mich herein wie Wasser aus einem geborstenen Damm.

Die Sterne verschwinden, und die Nekropolis versinkt in völliger Dunkelheit.

Ich weiß, dass der Einsturz überstanden ist, als ich wieder mein eigenes Husten hören kann. Auf allen vieren krabbele ich unsicher durch die Wolken aus Felsstaub und schnappe durch mein schmutziges Shirt nach Luft.

Da erklingt ein schabendes, kriechendes Geräusch.

Zitternd greife ich nach meiner Stirnlampe. Ich betätige den Schalter, und der von feinem Puder bedeckte Höhlenboden unter meinen Händen hellt sich auf. Ich hebe den Blick, der weiße Lichtstrahl bohrt sich durch wirbelnde graue Staubpartikel. Als ich der schwarzen Umrisse gewahr werde, unterdrücke ich ein Stöhnen. Auf gebrochenen Gliedern kriechen die Überreste zerschlagener Soldaten auf mich zu, die ewig stoischen Gesichter gesprungen, fast zerfallen.

Ich bewege mich rückwärts. Dann spüre ich einen vertrauten Körper im Rücken und halte inne. Ich drehe mich um. Eine Hand in einem vor Staub grauen Handschuh greift nach der meinen.

»Komm, June«, sagt Peter. »Es ist vorbei.«

# EPILOG

## LONDON, GEGENWART

Immer wieder wandert meine Hand zu der Stelle auf meiner Brust, wo etwas fehlt. Ich habe es wohl nie gemerkt, aber mit den Jahren ist das Relikt ein Teil von mir geworden. Es war ein Geheimnis, das ich vor der ganzen Welt hatte, und verband mich mit einem Menschen, den ich sehr liebte. Jetzt, da es nicht mehr ist, weiß ich nicht, was diese Leere füllen soll.

Jedenfalls nicht Peters lächerliches Brillantcollier.

Ich entsteige dem schwarzen Wagen, eine große Tasche unter dem Arm, die Schultern in den Stoff eines aufwendigen silbernen Kleides geschmiegt. Der Schneider kam zu mir in das Penthouse, in dem ich hier in London wohne. Nachdem er kurz sein Missfallen über die Prellungen und Schrammen bekundet hatte, die meinen gesamten Körper überziehen, passte er mir binnen Minuten dieses Kleid an, bis es wie eine zweite Haut saß. Als ich das Hotel verließ, fragte ich mich insgeheim, ob dieser Schneider mit seinem Talent vielleicht auch andere Arten von Haut reparierte – solche aus Kunststoff und Karbon beispielsweise.

Mein Blick auf die Dinge ist allzu oft nun der eines Awtomat, und Diamanten und Kleider zählen in dieser Welt nicht halb so viel wie Relikte und Panzerwesten. Mir kommt diese Perspektive durchaus gelegen.

Ich überquere eine unebene Kopfsteinpflasterstraße und nähere mich einem gemauerten Gebäude, in dessen Wand eine unscheinbare Holztür eingelassen ist. Man sagte mir, dass es sich hierbei um ein Restaurant handle, doch ich kann keine Anzeichen hierfür erkennen, allenfalls ein kleines Schild, auf dem *Pontack's* steht.

Ich widerstehe dem Impuls, das Kedalion ans Auge zu setzen und genauer nachzusehen.

Stattdessen drücke ich die schmale Tür auf und trete in ein dämmriges Foyer. Die einzigen Lichtquellen sind Leuchter mit geschmolzenen Kerzen und zischende Petroleumlampen, die an Eisenhaken darunter hängen.

Ein Angestellter nickt mir zu und führt mich still an einer Reihe von Nischen vorbei, in denen sich Gäste leise tuschelnd im Schutze hölzerner Gitter unterhalten. Dann geht es weiter durch ein gewölbtes Tor in der Fassade eines anderen, noch älteren Steinbaus.

Der Angestellte schließt die Tür hinter mir. Staunend sehe ich mich um.

Die Holzvertäfelung, die Möbel, die Wandfriese: All das ist jahrhundertealt. Handgerollte Kerzen brennen auf einem goldenen Leuchter, jede Halterung mit einem kleinen Spiegel umrandet. Die Decke ist mit klassischen Motiven bemalt, Engelsscharen und Lämmer. Unter dem Leuchter steht ein runder Tisch.

Es kommt mir so vor, als wäre ich in der Zeit zurückgereist oder in einem Museum gelandet.

In der Ecke spielt ein junger Mann auf einer schlichten Harfe. Die Wange hat er an die Schulter des Instruments gelegt, seine Finger fliegen über die Saiten. Die lieblichen Klänge senken sich sanft wie Schneeflocken über den Raum.

»Hallo, Elena«, sage ich. »Wirklich nicht schlecht.«

Das Mädchen sitzt hinter einem aufwendigen Teeservice auf der anderen Seite des Tisches. Angesichts meiner staunenden Blicke greift Elena lächelnd zur Kanne und gießt mir einen Tee ein.

»Manchmal fällt es mir schwer, die Vergangenheit loszulassen.« Sie zuckt die Schultern. »Setz dich doch.«

Ich erinnere mich wieder ans Atmen und lasse mich auf einem Stuhl nieder. Sein Ächzen lässt mich zusammenzucken. Die Stühle in diesem Raum sind älter als mein ganzes Land. Den Wert der Kunstobjekte und Teppiche und Artefakte an den Wänden kann ich nicht einmal abschätzen. Andererseits ist diese junge Dame, die mir da gegenübersitzt, mehr wert als all das zusammen.

Ebenso wie ihr Bruder natürlich.

»Peter«, begrüße ich ihn. »Du siehst besser aus als beim letzten Mal, als wir uns gesehen haben.«

Seit unserer Rückkehr aus China hat der Awtomat seine Wunden professionell reparieren lassen. Sein Gesicht ist glatt, seine Augen leuchten hell; keine Spur von rotem Tonstaub mehr. In seinem neuen Anzug und mit dem angedeuteten Lächeln käme man niemals auf den Gedanken, dass er mit bloßen Händen ein Auto umstoßen könnte.

»Elena war so freundlich, mich auf ihre Helfer zurückgreifen zu lassen«, erwidert er.

»Wieso auch nicht«, gibt sie sarkastisch zurück. »Ist schließlich das Ende der Welt.«

Ich stütze die Ellbogen auf den Tisch. »Was das angeht ...«

Die beiden Awtomat an dem runden Tisch betrachten mich: die eine ein junges Mädchen, schön und unnachgiebig skeptisch; der andere ein Mann mit breiten Schultern, der mit seinem Oberlippenbart ein wenig mürrisch wirkt. Ganz schwach erahnt man noch eine Narbe auf seiner Wange. Beide Wesen ähneln einander wie Geschwister. Jede Gemeinsamkeit ist jedoch das Resultat ihrer eigenen Entscheidungen, bewusst oder unbewusst.

Wir bilden ein Dreieck um den Tisch, und kurz versagt

mir die Stimme, als ich begreife, dass es sich wirklich so verhält: Ich bin ein Teil dieser verborgenen Welt.

Und ich habe nun die Chance, sie zu retten.

Ich räuspere mich. »Wir haben etwas in der Nekropolis gefunden.« Damit greife ich in meine Handtasche und nehme die Sonnenscheibe heraus.

Elena betrachtet sie verhalten, lässt die Augen über das kreisrunde Artefakt wandern. »Der Hauch des Lebens«, sagt sie leise.

»Es war keine Legende. Dieses Gerät speiste Huangdis Relikt mit Energie und bewahrte seine Erinnerung. Und ich glaube, ich kann herausfinden, wie sie sich reparieren lässt.«

Nachdenklich lehnt Elena sich zurück. »Damit können wir Wunder vollbringen, June … Wir können nicht bloß uns selbst retten, sondern auch die Verlorenen zurückbringen.« Sie lächelt, doch ich bemerke den traurigen Zug um ihre Lippen. Ein spezieller Glassarg kommt mir in den Sinn.

Ich schenke ihr ein mitfühlendes Lächeln und schaue zur Seite.

»Du bist meine Schwester«, erklärt Peter nun ernst. »Ich möchte, dass du in Sicherheit bist … aber auch glücklich. In der Vergangenheit habe ich Fehler begangen. Doch ich habe aus ihnen gelernt.«

Wie üblich verzieht Peter keine Miene. Seine Hände ruhen flach auf dem Tisch, und fast kann ich das Uhrwerk in seinem Verstand erahnen, als er zögernd seine finsteren Gedanken wälzt.

Elena beugt sich über den Tisch und bedeckt seine Finger mit ihrer kleinen Hand. »Danke, mein Bruder.«

»Ich war noch nicht fertig«, sagt er und greift in seine Innentasche. Ungläubig verfolgt Elena, wie er ein halbmondförmiges Stück Metall daraus hervorzieht.

Ihre Augen füllen sich mit Tränen, als sie das Symbol erkennt.

»Tugend«, flüstert sie. »Du hast sie gefunden.«

Peter nickt und legt Hypatias Anima auf den Tisch zwischen die Teetassen und die seltsamen getöpferten Tierfiguren. Zögerlich nimmt Elena sie in beide Hände, dreht und wendet sie, befreit sie mit den Daumen von rotem Tonstaub.

Dann lächelt sie, und Tränen strömen ihr über die Wangen.

*Ich wusste nicht, dass Awtomat das können.*

Elena drückt das Relikt an ihre Brust und schlingt einen Arm um Peters Nacken. Seine Augen schließen sich. Als er da seine Schwester zum ersten Mal seit zweihundert Jahren wieder umarmt, kommen auch mir die Tränen.

»Hypatia ist nur die Erste«, erkläre ich und greife noch einmal in meine Tasche.

Nacheinander platziere ich Relikte auf dem Tisch: Batuo. Talus. Und dann weitere von jenen Relikten, die wir wahllos vom schmutzigen Höhlenboden aufgelesen haben. Jedes davon trägt ein einzigartiges Symbol: das Wort, das sein Besitzer Zeit seines Lebens trug. Jedes stellt ein nicht minder großes Rätsel als das dar, welches ich einst um den Hals trug.

*Es gibt seltsame Dinge auf der Welt, June. Dinge, die älter sind, als wir ahnen.*

Ich lege ein letztes Objekt auf den Tisch, ein Stück staubiges Gestein. Eigentlich nicht weiter bemerkenswert, wären da nicht die metallischen Einsprengsel in seiner Oberfläche. Das Artefakt, das ich in einer versteckten Nische in Huangdis Thron fand, erweckte gleich meine Neugierde. Es dauerte bloß einen Moment im Hotel, um es mit einer kleinen Hacke und einer Bürste von den losen Ablagerungen zu säubern. Im Inneren des steinernen Klumpens entdeckte ich eine vertraute Form: einen dunklen, metallischen Halbmond.

Dieses Relikt war versteinert.

Ich kann nicht einmal erahnen, wem es gehört oder weshalb es geschaffen wurde – geschweige denn, wann –, aber ich habe vor, es herauszufinden. Alles, was ich weiß, ist, dass das Alter eines Gegenstands in seiner Beschaffenheit steckt. Egal, was ich gesehen habe: Es verbergen sich noch weitere Geheimnisse im Fingerabdruck gesprungenen Porzellans und in der Blüte von Rost auf Metall. Und wenn ich dieses Relikt in den Händen halte und meinen Lidern gestatte, sich zu schließen, breiten sich die schwindelerregenden Abgründe der Zeit wie ein Sternenhimmel vor meinem geistigen Auge aus.

# DANKSAGUNG

Mein aufrichtiger Dank gilt den Menschen, die mir halfen, dieses Buch zu vollenden: meinem Lektor Jason Kaufman, der dieses jenem anderen vorzog, und dem Rest des wunderbaren Teams von Doubleday, das an diesem Roman arbeitete; meiner Agentin Laurie Fox dafür, dass sie diese verrückten Ideen in die Welt hinaustrug; meinem Manager Justin Manask, der Hollywood übernahm; meinen Eltern für all die Ausflüge in Büchereien und Antiquariate; der Carnegie Mellon University und der University of Tulsa für ihr Wissen; und besonders meinen ersten Lesern, die mir Rat und Ermutigung schenkten oder auch den gelegentlichen Klaps auf die Nase mit einer zusammengerollten Zeitung gaben: Anna Wilson, Jenna Grimm, Jason Gurley, Eric Rabkin, Anna Goldenberg, Irene Yung, Heather Jackson, Emily Nicholson, Peto Blanton, David Giuntoli, Dan Wilson, Hutch Parker und Mike Ireland.

All meine Liebe und Dankbarkeit gehen wie immer an Anna, Cora und Conrad.

Eine nahe Zukunft, eine Technologie, die die Menschheit spaltet – Der Kampf um die Menschlichkeit beginnt

**DANIEL H. WILSON**

# DAS IMPLANTAT

**ROMAN**

Amerika, Zukunft. Neurale Implantate, die ins Gehirn gepflanzt werden und die intellektuellen oder körperlichen Fähigkeiten des Trägers unermesslich steigern, sind der letzte Schrei. Sogar neurale Krankheiten können damit geheilt werden. Doch die Implantate sind teuer, und nur die Wohlhabenden können sie sich leisten. So bildet sich schnell eine Widerstandsgruppe von Nicht-Implantierten, die gegen die sogenannten »Amps« eine Reihe diskriminierender Maßnahmen durchsetzen.

In diesem aufgeheizten Klima würde der Lehrer Owen sein Implantat, das seine Epilepsie unter Kontrolle halten soll, am liebsten verheimlichen. Doch dann findet er eines Tages heraus, dass sein Implantat viel mehr kann: Es verleiht ihm Fähigkeiten wie keinem Menschen vor ihm. Als eine neue Welle von Verfolgungen auf die Amps zukommt, muss Owen die Stadt verlassen und Schutz in einem nur von Implantierten bewohnten Ort suchen. Denn durch sein Implantat ist er mitten zwischen die Fronten von Amps und Nicht-Implantierten geraten.